Claire Fuller

Bittere Orangen

Claire Fuller

Bittere Orangen

Roman

Übersetzung aus dem Englischen
von Susanne Höbel

PIPER

Mehr über unsere Autoren und Bücher:
www.piper.de/literatur

Von Claire Fuller liegen im Piper Verlag vor:
Eine englische Ehe
Bittere Orangen

FSC
www.fsc.org
MIX
Papier aus verantwortungsvollen Quellen
FSC® C014496

ISBN 978-3-492-05921-3

Titel der englischen Originalausgabe:
»Bitter Orange« bei Fig Tree, London, 2018

Gesetzt aus der Meridien
Satz: Satz für Satz, Wangen im Allgäu
Druck und Bindung: GGP Media GmbH
Printed in the EU

Zum Gedenken an
Joyce Grubb
(9. August 1910 bis 4. Juli 2004)
und
Joyce Grubb
(8. April 1907 bis 26. Juni 1982)

1

Die anderen müssen denken, mit mir geht es nicht mehr lange, denn heute haben sie den Pastor zu mir gelassen. Vielleicht haben sie recht, obwohl der Tag heute sich nicht von dem gestern unterscheidet, und vermutlich wird es morgen dasselbe sein. Der Pastor – nein, nicht Pastor, er hat einen anderen Titel, aber den habe ich vergessen – ist ein paar Jahre älter als ich, sein Haar ist grau, und seine Haut ist rot und schuppig und sieht entzündet aus. Ich habe nicht darum gebeten, dass er kommt; mein Glaube, mein sogenannter, wurde in Lyntons auf die Probe gestellt, die er nicht bestanden hat. Vorher war mein Kirchgang reine Gewohnheit, eine Routinesache, um die herum Mutter und ich die Woche gestalteten. Mit Routine und Gewohnheit kenne ich mich aus. Danach leben und sterben wir.

Der Pastor, oder was immer sein Titel sein mag, sitzt neben meinem Bett mit einem Buch auf dem Schoß; so schnell, wie er die Seiten umblättert, kann er es nicht lesen. Als er sieht, dass ich wach bin, nimmt er meine Hand, und ich stelle überrascht fest, dass es ein Trost ist: eine Hand in meiner. Ich weiß nicht mehr, wann ich das letzte Mal berührt worden bin – ich meine nicht die flüchtige Reinigungsprozedur mit einem warmen Lappen oder einem Kamm in meinem Haar, das zählt nicht. Ich meine, richtig berührt, von jemandem gehalten. Peter, wahrscheinlich. Ja, es muss Peter gewesen sein. Das ist im August zwanzig Jahre her. Zwanzig Jahre. Was kann man hier schon tun außer der Zeit nachspüren und sich erinnern?

»Wie geht es Ihnen, Miss Jellico?«, fragt der Pastor. Ich glaube nicht, dass ich ihm meinen Namen gesagt habe. Ich lasse das *Miss* auf mich wirken, Miss Jellico, rolle es in meinem Kopf herum wie eine Silberkugel, die beim Tivoli-Spiel von einem Stift zum nächsten kullert, bis sie in der Kuhle in der Mitte verschwindet und das Glöckchen zum Klingen bringt. Ich weiß genau, wer der Mann ist, aber seinen Titel, den kriege ich nicht zu fassen.

»Wohin komme ich, meinen Sie? Danach?« Ich stelle die Frage unvermittelt. Ich bin eine querköpfige Alte. Vielleicht gar nicht so alt.

Er rutscht ein bisschen auf dem Stuhl herum, als juckte es ihn in der Hose. Vielleicht ist die Haut unter seinen Sachen auch schuppig und entzündet. Das will ich mir lieber nicht vorstellen.

»Nun«, fängt er an und beugt sich über sein Buch. »Das kommt ganz darauf an … das kommt drauf an, ob Sie …«

»Ob ich was?«

»Ob Sie …«

Wo ich hinkomme, hängt davon ab, was ich zu beichten habe – das ist es, was er meint. Himmel oder Hölle. Aber ich glaube nicht, dass er das wirklich glaubt. Nicht mehr. Und davon abgesehen reden wir aneinander vorbei. Ich könnte das Gespräch in die Länge ziehen, ihn an der Nase herumführen, aber ich beschließe, dass ich kein Spiel mit ihm treiben möchte.

»Ich meine«, sagte ich, »wo ich beerdigt werde. Wohin kommen wir, wenn wir diesen Ort endlich verlassen?«

Er sackt enttäuscht in sich zusammen, dann fragt er: »Denken Sie an einen bestimmten Ort? Ich kann dafür sorgen, dass Ihren Wünschen entsprochen wird. Gibt es jemanden, den ich unterrichten sollte? Jemanden, der bei der Trauerfeier dabei sein sollte?«

Ich bin eine Weile still, als würde ich mir das durch den Kopf gehen lassen. »Publikum ist nicht nötig«, sage ich. »Sie, ich und der Totengräber, das sollte reichen.«

Er verzieht das Gesicht – Verlegenheit? Unbehagen? –, denn er weiß, dass ich weiß, dass er kein richtiger Pastor ist. Er hat sich bloß so ausstaffiert, mit seinem Beffchen, damit sie ihn zu mir lassen. Er hatte schon einmal gefragt, ob er mich besuchen dürfe, und ich hatte abgelehnt. Aber jetzt, da sich unser Gespräch ums Beerdigen dreht, denke ich an menschliche Körper: an die Toten, die unter der Erde sind, und die Lebendigen, die auf ihr gehen. Cara und ich, wie wir uns auf dem Anleger am See von Lyntons sonnen. Sie im Bikini – noch nie hatte ich so viel von der Haut eines Menschen auf einmal gesehen – und ich im Wollrock, den ich mir wagemutig über die Knie hochgezogen hatte. Sie streckte ihre Hand aus, bis ihre Finger mein Gesicht berührten, und sagte, ich sei schön. Ich war neununddreißig Jahre alt, als ich da auf dem Anleger saß, und in meinem ganzen Leben hatte noch nie jemand zu mir gesagt, ich sei schön. Später, als Cara die Tischdecke zusammenfaltete und die Zigaretten einsteckte, beugte ich mich über das grüne Wasser des Sees und stellte enttäuscht fest, dass mein Spiegelbild unverändert war. Ich war dieselbe Frau, aber für eine Weile in dem Sommer damals vor zwanzig Jahren glaubte ich ihr.

Mehr Bilder tauchen auf, legen sich übereinander. Ich verzichte auf die Chronologie und überlasse mich den Erinnerungswellen, die einander überlappen und ineinander verfließen. Mein letzter Blick durch den Spion: Ich knie auf den blanken Bohlen meines Badezimmers im Dachgeschoss von Lyntons und presse ein Auge auf die Linse, die in der Lücke steckt, mit einer Hand drücke ich das andere Auge zu. Unter mir liegt jemand im Badewasser, das sich rosa verfärbt, die offenen Augen starren zu lange zu mir hoch, auf dem Fußboden sind Pfützen, und die glänzend nassen Fußspuren, die von der Badewanne fortführen, trocknen bereits. Ich bin ein Voyeur, die Person, die an der Polizeiabsperrung steht und zusieht, wie das Leben eines Menschen auseinanderfällt; ich fahre im Auto langsam am Unfallort vorbei, halte aber nicht an; ich bin der Täter, der zum Tatort zurückkehrt. Ich bin der einzige Trauergast.

Spion. Das Wort für das Ding habe ich erst hier gelernt, in diesem Haus.

Wie lange ist das her?

»Wie lange?« Ich muss die Frage wohl laut gestellt haben, denn eine Antwort kommt von einer der Helferinnen. Nein, nicht Helferin; wie heißen sie? Pflegerinnen? Assistentinnen? Hilfsschwestern? Meine Krankheit frisst mehr als nur mein Fleisch, sie frisst auch meine Erinnerung an die vergangene Woche, an sämtliche Namen und Titel, die ich vor einer Stunde gehört habe. Aber immerhin ist sie so gnädig, mir den Sommer des Jahres 1969 zu lassen.

»Es ist zwanzig vor zwölf«, sagt die Stimme. Ich mag diese Frau, ihre Haut ist braun wie eine Kastanie, die ich Ende September vom Boden aufhebe und Anfang Mai in meiner Jackentasche entdecke. Sie sagt: »Nur noch zwanzig Minuten bis zum Mittagessen, Mrs. Jellico.« Sie spricht meinen Namen Jelli-co aus, als wäre ich mit der Herstellung von Desserts berühmt geworden: Mrs. Wagners Pies, Mr. Kiplings Kuchen, Mrs. Jelli-cos irgendwas. Ich bin gar nicht Mrs. Jellico, ich habe nie geheiratet, ich habe keine Kinder. Nur hier, in diesem Haus, nennen sie mich so. Der Pastor nennt mich Miss, vom ersten Mal an. Der Pastor! Mir fällt auf, dass niemand mehr meine Hand hält, er ist weg. Hat er sich verabschiedet?

»Zwanzig Jahre«, flüstere ich.

Die Erinnerung an den ersten Anblick von Cara rührt sich in mir: ein blasser, langbeiniger Kobold. Ich höre sie draußen auf dem Wendeplatz von Lyntons herumschreien. Ich war dabei, den Badezimmerteppich zu zerschneiden, und ging über den schmalen Flur in eins der leeren Zimmer gegenüber meinem. Unterhalb der Dachfenster und oberhalb der Brüstung verlief die mit Blei ausgelegte Regenrinne, die voll mit welkem Laub, Zweigen und Federn von alten Taubennestern war. Unten vor dem Haus stand Cara in dem trockenen Springbrunnen auf dem Wendeplatz. Ihr lockiges Haar war das Erste, was mir an ihr auffiel, die Masse dichter Locken mit dem Mittelscheitel, die das Gesicht bis auf einen milchweißen Streifen verdeckten. Sie rief etwas auf Italienisch. Ich kannte die Wörter nicht; Italienisch verstehe ich nur als Abwandlung lateinischer Pflanzennamen, und selbst die verblassen jetzt. Kleiner Test: *Cedrus … Cedrus … Cedrus libani*. Libanon-Zeder.

Cara balancierte mit bloßen Füßen auf den pummeligen Schenkeln Cupidos, während sie mit einer Hand das Gewand der Steinfrau packte, als wollte sie es ihr vom Leib zerren, und in der anderen ein Paar Ballerinas hielt. Ich erschauderte bei dem Gedanken, welchen Schaden sie dem Marmor antat, der ohnehin schon splitterig und brüchig war. Halb hoffte ich, dass der Springbrunnen von Canova oder einem seiner Schüler war, allerdings hatte ich ihn mir noch nicht genau angesehen. Cara trug ein langes, gehäkeltes Kleid und – das glaubte ich auch aus der Ferne sehen zu können – keinen Büstenhalter. Die Sonne war hinter dem Haus beinah untergegangen, und Cara stand im Schatten, aber ihr Kopf, den sie in den Nacken geworfen hatte, um nach oben zu gucken, war im Licht. Ich hatte sie schon erkannt: heißblütig, stachelig, bezaubernd; ein blühender Kaktus.

Ich dachte, sie riefe zu mir ins Dachgeschoss hinauf. Laute Geräusche und heftige Worte hatte ich nie gemocht; mir war immer die Stille einer Bibliothek lieber, außerdem gab es damals niemanden, der mir gegenüber die Stimme erhoben hätte, auch Mutter nicht, aber natürlich ist jetzt alles anders. Bevor ich antworten konnte – obwohl ich nicht weiß, was ich gesagt hätte –, wurde in einem der großen Zimmer im Stockwerk unter mir das Fenster hochgeschoben, und ein Mann streckte Kopf und Schultern heraus.

»Cara«, rief er zu dem Mädchen auf dem Springbrunnen und verriet mir damit ihren Namen. »Mach nicht solchen Unsinn. Warte.« Er klang erschöpft.

Sie schrie abermals etwas, schwenkte die Arme, machte den Mund auf und wieder zu, presste die Finger zusammen, warf sich die Haare über die Schultern zurück, wo sie nicht blieben, dann sprang sie vom Springbrunnen in das hohe Gras hinunter. Sie war immer leichtfüßig, Cara. Sie ging zum Haus und verschwand aus dem Sichtfeld. Der Mann zog sich vom Fenster zurück, und ich hörte ihn durch die leeren, hallenden Räume von Lyntons laufen und stellte mir vor, wie dort, wo er vorbeikam, der Staub aufstob und sich wieder legte. Von meinem Fenster aus sah ich ihn aus dem Haus zum Wendeplatz rennen, während Cara im Laufen ein Fahrrad über den Kies schob und sich dabei die Schuhe anzog. Als sie bei der Allee ankam, raffte sie ihr Kleid und sprang aufs Fahrrad, wie ein Zirkusakrobat auf ein rennendes Pferd – etwas, das ich damals nicht hätte bewerkstelligen können, und jetzt schon gar nicht.

»Cara!«, rief Peter. »Fahr bitte nicht.«

Wir sahen ihr nach, wie sie in Schlangenlinien um die Schlaglöcher der Lindenallee fuhr. Sie fuhr von uns weg, nahm eine Hand von der Lenkstange und streckte als Antwort zwei Finger in die Luft. Die genaue Erinnerung an die

Gefühle, die ich damals bei Caras Anblick empfand, fällt mir schwer, angesichts all dessen, was danach geschah. Wahrscheinlich war ich von der Geste schockiert, aber ich glaube auch sagen zu können, dass ich erregt war von der Aussicht, ich könnte eine alternative Version von mir selbst erfinden, erregt von den Möglichkeiten des Sommers.

Der Mann ging zum Tor, das zwei Meter hoch, rostig und unverschlossen war, und schlug mit der flachen Hand auf den schmiedeeisernen Schriftzug *Lyntons 1806*. Mich verwunderte seine Frustration: War ich Zeuge vom Ende ihrer Beziehung geworden, oder hatte ich eine Verstimmung zwischen Verliebten miterlebt?

Ich vermutete, dass der Mann ungefähr in meinem Alter war, vielleicht zehn Jahre älter als Cara, sein helles Haar fiel ihm in die Stirn, und seine Haltung schien auszudrücken, dass die Schwerkraft, oder die Welt, auf ihm lastete. Attraktiv, dachte ich, aber zermürbt. Er steckte die Hände in die Jeanstaschen, und als er wieder zum Haus ging, sah er zu meinem Fenster hinauf. Ich weiß nicht, warum, ich hatte ja jedes Recht, dort zu stehen, aber ich wich rasch zurück und duckte mich unter die Fensterbank.

Lyntons. Allein wenn ich an das Wort denke, stellen sich mir die Härchen auf den Armen auf, als wäre ich eine Katze, die einen Geist gesehen hat. Aber die Hilfsschwester … nicht die vorherige … eine neue Weiße, die ich nicht erkenne und die eine Plastikschürze über ihrer Uniform trägt, sieht meinen offen stehenden Mund und nutzt die Gelegenheit, mir einen Löffel mit verkochtem Broccoli hineinzuschieben. Ich presse die Lippen aufeinander, drehe den Kopf zur Seite und lasse andere Erinnerungen aufsteigen.

Mr. Liebermanns handgeschriebene Wegbeschreibung: krakelige Ortsnamen, Pfeile und Nebenstraßen. Eine englische Kleinstadt, eine Kirche, ein Viehgitter. Ich stieg an der Haltestelle außerhalb der Stadt aus dem Bus und lief gegen die Fahrtrichtung zurück zu dem schmalen Weg, auf dem zwischen den Radspuren Gras wuchs. Auf dem Zettel hatte Mr. Liebermann neben einem verfallenen Gärtnerhaus vermerkt: *Hier stehen bleiben wegen des Blicks.* Später erfuhr ich, dass er selbst nie in Lyntons gewesen war. Vermutlich dachte er, ich würde mit dem Auto kommen, aber ich habe keinen Führerschein, hatte auch nie Fahrstunden. Ich bin niemals Auto gefahren. Ich stellte meine beiden Koffer ab und überlegte, dass ich sie unter der Hecke stehen lassen und später holen würde. Mir war warm in meinem Regenmantel – ich wollte ihn nicht auch noch im Gepäck tragen müssen –, und ich ruhte mich bei dem verbogenen Geländer einen Moment aus.

Gut eine Meile vor mir, jenseits des Parks mit seinen prachtvollen Bäumen, balancierte das Haus – Lyntons – auf einer grünen Erhebung. Es erstreckte sich nach hinten in den Schatten, aber von da, wo ich stand, konnte ich eine breite Treppe sehen, die zu einem prächtigen Portikus hinaufführte; die Nachmittagssonne beschien acht massige Säulen, auf denen ein Giebeldreieck ruhte. Es war, als würde ich den englischen Cousin des Parthenon vor mir sehen. Links brachen sich die Sonnenstrahlen auf den Scheiben des Gewächshauses, von dem Mr. Liebermann geschrieben hatte, während hinter dem großen Haus das Land zu einem bewaldeten Hügelzug steil anstieg – eine geografische Eigenart in diesem Teil des Landes: alte Waldungen an steilen Abbrüchen, die sich mit Schluchten und Windungen über mehrere Meilen erstrecken. Vor mir schlängelte sich ein Rinnsal durch die Wiese, überall waren tiefe Hufabdrücke von Kühen, dann verlor sich der Bach allmählich im dichten Unterholz. Ich erspähte das Wasserglitzern eines Sees, und obwohl ich ihn auf diese Entfernung nicht erkennen konnte, sah ich doch vor meinem geistigen Auge die Stelle, an der eine Brücke das Wasser überspannte. Ich hatte eine Vorstellung, das erregende Beben einer Ahnung, was für eine Brücke das sein konnte, wenn man das Alter und den Stil des Haupthauses in Betracht zog und das, was ich darüber gelesen hatte. Ich hatte zu niemandem etwas gesagt. Es hätte mir auch niemand zugehört, wenigstens damals nicht.

In meinem Bett, in diesem Haus, denke ich an Brücken und an das Überqueren von Wasser, ich denke an den Fährmann und überlege, ob dies eine Vorahnung meines Todes ist. Soweit ich weiß, hat jeder solche Ahnungen – ein Vogel, der durchs Zimmer fliegt, ein angeketteter Fuchs, ein wachsamer Hase, eine Kuh, die Zwillingskälber bekommt –, aber nur wer Pech hat, erkennt die Zeichen auch.

Eine andere Hilfsschwester, das freundliche Mädchen mit der Akne – Sarah? Rebecca? –, kämmt mir das Haar. Sie ist jünger als die anderen, sicherlich wird sie nicht lange bleiben, aber sie ist sanft, und sie redet nicht so viel dummes Zeug wie die anderen. Als sie fertig ist, nur wenige Bürstenstriche sind nötig, hält sie mir den Spiegel vor, und ich bin aufs Neue entsetzt von der Frau, die mich da ansieht: die eingefallenen Wangen, die verfärbte Haut, wie Teeflecken auf Pergament, der faltige Hals. Die Frau im Spiegel macht den Mund auf, und ich sehe gelbe Pferdezähne mit langen Hälsen im Kiefer, und als ich erschüttert zurückweiche, zuckt mein Arm, und der Spiegel verschwindet. Das Mädchen packt nicht fest zu, vielleicht erwartet sie von mir keine Kraft, und in ihrer Überraschung lässt sie den Spiegel los. Er schlägt am Bettende auf, und obwohl er nicht zerbricht, schliddert er quer durchs Zimmer. Das Mädchen sagt, ich solle still sein, solle mich beruhigen, mich wieder hinlegen, also tue ich das, aber jetzt ist sie nicht mehr so sanft. Unter mir breitet sich warme Nässe aus, das Mädchen drückt auf den Summer, und ich höre das Quietschen von Gummisohlen auf dem Linoleum im Flur. Dann ein scharfer Einstich in meinem Arm, und ich bin wieder im Dachgeschoss von Lyntons.

Ich bin in meinem Dachzimmer, und als klar ist, dass der Mann wieder ins Haus gegangen ist, schneide ich mit meinem Botanikmesser weiter an dem Badezimmerteppich herum. Es war ein schönes Messer, der Griff geschwungen, sodass er gut in der Hand lag, und die Klinge breit und kurz. Ich mochte, dass es scharf war. Wo das Messer jetzt ist, weiß ich nicht.

Neben der Fußleiste in der Ecke beim Fenster schob ich zwei Finger unter den Teppich und riss ihn in kräftigen Bewegungen ab; der Teppich löste sich ruckartig, Staub stieg auf, und ich fiel aus meiner Hockstellung rückwärts auf den Po. Eine Wolke von alter Haut und Schuppen und vertrockneten Insekten und Gipsbröckchen von der Decke ging auf meinem Gesicht und meinem Haar nieder.

Der Teppich war gemustert, hellbraune Vierecke und rötliche Kreise. An den Rändern war er grau von Staub, und um die Toilette herum hatte er giftig gelbe Flecken. Ich zog und zerrte und rollte die beiden Teppichhälften in der Mitte des Badezimmers zusammen, und der Holzfußboden darunter kam zum Vorschein. Das Badezimmer war groß – drei Schritte von der Badewanne zum Waschbecken und noch einmal drei vom Fenster zur Toilette – und musste früher einmal eine Dienstmädchenkammer gewesen sein. Von der Deckenmitte hing ein staubiger Lampenschirm an einem Kabel. Mir war es gleichgültig, in welch verkommenem Zustand alles war, das Badezimmer und das Schlafzimmer daneben waren meins, wenigstens den Sommer über.

Von der Dachbodentür am Ende des Flurs klang ein Klopfen herüber; ich hielt mit meiner Arbeit inne, blieb auf Händen und Knien hocken und hoffte, wenn ich mich nicht rührte, würde die Person wieder gehen. Früher hatte ich mir manchmal Gesellschaft gewünscht, aber jetzt, als jemand buchstäblich an die Tür klopfte, purzelten meine Gedanken durcheinander, und bei der Vorstellung, mit einem Fremden sprechen zu müssen, schlug mir das Herz bis zum Halse. Es klopfte wieder, und als ich mich aufrichtete und auf den Badewannenrand setzte, hörte ich, wie die Tür aufging, und im nächsten Moment stand der Mann, der hinter Cara hergerannt war, in der Tür zum Badezimmer, ein bisschen atemlos, weil er über die Wendeltreppe nach oben gekommen war.

Er starrte mich an, und mir wurde klar, dass ich das Botanikmesser in der Hand hielt und Mutters Seidenschal über Mund und Kinn geknotet hatte, als Schutz vor dem Staub.

»Hallo?«, sagte er und machte einen Schritt zurück. Aus der Nähe fand ich, dass er trauriger aussah, attraktiver, die Falten in seinem Gesicht geglättet.

Ich zog meinen Mundschutz ab und wechselte das Messer von der einen Hand in die andere, weil ich nicht wusste, was ich damit tun sollte.

»Entschuldigung«, sagte ich – mir war klar, dass das Wort von mir erwartet würde.

»Sie müssen Frances sein?«, sagte er und streckte die Hand aus. Vielleicht wirkte ich verwirrt und linkisch, denn er fügte hinzu, als hätte ich selbst es vielleicht vergessen: »Sie sind hier, um sich für Liebermann einen Überblick über die Gartenarchitektur zu verschaffen?« Ein Moment verging, bevor ich seine Hand nahm, die trocken war und so groß wie meine. Ich ließ sie schnell wieder los. »Peter«, sagte er, um sich vorzustellen. »Es tut mir leid, ich war nicht hier, als Sie angekommen sind, aber es sieht so aus, als würden Sie sich häuslich einrichten?« Er lächelte, fast war es ein Lachen, beim Anblick des Messers in meiner Hand. Ich sah ihm in die Augen, wandte dann den Blick ab und richtete ihn auf seinen Mund, auf die Lippen, die voll für einen Mann waren. Angesichts seiner Attraktivität kam ich mir noch tölpelhafter vor.

In einem seiner Briefe hatte Liebermann erklärt, er habe jemanden beauftragt, einen Bericht über den Zustand des Hauses und seine Einrichtungen zu erstellen. Ich hatte mit Peter gerechnet, aber nicht weiter darüber nachgedacht, und wenn doch, dann hatte ich ihn mir als älteren Mann und allein vorgestellt. »Entschuldigung«, sagte ich wieder und versteckte das Messer hinter meinen Shorts – breite Männershorts aus dem Army-and-Navy-Laden. »Ich war dabei, den Teppich zu zerschneiden.« Nicht nur war es gut, sich zu entschuldigen, ich hatte auch gelernt, dass es hilfreich war, offensichtliche Tatsachen zu erwähnen, wenn mir sonst nichts zu sagen einfiel.

»Ich habe Ihr Auto gar nicht gesehen.« Beim Sprechen bewegten sich Peters Hände, drehten sich umeinander, zeigten, veranschaulichten.

»Ich bin mit dem Zug gekommen, und dann mit dem Bus«, sagte ich. »Mit dem Neununddreißiger. Er hatte achtundzwanzig Minuten Verspätung.« Sein Ausdruck schien anzudeuten, dass ich zu viel gesagt hatte, vielleicht sogar unhöflich gewesen war. Es war nicht leicht, es richtig zu machen – wie Menschen ein Gespräch führen, das mühelose Hin und Her. Ich fragte mich, nicht zum ersten Mal, wie man das anstellte.

»Sie hätten ein Telegramm schicken sollen«, sagte Peter.

»Ich hätte Sie am Bahnhof abgeholt.« Er sah an mir vorbei ins Badezimmer und sprach weiter. »Und Entschuldigung, dass Sie das alles mithören mussten vorhin. Wenn Cara in einer ihrer Stimmungen ist, kriegen das alle mit. Aber machen Sie sich keine Sorgen.« Ich hatte mir keine Sorgen gemacht und fragte mich, ob ich mir vielleicht welche hätte machen sollen. »Sie wird in die Stadt gefahren sein. Sie kommt immer zurück.« Er lachte wieder. Es klang, als müsste er sich selbst versichern. »Was haben Sie da vor?« Er zeigte auf den Teppich. »Die Dachkammern sind ziemlich mickrig. Wahrscheinlich hat eine alte Hausangestellte hier gewohnt, eine Kinderfrau oder so. Alles ist völlig verwahrlost. Wenn Sie sehen könnten, in welchem Zustand die Soldaten das Haus zurückgelassen haben, die Graffiti, unvorstellbar.«

Er ging an mir vorbei ins Badezimmer und sah sich ohne jede Verlegenheit um.

»Soldaten?«, fragte ich. Wie man erreichte, dass der andere weitersprach, wusste ich genau.

»Lyntons ist requiriert worden. 47. Infanterieregiment. Amerikaner. Anscheinend haben Churchill und Eisenhower die D-Day-Invasion im Blauen Salon besprochen. Weiß der Himmel, was sie mit den Gartenanlagen angestellt haben. Die Soldaten, meine ich, nicht Churchill und Eisenhower, obwohl, wissen kann man es nicht. Jedenfalls, machen Sie sich gefasst. Liebermann hat vorgeschlagen, dass Sie die Zimmer unten bekommen. Sie sind eleganter, und ich hatte mir vorgestellt, dass Cara und ich in der Stadt Quartier beziehen würden, aber … na ja … die Umstände sind jetzt andere …« Er lächelte. Mir gefiel, dass er redete und ich nicht reden musste. »Nur dieses Bad und das unten sind voll benutzbar. Ich hoffe, es macht Ihnen nichts aus, unterm Dach zu wohnen.«

Ich sah, wie sein Blick zu den zwei Bahnen aufgerollten Teppichs ging.

»Es hat gerochen«, sagte ich.

In seinem letzten Brief hatte Mr. Liebermann einen Schlüssel für die Seitentür geschickt, mit seinen Anweisungen, und dazugeschrieben, dass ich die Zimmer im Dachgeschoss nehmen solle. Als ich zum ersten Mal die Tür oben an der Wendeltreppe öffnete, schlug mir ein unglaublicher Gestank entgegen, wie in den letzten Tagen mit meiner Mutter. Eine Mischung aus gekochtem Gemüse, Urin und Angst. »Ich glaube, Mr. Liebermann hätte nichts dagegen, dass ich den Teppich rausreiße.«

»Nein, das hat er bestimmt nicht.« Peter winkte mit der Hand ab und ging zum Fenster, während er weitersprach. »Liebermann weiß überhaupt nicht, was alles im Haus ist. Er hat mir eine Bestandsaufnahme geschickt, aber sie entspricht nicht dem, was da ist. Im Blauen Salon soll angeblich eine Rokoko-Figur von Wyatt stehen, eine Kaminfigur, aber da ist nur ein großes Loch. Das Treppenhaus, angeblich aus Marmor mit Intarsien, ist eindeutig aus Stuckmarmor, und nachdem sich Feuchtigkeit und Schimmel darin festgesetzt haben, lohnt es sich nicht, es zu retten, andererseits ist da die herrliche Kuppel, und im Keller habe ich große Vorräte von Wein gefunden, die nicht auf der Liste stehen.« Er zwinkerte, dann beugte er sich vor, stützte die Hände auf die Knie und sah aus dem niedrigen Fenster. »Wahrscheinlich hat der Wein Kork. Die Bestandsaufnahme könnte genauso gut die von einem anderen Haus sein. Ich hatte angenommen, Liebermann habe Lyntons besichtigt, bevor er es gekauft hat, aber jetzt bin ich mir nicht mehr so sicher. Haben Sie das Bettzeug gefunden, das wir für Sie rausgelegt haben?« Er wartete nicht auf eine Antwort. »Was für ein Blick!«

Meine beiden Zimmer lagen auf der Westseite des Hauses, unter dem Dach und bei den Schornsteinen. Alle Zimmer, ungefähr zwölf Stück, gingen von einem langen Flur ab, der von Nord nach Süd verlief. Von jedem Fenster aus hatte man einen überwältigenden Blick auf die zerstörten Gartenanlagen von Lyntons, auf die von Buchsbaum und Eiben überwucherten Pfade und den verwilderten Rosengarten, auf umgestürzte Statuen und zugewachsene Blumenbeete, auf den Park und das Mausoleum dahinter, und in der Ferne die steil ansteigenden Hügel mit den dunklen Bäumen.

»Haben Sie schon einen Gang über das Gelände gemacht?«, fragte ich. »Waren Sie schon bei der Brücke?« Ich wollte, dass er sagte, er sei noch nicht dort gewesen, damit ich diejenige sein könnte, die das entdeckte, was es da zu entdecken gab, und andererseits hoffte ich, er würde sagen, dass er schon da gewesen sei und dass es eine Brücke im Stil Palladios sei, die den See überspannte, damit ich nicht enttäuscht wäre, wenn ich selbst dorthin kam.

Eine Brücke im Stil Palladios: eine zurückgenommene Konstruktion, die zwei Ufer miteinander verband. Meistens war der Konstruktion ein kleiner Tempel aufgesetzt: steinerne Balustraden, Säulen, Giebeldreiecke, ein Säulengang unter dem Bleidach, eine Kassettendecke und Skulpturen. Ein vom Wasser gekühltes Sommerhaus, das an beiden Enden offen war, von den Reichen erbaut, damit sie sich darauf ergehen oder mit ihren Kutschen darüberfahren konnten. Die Brücke, die ich mir vorstellte, überspannte den See mit fünf eleganten Bögen und hatte eine Balustrade, auf der ein aufsehenerregender, seitlich offener Tempel saß. Das Ganze wäre von einer beglückenden Symmetrie und hätte Schlusssteine mit feinen, komplexen Ziselierungen. Es wäre nicht einfach eine Brücke, eine Methode, um von einem

Ufer zum anderen zu gelangen, es wäre ein Ort, der für die Liebe gebaut war, für geheime Treffen, für die Schönheit.

Peter richtete sich auf. »Es gibt eine Brücke? Ich wollte schon längst zum See gegangen sein, zum Schwimmen, aber ich war so sehr mit dem Haus beschäftigt, mit Cara und dem Weinkeller.«

Er trat mit dem Fuß gegen eine der Teppichrollen und lachte. »Sie wollen wohl ein paar Leichen aus dem Weg schaffen, wie?«

2

Als ich aufwache, bin ich allein. Mein Magen knurrt, und ich habe das Gefühl, das Frühstück oder das Mittagessen versäumt zu haben, oder gar beides. Am meisten jedoch brauche ich einen Schluck Wasser. Sie haben mir einen Becher auf den Nachttisch gestellt, aber ich kann mich nur mit den Augen dorthin bewegen. Meine Gliedmaßen gehorchen meinen Befehlen nicht mehr. Die Leute hier haben die Bettwäsche und mein Nachthemd gewechselt, und der Gedanke, dass sie meinen kranken Körper mit all den hellbraunen und dunkelbraunen Flecken und den verkümmerten Muskeln angefasst haben, beschämt mich. Früher habe ich jemanden sagen hören, je älter man würde, desto wohler fühlte man sich in seiner Haut und würde ihr Erschlaffen und die Falten gnädig hinnehmen, aber das stimmt nicht. Früher war ich eine stattliche Frau, »üppig« hat Peter mich genannt. Jetzt ist das Fleisch vergangen, nur die Haut bleibt, und ich liege wie in einer Pfütze meiner selbst. Ich schließe die Augen und wende den Kopf zum Fenster, und die Farbe meiner Augenlider ist Färberröte. Ich kehre zurück.

Der Tag ist neu, das Licht golden und grün, ich bin wieder in meinem Badezimmer unterm Dach. In meiner Erinnerung scheint in Lyntons immer die Sonne; die paar Regentropfen, die wir hatten, mit dem bisschen Donnergrollen haben keinen Wetterumschwung gebracht. Es ist mein erster

Morgen, und ich will zum See gehen. Aber zunächst habe ich die Badewanne, das Waschbecken und die Toilette geschrubbt und die Haare zusammengekehrt, die von dem Teppich geblieben sind; die Teppichteile habe ich die Treppe hinunter und nach draußen gebracht zu einem Abfallhaufen, den ich hinter den Ställen ausfindig gemacht habe.

Ich steckte mir Mutters Ohrclips an, Modeschmuck von Hattie Carnegie, und vergewisserte mich, dass Mutters Medaillon um meinen Hals hing. Vielleicht seltsam, sich für einen Spaziergang hübsch zu machen, aber ich trug ihren Schmuck gern als Erinnerung an sie, und wenn ich die Hand zum Ohr oder an den Hals hob, hörte ich wieder ihre Stimme und erinnerte mich daran, wie sie mich oft liebevoll angesehen hatte, bevor mein Vater uns verließ.

Während ich mir die Schnürsenkel zuband, fiel einer von Mutters Hattie-Carnegie-Ohrclips ab, als wüssten wir drei – ich, Mutter und der Ohrclip –, dass mir der Schmuck nicht stand. Eine runde Fassung aus Strass, in der Mitte ein Stück Cameoglas, offenbar für jemanden mit Ohrläppchen gemacht, die zierlicher waren als meine. Der Ohrclip hüpfte über den Fußboden, und ich eilte ihm nach, so gut das ging, eine glitzernde Maus, die in einer Ritze verschwand. Ich zog den anderen Clip ab, legte ihn auf das Bord neben dem Talkumpuder und steckte meinen Finger in die Ritze, so tief, bis meine Fingerknöchel am Holz schrammten. Ich spürte nur warme Luft. Aber eins der Dielenbretter war lose und verschob sich zwischen den anderen. Ich zwängte meine Finger unter das Brett und war überrascht, als es sich anheben ließ und die Querbalken darunter sichtbar wurden. In den breiten Zwischenräumen hatte sich ein reicher Schlick von verlorenen Dingen angesammelt, der Inhalt eines kleinen Wracks, der an einem dunklen, steinigen Strand angespült worden war: Nadeln, eine rostige Rasierklinge, ein

Knopf, zwei Haarspangen, ein paar schmutzige Perlen von einer Kette, und der Ohrclip. Er lag vor einem Metallröhrchen, das den Umfang einer dicken Zigarre hatte und im Staub steckte. Ich versuchte es herauszuziehen, aber es saß fest; es ließ sich drehen und ausziehen, sodass es über den Fußboden ragte – ein kurzes Teleskop. Ich leckte mir den Finger und rieb damit die kleine Glasscheibe oben auf dem Röhrchen sauber, dann senkte ich mein Gesicht zu dem Röhrchen hinunter und blickte hindurch.

Was ich sah, war ein anderes Badezimmer aus der Vogelperspektive, größer als meins und imposanter: eine Badewanne mit Löwentatzenfüßen und ein Waschbecken mit gerolltem Rand, beide erschienen verzerrt, durch die Linse gekrümmt. Die Tür stand offen, und ein gelber Streifen Morgensonne aus dem Nebenzimmer schob sich über den Fußboden. Auf der Ablage hinter dem Waschbecken lag ein neues Stück Seife in einer Seifenablage aus Porzellan, und auf dem kleinen Tisch daneben war ein kleines Durcheinander von Tiegeln und Parfumflaschen und Zahnputzzeug. Ich sah zu, wie sich die Tür weiter öffnete und ein Mann hereinkam. Erst als er vor der Toilette stehen blieb und sich den Hosenschlitz aufmachte, erkannte ich, dass es Peter war. Ich schreckte zurück, legte die Hand über das Röhrchen und verhielt mich ganz still, als könnte er jeden Moment aufsehen und mich entdecken. Mir fiel ein, dass er gesagt hatte, die Zimmer unten seien für mich gedacht gewesen, und ich war dankbar, dass ich die zwei Dienstmädchenkammern bezogen hatte mit dem alten Armeebett und der dünnen Matratze darauf.

Ich rührte mich erst, als die Spülung der Toilette unten zu hören war, dann schob ich das Röhrchen wieder zusammen und legte das Dielenbrett darüber.

Mir hatte Mr. Liebermann auch eine Bestandsliste geschickt, zusammen mit der Wegbeschreibung und dem Schlüssel. Das Blatt war aus der Beschreibung der Immobilienagentur herausgerissen:

> Ein neo-klassisches Herrenhaus mit Eingangshalle, Musikzimmer, Salon, Gewehrraum, Wohnzimmer, Speisesaal, Herrenzimmer, Billardzimmer, Gesellschaftsraum, zehn Schlafzimmer und Ankleidezimmer, fünf Badezimmer, diverse Kammern für Personal. Gelegen in einem prachtvollen Park mit Waldbestand, künstlichem See, Springbrunnen, Blumengarten, ummauertem Obst- und Gemüsegarten, klassischer Brücke, Orangerie von bemerkenswerter Architektur, Stallgebäuden, Meierei, Kühlhaus, Grotte, Mausoleum, verschiedenen künstlichen Ruinen einschl. Obelisk etc., und verschiedenen Außengebäuden. Alles in reparaturbedürftigem Zustand.

Mr. Liebermann hatte mit Bleistift einen Kreis um »Springbrunnen« gemacht und »Klassische Brücke« dreimal unterstrichen.

Seinen ersten Brief, der mit einer US-Briefmarke und einem US-Stempel kam, hatte ich einen Monat nach Mutters Beerdigung erhalten. Ein Zufall, aber ein glücklicher. Nach ihrem Tod blieb der Unterhalt aus, den mein Vater ihr gezahlt hatte, und obwohl Mutter alles, was sie besaß, mir hinterließ, war erstaunlich wenig Geld übrig, nachdem ich die Kosten für die Beerdigung beglichen und einige Rechnungen bezahlt hatte. Der Teil des Hauses in London, in dem wir wohnten, war gemietet.

Anfangs glaubte ich, ich würde es aufregend finden, zum ersten Mal in neununddreißig Jahren nicht zu wissen, wo ich wohnen und was ich tun würde. Wir hatten einen geregelten, stets gleichen Tagesablauf gehabt, Mutter und ich, und ich hatte mir vorgestellt, dass ich mich frei fühlen würde, wenn ich essen und schlafen gehen konnte, wann ich wollte. Ich hatte geglaubt, ich würde wie ausgewechselt sein. Ich hatte mich zehn Jahre lang auf Mutters Tod vorbereitet – jedes Mal, wenn ich vom Einkaufen oder aus der Bibliothek nach Hause kam, hatte ich die Tür mit einem Gefühl der Ungewissheit aufgeschlossen, und nachdem sie gestorben war, wollte ich mich von unserem alten Leben trennen. Ich wollte die Erinnerungen an all die Jahre, deren Spuren überall waren, endlich hinter mir lassen: der Stuhl, von dem aus sie die Straße überblickt und darauf gewartet hatte, dass ich zurückkehrte; der Schreibtisch, an dem sie regelmäßig Briefe an meinen Vater geschrieben und um mehr Geld gebeten hatte; das Bett, in dem ich sie gepflegt hatte und sie gestorben war – und das, als ich es abzog, noch ihren Geruch verströmte und mich zum Weinen brachte.

Ich war erbarmungslos. Ich lud den Antiquitätenhändler aus der Nachbarschaft ein und sagte ihm, er könne alles kaufen, was er haben wolle. Er summte und murmelte vor sich hin und schüttelte den Kopf, als ich ihm die Zimmer zeigte. Die Möbel seien zu dunkel und zu schwer, sagte er, der Markt für altmodische viktorianische Möbel wie diese sei so gut wie zum Erliegen gekommen. Aber er nahm trotzdem alles mit, einschließlich ihrer Haute-Couture-Kleider, die er in Kartons stopfte. Für alle Kleider zusammen gab er mir weniger als das, was eins neu gekostet hatte. Ich wollte trotzdem alles loswerden. Er ließ ihre Wäsche da, ein paar Stücke billigen Schmucks und ein Abendkleid, das ich behalten wollte. Ich dachte nicht an die Zukunft, nicht in diesem Moment. Ich hatte keinen Zweifel, dass sich etwas ergeben würde, und ich hatte recht, es ergab sich etwas.

Ein paar Monate zuvor war ein Artikel, den ich über die palladianischen Brücken in Stowe und in Prior Park geschrieben hatte, in der Zeitschrift *The Society Garden Antiquities* veröffentlicht worden. Im Laufe der Jahre waren mehrere Artikel von mir gedruckt worden, ohne dass ich ein Honorar dafür bekam, weil *The Society Garden Antiquities* eine unbekannte Zeitschrift war, die, so stellte ich mir vor, nur von einem halben Dutzend Akademiker gelesen wurde.

Aber sie musste doch ein größeres Publikum erreicht haben, denn eines Tages erhielt ich einen von der Zeitschrift an mich weitergeleiteten Brief von einem gewissen Mr. Liebermann, der schrieb, er habe ein englisches Landhaus mit Park erworben.

Dear Mrs. Jellico,
Vielleicht wären Sie als Expertin für Brücken und Gartenarchitektur bereit, Lyntons einen Besuch abzustatten und mir Ihre professionelle Einschätzung zu geben …

So hatte sein Brief angefangen. Ich hätte mich nicht als Expertin bezeichnet. Alles, was ich wusste, hatte ich mir selbst beigebracht, von meinem Jahr in Oxford einmal abgesehen. Jahrelang hatte ich meine Freizeit in der Bibliothek der *British Library* verbracht, wo ich immer auf demselben Platz saß und las, mir Notizen machte und zum Vergnügen kleine historische Artikel schrieb. Ich hatte keine historischen Stätten außerhalb Londons besucht, wenigstens nicht, seit mein Vater uns verlassen hatte.

Ich antwortete Mr. Liebermann noch am selben Tag und nahm sein Angebot an – ein Auftrag, eine Gelegenheit, aus der Stadt zu kommen, und, was ich besonders aufregend fand, eine Möglichkeit, eine klassische Brücke in natura zu sehen. Die ganze Zeit, in der ich auf seine Antwort wartete, schlief ich schlecht. Wir einigten uns auf ein Honorar und vereinbarten, dass ich im Haus wohnen könnte. Ich erklärte mich bereit, bis Ende August über die Objekte in seinem Garten, die von historischem Interesse waren, einen Bericht zu schreiben.

Für meine letzte Woche in London mietete ich mir ein Zimmer in einem Logierhaus bei Kings Cross. In einen Koffer hatte ich meine Bekleidung gepackt, in einen zweiten meine Bücher und das, was ich von Mutters Sachen behalten hatte. In den Nächten lag ich wach und hörte das Kommen und Gehen der Mädchen auf der Straße, die Tage verbrachte ich auf meinem üblichen Platz im British Museum und las alles, was ich über Lyntons finden konnte. Im *Pevsner* wurde das Haus auf anderthalb Seiten abgehandelt, die Pracht des Hauptportikus wurde erwähnt, und von dem Treppenhaus hieß es in dem abfälligen Ton, der mir inzwischen so gut gefiel, es sei »ohne Reiz«. Auch die Follys im Park und die Orangerie wurden kurz erwähnt, nicht jedoch eine Brücke. Die Kirche auf dem Gelände wurde aufgeführt, über deren Innenraum es hieß, er sei »enttäuschend«, und die Monumente seien »sentimental«. Aber ich erfuhr immerhin, dass das Haus Anfang des neunzehnten Jahrhunderts im neoklassischen Stil um ein älteres Backsteinhaus errichtet worden war. Ich bestellte mir die entsprechenden Ausgaben von *Country Life* in den Lesesaal, fand darin aber nichts Aufregendes, nur ein paar langweilige Fotos von Kaminbrüstungen, dem Säuleneingang und dem See. In einem Artikel wurde ein Buch mit Zeichnungen erwähnt, und das führte mich zu dem Tagebuch einer Frau, die sich 1755 in Lyntons aufgehalten hatte. Sie schrieb ausführlich über den zähen Fasan, der zum Abendessen serviert worden war, wie kalt und schäbig ihr Schlafzimmer war und dass auf ihr Zeichen kein Dienstbote gekommen sei, um Feuer im Kamin zu machen. Sie erwähnte auch die klassische Brücke, die den See überspannte, und ihre »feinen Bögen«.

Am ersten Morgen verließ ich das Haus, trat zwischen den riesigen Säulen des Portikus hervor, stieg die breite Treppe hinunter und ging unverzüglich zum See. Der ehemals förmliche Garten war verwildert und hatte sich zum Haus hin ausgebreitet, wo er die untersten Stufen überwucherte; die Brombeerranken brachen durch die Steine und wuchsen in den Spalten. Baldrian und Purpurweide hatten sich ausgesät, die Fliederbüsche waren lange nicht beschnitten worden und hatten lange dünne Äste, ihre Blütenköpfe waren braun. Verwildertes Geißblatt, *Lonicera,* kletterte über Ackerwinde, *Convolvulus,* hinweg. Früher einmal, vermutete ich, waren der See und die Brücke vom Haus aus zu sehen gewesen, aber jetzt musste ich einen Stock abschneiden und mir einen Weg durch das Dickicht schlagen, wobei ich mich an einen Pfad hielt, der von Brennnesseln flankiert war und zu einer Reihe von Nissenhütten führte, über deren halbrunde Dächer dichtes Efeu kletterte. Ich blickte durch die ausgestanzten Fenster und erkannte an dem Geruch und dem Schmutz, dass die Hütten zuletzt als Hühnerhäuser benutzt worden waren.

Als ich an mehreren gewaltigen Rhododendronbüschen vorbeikam, die beiderseits einer Reihe ausgetretener Stufen standen und deren abgefallene Blüten den Stein rosa färbten, machte ich mir unwillkürlich Vorstellungen von dem, was ich finden würde: eine palladianische Brücke, die vielleicht noch eleganter war als die in Wilton oder in Prior Park und breiter als die in Stowe, und meine hätte, anders als die in Stourhead, einen Tempel obenauf. Ja! Schon jetzt gehörte die Brücke mir. Ich würde sie entdecken – an Mr. Liebermann verschwendete ich keinen Gedanken, nicht in diesem Moment –, und ich würde einen Artikel schreiben, der nicht nur in einer Hochglanzzeitschrift erschien, nein, er würde in der *Times* veröffentlicht.

Ich folgte dem Bach, dessen Bett künstlich verbreitert worden war, wodurch das Wasser langsamer floss und der Betrachter den Eindruck gewinnen konnte, er stünde an einem See und nicht an einem gestauten und künstlich geleiteten Bach. Rechts von mir schlängelte sich das Wasser um eine Biegung und verschwand, und als ich ans Ufer vortrat, flog eine Schar Enten unter lautem Flügelschlagen und Quaken aus dem grünen Wasser auf. Ich wandte mich nach links und bahnte mir einen Weg durch wild wachsende Schösslinge; Reifenspuren von militärischen Manövern durchzogen hier den Boden, auf dem sich inzwischen wieder Gräser und Farne breitgemacht hatten.

Wenige Meter weiter hatte ich zum ersten Mal einen ungehinderten Blick auf die Brücke am Kopf des Sees. Sie entsprach nicht meinen Hoffnungen. Es gab keinen Tempel, nur ein Dickicht von Büschen und Pflanzen, die von beiden Ufern über die Brücke wuchsen. Es gab Bögen, aber sie waren nicht fein. Ich ging auf einem schmalen Rehpfad weiter, während ich die Brombeerranken und Beeren, die nach meinen Kleidern griffen, mit meinem Stock aus dem Weg schlug. Auf der Ostseite der Brücke floss der Bach träge, weil er von Unrat behindert wurde, der sich hinter den Steinen angesammelt hatte – Äste, Laub –, und weißer Schaum trudelte auf der Oberfläche. Es war ein trauriger, dumpfiger Ort, aber als ich den Blick über den See schweifen ließ, sah ich, dass das Wasser bis zu den Gräsern am Boden klar war, und in der Mitte fing die stille Oberfläche die Sonne und den Himmel ein und warf beides zu mir zurück.

Ich ging über die Brücke und am gegenüberliegenden Ufer entlang, wobei ich mich unter den Ästen herduckte und meinen Stock schwenkte, bis ich zum anderen Ende des Sees kam, der sich dort wieder zum Bach verengte, dann überquerte ich oberhalb eines kleinen künstlichen Wasserfalls ein Wehr. Dort saß ich eine Weile, während die Sonne höher stieg, und versuchte in meinem Skizzenbuch eine Zeichnung von der Brücke und dem See anzufertigen. Ich war sehr daran gewöhnt, allein zu sein und Zufriedenheit in meiner Einsamkeit zu finden, selbst inmitten der Menschenmengen von London, aber hier, während ich allein am Seeufer von Lyntons saß, war ich mir der zwei Menschen im Haus sehr bewusst und fing an mir auszudenken, was für Menschen es waren.

Später durchstreifte ich den Rest des Parkgeländes und sah mir die Follys und einige der Gebäude an: den Obelisken, das Mausoleum, die Grotte, den Küchengarten und die Meierei. Ich steckte den Kopf in muffige Vorratsräume, in das Kühlhaus und die Ställe, wo ich zwar keine Tiere sah, aber vor dem Licht und meinen Schritten welche weglaufen hörte. Den Rest des Vormittags saß ich auf dem schmalen Bett mit meinen Papieren auf dem Schoß und meinen Büchern vor mir auf dem Fußboden – es gab weder Tisch noch Stuhl –, formulierte meine Notizen aus, übertrug meine Skizzen und stellte einen Lageplan des Parks her, in dem die Standorte der Follys in Beziehung zum Haus markiert waren.

Ich wusch meine Unterwäsche und meine Strümpfe im Waschbecken, wozu ich die Seife auf dem Beckenrand benutzte, ihr Duft verflogen und die Oberfläche rissig, und hängte die Sachen über eine Leine, die über der Badewanne gespannt war. Später am Nachmittag machte ich mir eine halbe Dose Sardinen in Tomatensoße warm; die Kochplatte dafür, nebst Besteck und Geschirr, hatte ich in meinem Zimmer gefunden. Ich legte meine Koffer übereinander, breitete einen unbenutzten Kissenbezug darüber aus, deckte Messer, Gabel und Teller hin. Mit seitlich untergeschlagenen Beinen saß ich vor dem Esstisch, den ich mir gebastelt hatte, und aß meine Mahlzeit.

Nachdem ich abgewaschen und alles weggestellt hatte, nahm ich meine Arbeit wieder auf. Als ich das nächste Mal aufsah, hatte sich das Licht im Zimmer in der tieferstehenden Sonne zu Apricot gewandelt. Ich stand auf und streckte meinen Rücken, ich reckte und drehte den Hals, dann hockte ich mich vor das offene Fenster, sah über das Gelände und versuchte mir vorzustellen, wie es ausgesehen haben mochte, als es noch gepflegt wurde – die Felder in der Ferne, grün und ungepflügt, die Eichen und Zedern unversehrt, ihre Stämme nicht von Brennnesseln umwachsen. Eine Zeit, in der jeder Blick vom Haus so gestaltet war, dass er dem idealisierten Bild der englischen Landschaft entsprach, mit Blickfängern und offenem Land, gerahmt von den dunkel bewaldeten Hängen in der Ferne.

Kochgeruch zog von unten herauf, Knoblauch in Butter gedünstet, dazu Fleisch, und mein Magen zog sich zusammen – die halbe Dose Sardinen war nicht genug. Ich lehnte mich aus dem Fenster und sah auf der Fensterbank im Stockwerk unter mir einen Fuß mit schmutzigen Zehen und Nägeln, die mit grüner Farbe frisch lackiert waren, dann zog ich schnell den Kopf zurück. Ich überlegte, wie man es anstellte, dass man die Nachbarn kennenlernte.

Zum Abendessen aß ich den Brotkanten, den ich mitgebracht hatte, und den Rest der Sardinen. Ich würde am nächsten Tag in die Stadt gehen müssen, wenn ich essen wollte.

Die Luft unterm Dach war drückend, selbst bei offenem Fenster, und ich lag im Nachthemd unter einem Laken und dachte darüber nach, wer früher in meinem Zimmer gelebt haben mochte, und wer in dem nebenan, bevor es zum Badezimmer umgebaut worden war. Hatte ein männlicher Bediensteter, ein neugieriger Späher, der seine Herrin beobachten wollte, das Röhrchen im Fußboden angebracht, oder vielleicht ein missratener Sohn, der es lustig fand, die Gäste der Familie auszuspähen? Gerade stellte ich mir die verrückte alte Hausdame vor, die über das kleine Teleskop am Leben unterhalb ihres Zimmer teilnahm, als ich einen Schrei hörte, eine Frauenstimme, Caras, die von unten kam. Ein Licht ging an, und als ich meinen Kopf wieder aus dem Fenster steckte, war es im Badezimmer von Cara und Peter hell. Sie rief etwas auf Italienisch, sie spuckte die Wörter geradezu aus. Peters Antwort war laut, aber maßvoll.

»Bitte, Cara. Es ist spät, lass uns nicht wieder damit anfangen.«

Sie schrie ihn an, ihre fremd klingenden Wörter schallten durch die Nacht.

»Bitte auf Englisch«, sagte Peter.

Cara kreischte, ein Tier in der Falle. Es faszinierte mich, mir diese Frau vorzustellen, feurig und aufgeregt, anders als alle, die ich kannte. Dann Lärm von zerberstendem Glas oder von Porzellan, das zerschlagen wurde, und ich zog schnell den Kopf ein, als hätte sie es auf mich abgesehen. Eine Tür wurde so heftig zugedonnert, dass oben bei mir der Fensterrahmen bebte, unter mir fing Cara an zu weinen, und während sie zwischen zwei Schluchzern weiter unverständliches Zeug schrie, versuchte sie zu Atem zu kommen.

Ich wusste natürlich, was richtig und was falsch war. Das

hatte mir mein Vater beigebracht, bevor er wegging, und danach hatte Mutter damit weitergemacht: Für ein Vergehen ist immer eine Strafe fällig, du darfst weder lügen noch stehlen, sprich nicht mit fremden Männern, sprich nur, wenn du angesprochen wirst, sieh deiner Mutter nicht in die Augen, trinke nicht, rauche nicht, erwarte nichts vom Leben. Ich wusste, dass es Regeln dafür gab, wie ich mein Leben zu leben hatte, aber das Wissen war intellektueller Art, eine Liste, auf der ich bei jeder neuen Tat deren Rechtmäßigkeit oder Verwerflichkeit prüfen musste, während für andere Menschen diese Dinge offenbar intuitiv zu klären waren. Das Spionieren kam auf dieser Liste nicht vor. Ich ging ins Badezimmer und hob das Dielenbrett ohne jeden Gewissensbiss an. Ich kniete mich auf den Boden und blickte durch das Röhrchen.

Cara lag zusammengerollt auf dem Badezimmerboden, sie trug ein Nachthemd, und die Lockenfülle ihres Haars bedeckte ihr Gesicht. Sie hatte die Knie bis zur Brust hochgezogen, ihr Kopf lag in Peters Schoß, und hin und wieder drang ein Schluchzer aus ihrer Brust. Peter war im Schlafanzug und saß mit dem Rücken an der Wand, die Beine hatte er gerade vor sich ausgestreckt. Er streichelte Cara über das Haar und beugte seinen Kopf über sie, und ich war verzaubert von der Liebe, die ich in dieser Geste zu sehen glaubte, ein wechselseitiges Geben und Nehmen, das ich nie kennengelernt hatte. Nach einer Weile richtete Cara sich auf und bedeckte Peters Hals und Gesicht mit kleinen Küssen, während er steif und aufrecht sitzen blieb, als wollte er abwarten, ob sie plötzlich umschwenken und ihm mit einer Kralle das Gesicht zerkratzen würde. Sie küsste ihn auf den Mund und drückte ihre Lippen auf seine, und dabei strich sie ihm mit der Hand, an der ein Ehering steckte, über den Oberschenkel und fuhr in seinen Hosenschlitz. Ich wandte den Blick nicht ab, ich war neugierig. Bevor ihre Finger im Schlitz verschwinden konnten, nahm Peter sanft ihr Handgelenk und zog es heraus. Cara ließ den Kopf hängen, und ihr Körper wurde von Schluchzern geschüttelt. Peter stand auf, hob sie in seine Arme, als wäre sie ein Kind oder eine Kranke, und trug sie aus dem Badezimmer.

3

Am nächsten Morgen arbeitete ich ohne Frühstück an meinen Notizen, und als ich das Haus verließ, war es schon heiß, und meine Handflächen klebten an den Plastikgriffen meines Einkaufsnetzes. Ich hatte meinen Hut nicht finden können und nahm an, ich hätte ihn im Bus vergessen. Ich überquerte die Auffahrt und machte mich auf den langen Weg die Allee hinunter. Der Belag war voller schadhafter Stellen und Schlaglöcher, wahrscheinlich waren sie durch die Militärwagen entstanden, die vor vielen Jahren von hier verschwunden waren. Die Sonne brannte heiß auf meinen Kopf, ich war jetzt schon durstig. Am Ende der Allee sah ich jemanden mit einem Fahrrad und erkannte im nächsten Moment, dass es Cara war, die mit gesenktem Kopf und fest trampelnden Beinen die sanfte Steigung zum Haus bewältigte. Was sollte man in einer solchen Situation tun? Ich hatte die Farbe ihres Nachthemds gesehen – babyrosa – und kannte die schrillen Töne, die sie beim Weinen ausstieß, aber wir waren einander noch nicht vorgestellt worden. Mutter wäre stehen geblieben und hätte sich höflich mit ihr unterhalten und so getan, als hätte sie nichts gesehen und gehört. Natürlich konnte ich immer eine Bemerkung über das Wetter machen, wie blau der Himmel war, oder Cara fragen, ob sie glaubte, wir würden Regen bekommen, aber ich war mir nicht sicher, ob ich jemandem in die Augen sehen konnte, dessen Hand ich dabei beobachtet hatte, wie sie im Hosenschlitz ihres Mannes verschwand. Vielleicht konnte ich sie fragen, ob sie etwas zu trinken bei sich hatte. Inzwischen war Cara um die Biegung herum, und ich sah, dass sie ein grünes Tuch um den Hals geknotet hatte, außerdem eine Sonnenbrille und dasselbe Häkelkleid wie gestern trug. Ihre Knie bewegten sich auf und ab, und ich stellte mir vor, dass sie eine Flasche Limonade in ihrem Fahrradkorb bei sich hatte, kalt aus dem Kühlschrank eines Geschäfts in der Stadt.

Ich wischte mir die rechte Hand an meinem Rock ab, bereit, ihre zu schütteln, falls sie anhielt. Dann ging ich weiter auf sie zu. Meine Wörter: *Guten Tag, ich bin Frances, ich bin hier, um die Follys im Garten zu untersuchen,* waren wie Kieselsteine, die ich in der Wangentasche mit mir herumtrug, dröge Dinge, die mir aus dem Mund rutschen und zu Boden fallen würden. Ich hörte das Quietschen der Federung und das Keuchen der nicht voll aufgepumpten Reifen auf dem Straßenpflaster, und ich sah ihre von der Anstrengung geröteten Wangen.

Dann ging ich von dem gepflasterten Weg ab ins Gras und stellte mich hinter den nächsten Baum, den Rücken flach an die Rinde gepresst. Nicht einmal mir selbst konnte ich einreden, dass Cara mich nicht gesehen hatte.

Als sie an dem Baum, hinter dem ich stand, vorbeifuhr, klingelte sie, worauf sich ein paar Krähen laut krächzend in die Luft schwangen. Ich blieb so lange hinter dem Baum stehen, bis sie am Eingang von Lyntons angekommen, vom Fahrrad abgestiegen und ins Haus gegangen war – und bis die Röte aus meinem Gesicht gewichen war.

Am Ende der Allee bog der Weg nach rechts zu der Straße ab, auf der ich gekommen war. Aber geradeaus zur Stadt führte ein Pfad zwischen zwei Wiesen hindurch, die verwuchert und von Insektengesumm erfüllt waren. Der Himmel war von einem matten Blau, die Sonne schien unentwegt; sie entzog meinem Körper alle Flüssigkeit und sammelte sie in meinen Achselhöhlen und dem Halsausschnitt, und wäre Cara jetzt an mir vorbeigefahren, hätte ich sie vom Fahrrad gestoßen und die fiktive Flasche Limonade aus dem Korb genommen. Ich entschied, dass es bis zur Stadt näher war als zum Haus zurück, und ging deshalb in diese Richtung weiter und dachte an ein großes Glas Wasser, um das ich bitten würde, sobald ich den Teesalon erreicht hätte; es musste einen Teesalon geben.

Am Ende der Wiesen wurde der Pfad breiter, aber auch dunkler, er war von Eiben gesäumt, deren Äste sich in der Höhe wie bei einem Hochzeitsbogen miteinander verschlangen, und ich ging darunter, eine Braut ohne Bräutigam. Die Wegränder rechts und links waren erhöht, da der Weg selbst ausgetreten war und die Baumwurzeln wie braune Knochen bloß lagen. Ich war für den Schatten dankbar, und erst als am Ende ein Halbkreis Helligkeit sichtbar wurde, dann ein schmiedeeisernes Tor mit einem Friedhof dahinter, wurde mir klar, dass die Eibenallee der Weg gewesen sein musste, den Generationen von Lyntons gegangen und geritten waren und auf dem sie, beim letzten Mal, getragen worden waren, auf dem Rücken liegend, in ihren besten Kleidern, zu der Gutskirche, von der ich im *Pevsner* gelesen hatte. Das Tor wurde von kniehohem Gras in Position gehalten, dahinter standen schiefe Grabsteine, und Schmetterlinge flatterten zwischen Sommerflieder und blühenden Disteln umher. Ich drückte das Tor auf und schob das Queckengras so weit zur Seite, dass ich durch die Lücke passte. Hier, im hinteren Teil des Friedhofs, waren die Gräber nicht gepflegt, Moos und Regen hatten die Daten ausgelöscht, und die Menschen, die dort begraben lagen, waren nurmehr verschwommene Initialen. Ich folgte den Gräbern chronologisch vorwärts in der Zeit und fand schließlich vier Lyntons, die beieinanderlagen: zwei Dorotheas, einen Charles, der mit zwanzig gestorben war, und einen Samuel, der nur ein Jahr alt geworden war.

Ich ging auf dem Weg um die Kirche herum und wieder an einer Eibe vorbei, deren Stammesumfang fast so dick war wie der des Turms. Ich entdeckte einen Haufen Grasschnitt, auf dem tote Blumenköpfe lagen und der einen Geruch von Vergänglichkeit und warmer, sich verflüssigender Vegetation verströmte. Auf der Nordseite der Kirche stand der Pastor im Talar zwischen den Grabsteinen. Sein Gesicht war nicht zu sehen, weil er sich über ein offenes Buch beugte. Neben ihm stand ein älterer Mann, der eine Mütze in der Hand hielt und sich auf einen Spaten stützte. Die beiden Männer standen über einem offenen Grab.

Ich hielt mich dicht an das Kirchenschiff und kam zum Portal, das unverschlossen war. Seit Mutters Beerdigung war ich nicht mehr in der Kirche gewesen, aber der Geruch von Bienenwachs und die Luft, so kühl wie fließendes Wasser, waren vertraut und freundlich. Bei ihrer Beerdigung hatte ich die ganze Zeit geweint, durch die Trauerrede und die Lieder hindurch. Ich konnte auch dann nicht aufhören, als der Pfarrer ein paar Worte sprach und die wenigen alten Freundinnen meiner Mutter zu singen begannen, allerdings war ich mir nicht sicher, ob der Grund für meine Tränen das Entsetzen über den Tod meiner Mutter war oder nicht eher Selbstmitleid.

Diese Kirche war schlicht und schön: Kirchenbänke, geweißelte Mauern, eine Holzdecke. Ich fand sie nicht enttäuschend. Ich ging den Mittelgang entlang und öffnete die Tür zur Sakristei, und als ich gerade den Hängeschrank über dem Becken öffnen wollte, hörte ich eine Stimme hinter mir.

»Kann ich Ihnen helfen?«

Ich drehte mich um; der Pastor stand in der Tür, das Gebetbuch in den Händen. Er hatte Säcke unter den Augen, als hätte er mehrere Nächte nicht geschlafen, und sein Haar war in einem seltsamen Stil von der Stirn nach hinten gekämmt, und noch befremdlicher als alles andere war sein dunkler Bart. Ich hatte bis dahin, glaube ich, nie einen Pastor gesehen, der nicht sauber rasiert war.

»Entschuldigung. Ich suche ein Glas«, sagte ich. »Für Wasser.«

»Sie müssen leider ihre eigene Blumenvase mitbringen, und draußen gibt es einen Wasserhahn, der für alle ist.«

»Ich meine, ich wollte etwas trinken.«

Er ging an mir vorbei, zog den Vorhang unter dem Spülbecken zurück, nahm ein Glas von dem Bord, ließ Wasser ein und sah mir beim Trinken zu. »Mr. Locker hat gesehen, wie Sie hinten durch das Tor gekommen sind.« Er musterte mich von oben bis unten, und ich wusste, was er sah: eine Frau mittleren Alters mit dicker Taille und ergrauendem Haar, und einer Kehle, die sich auf und ab bewegte, während das Wasser hindurchrann. Aber anscheinend bestand ich die Prüfung, der er mich unterzog, denn er streckte mir die Hand hin und sagte: »Victor Wylde.«

Ich zögerte, streckte die Hand mit dem Glas aus, zog sie dann wieder zurück, lachte verlegen und stellte das Glas auf die Spüle. Ich streckte wieder die Hand aus, zog sie abermals zurück, um sie an meinem Rock abzuwischen, und schüttelte ihm dann endlich die Hand.

»Victor?«, sagte ich. »Victor, der Vikar?« Die Worte kamen unvermittelt aus meinem Mund, und er verdrehte die Augen, als hätte er den Witz schon viele Male gehört. »Entschuldigung«, sagte ich. »Frances Jellico. Sehr angenehm.«

Ihm war wohl mein unberingter Finger aufgefallen, denn

er sagte: »Miss Jellico«, und nickte. »Gehören Sie zu den Leuten, die in Lyntons kampieren?« Aus einer versteckten Seitentasche in seinem Talar holte er ein Taschentuch, und ich hatte plötzlich die entsetzliche Vorstellung, dass er sich die Hand abwischen würde, die ich geschüttelt hatte, aber er fuhr sich damit um den Hals und stopfte es wieder in die Tasche.

»Ich schreibe einen Bericht über die Follys und die Außengebäude«, sagte ich.

»Wir haben gerade jemanden aus der Familie Lynton beerdigt. Damit sind die Lyntons ausgestorben.«

»Ich wusste nicht, dass noch jemand gelebt hat.«

»Na ja«, sagte er. »Jetzt nicht mehr. Jetzt haben wir sie alle unter der Erde.« Er griff sich in den Nacken, löste einen Haken oder einen Knopf und zog sich das Beffchen ab, bevor ich wegsehen konnte, es kam unter seinem Talar hervor, zusammen mit einer Art Lätzchen. Ich hatte über die Bekleidung von Geistlichen nie nachgedacht, aber dieser Entledigung beizuwohnen war ein Schock, so ähnlich, als hätte er sich unter den Talar gegriffen und die Unterhose ausgezogen. Ich wandte mich zum Spülbecken um und suchte nach etwas, das ich sagen konnte.

»Er … er … hatte keine Familie mehr?«

»*Sie*«, sagte der Pastor hinter mir. Ich hörte ein Rascheln, und seine Stimme klang dumpf, als er sich etwas über den Kopf zog. »Keine Familie, keine Freunde, soweit ich weiß. Nur ich und Mr. Locker, der Friedhofsgärtner, und sie natürlich. Die letzte Dorothea Lynton war ein Fall für sich. Äußerst widerspenstig und außerdem vergesslich. Eine querköpfige Alte.« Es klapperten Metallbügel.

»Meine Güte«, sagte ich; ich war mir nicht sicher, ob ein Pastor so über seine Gemeindemitglieder sprechen sollte. »Aber alles in allem, Mr. Wylde, jetzt hat sie Erlösung gefunden, meinen Sie nicht auch?« Ich hatte meine Mutter diese Wendung benutzen hören. Ich warf einen Blick über die Schulter. Der Pastor hatte sich den Talar ausgezogen und trug darunter Jeans und ein langärmeliges T-Shirt, das den T-Shirts meines Vaters ähnelte, aber dieses hatte ein Muster von Sonnen in Lila und Rosa auf der Brust; ich war mir nicht sicher, aber man nannte es, glaubte ich, Batik.

Er zog die Augenbrauen hoch. »So kann man das vielleicht sagen. Und bitte – Victor.« Er lächelte, nahm das Glas, das ich auf die Spüle gestellt hatte, füllte es am Hahn mit Wasser, dann beugte er sich über das Becken und goss sich das Wasser über den weißen Nacken. »Meine Güte, ist das heiß draußen«, sagte er und richtete sich auf. »Vor ein paar Jahren hat Dorothea versucht, in Lyntons zu leben, und offenbar eins der Dachzimmer in ein Badezimmer ausbauen lassen, damit die ältere Frau, die mit ihr zusammen kam, dort wohnen konnte, wie früher eine Kammerzofe. Sie haben es nicht länger als einen Monat ausgehalten. Ich bin überrascht, dass Sie da zurechtkommen. Gibt es überhaupt Strom und fließend Wasser?« Er zog mit einer raschen Bewegung das Gummiband von seinem Pferdeschwanz und streifte es sich über das Handgelenk; sein Haar fiel ihm in dichten Wellen ums Gesicht. Ich starrte ihn an.

»Es ist sehr atmosphärisch.« Ich hatte das seltsame Bedürfnis, Lyntons zu verteidigen.

»Dorothea Lynton war der Auffassung, dass die Armee oder die Regierung oder sonst jemand sie um ihr Vermögen betrogen hätte«, fuhr er fort. Wasser lief ihm über das Hemd und färbte das Batikmuster dunkellila, in seinem Haar und seinem Bart hingen einzelne Wassertropfen. »Sie erzählte allen, die ihr noch zuhörten, dass man sie um ihren Besitz gebracht hätte.« Er füllte abermals das Glas und gab es mir. Diesmal nahm ich einen kleinen Schluck.

»Und stimmt das?«

»Ich würde sagen, sie hatte nicht alle Tassen im Schrank, aber jetzt wohnen Sie ja da. Ich habe gehört, das Haus ist ausgeräumt worden. Nichts mehr da. Die Armee hat das Dach wohl notdürftig geflickt, aber mehr auch nicht. Es macht bestimmt keinen Spaß, in einer Ruine zu wohnen, stelle ich mir vor.«

»Dabei könnte es ein so schönes Haus sein, wenn Mr. Liebermann es wieder herrichtet. Und der Park –«

»Mr. Liebermann? Der Amerikaner, der es gekauft hat?« Victor machte den Schrank zu und zerrte sein Hemd aus dem Hosenbund, und als er meinen Blick sah, mein Starren, sagte er: »Heute ist kein Dienst mehr.« Er steckte das Gebetbuch in eine Lücke auf dem Bord. »Mein Onkel hat mir von den Weihnachtsfesten erzählt, die die Lyntons vor dem Ersten Weltkrieg im Haus für die Dorfbewohner ausgerichtet haben. Damals, als Geld kein Problem war. Im Foyer eine Tanne bis zur Decke, Musik und Tanz, Mince Pies in Hülle und Fülle. Und Versteckspiel für die Kinder. Angeblich mussten sich die Kinder am Ende des Fests aufstellen, und Lady Lynton teilte Geschenke aus. Wahrscheinlich haben sie sich Puppen oder Kreisel erhofft. Mein Onkel lachte immer, wenn er erzählte, wie verdutzt sie geguckt haben, wenn sie ein Stück von einem Wandbehang oder einen blanken Stein oder einen auf eine Nadel aufgespießten Käfer überreicht bekamen, mit der Auskunft, es handele sich um ein Stück vom Familienerbe.« Victor schüttelte den Kopf. »Wie gesagt, eine querköpfige Alte.«

Er begleitete mich zum Ausgang, und wir schüttelten uns abermals die Hände. Als er sich schon umgewandt hatte, fast als nachträgliche Bemerkung, sagte er: »Ich hoffe, Sie kommen am Sonntag zum Gottesdienst, zusammen mit Ihrer Freundin. Ich könnte weiß Gott ein paar neue Gesichter in der Kirche gebrauchen.« Und bevor ich sagen konnte, ich wüsste nicht, wen er meinte, denn ich hätte, wie Dorothea Lynton, keine Freunde, war er schon halb über den Friedhof und hielt auf eine Lücke in der Mauer zu, wo es vermutlich in den Pfarrgarten ging.

Die Stadt war kleiner, als ich gedacht hatte: ein Bäcker, ein Gemüsehändler, ein Fischhändler, kein Kino, keine Buchhandlung. Auf den schmalen Bürgersteigen drängten sich Frauen mit Einkaufskörben, die ihre Kinder hinter sich herzogen, und andere Frauen, die in kleinen Gruppen zusammenstanden und sich entspannt über – so stellte ich mir vor – die Schulen im Ort und den Preis von Gemüse austauschten. Wie wäre es, ein solches Leben zu leben? Eins, das sich um den Ehemann und die Kinder drehte. Ich verstand nicht, wie sie dieses Leben gefunden hatten; welche Gespräche hatten diese Frauen geführt, als sie Teenager waren oder Anfang zwanzig, Gespräche über Schminktricks oder neue Frisuren, die an mir vorbeigegangen waren. Nicht dass ich mir einen Ehemann oder Kinder wünschte, aber mir schienen diese Leben so fremd, dass ich mir nicht vorstellen konnte, wie sie zustande gekommen waren.

Es gab keinen Teesalon in der Stadt, aber ich kam am *Harrow Inn* vorbei, einem Pub, der auf einem Schild Sandwiches und Kaffee anpries, und da ich plötzlich merkte, wie hungrig ich war, ging ich hinein.

Zwei Frauen standen so am Eingang zum Speiseraum, dass sie ihn versperrten. Als ich auf sie zukam, wandten sie sich um und dann wieder ab, ohne zu grüßen.

»Sandra hat gesagt, sie hat ihren Brief letzte Woche abgeschickt«, sagte eine der Frauen. »Wir brauchen einfach noch ein paar mehr, die sich trauen.«

Die andere knöpfte ihr Kopftuch ab. »Diese Hitze!« Sie

nahm das Tuch vom Kopf und lockerte ihre flache Dauerwelle mit der Handfläche auf. »Mary hat gesagt, die ersten zwei Tage soll ich direktes Sonnenlicht meiden. Aber ich weiß nicht, wie ich es unter diesem Ding hier aushalten soll, wenn es draußen so heiß ist.«

»Ich könnte dir erzählen, worum es geht, wenn du möchtest«, sagte die erste Frau und wartete auf eine Antwort von der Frau mit der neuen Dauerwelle. Als keine kam, sagte sie: »Es ist ziemlich wichtig.«

»Ich habe gehört, er bleibt sowieso nicht mehr lange«, sagte die Dauerwellenfrau. »Er überlegt wegzuziehen.«

»Soll mir recht sein.«

Ich hustete leise. Die erste Frau drehte sich wieder zu mir um, von der anderen wehte der chemische Geruch der Dauerwelle herüber. Sie sagte etwas, das ich nicht hören konnte, und legte die Hand auf den Arm ihrer Freundin, und die beiden neigten die Köpfe zueinander und lachten. Es sah so einfach aus.

»Entschuldigen Sie, bitte?« Diesmal sahen mich beide direkt an, und ihr Lachen erstarb. »Warten Sie auf einen Tisch?«, fragte ich.

»Es gibt keinen Platz mehr«, sagte die Dauerwellenfrau.

»Oh je«, sagte ich. »Ich bin am Verdursten. Wie Sie schon sagten, es ist furchtbar heiß.« Ich zupfte an der Knopfleiste meiner Bluse und lächelte.

Die Frauen schwiegen und wandten sich wieder nach vorn. »Ich schreibe morgen einen Brief an den Bischof, wenn du willst«, sagte die Dauerwellenfrau zu ihrer Freundin.

Ich kaufte Brot und Eier, ein halbes Pfund Schinkenspeck, Butter, Kartoffeln und zwei Flaschen gekühlte Limonade. Ich ging in den Süßwarenladen und kaufte eine Tüte Everton-Pfefferminz, und beim Fischhändler kaufte ich eine ganze Scholle, die ein Junge mit einer blutverschmierten Schürze erst in weißes Papier und dann in eine Seite der *Times* wickelte. Beim Bäcker kaufte ich einen Laib Brot und aus einer Laune heraus drei Rosinenbrötchen, und ich stellte mir vor, ich würde Cara und Peter fragen, ob sie je eins haben wollten. In den Läden hatten vier Leute mit mir gesprochen, hatten »Guten Morgen« gesagt, oder »Danke«, als sie mir meine Einkäufe gaben. Ich zählte diese Momente. Mehr als sieben war ein guter Tag.

Ich ging denselben Weg zurück, den ich gekommen war, an der Kirche vorbei, aber ich sah den Pastor nicht. Als ich zu dem Grab mit der frischen Erde kam, die in der Sonne schon heller geworden war, blieb ich stehen. Einen Grabstein gab es noch nicht, falls es je einen geben würde, ich sah nichts, was darauf hinwies, dass die letzte der Lyntons jetzt unter der Erde war. Ich hatte immer noch Durst und außerdem Hunger. Ich versicherte mich, dass niemand mich sehen konnte, und trank die eine der Limonaden halb leer und aß eins der Rosinenbrötchen direkt aus der Packung, und das, obwohl Mutter immer gesagt hatte, es sei ein Zeichen von schlimmsten Manieren, wenn man auf der Straße aß oder trank. *Gutes Essen soll man gesittet essen.*

Ich ging auf der Eibenallee, dann auf der Lindenallee, während die Sonne mir auf den Kopf brannte. Hinter dem Haus, am anderen Ende des Sees, konnte man den Turm des Mausoleums über die Bäume hinweg sehen. Ich hatte es mir bei meinem Gang durch den Park von außen angesehen, und obwohl ich das kaputte Schloss bemerkt hatte, war ich nicht hineingegangen. Als ich zum Wendeplatz kam, stellte ich meine Einkaufstasche in das trockene Becken des Springbrunnens, in den Schatten, den die Marmorfrau warf. Ich war mir nicht sicher, was ich mit den Rosinenbrötchen machen sollte, nahm die Tüte dann aber mit, weil es seltsam aussehen würde, wenn ich Peter und Cara die beiden verbleibenden Brötchen anbot, obwohl wir zu dritt im Haus waren und ich für mich selbst keins mehr hätte. Ich aß das zweite im Gehen.

Die Tür des Mausoleums stand halb offen, das Holz um das Schloss war gesplittert. Von dem leeren Eingangsbereich stieg ich die Wendeltreppe hoch, die an der verfärbten Wand entlangführte. Oben war ein kleiner Absatz, eine Leiter an der Wand und eine Luke, die ich mit der Schulter aufdrückte, dann kletterte ich hindurch. Die Überdachung war an allen vier Seiten offen und ermöglichte den Blick über die volle Länge des Sees, der im Sonnenschein funkelte und mein Auge zu der Brücke am anderen Ende lenkte. Hinter mir waren die Überreste des eingemauerten und überwucherten Küchengartens, und mit einer weiteren Fünfundvierzig-Grad-Drehung konnte ich das Haus sehen, das in der Nachmittagssonne weiß leuchtete, wie ein Schiff, das über ein grünes Meer segelt, und davon zurückgesetzt lag die Orangerie. Ein Sonnenstrahl fing sich in der Tür, die aufging und durch die eine Gestalt, ich vermutete Cara, heraustrat. Ich konnte keine Einzelheiten oder Gesichtszüge erkennen, aber ich sah sie ein seltsames Winken mit dem Arm vollführen, bei dem sich ihre Hand mit nach oben gerichteter Handfläche auf und ab bewegte, und erst als sie es das dritte Mal machte, sah ich, dass sie etwas in die Luft warf und wieder auffing, hochwarf und auffing.

Unten im Mausoleum befanden sich drei Gräber: ein früherer Lord Lynton und zu beiden Seiten seine beiden Ehefrauen, mit geschnitzten Steinfiguren auf den Gräbern. Irgendwann hatte jemand in dem Raum ein Feuer gemacht; eine Wand und die Decke waren rußig. Dem liegenden Lord fehlten die Nase und drei Finger, die, so spekulierte ich, von den Soldaten als Souvenirs abgebrochen worden waren, wodurch der Mann zum Leprakranken geworden war. Die Schäden an den Frauen waren noch schlimmer. Zwar war das Licht in dem Raum schwach, aber durch die offene Tür konnte ich sehen, dass da, wo ihre Herzen hätten sein müssen, Löcher in den Stein gebohrt worden waren. Ich warf einen Blick in die dunklen Höhlen, konnte aber nichts sehen, und ich hatte nicht den Mut, mit der Hand hineinzugreifen. Ich sprach für die drei ein Gebet und ging wieder.

Als ich zum Haus kam, schreckte ich eine magere, verwilderte Katze auf, die mit etwas, das aus ihrem Maul hing, weglief, und als ich zum Springbrunnen kam, sah ich, dass das magere Tier an meine Einkäufe gegangen war. Es hatte das Zeitungspapier aufgerissen, den Fisch herausgezerrt und alles gefressen außer dem abgetrennten Kopf, dessen zwei leblose Augen mich anstarrten. Die Schlagzeile auf der zerrissenen Zeitung im Gras lautete: *Der Mensch macht erste Schritte auf dem Mond*. Ich nahm eine Handvoll Kieselsteine und warf sie hinter der Katze her.

Den Rest der Woche verbrachte ich damit, das Gelände abzugehen und eine bessere Karte mit den Monumenten zu zeichnen: dem Mausoleum, dem Obelisken, der einem toten Pferd gewidmet war, der Grotte aus Feuerstein und Muscheln, dem Kühlhaus und der Brücke. Ich arbeitete mit methodischer Präzision, freute mich über das gute Wetter und war entspannt, weil ich den restlichen Juli und den ganzen August hatte, um meinen Bericht zu schreiben. Es gab noch viele kleinere Skulpturen, die im Dickicht versteckt waren – eine Urne auf einem Sockel, die einer Konkubine zugedacht war, der untere Teil einer Statue, von der ich annahm, dass es Eros war. Ich ging jeden Tag zur Brücke, fast, als hoffte ich, sie hätte sich über Nacht verändert und ein Retter wäre gekommen, der den Wildwuchs entfernt und den Unrat aus dem Wasser abgeschöpft und sie zu einem Bauwerk im Stil Palladios verwandelt hätte. Ich machte einen weiteren, ereignislosen Ausflug in die Stadt. Wenn Peter und Cara kochten, schloss ich mein Fenster oder machte einen Abendspaziergang, umschwirrt von den Fledermäusen. Das Wetter blieb trocken und warm. Ich begegnete meinen Mitbewohnern nicht, ich hörte und sah keine Auseinandersetzungen, und ich versuchte, die lose Bodendiele im Badezimmer zu vergessen.

4

Der Pastor – Victor, natürlich weiß ich, dass er es ist, auch wenn mir sein Titel noch nicht einfallen will – ist wieder da, er sitzt an meinem Bett und nimmt meine Hand, oder vielleicht war er die ganze Zeit da, während ich geschlafen habe. Bald wird ein solcher Schlaf mein letzter sein. Nie wieder werde ich zu den Ästen eines Baumes aufblicken und das Licht zwischen den Blättern schimmern sehen, nie wieder werde ich meine Hand fest an die Rinde drücken, bis sich ihr Muster auf meiner Haut abgedrückt hat. Ich werde nie wieder den Geruch von Erde nach Regen einatmen, nie wieder das Plätschern von Wasser über Steinen hören.

Der Pastor fragt mich, was ich bereue und ob ich ein ruhiges Gewissen habe, und dann flüstert er: »Erzählen Sie, was wirklich geschehen ist.«

»Was ist mit dem Beichtgeheimnis?«, frage ich; ich will sehen, ob ich ihn aufs Glatteis führen kann, vielleicht hat er vergessen, was er gelernt hat.

»Alle Geistlichen sind zur Geheimhaltung verpflichtet.« Er rückt auf dem Stuhl näher heran. Ich würde gern sehen, ob er die Finger der anderen Hand gekreuzt hat, wie ein Kind, das etwas verspricht, das es nicht halten wird. Er ist nicht das, was zu sein er vorgibt, das weiß ich.

»Auch über den Tod hinaus?«, frage ich.

Er nickt und drückt meine Hand. Ich spüre seine Erwartung, aber ihm geht es nicht um Klatsch, ihm geht es um die Wahrheit, ganz allein zu meinem Wohl.

»Auch wenn es gegen die Gesetze des Landes verstößt?«

Einmal, nachdem ich ein gutes Jahr hier war, habe ich sie über mich sprechen hören. Widerspenstig haben sie mich genannt, und das hat mich gefreut. Die Frauen hier kommen in zwei Varianten: zornig und aufmüpfig, oder angepasst und duldsam. Und wenn man bedenkt, wie ich in den ersten neununddreißig Jahren meines Lebens war, ist es vielleicht überraschend, dass ich nicht angepasst war. Eine querköpfige Alte. Das stimmt.

»Das Beichtgeheimnis ist unantastbar«, sagte Victor, aber mit uns ist noch eine Lernschwester im Zimmer. Ich muss daran denken, ihn ein andermal zu fragen, wenn wir allein sind.

Ich schließe die Augen. Werden die letzten Dinge, die ich sehe, mein Kamm, meine Lesebrille, meine Uhr, mein seit Langem leeres Zigarettenetui sein? Es gibt so wenig, was mein eigen ist, und selbst diese Dinge werde ich diesmal nicht mitnehmen. Victor lässt meine Hand los, und ich bin wieder in meinem Badezimmer im Dachgeschoss von Lyntons.

Am Sonntagmorgen beschloss ich ein Bad zu nehmen, obwohl das Wasser, das aus dem klopfenden Hahn kam, braun war und sich in der schmalen Wanne Rostsplitter absetzten. Danach zog ich mir den grünen Rock, Bluse und Jacke an. Ich hatte mir einen Hut aus Pappe gebastelt und mit einem gelben Stück Stoff drapiert. Der Stoff roch ein bisschen muffig und hatte ein paar Rostflecken, aber ich war zufrieden mit dem Hut, er hatte eine breite Krempe und eine kuppelförmige Krone. Ich trug ihn stolz auf meinem Weg entlang der Allee.

Victor begrüßte mich an der Kirchentür. »Ich freue mich sehr, Sie zu sehen.« Er sah über meine Schulter und sagte: »Ihre Freunde haben Sie nicht mitgebracht?«

»Nein«, sagte ich. »Heute nicht.«

Ich war eine der Ersten in der Kirche. Ich kam gern früh, es schien mir höflich. Ich verneigte mich zum Altar hin und setzte mich in eine leere Kirchenbank. Eine Familie setzte sich ein paar Reihen hinter mich, der Junge von ungefähr sieben Jahren war unruhig und zappelig, und seine Mutter beschwichtigte ihn und zischte seinen Namen: *Christopher, Christopher*. Ein älteres Ehepaar nahm die Plätze auf der anderen Seite des Mittelgangs von mir ein. Ich lächelte der Frau zu, und sie musterte meinen Hut. Noch ein paar Familien und einige ältere Leute kamen herein. Als Victor im weißen Talar und zurückgebundenem Haar zum Altar ging, hörte ich hinten in der Kirche einen kleinen Tumult: Geschiebe und lautes Flüstern. Ich drehte mich um und sah, dass Cara ein paar Leute bat, für sie am Ende ihrer Bank Platz zu machen. Ihr Haar war lose und dunkel auf dem gelben Kleid, das wie ein Sonnenfleck auf den farblosen Wänden war. Ich drehte mich zur Sakristei um, bevor sie mich bemerkte.

Es gab die üblichen Gebete, ein Kirchenlied, das ich nicht gut kannte und das die Gemeinde zu der Begleitung einer verstimmten Orgel sang. Victor stieg die Stufen zur Kanzel hoch. Bei unserer Begegnung in der Sakristei hatte er ziemlich barsch über seine Gemeinde gesprochen und etwas gereizt geklungen, jetzt sprach er verhalten und machte lange Pausen zwischen den Wörtern. Ich hielt den Kopf gesenkt, während ich ihn innerlich zu mehr Lebendigkeit antrieb, zu mehr Begeisterung ermunterte. Er murmelte etwas über den Leib der Frau und die Empfängnis und moralische Verderbtheit vom Moment unserer Zeugung und ging dann zu etwas anderem über, das ich nicht richtig hörte. Ich bemühte mich, ihn zu verstehen, das Thema Sünde interessierte mich. Ich war immer der Meinung gewesen, dass die Kirche zu schnell zur Vergebung bereit war, als ginge es ihr nur darum, dass die Anzahl derer, die es in den Himmel schafften, gleich blieb.

Noch ein oder zwei Gebete, dann waren wir schon bei der Heiligen Kommunion. Ich ging nicht nach vorn. Ich wollte mich erst an diese Kirche gewöhnen, wollte sehen, wie man sich hier verhielt. Die Schlange, die an mir vorbeiging, war kürzer als die, an die ich in London gewöhnt war; wahrscheinlich nicht mehr als sechs Kirchgänger. Sie knieten vor dem Altar nieder, und Victor ging von links nach rechts an der Reihe entlang. »Der Leib Christi«, sagte er und hielt jedem eine Oblate hin. »Das Blut Christi«, sagte er und klang gelangweilt. Neben ihm war ein kleiner Junge, der den Kelch hielt. »Der Leib Christi«, sagte der Pastor wieder. »Das Blut Christi«, sagte er, dann hielt er inne. Vor ihm kniete Cara in ihrem fließenden gelben Kleid. Victor sah zu ihr hinunter und sah dann mich an, und ich wusste, dass er sie gemeint hatte, als er von meinen Freunden sprach. Ich konnte ihr Gesicht nicht sehen, sah aber ihre bebenden Schultern, das Nicken des Kopfes und das Haar, und im ersten Moment dachte ich, sie würde lachen, und war empört, dass sie vor dem Altar lachte.

»Der Leib Christi«, sagte Victor. Ihr Kopf reckte sich nach vorn, und obwohl ich es nicht sehen konnte, stellte ich mir vor, dass sie den Mund aufmachte, die Zunge herausstreckte, bereit, die Oblate zu empfangen. Der Pastor trat zur Seite, damit der Junge ihr den Kelch an die Lippen setzen konnte. Die Frau links von Cara trug einen Wollrock und dazu eine Jacke, die zwar rosa statt grün, ansonsten aber so ähnlich wie meine war. Sie wich ein wenig zur Seite, in der Erwartung, dass etwas geschehen würde. Ich meinte Cara stöhnen zu hören, als der Junge den Kelch neigte, und da wurde mir klar, dass Cara nicht gelacht hatte, sondern dass sie weinte. Ich schloss den Mund und schluckte, als wäre mein Mund ihrer. Ein Schluchzer schüttelte sie, ähnlich wie an dem Abend im Badezimmer; sie zog die Schultern hoch, keuchte und hustete mit geschlossenem Mund und wandte den Kopf zur Seite, um den Pastor und den Messgehilfen zu verschonen. Stattdessen drehte sie sich zu der Frau im Wollkostüm hin. Caras Mund öffnete sich, Wein und Oblatenbröckchen sprangen heraus, und dunkelrote Tropfen landeten auf dem rosa Wollstoff, als wäre eine Schlagader verletzt worden. Die Frau schrie auf und wandte sich von Cara ab, stieß dabei mit dem Mann zusammen, der auf der anderen Seite neben ihr kniete und seinerseits mit der Person neben sich kollidierte. Es wäre lustig gewesen, wenn Cara nicht mit lautem Klagen nach dem Rocksaum der Frau gegriffen, den Kopf gesenkt und sich den Stoff in den Mund gestopft hätte, als wollte sie den vergossenen Wein ablutschen.

»Nein, nein«, sagte Victor und machte einen Schritt zurück, sein Gesicht voller Entsetzen, als wäre Cara im Begriff, der Frau ins Bein zu beißen, ihr eine blutige Wunde zu schlagen.

Die Frau zog an ihrem Rock und zerrte so lange, bis Cara ihn hergeben musste. Cara richtete sich schwankend auf, fast wäre sie über ihr langes gelbes Kleid gestolpert, und drehte sich zur Gemeinde um: das Paar mit Wanderstöcken, das noch auf das Abendmahl wartete, die wenigen Menschen in den Kirchenbänken. Ich sah Caras schreckenstarres Gesicht, den verschmierten Lippenstift, die verlaufene Wimperntusche auf ihren Wangen. Sie schob sich durch die Menschen zum Ausgang, und als sie an mir vorbeikam, streckte ich die Hand aus. Ich weiß nicht, was ich gesagt oder getan hätte, wenn sie stehen geblieben wäre, aber unsere Finger berührten sich nicht; sie nahm mich nicht einmal wahr.

»Mi dispiace«, glaubte ich sie sagen zu hören. »Es tut mir leid.« Das ältere Paar machte Platz für sie, und wir alle sahen diesem exotischen und fantastischen Wesen hinterher.

Ich ging ihr nach, aber als ich in den Vorraum kam, war sie schon beim Friedhofstor. Auf der anderen Seite der Friedhofsmauer wartete ein blaues Auto. Der Motor lief, ich konnte die Abgase riechen, als hätte der Fahrer gewusst, dass sie schnell entkommen müssten. Cara setzte sich auf den Beifahrersitz, die Tür ging zu, und das Auto fuhr los.

Nach dem Gottesdienst standen die Leute vor der Kirche in Grüppchen zusammen. Ich blieb noch einen Moment und schnappte Bruchstücke aus den Gesprächen auf, darunter »Römisch katholisch«, »Lyntons« und »widerwärtig«. Ich drückte mir meinen Hut auf den Kopf, ging um die Kirche herum und war schon durch das Tor, als ich meinen Namen hörte. Victor, noch im Talar, stand im Gras und hatte ein Glas Wasser in der Hand.

In einer überwachsenen Ecke des Friedhofs setzten wir uns auf den Absatz eines Kassettengrabs, fern der letzten Gottesdienstbesucher. »Tut mir leid, dass es kein Tee ist«, sagte er. »Nach dem Gottesdienst soll man Tee und Kekse reichen, ich weiß. Aber ich kann die Leute nicht ertragen, zumindest heute nicht.« Er gab mir das Glas und stützte die Ellbogen auf die Knie. »Das ganze Gerede von Blumenschmuck und Basaren. Und heute sind sie geblieben, damit sie sagen können, sie hätten es ja gleich gewusst. Wenn man eine Katholikin an einem Anglikanischen Gottesdienst teilnehmen lässt …«

»Ich hoffe, der Fleck geht wieder raus«, sagte ich.

»… dann wird sie natürlich das Blut Christi verschütten.« Er seufzte.

»Mit etwas Salz vielleicht.« Ich trank einen Schluck Wasser.

»Katholiken glauben, soweit ich weiß, dass der Wein tatsächlich das Blut Christi ist. Nicht nur ein Symbol.«

»Aber man muss es gleich machen.«

»Deswegen hat sie an dem Rocksaum gesaugt.«

»Außerdem habe ich gehört, wenn man Weißwein über einen Rotweinfleck gießt, neutralisiert das den Rotwein.«

»Ihre Freundin Cara …«

»Aber eigentlich verstehe ich nicht, wie das funktionieren soll.«

»Sie ist eine schwierige Person, wie?«

»Sie ist nicht meine Freundin«, sagte ich. »Wir sind uns bisher nicht einmal vorgestellt worden.«

»Vielleicht sollten Sie es so lassen«, sagte er und bemerkte wohl meine Überraschung, denn er fügte hinzu: »Entschuldigung. Eigentlich kenne ich sie ja gar nicht. Aber sie hat etwas …« Er sprach nicht weiter. »Sie wollte die Beichte ablegen.«

»Bei einem Pastor der Anglikanischen Kirche?«, sagte ich überrascht, auch darüber, dass er mir das erzählte.

Er sah mich neugierig an. »Wir können von jedem die Beichte abnehmen, müssen Sie wissen, nur dass wir es nicht in einem Beichtstuhl mit Vorhang und Gitter machen.« Er nahm das Glas und trank gierig von dem Wasser. Ich stellte mir vor, dass ich ihm in der Sakristei gegenübersaß und alles offenbarte. Gewannen wir Frieden, wenn wir unsere Sünden beichteten? Ich hätte gern gewusst, welche Strafe er Cara auferlegt hätte. Ich ließ Mutters Medaillon, das ich immer noch um den Hals trug, an der Kette entlangrutschen; die Ohrclips hatte ich nicht angesteckt, weil ich vergessen hatte, den verlorenen aufzulesen, nachdem ich die Bodendielen zum zweiten Mal wieder an ihren Platz gelegt hatte.

»Die Beichte steht meiner ganzen Gemeinde offen«,

sagte Victor, und ich senkte den Blick. Er seufzte wieder. »Ich bin jedoch nicht sehr zuversichtlich, dass ich Ihrer Freundin habe helfen können.« Diesmal korrigierte ich ihn nicht. »Cara würde eher ein Besuch beim Arzt helfen als einer beim Pastor.«

»Haben Sie ihr das gesagt?«

Er sah mich an. »Nein, natürlich nicht.« Einen Moment später sagte er: »Dem Bischof wird das mit Sicherheit zu Ohren kommen: der verschüttete Wein, das ruinierte Wollkostüm, dazu eine Katholikin, die während des Gottesdienstes zu klagen anfängt. Das wird zu neuen Beschwerden führen.« Er zog an seinem Zopf, und die Haare fielen ihm lose ums Gesicht.

»Zu neuen?«, sagte ich.

»Ein paar Gemeindemitglieder sind der Ansicht, ich sollte bei der Predigt engagierter sein, und das geben sie gern nach oben weiter.« Seine Finger spielten mit dem Gummiband und den schwarzen Haaren, die sich darin verfangen hatten.

»Ihre Predigt war ziemlich … zurückhaltend«, sagte ich.

»Zurückhaltend, ja«, sagte er. Er trank.

Eine Weile saßen wir schweigend da und betrachteten die Kirche inmitten des Grüns, und ich versuchte, seine Gedanken aus seiner Sitzhaltung herauszulesen: eine gewisse Resignation, weil alles schlecht ausgehen konnte, falls es nicht schon schlecht ausgegangen war, eine Hoffnungslosigkeit, dass nichts sich zum Guten wenden würde. Es hatte eine Zeit gegeben, noch vor ein, zwei Monaten, da hätte ich ihm zugestimmt, aber jetzt, während ich den kleinen Fliegen zusah, die um die Dolden der Schafgarbe zwischen den Gräbern flogen, und die kleinen weißen Blümchen betrachtete, die mit den Flechten auf den Grabsteinen harmonierten, hielt ich an der Möglichkeit fest, dass aus mir noch alles werden konnte.

Das einzige Geräusch war das ferne Surren eines Rasenmähers. »An einem himmlischen Ort wie diesem begraben zu sein!«, sagte ich.

»Nachdem sie endlich Erlösung gefunden hat?«, fragte er in Gedanken an unser Gespräch in der Sakristei.

»Daran glauben Sie nicht?«

Er lehnte den Kopf zurück an das Grab und schloss die Augen. »Wie viele waren es, meinen Sie?«, fragte er.

»Wie bitte?«

»Wie viele Leute waren im Gottesdienst?«

Ich dachte einen Moment lang nach. »Dreißig, fünfunddreißig.«

»Neunundzwanzig«, sagte er. »Ich habe sie von der Kanzel gezählt. Jeden Sonntag sind es weniger. Außerdem weniger Hochzeiten und Taufen. Beerdigungen hingegen sind im Aufschwung. Ich warte auf die Nachricht vom Bischof, dass die Gemeinde nicht mehr tragbar ist.«

»Weihnachten und Ostern muss doch mehr los sein.«

»Schon möglich«, sagte er. Er goss den Rest Wasser aus dem Glas ins Gras und stand auf. »Ich muss los. Ganz sicher will mir jemand etwas brennend Wichtiges über die Blumen oder den nächsten Basar erzählen.«

»Wenn Sie gern …«, ich zögerte, »… mal nach Lyntons kommen wollen, dann könnte ich es Ihnen zeigen.« Ich sagte die Wörter möglichst schnell.

»Danke«, sagte er. »Vielleicht.«

Er war schon im Gehen begriffen.

Den Rest des Sonntags verbrachte ich in meinem Zimmer und las bei geöffnetem Fenster, und als ich gegen drei Uhr eingenickt war, hörte ich jemanden rufen: »Hallo! Hallo? Ist jemand zu Hause?« Es dauerte einen Moment, bis ich begriff, dass die Frauenstimme – eine englische Stimme mit einem vornehmen Akzent – von draußen kam, und als ich den Kopf zum Fenster rausstreckte, sah ich Cara unter mir. Sie lächelte, ihr Gesicht war anders als in der Kirche – kein Lippenstift, die Augen klar –, aber sie trug dasselbe Kleid. Sie beugte sich in einem beängstigenden Winkel über die Fensterbank und drehte den Kopf zu mir nach oben, und ihr Haar fiel keilförmig nach hinten. »Hallo«, sagte sie zum dritten Mal. Zwischen uns war ein Abstand von fünf Metern. »Frances, oder? Freut mich sehr. Peter und ich …« Sie lächelte wieder und warf einen Blick in das Zimmer hinter sich. »Lass das, Peter«, sagte sie lachend, nahm die eine Hand von der Fensterbank und ließ sich bedenkenlos nach vorn fallen. Ich machte einen Satz, als könnte ich mich hinauslehnen und sie auffangen, bevor sie hinunterfiel. »Möchten Sie heute Abend zu uns zum Essen kommen? Ich heiße übrigens Cara.« Sie drehte sich wieder zum Zimmer um. »Psst«, sagte sie zu dem unsichtbaren Peter.

»Ich dachte, Sie wären Italienerin«, sagte ich.

»Italienerin? Nein!« Sie klang überrascht. »Sie kommen also?«

»Das ist sehr freundlich von Ihnen, aber –«

»Ah, bitte lehnen Sie nicht ab. Seit Wochen habe ich nur den langweiligen Peter und sonst niemanden. Es gibt Tagliatelle al Limone, und ich habe so viel Pasta gekocht, dass eine ganze Armee davon satt würde.« Sie sprach *tagliatelle al limone* und *pasta* wie eine Italienerin aus.

Ich hatte noch nie Pasta gegessen, aber ich wusste, dass so etwas in dunklen Restaurants in Soho serviert wurde, an denen ich zwar vorbeigegangen war, in die ich mich aber niemals hineintrauen würde. Rote Kerzen standen dort in Weinflaschen auf Tischen, die für zwei gedeckt waren. Mutter hätte gesagt, es sei scheußliches ausländisches Essen, aber ich hatte Hunger und keine Lust mehr auf mein Dosenessen.

Als Cara mein Zögern sah, sagte sie: »Und ich will alles über Sie erfahren, schließlich sind Sie unsere neue Nachbarin.«

»Danke«, sagte ich, und mein Magen besiegte meine Zurückhaltung. »Sehr gern.«

Cara sah ins Zimmer. »Siehst du?«, sagte sie zu Peter. »Habe ich dir doch gesagt, dass sie Ja sagt.« Und ich fragte mich, was sie über mich geredet hatten und warum Peter geglaubt hatte, ich würde ihre Einladung ablehnen. Ich überlegte, was ich erzählen konnte, wenn sie alles über mich wissen wollten. Ich hatte nichts zu erzählen.

»Gut«, sagte sie. »Halb acht? Für Peter ist das ein bisschen spät, aber wir können ihn nicht um sechs zu Abend essen lassen, wie einen Arbeiter, oder um vier, die Essenszeit für kleine Kinder, und dann gäbe es weich gekochte Eier und Toast.« Ich sah Peters Hände, die ihre Taille kitzelten, und Cara kreischte vor Freude. Ich erzählte ihr nicht, dass ich Mutter um vier Uhr immer einen Teller mit Garibaldi-Keksen und eine Kanne Tee auf einem Tablett hatte bringen müssen.

Ich wusch mich und zog mir wieder den Rock und die Bluse an, die ich auch zur Kirche getragen hatte. Es war meine Ausstattung für förmliche Anlässe: die Taufe eines entfernten Cousins, das Treffen mit dem Herausgeber einer Zeitschrift. In meinem Zimmer gab es keinen Spiegel, und obwohl ich seit Mutters Tod ein wenig abgenommen hatte, wusste ich, dass ich füllig war und breite Hüften und große Brüste hatte, so wie Mutter, bevor sie krank wurde. Aber in den Jahren, als wir mit meinem Vater zusammen in unserem prächtigen Haus in Notting Hill gelebt hatten, war Mutter groß gewesen, mit langen Beinen und einem eleganten Hals, und ihre üppige Figur hatte ihr gut gestanden. Ich zog den Rock und die Bluse wieder aus und zog stattdessen Mutters Abendkleid an, das ich mitgebracht hatte. Ich erinnerte mich, wie mein Vater unten an der Treppe gehockt und die Arme um mich gelegt hatte, und wie meine Mutter vor unseren Augen die Stufen herunterkam, den Saum zwischen Daumen und Zeigefinger, damit er ihr nicht zwischen die Füße geriet, und sich so langsam bewegte, dass ich dachte, sie schwebte. Zu dem Kleid gehörte ein Samtcape und ein Samtgürtel mit Samtschnalle, der ihre Taille einschnürte. Ich wusste noch, wie sehr ich das Kleid begehrte, ich wollte es besitzen und anziehen und darin die Treppe hinuntergehen. Ich lief aus den Armen meines Vaters zu ihr, und sie bückte sich und nahm mich hoch, und dann wurde ich in einer Umarmung zwischen sie gedrückt, zwischen den Samt und den Anzugstoff meines Vaters, den Geruch ihres Parfums und das Kratzen seines Schnurrbarts an meiner Wange, als er mich zum Abschied küsste, ein Gefühl, das noch lange blieb, nachdem sie ausgegangen waren und mich in der Obhut der Haushälterin zurückließen.

Das Kleid spannte über meinem Bauch, und so sehr ich den Stoff auch zusammenzog, es klaffte noch immer ein Loch, als wäre das Kleid überrascht, dass ich es tragen wollte. Ich zog es wieder aus, legte es aufs Bett und glättete es, dann zwängte ich mich in Mutters Unterwäsche, die ich ebenfalls eingepackt hatte. Der Hüftgürtel grub sich in mein weiches Bauchfleisch, meine Brüste drängten aus den dicken Körbchen. Ich zog die schwarzen Strümpfe an, und als ich sie an dem Gürtel befestigte, war das Nylongewebe über meinen Oberschenkeln bis zur Durchsichtigkeit gedehnt. Nachdem ich alles angezogen hatte, konnte ich kaum noch richtig atmen, aber der Reißverschluss ließ sich hochziehen. Die

Unterwäsche kniff in meine Haut, wenn ich mich bewegte, und selbst im Stehen quoll eine Fettwulst zwischen Büstenhalter und Gürtel hervor, wie ein Schwimmreifen für Kinder um meine Mitte. Aber so musste es eben gehen.

Im Badezimmer befestigte ich den einen Hattie-Carnegie-Ohrclip an meinem Ohrläppchen, der neben meinem Talkumpuder lag. Ich musste an das denken, was unter meinen Füßen war. Ich hob das Kleid an, hielt mich am Waschbecken fest und ließ mich auf die Knie sinken, dann nahm ich das Dielenbrett so leise wie möglich heraus und legte es zur Seite. Ich konnte nicht widerstehen und guckte durch die Linse.

Peter saß im Schlafanzug auf dem Rand der Badewanne, die von dem herauslaufenden Wasser glänzte, und Cara, in Unterwäsche, beugte sich über Peter. Mit einer Hand drückte sie gegen seine Wange, sodass er den Kopf nach hinten zurückbog, mit der anderen führte sie einen Rasierer über die Haut. Nach jedem Strich steckte sie den Rasierer in das seifige Wasser im Waschbecken und schwenkte ihn hin und her. Peter saß völlig still und verfolgte mit den Augen ihre Bewegungen, von denen jede einzelne – der Druck ihrer Finger auf seinem Gesicht, der Strich der nach oben geführten Klinge – präzise und mit Bedacht ausgeführt war. Ich hatte nicht gewusst, dass der Vorgang des Rasierens so intim sein konnte.

Ich richtete mich auf und stieß den Atem aus, den ich unbemerkt angehalten hatte. Sorgfältig und geschäftig, als wäre das Ausspähen meiner Nachbarn eine normale und reguläre Tätigkeit, nahm ich den Ohrclip aus der Ritze, legte das Dielenbrett so leise zurück, wie ich es herausgenommen hatte, und richtete mich vom Boden auf.

5

Um sieben Uhr achtundzwanzig war ich so weit. Ich ging über die hintere Treppe, die sich um einen rostigen Speiseaufzug wand, nach unten, dann einen kurzen Flur entlang und durch einen Dienstboteneingang, der mit grünem Filz beschlagen war und das Bekannte vom Fremden trennte. Dahinter lag das Podest des fürstlichen Treppenhauses, das über zwei Flügel zu einem Zwischenpodest führte, wo sich die Treppenläufe wieder vereinten. Von dort stieg der Raum zu doppelter Höhe auf, an den Wänden der Schlafzimmer und dem Dachgeschoss vorbei, zu der gläsernen Kuppel. Prachtvoll, wie Peter gesagt hatte. Jedes Mal, wenn ich dort stand, fühlte ich mich emporgehoben und wurde mir gleichzeitig meiner eigenen Bedeutungslosigkeit bewusst – ein inneres Jubilieren, das ich in der Kirche nie empfand. Die Abendsonne schien durch die Buntglasscheiben und überzog die Wände mit einem rosa Hauch. Vom Haupthaus hatte ich in der Woche seit meiner Ankunft nur wenig erkundschaftet; immer, wenn ich am Ende des Treppenhauses ankam, erwartete ich, in der Eingangshalle zu stehen und musste dann feststellen, dass die Treppe lediglich in einem dämmrigen Flur endete, der auf einer Nord-Süd-Achse durch das Haus lief. Von der unerwarteten Innenarchitektur verstört, hatte ich das Gefühl, als wäre ich, ohne es zu merken, um die eigene Achse gedreht worden, und ich rannte wieder treppauf, zum Licht.

In der mittleren Etage hatte der breite Flur, der vom

obersten Treppenpodest abging, eine gewölbte Kassettendecke, die einst mit Stuck auf entenschalenblauem Grund dekoriert gewesen sein musste. Das Blau war so gut wie verschwunden, der Stuck zum größten Teil abgebröckelt, und die auf dem Fußboden liegenden Brocken knirschten beim Gehen unter den Füßen. In den Wänden sah man durch mehrere Löcher, die so groß wie Menschenköpfe waren, das darunterliegende Lattenwerk. Ich ging an zwei geschlossenen Türen und dann an einer Nische vorbei, die jetzt leer war, früher aber vermutlich Standort einer Statue gewesen war, einer Muse vielleicht, die von ihrem Podest gestürzt und zerschmettert worden war und deren Kopf jemand als Souvenir mitgenommen hatte. Dahinter führten offene Türen in Räume mit hohen Decken, die vollgestopft waren mit ausgemusterten Armeebetten und senkrecht stehenden Matratzen. Alles war mit Vogeldreck und Federn verschmutzt, und durch die verbogenen Metallstreben sah ich Teile der Auffahrt und der Allee auf der einen Seite und auf der anderen den Park.

Ich versuchte, die Lage meines Dachzimmers einzuordnen und die des Fensters, von dem aus Cara mit mir gesprochen hatte, und ging zu der ersten geschlossenen Tür zurück. Dort blieb ich stehen und sammelte all meinen Mut, ich strich das Kleid über dem Hüftgürtel glatt, streckte mich und fuhr mir mit der Zunge über die Zähne. Ich atmete tief ein und klopfte. Ich wartete, sah an mir herunter, zog das Kleid abermals zurecht, guckte auf die Uhr, sieben zweiunddreißig. Ich klopfte wieder, etwas lauter. Es vergingen mehrere Minuten, in denen ich befürchtete, ich hätte mich in der Zeit geirrt oder mir den falschen Abend gemerkt oder dass Peter und Cara die Verabredung vergessen hatten. Ich blieb unschlüssig stehen und überlegte, wieder in mein Zimmer zu gehen und so zu tun, als hätte ich ebenfalls die

Verabredung vergessen, doch dann bestand die Möglichkeit, dass die beiden gekränkt waren. Ich klopfte wieder. Wenigstens wollte ich sagen können, ich hätte dreimal geklopft.

Ich hörte eilige Schritte, etwas fiel hin, jemand fluchte, dann riss Peter die Tür auf. Er war im Schlafanzug. »Oh, Scheiße«, sagte er, als er mich sah, und hob die Hände. »Ist es schon so spät?«

»Ich bin zu früh«, sagte ich und spürte, wie mir die Röte ins Gesicht schoss. »Oder ein andermal.« Meine Worte kamen ungeordnet heraus, unsinnig.

»Ein andermal?«

»Ich kann ein andermal kommen.«

»Himmel, nein«, sagte Peter. »Es muss heute sein. Gucken Sie doch mal!« Er riss die Tür weit auf und machte mit dem Arm eine präsentierende Bewegung. Der riesige Raum war früher wohl der Salon gewesen, wo die Lyntons, als das Haus noch seine ursprüngliche georgianische Aufteilung hatte, ihre Gäste empfingen. Jetzt war er fast leer. Die einzige Dekoration, wenn man es so nennen konnte, waren lange Nudeln, die über mehrere, von den drei hohen Fenstern quer durch den Saal zur gegenüberliegenden Wand gespannten Leinen drapiert waren. Man dachte unwillkürlich an Wäsche – an elfenbeinfarbene Strümpfe, für eine Armee dünnbeiniger Frauen zum Trocknen aufgehängt. Das einfallende Licht verzauberte den Saal. Es strömte durch die geöffneten Fenster und warf bernsteingelbe Vierecke auf den Fußboden.

Auf der linken Seite ging eine Tür auf, vermutlich das Schlafzimmer, und Cara streckte den Kopf heraus; ihr verrücktes Haar war das Erste, was ich sah. »Frances! Zwei Minuten! In zwei Minuten bin ich fertig.«

Peter deutete auf seinen Schlafanzug. »Dauert keine

Sekunde. Machen Sie es sich bequem.« Er verschwand im Schlafzimmer, und ich hörte ihre Stimmen, aber sie waren so leise, dass ich nichts verstehen konnte.

Ich stand mitten im Raum und sah mich um. Ich wandte die Augen von der Tür gegenüber ihrem Schlafzimmer ab, die angelehnt war und vermutlich ins Badezimmer führte. Ein elektrischer Herd, so ähnlich wie meiner oben, stand an der Wand neben einem alten Kühlschrank. Ein langes Bord lag als Tischplatte über vier Packkartons, die mit Büchern erhöht worden waren, und zwei weitere Kartons und ein Hocker waren als Sitze daruntergeschoben. Der improvisierte Tisch war voller Zeug: Zeitungen, Aschenbecher, Notizhefte und eine Schreibmaschine, und am »Küchenende« des Tisches stand ein Stapel benutztes Geschirr, daneben lag ein Laib Brot, von dem Scheiben direkt auf den Tisch geschnitten worden waren. Wie in meinen Zimmern auch waren die Dielen blank, und es gab keine Stühle oder Sofas, keine Teppiche oder Bilder. Ich versuchte, die Unordnung auf dem Tisch zu übersehen, bemerkte aber dann, dass es abgesehen von den Nudeln keine Anzeichen dafür gab, dass jemand ein Abendessen vorbereitet hatte. Ich ging an eins der Fenster und sah auf den Park und die fernen Hügel hinaus. Ich strich mir abermals das Kleid über dem Bauch glatt, in dem Wunsch, dass der Wulst zwischen Büstenhalter und Hüfthalter verschwinden möge.

Zehn Minuten später kamen Peter und Cara aus ihrem Schlafzimmer, entschuldigten sich für die Verspätung, gaben sich gegenseitig die Schuld und lachten. Cara kam wie eine alte Freundin auf mich zu, die Arme weit ausgestreckt. Sie trug dasselbe Kleid wie vorher, als sie mich zum Essen eingeladen hatte, das Kleid, das sie auch in der Kirche getragen hatte, allerdings hatte sie sich jetzt drei Holzperlenketten um den Hals gehängt. Das Haar rahmte ihr Gesicht, und ihre Füße waren nackt, die Zehennägel immer noch grün lackiert. Bei dem Gedanken, dass ich mein bodenlanges Kleid mit dem Cape und dem Gürtel, das seit dreißig Jahren aus der Mode war, als angemessen für mein Abendessen bei meinen neuen Nachbarn gehalten hatte, wurde mir heiß.

»Es tut mir leid, dass wir uns erst jetzt kennenlernen«, sagte Cara. Sie umfasste meine Schultern und lehnte sich vor, als wollte sie mich auf die Lippen küssen. Ich erstarrte, und im letzten Moment zog sie mich in eine Umarmung.

Damals, 1969, war Caras Umarmung etwas Neues, Schockierendes. Heute machen die Leute das ständig, ich weiß. Manchmal beobachte ich es hier, wenn ein Mädchen zur Schicht kommt und ein anderes Feierabend hat. Frauen, die Frauen umarmen, Frauen, die Männer umarmen, Männer, die Frauen umarmen, und ich staune, dass sie wissen, wann der richtige Zeitpunkt dafür gekommen ist. Es muss einen winzigen Moment geben, ein Zeichen der Körpersprache, das bedeutet, dass sie sich gleich in die Arme schließen werden, etwas, das ich stets verpasst habe. Und kommt es auch vor, dass Männer Männer umarmen? Hier gibt es niemanden, der mich umarmt, niemand kommt, um mich in die Arme zu schließen.

Cara hatte einen Zitrusgeruch an sich, scharf, aber süß. Ihr Haar drückte sich an mein Gesicht, elastischer und weniger weich, als es den Anschein hatte. Als sie mich freigab, sagte sie: »Kommen Sie, setzen Sie sich. Ein so schöner Abend.« Sie nahm mich bei der Hand, führte mich zur Fensterbank und setzte sich. »Haben Sie je Sonnenuntergänge gesehen wie die in Lyntons?« Die Zedern in der Ferne standen im Dunst, und die Kühe hatten sich darunter versammelt. Ich ließ mich langsam auf die Fensterbank hinunter und spürte dabei den Hüftgürtel, der mir in die Rippen schnitt. Ich verschränkte die Arme vor dem Wulst um meine

Mitte. Mit der warmen Luft trieb der Geruch von Gras zum Fenster herein.

»Entschuldigen Sie bitte den Blechbecher. Wir haben nicht genug Gläser«, sagte Peter und gab mir und Cara einen Drink. Auch seine Füße unter den Schlaghosen waren nackt. Cara streckte sich quer über die Fensterbank, lehnte den Rücken an die eine Seitenwand und stemmte die Füße an die andere. Der dünne Stoff ihres gelben Kleids rutschte zu den Oberschenkeln hinauf, und ihre Knie waren zu sehen, aber sie zog es nicht zurecht. »Angeblich gibt es einen heißen August, und das ist mir gerade recht.« Cara stieß mit mir an.

»Es ist sehr freundlich, dass Sie mich zum Essen einladen.« Ich hoffte, das Stichwort würde einen von ihnen veranlassen, mit dem Kochen anzufangen, aber Cara blieb sitzen, und Peter, der neben uns an der Wand lehnte, trank aus seinem Becher. Ich nahm auch einen Schluck, möglicherweise war es Martini, dachte ich, es war jedenfalls sehr stark. In unserer Wohnung in London hatten wir immer eine Flasche Sherry im Schrank gehabt, und als Mutter hinfälliger wurde, nahm ich manchmal einen Schluck, um mich für meine Pflegearbeit zu stärken oder als Entschädigung oder Geschenk, wenn ich sie im Schlafzimmer allein ließ und in die Küche ging.

»Wir hätten Sie viel eher einmal einladen sollen«, sagte Peter.

»Ich liebe den Sonnenschein«, sagte Cara. »Die Wärme auf meiner Haut.« Sie streckte den Hals und legte den Kopf in den Nacken. Sie hatte eine vornehme Stimme, Mädchenpensionat, dachte ich, aber mit einer Spur von etwas anderem. Sie schien mir eine andere Cara als die zu sein, die ich mir aus den wenigen Begegnungen in meinem Kopf geschaffen hatte. Die Cara in meinem Kopf war Italienerin,

Katholikin, heißblütig und aufbrausend. Diese hier war entspannt, träge und kümmerte sich wenig darum, was die Menschen von ihr halten könnten.

»Ja«, sagte ich. Ich nahm wieder einen Schluck und suchte in meinem Kopf nach einem Gesprächsthema. Cara fing in dem Moment an zu sprechen, als ich sagte: »Ich dachte, Sie wären Italienerin«, und dann fiel mir ein, dass ich das schon gesagt hatte. Ich nahm wieder einen Schluck, um mein Gesicht im Becher zu verstecken, der zum Glück recht groß war.

»Ich bin in Irland aufgewachsen«, sagte Cara. »Meine Eltern sind anglo-irisch. Peter hat für mich Italienischstunden arrangiert. Es ist eine so schöne Sprache, finden Sie nicht? Ich spreche sie nicht fließend, aber der Akzent fällt mir leicht.«

»Und das Fluchen«, sagte Peter, zwinkerte und nahm eine Schachtel Zigaretten aus seiner Hemdtasche. »Aber –«

»Aber in normaler Konversation bin ich nicht sehr gut«, vollendete sie für ihn den Satz und lächelte.

Peter zog mit den Lippen eine Zigarette aus der Packung und zündete sie mit einem silbernen Feuerzeug an.

»Ich spreche keine Sprachen«, sagte ich.

»Was ist mit Englisch?«, sagte Peter lächelnd.

»Oh, ja. Englisch. Natürlich.« Ich senkte den Blick, um mein rot anlaufendes Gesicht zu verbergen.

Cara nahm Peter die Zigarette aus dem Mund. Er hielt mir die Packung hin, und ich schüttelte den Kopf. »Nein, danke«, sagte ich. »Ich rauche nicht.«

»Es ist eine schreckliche Angewohnheit«, sagte Cara.

»Ich kann auch keine anderen Sprachen«, sagte Peter und überspielte meine Verlegenheit. Er zündete sich eine neue Zigarette an, und sie beide rauchten schweigend und schienen sich nicht an der Stille zu stören.

»Sind Sie schon lange hier? In England, meine ich«, fragte ich.

»Wir sind gerade angekommen«, sagte Cara. »Wir waren viereinhalb Jahre in Schottland.«

»Schottland?«, fragte ich, und gleichzeitig sagte Peter: »Aber das war nach …«

»Ja, Schottland«, sagte Cara.

»Wie schön«, sagte ich. »Entschuldigung. Nach was?« Am liebsten wäre ich aus dem Zimmer gegangen, hätte noch einmal angeklopft und neu angefangen.

»Ach, Sie wissen schon«, sagte er.

Ich wusste es nicht. Ich hatte den Faden verloren.

Peter lehnte neben uns an der Wand, die Zigarette im Mundwinkel und die Augen wegen des Rauchs zusammengekniffen; er fuhr mit den Fingern von Caras Scheitel langsam durch ihre Locken, während sie weiter aus dem Fenster sah. Sie schienen sehr verliebt. Ich wollte an den anderen Eindrücken festhalten – was ich am Morgen in der Kirche gesehen hatte, die Schreie, die ich in diesem Zimmer gehört hatte, die schluchzende Cara, die ich durch den Spion gesehen hatte, und Victors Warnung –, aber diese Eindrücke wurden von der Wirklichkeit der Menschen vor mir in den Hintergrund gedrängt.

»Hier sind wir, in Lyntons«, sagte Cara. »Wir sitzen auf dem Fenstersitz und lernen unsere neue Nachbarin kennen.« Sie hob die Hand hinter ihrem Kopf, und Peter nahm sie, drückte sie und ließ sie wieder los. Ich sah, dass sie einen Ehering trug. »Und Sie auch«, sagte Cara.

»Ich auch?«, fragte ich.

»Sie sind auch hier und sollen über den Garten berichten.« Sie drehte sich um und sah Peter an, der sich von der Wand abgestoßen hatte und zum Küchenbereich ging. »Das hast du doch gesagt, Peter, stimmt's?«

»Entschuldigung, ja«, sagte ich, und meine eigene Stimme irritierte mich wie das Echo in einer Telefonleitung. »Ich schreibe für Mr. Liebermann einen Bericht über die Follys im Garten und die Gartenarchitektur im Allgemeinen.«

»Einen Bericht?« Peter drückte seine halb gerauchte Zigarette auf einem Teller auf dem Tisch aus und nahm einen zerbeulten Topf aus dem Kühlschrank. »Mist, ich wollte einfach auf einem Zettel ein paar Notizen zum Haus machen. Sie dürfen mich nicht bloßstellen.« Er zeigte mit dem Finger auf mich und füllte seinen Becher mit der Flüssigkeit im Topf.

»Oh nein«, sagte ich. »Das möchte ich nicht. Ich meine –« Ich bewegte mich, und die Unterwäsche machte ein lautes, peinliches Geräusch, das wir alle übergingen.

»Frances«, sagte Cara. »Er neckt Sie.« Sie lachte und veränderte ihre Haltung, und ich sah ein Stück von ihrem weißen Oberschenkel. »Peter macht sich über alles lustig. Daran müssen Sie sich gewöhnen.« Die Tragweite der Worte ging nicht an mir vorbei: Sie hatte bereits beschlossen, dass wir uns öfter sehen würden. Die beiden hatten vor, mich wieder in ihre Zimmer einzuladen. Vielleicht würden wir Freunde werden.

Peter kam zum Fenster zurück, in der einen Hand hielt er den Topf, in der anderen seinen Becher.

»Stimmt doch? Immer musst du die Leute foppen«, sagte sie, lächelte ihm zu und reckte das Kinn in die Höhe. Er verneigte sich von der Taille wie ein Schauspieler nach der Vorstellung und hielt dabei sowohl den Topf als auch den Becher waagerecht, dann küsste er sie lange und ausgiebig auf den Mund. Ich war von den beiden verzaubert. Als sie voneinander abließen, behielt Cara die Augen geschlossen, als wollte sie, dass der Kuss länger dauerte, aber Peter richtete sich auf und sah mich an, und ich sah in meinen Becher und stellte überrascht fest, dass er leer war. Peter schien in mir eine Frau zu sehen, nicht eine Tochter oder eine Schülerin oder eine Bibliotheksbenutzerin oder die Verfasserin obskurer historischer Artikel, und das gefiel mir.

»Noch einen Martini, Frances?« Peter streckte den Stieltopf aus und goss mir ein. »Er hält sich nicht bis morgen, Martini wird schnell schlecht.«

»Wirklich?«

Peter zwinkerte, und Cara verdrehte die Augen.

Er goss auch ihr neu ein. »Im Ernst, ich glaube, Liebermann erwartet nicht viel, ein paar Stichworte, das ist alles. Sind Sie inzwischen schon bei der Brücke gewesen?«

»Ja«, sagte ich und spürte wieder die Enttäuschung. »Leider glaube ich, dass sie nichts Besonderes ist, allerdings ist das schwer zu erkennen, weil sie so überwuchert ist.«

»Worauf hatten Sie gehofft? Nicht palladianisch oder dergleichen?«

Ich senkte den Kopf und trank. »Nein, nein«, sagte ich. »Nicht so etwas. Ich hatte mir etwas Hübsches gewünscht.«

»Und sie ist nicht einmal hübsch?«, sagte er. »Oh je.«

»Also, man könnte vielleicht sagen, sie ist hübsch, im bukolischen Sinne.«

»Vielleicht steht in der Bibliothek etwas darüber«, sagte Peter. »Ich habe mir den Bestand noch nicht genauer angesehen, aber möglich wäre es.«

»Es gibt eine Bibliothek?«, fragte ich aufgeregt.

»Ecke südost, im Erdgeschoss. Die Wasserschäden sind erheblich, und die wertvollen Bücher sind bestimmt alle weg, aber vielleicht finden Sie trotzdem etwas über die Brücke.«

»Du könntest mit Frances eine Hausführung machen«, sagte Cara.

»Können wir machen«, sagte Peter über die Schulter, als er mit dem Topf wieder in die Küchenecke ging.

Plötzlich wurde Cara lebhaft. »Und Frances muss uns die Brücke zeigen. Wir würden sie gern sehen. Ich war immer noch nicht am See. Peter könnte mit den Füßen ins Wasser gehen, und ich würde uns ein Picknick machen. Hier oben ist es am Tage so drückend. Wollen wir das morgen machen? Was sagen Sie?«

Ihre Begeisterung war überwältigend. Ich wollte mich davon anstecken lassen, aber meine alte Angst vor Ablehnung kam wieder durch. »Ich habe leider kaum etwas, das ich zu einem Picknick beisteuern kann«, sagte ich. »Ich wollte morgen in den Ort gehen und Einkäufe machen.«

»Ich bin mir sicher, wir haben reichlich«, sagte Peter. »Cara kauft alle paar Tage ein. Kostet mich ein Vermögen.« Er machte die Kühlschranktür auf und zeigte die Fächer, die voll mit Lebensmitteln waren. Bei dem Anblick fiel mir ein, dass der Alkohol in meinem Magen herumschwappte und vom Essen noch immer nichts zu sehen war.

»Dann ist das beschlossen«, sagte Cara. »Oh, guckt mal.« Sie zeigte auf die Terrasse unter uns. Eine magere Katze mit rotem Fell lag auf den Pflastersteinen. »Das ist Serafina.«

»Das ist die Katze, die meinen Fisch gegessen hat«, sagte ich. »Sie hat mir ein ganzes Schollenfilet gestohlen.«

»So etwas tut Serafina bestimmt nicht, sie ist eine sehr freundliche Katze.«

Selbst aus der Entfernung sah ich, dass der Hinterkopf der Katze fast kahl war. »Meinen Sie nicht, dass es schön wäre, eine Katze zu sein?«, fragte Cara. »Man müsste nie übers Kochen nachdenken oder darüber, ob man glücklich ist oder was morgen passiert. Und man kann kommen und gehen, ganz wie man will, man ist niemandem verantwortlich.«

Ich war nicht überzeugt, dass es so einfach war – normalerweise lag nicht gerade ein Schollenfilet herum, wenn man Hunger hatte –, aber ich machte ein leises zustimmendes Geräusch.

»Als wir in Irland waren, hatten wir auch eine rote Katze«, fuhr Cara fort. »Einen Kater, eigentlich war er Peters, nicht meiner.« Ich sah zu Peter hinüber, der in einem Karton neben dem Ofen kramte. »Peter mochte es, wenn er in unserem Bett schlief, zwischen uns ausgestreckt, wie ein kleiner pelziger Mann.«

In meinen Ohren klang das nicht sehr hygienisch.

»Es hat mich geärgert, dass er mit im Bett lag. Obwohl ich ihn geliebt habe.«

»Wegen der Flöhe?«, fragte ich.

»Er hatte keine Flöhe. Er war ein sauberer Kater. Ich weiß auch nicht, warum es mich geärgert hat. Weil ich allein im Bett mit Peter sein wollte, weil ich den Kater nicht so lieb haben konnte, wie er geliebt werden wollte, oder weil er anders war als andere Kater. Manchmal habe ich ihn aus dem Bett geworfen, und dann hat er mich mit einem solchen Ausdruck angesehen, dass ich Schuldgefühle bekam. Das ist das, was sie wollen – was wir alle wollen: Sieh mich an, sieh mich an, hab mich lieb, hab mich lieb.« Sie lachte leise. »Serafina! Serafina!«, rief sie aus dem Fenster, aber die Katze sah nicht hinauf.

»Was ist mit ihm geschehen?«

»Mit wem?«

»Dem Kater?«

Sie dachte nach. »Manchmal war er da, dann wieder nicht. Ich glaube, er war wild.«

»Ein wild lebender Kater? Er war nicht Ihr Haustier?«

»Haustier? Doch, man könnte sagen, dass er unser Haustier war, aber er konnte kommen und gehen, wie er wollte.«

»Sie müssen ihn vermisst haben«, sagte sie.

Sie drehte sich zum Zimmer um und sagte mit lauterer Stimme: »Frances, jetzt müssen Sie uns aber alles erzählen.«

»Alles?« Ich bewegte den Kopf zu schnell, und das Zimmer drehte sich. Als ich wieder von dem Martini trank – der mittlerweile köstlich schmeckte –, fand ich, dass ich langsamer trinken sollte, und ich fragte mich wieder, wann sie mit dem Kochen anfangen würden, aber nach dem nächsten Schluck war es nicht mehr wichtig.

»Alles über Sie«, sagte sie. »Was Sie gern machen, wo Ihre Eltern sind, wo Sie wohnen, alles.«

»Haben Sie nicht in London gelebt?«, rief Peter vom Küchenbereich herüber.

Sie sahen mich an und warteten auf eine Antwort. »Ja«, sagte ich. »Mit meiner Mutter zusammen. Sie … sie ist letzten Monat gestorben.« Ich berührte das Medaillon um meinen Hals, und Mutters Büstenhalter kniff mir ins Fleisch.

»Das tut mir leid«, sagte Peter. Er hob die Hände und ließ sie wieder fallen.

»Ich habe sie gepflegt.«

»Das muss schwierig gewesen sein«, sagte Cara.

»Und Ihr Vater?«, fragte Peter.

Hatte je einer nach meinem Vater gefragt?

»Er hat sie verlassen … uns. Als ich zehn war, wegen einer anderen Frau. Der Kontakt zu ihm ist abgebrochen, und ich habe ihn seitdem nicht mehr gesehen.«

Hatte ich vorher schon einmal so viel über mich erzählt?

»Oh, Frances«, sagte Cara und legte die Hand auf meinen Arm. »Das muss furchtbar gewesen sein. Ich weiß, wie es ist, wenn man die Eltern verliert.«

Mein Blick verschwamm, vom Alkohol oder wegen des Mitgefühls.

»Wir hätten nicht fragen sollen«, sagte sie, obwohl es Peter gewesen war, der die Fragen gestellt hatte. Sie drückte mir den Arm. »Es tut mir leid.«

»Sind Ihre Eltern auch verstorben?«, fragte ich.

Sie zuckte die Achseln und sagte: »Peter hat noch beide Eltern irgendwo in Devon oder Dorset.« Ihre Stimme war leise, als erzählte sie ein Geheimnis. »Ich glaube, sie sind ihm peinlich, weil sie so rote Wangen haben oder weil sie ihren Hunden zu sehr ähneln.«

Ich sah sie entsetzt an, bis sie lachte, und da verstand ich, dass es ein Witz war.

Peter kam wieder zu uns und sagte: »Ich gebe zu, als Liebermann mich anrief und mir den Job anbot und sagte, dass Sie sich den Garten ansehen würden, habe ich einen Mann erwartet.« Er streckte seine Hand aus, in die er einen kleinen Berg Erdnüsse geschüttet hatte. Mir waren noch nie Erdnüsse aus der Hand von jemandem angeboten worden, aber ich nahm eine. Er streckte seine Hand weiter vor, und ich nahm ein paar mehr.

»Frances oder Francis«, sagte ich. »Mit e-s oder i-s. Das passiert oft. Als ich nach Oxford kam, gab es ein großes Durcheinander, das beinah sehr unangenehm geworden wäre. Zum Glück habe ich die richtige Stelle gefunden.«

»Sie waren in Oxford?«, sagte Peter. »In St. Hilda? Kannten Sie Mallory Swift?«

Bevor ich antworten konnte, warf Cara ihren Zigarettenstummel aus dem Fenster, schwenkte ihre Beine an mir vorbei und stand in einer fließenden Bewegung auf, so wie Serafina sich nach dem Schlaf entrollen würde. »Ich sollte mit dem Kochen anfangen«, sagte sie. »Sie haben vermutlich Hunger, Frances.«

Ich trank einen Schluck von meinem Martini. »Na ja …« Ich lachte laut. Ich sah in den Becher, wo eine grüne Olive an der Emaillewand lag wie ein versunkenes Auge, mit einem winzigen Stück Paprika als Pupille.

Peter musste Caras Zeichen verstanden haben, denn er fragte nicht weiter nach Oxford oder Mallory Swift, sondern setzte sich auf den Platz neben mir auf die Fensterbank, wo Cara gesessen hatte, und beugte sich zu mir vor. Er roch nach Aftershave, ein sauberer, frischer Geruch, und ich dachte daran, wie er den Kopf nach hinten gebeugt hatte, als Cara ihn rasierte. »Es klingt, als hätten Sie schwierige Zeiten durchgemacht. Sie sollten es sich einfach gut gehen lassen während des Sommers hier, mit Cara und mir.« Er berührte mit den Fingerspitzen meinen Handrücken. Die Geste hatte keine Sekunde gedauert, aber es war, als wäre durch Peters Berührung ein Knochen in meiner Hand geheilt, ein Knochen, von dem ich gar nicht gewusst hatte, dass er gebrochen war.

»Ich fange im Kellergeschoss an und arbeite mich hoch«, sagte Peter und drehte seine Gabel in der Pasta, bis zwei lange Nudeln in den Zinken hängen blieben. Er hob die Hand, und seine Gabel beschrieb Kreise in der Luft, während er redete, und die Tagliatelle baumelten von der Gabel. »Es ist ein Labyrinth da unten – Vorratsräume, Speisekammern, Kühlräume, Anrichtezimmer, weiß der Himmel, was noch. Alles im Keller, also kein Tageslicht. Die Küche ist auch da unten, und unzählige Weinkeller.« Er hob den Becher. Mit dem Martini waren wir fertig. »Liebermann scheint sich zum Glück nicht für den Bestand zu interessieren.«

»Aber die Geschichte des Hauses wird von Interesse für ihn sein«, sagte ich. »Ich dachte, alle Amerikaner interessieren sich für englische Geschichte.« Meine Hände und Füße kribbelten von dem Alkohol, und mein Gesicht war warm. Mir gefiel das Gefühl.

»Nur, wenn sie damit Geld verdienen können.« Peter goss Wein nach.

»Aber er will Lyntons nicht weiterverkaufen, oder? Ich dachte, er wollte sich hier niederlassen und das Haus und den Park wiederherstellen lassen«, sagte ich.

»Liebermann? Sich niederlassen?« Peter sprach mit vollem Mund.

»Ist das nicht der Grund, warum er uns bestellt hat? Damit wir feststellen, was getan werden muss, bevor er einzieht?«

»Ziemlich unwahrscheinlich.« Peter schwenkte seine Gabel, seine Lippen glänzten vom Öl. »Er will, dass wir einen Katalog erstellen, damit er sich die interessanten Stücke über den Atlantik kommen lassen kann. Und wenn ich interessante Stücke sage, meine ich die wertvollen.« Er dirigierte seine Worte mit der Gabel. »Kamineinfassungen, das Treppenhaus, der Springbrunnen, die Orangerie, ganze Zimmer, alles wird zerlegt und an amerikanische Sammler verkauft.« Er drehte neue Nudeln um die Zinken seiner Gabel. »Ich vermute, Liebermann hatte gehofft, dass die Brücke im palladianischen Stil ist. Dann wäre sie ein Vermögen wert.« Er schob sich die Tagliatelle in den Mund und wischte sich den Mundwinkel, in dem ein Tropfen Zitronensoße glänzte, mit dem Fingerknöchel. »Tut mir leid«, sagte er, während er kaute. »Ich dachte, das wäre Ihnen klar.«

Cara fuhr mit den Fingerspitzen in das Salz, das auf dem Tisch verstreut war. »Oh, Peter«, sagte sie. »Jetzt hast du unseren Gast mit deinem Gerede über das Haus ganz traurig gemacht.« Sie wandte sich mir zu. »Schmeckt Ihnen die Pasta, Frances?« Sie hob die rechte Hand über ihre linke Schulter, als streckte sie sich, aber ich sah, dass sie ein paar Salzkörner hinter sich verstreute.

»Es schmeckt köstlich«, sagte ich und nahm wieder die

Gabel in die Hand. Meine Wörter kamen in einem Brei heraus.

»Ich lasse mir das Mehl von einem kleinen italienischen Laden in London schicken. Hier, am Ende der Welt, ist es unmöglich, gute Pasta zu bekommen.«

»Ist sie nicht erstaunlich?«, sagte Peter und drückte Caras Hand. »Sie hat sich das Kochen aus Büchern beigebracht.«

»Und von Dermod«, sagte sie. »Er hat mir die Grundzüge beigebracht. Ich habe in den Läden in der Stadt gefragt, ob sie Pasta hätten, und sie haben mir Dosen mit Buchstabennudeln in Tomatensoße gezeigt. In Glasgow habe ich alles bekommen, alle italienischen Lebensmittel. Oh, und Eis. Weißt du noch, das Eis, Peter?« Sie setzte die Ellbogen auf den Tisch. »Ich werde ein Lebensmittelpaket bestellen, mit Oliven, Parmesankäse und Mehl, jeden Monat«, sagte sie. Sie hielt mir den Korb mit dem letzten Stück Brot hin, und ich nahm es, obwohl das vielleicht unhöflich war.

»Sie sehen, was Cara mich kostet«, sagte Peter und lächelte.

»Aber es lohnt sich doch, für das Essen.«

»Haben Sie in Glasgow gelebt, als Sie in Glasgow waren?«, sagte ich und fuhr mit dem Brot durch die Zitronensoße auf meinem Teller, wie meine Gastgeber das auch getan hatten.

»Eine Weile, und dann in einem Schloss bei einem Loch, und davor auf einem anderen Landsitz. Meine Güte, in dem Schloss war es kalt, weißt du noch, Peter, aber wenigstens gab es Stühle, und wir mussten nicht auf Militärpritschen schlafen, und ein paar Gläser waren auch da.« Sie hob den Metallbecher hoch. »Eigentlich wollten wir im Ort ein Cottage mieten, aber –«

»Letzten Endes ist es eine Frage des Geldes«, sagte Peter.

Cara legte ihre Gabel hin und wischte sich den Mund mit

einem Geschirrtuch ab, das zusammen mit den restlichen Sachen ans Tischende geschoben worden war, damit wir Platz zum Essen hatten. Sie stand auf und stellte unsere Teller zusammen.

»Alle Häuser, in denen wir gewohnt haben, waren halbe Ruinen«, sagte Peter. »Und wenn das Dach halbwegs wasserdicht war und die Wände aufrecht standen, sollten sie trotzdem abgerissen werden. Ich könnte weinen, wenn ich denke, was wir verloren haben.«

Nach mehr Wein und meinem ersten Grappa im Leben, den Peter mir aufdrängte, stand ich im Badezimmer der beiden, presste meine Stirn an die kühle Wand und füllte meine Lungen mit Luft. Der Boden unter meinen Füßen schwankte. Ich schob mich seitlich von der Tür zum Waschbecken, meine Handflächen fest an die Wand gedrückt, weil ich wusste, wenn ich losließ, würde der Fußboden wieder auf mich zukommen. Ich beugte mich über das Becken und drehte den kalten Hahn auf, aus dem das Wasser spritzte und spuckte, bis schließlich ein steter Strom floss. Ich ließ mir Wasser in die Hände laufen und senkte mein Gesicht hinein. Nachdem es mir etwas besser ging, ließ ich mich auf den Fußboden gleiten und legte den Kopf an die Wand. Ich hoffte, ich würde es durch ihr Zimmer und die Treppe hinauf in mein Zimmer und mein Bett schaffen, ohne mich lächerlich zu machen. Bei dem Gedanken an meine Zimmer sah ich nach oben. Das Badezimmer hatte eine Gewölbedecke, die mit dunklen Wolken ausgemalt war, bedrohlich und schön. Ein Sturmhimmel, der sich in einem riesigen Wasserglas zusammenbraute. Von einer schwarzen Mitte flogen graue Federnwolken in konzentrischen Kreisen nach außen, als hätte es eine Explosion gegeben und das Zentrum der Explosion wäre das Glasauge, das von oben in den

Raum blickte, auf mich, und sich an den Außenrändern bog.

Cara kam schließlich herein und fand mich mit dem Kopf über der Toilettenschüssel, wo ich unverdaute Nudeln und eine üble rote Flüssigkeit aus mir herauswürgte; mir war so schlecht, dass ich keine Peinlichkeit empfand. Cara strich meine Haare zusammen und hielt sie aus meinem Gesicht, während ich mich übergab, sie rieb mir den Rücken, sie gab mir ein feuchtes Tuch und ein Glas Wasser, als ich mich wieder aufrichten konnte. Sie war es, die mir beim Aufstehen half und mich durch das leere Zimmer führte – Peter war wohl ins Bett gegangen –, durch den Flur und die filzbeschlagene Tür, während ich mich entschuldigte und sie sagte, ich solle mir nichts draus machen, beim nächsten Mal würde sie darauf achten, dass ich mehr aß, und sie würde eher mit dem Kochen anfangen. Sie brachte mich zu meinem Bett, zog mir die Schuhe aus und wollte mir das Kleid ausziehen, aber ich winkte sie fort, dankte ihr und sagte, ich käme jetzt zurecht. So betrunken war ich nicht, ich hatte nicht vergessen, dass ich Mutters Unterwäsche trug.

Am nächsten Morgen war meine Zunge trocken, und hinter meinen Augen war ein Schmerz, wenn ich den Kopf bewegte. Später weckte mich ein Geräusch an der Dachbodentür, und als ich die Kraft hatte aufzustehen und sie aufzumachen, fand ich einen Umschlag, auf dem in Tinte *Frances* stand, die Handschrift elegant und schnörkelig. Das Briefchen darin hob ich auf, ich steckte es in eine der Innentaschen meines Koffers. Wenn jemand mich gefragt hätte, warum, hätte ich vielleicht gesagt, es sei der erste Brief, den ich von einer Freundin bekommen hatte, aber gemeint hätte ich damit: Es war der erste Brief von meiner ersten richtigen Freundin.

Liebe Frances,
Peter möchte sich entschuldigen und hofft, du bist ihm wegen gestern Abend nicht böse. Tu um Himmels willen nichts Überstürztes, bitte, ich kann mir vorstellen, wie es dir geht, bleib einfach eine Weile im Bett.
Deine Cara

Ich nahm noch einmal den Umschlag und fand zwei große weiße Tabletten darin, auf denen die Wörter *Alka Seltzer* standen.

6

Ich schluckte die Tabletten mit etwas Wasser und ging dann, zum ersten Mal seit ich als Kind eine Mandelentzündung hatte, wieder ins Bett.

Ich musste geschlafen haben, denn jemand rief mich in einem Traum, der mir entglitt, und als ich die Augen aufmachte, war die Stimme noch da: Cara sang meinen Namen. Ich stieg aus dem Bett und sah unter meinem Fenster ihren Kopf und ihr lächelndes Gesicht, das zu mir nach oben blickte. Sie saß auch diesmal seitlich auf der Fensterbank und hatte die Füße an den Rahmen gestemmt. Bei dem Anblick ihres Oberkörpers, der in dieser Höhe aus dem Fenster ragte, wurde mir leicht übel.

»Geht es Ihnen besser?«, fragte sie, legte den Kopf schräg und zog die Augenbrauen hoch. Sie hatte ihr Haar in ein dunkelblaues Tuch gewickelt, einen hohen Turban, der oben flach war und ihre Wangenknochen betonte. Ich fand sie bezaubernd. Ein Spatz oder eine Wildtaube, und ich ein Perlhuhn. »Möchten Sie Lunch mit uns essen? Ich habe ein Picknick vorbereitet. Wir hoffen, dass Sie uns die Brücke zeigen.«

Mit meinem benebelten Kopf brauchte ich eine Weile, um zu antworten. »Die Brücke?« Ich blickte nach unten. »Wie viel Uhr ist es?«

»Ungefähr zwei, vielleicht drei. Aber ich muss sagen, Frances, Sie sehen noch etwas mitgenommen aus. Wir können auch allein gehen.«

»Warten Sie zehn Minuten.« Ich zog meinen Kopf zurück und überlegte, was ich anziehen sollte, ich dachte an Mutters Unterwäsche, die selbst einem Perlhuhn zu einer Taille verhelfen würde.

»Ich hoffe, Sie haben Hunger«, rief Cara.

Ich streckte wieder den Kopf zum Fenster hinaus. »Einen Bärenhunger«, sagte ich, aber sie war schon weg.

Ich putzte mir im Badezimmer die Zähne und wusch mir das Gesicht, und als ich wieder ins Schlafzimmer kam, lag eine tote Maus auf der Fensterbank. Eins der Knopfaugen glänzte, das graue Fell war in gutem Zustand, Anzeichen von Blut oder Beschädigung gab es keine, aber sie war tot. Zwei, drei Minuten zuvor, als ich mit Cara gesprochen hatte, war die Maus noch nicht da gewesen, sie konnte nicht da gewesen sein – hatte ich nicht an der Fensterbank gelehnt und nach unten geguckt? Ich überlegte, ob Serafina ins Zimmer geschlüpft war, als ich den Umschlag geholt hatte, und ich guckte unter dem Bett und im Badezimmer nach, aber da war sie nicht, und alle anderen Türen auf dem Dachboden waren verschlossen. Ich ging wieder zu der Maus, und meine Nackenhaare stellten sich vor Entsetzen auf, nicht, weil da eine kleine tote Maus lag, sondern weil mich der Gedanke beschlich, dass jemand sie dorthin gelegt haben könnte, damit ich sie fand. Ich griff nach Mutters Medaillon, das um meinen Hals hing, dann nahm ich einen Schuh und schob die tote Maus von der Fensterbank nach draußen. Ich hoffte, Serafina würde sich ihrer annehmen.

Ich ging voraus, an den Nissenhütten vorbei, zwischen den Rhododendronbüschen die Stufen hinunter zum See. Das Wasser, das wir durch die Baumstämme und Büsche glitzern sahen, zog uns weiter. Und als wir am Ufer standen, waren wir berauscht von dem Anblick der Wasserfläche, des türkisgrünen Ufers und des blauen Himmels, der sich im See spiegelte. Ich wollte, dass Peter und Cara stehen blieben und die Schönheit bewunderten, aber Peter sagte: »Und? Wo ist die Brücke?«, und ich ging mit ihnen durch die Bäume, bis wir zu einer Lücke kamen, von der aus man sie sehen konnte, grün überwachsen, nur zwei der Bögen frei von Bewuchs. »Aber die ist doch ganz charmant«, sagte er, und ich war stolz, als hätte er eine Zeichnung, die ich ihm trotz meiner Zweifel nach einiger Überredung gezeigt hatte, für gelungen erklärt. Plötzlich fand ich selbst, dass es eine hübsche kleine Brücke war. »Wir müssten das Dickicht etwas roden, um einen besseren Blick darauf zu haben, aber ich glaube, Sie haben da ein schönes Stück.«

»Wirklich?«, sagte ich.

»War das ursprüngliche Haus nicht von 1740 oder so?«

»1745«, sagte ich.

»Wir müssten die Brücke ausmessen.«

»Natürlich.« Ich versuchte, sachlich zu klingen.

»Ist die Brücke besonders?«, fragte Cara und stopfte den Zipfel ihres Turbans fest.

»Na ja«, sagte Peter. »Frances müsste sie erst mal genau untersuchen.«

»Sie ähnelt ein bisschen der Palladio-Brücke in Stourhead«, sagte ich. »Aber wenn es Palladio wäre, oder etwas anderes Interessantes, wäre sie dann nicht im Pevsner erwähnt oder anderswo dokumentiert?«

»Ah«, sagte Peter. »Sie haben Lyntons im Pevsner nachgeschlagen?«

»Sie nicht?«

»Nein, muss ich gestehen«, sagte Peter mit einem verlegenen Lachen. »Stimmt, das hätte ich tun sollen, aber Pevsner ist immer so negativ. Ich mag das Gefühl der eigenen Entdeckung, wenn es um Architektur geht.«

»Ja, vielleicht«, sagte ich und war mir inzwischen unsicher, ob er die Brücke für bedeutend hielt oder nicht, aber jetzt waren wir bei ihr angekommen und gingen hintereinander auf dem Pfad, den ich durch das Dickicht geschlagen hatte. In der Mitte der Brücke war ein kurzer Abschnitt der bauchhohen Brüstung frei von Grünzeug, und dort stellten wir uns hin und betrachteten den See. Von der Sonne auf dem Wasser brannten mir die Augen, und ich spürte einen Anflug von Kopfschmerzen.

»Denken Sie manchmal an die Menschen, die vor uns hier gelebt haben?«, fragte Cara, »die Dienstboten und die Gärtner, die Familien? An die Kinder, die an einem Tag wie heute, einem heißen, stillen Tag, von der Brücke in den See gesprungen sind, als sie neu war? Was wohl aus ihnen geworden, was in ihrem Leben geschehen ist?«

»Alle Menschen müssen sterben, Cara«, sagte Peter sanft, als wäre dies eine Neuigkeit, die er ihr vorsichtig beibringen musste. Ich dachte an Dorothea Lynton, die auf dem Friedhof begraben worden war, nur in Anwesenheit des unzufriedenen Pastors und des Friedhofgärtners. Und natürlich dachte ich an Mutter.

»Und was dann?«, fragte sie. Womöglich hatte sie ihm die Frage schon hundertmal gestellt und jedesmal auf eine andere Antwort gehofft.

»Nichts«, sagte er, während sie den Kopf zur Seite wandte und vorgab, über den See zu blicken, dahin, wo er sich verjüngte. »Tot ist tot«, fuhr er mit sanfter Stimme fort, die Hände offen. »Weder Himmel noch Hölle, keine Geister. Wenn wir Glück haben, bleiben wir einigen Menschen über ein oder zwei Generationen in Erinnerung, und dann ist auch das vorbei, und das ist in Ordnung.«

»Glaubst du das wirklich?«, fragte Cara, den Blick immer noch in die Ferne gerichtet.

»Das weißt du doch. Und wenn wir Pech haben, kommen wir in ein Geschichtsbuch, aber das sind dann nicht wir, sondern das ist eine erfundene Version von uns. Es kann keine vollständige Geschichte über uns erzählt werden. Die gibt es nur in unseren Köpfen und in der Erinnerung der Menschen, die uns geliebt haben.« Es sah aus, als wartete er auf eine Antwort. »Cara?«, sagte er als Aufforderung.

Ein paar Monate, bevor ich zehn wurde, stand ich in der Küche unseres Hauses in Notting Hill, und Mutter sagte zu mir: »Dein Vater glaubt, wenn wir sterben, werden wir in die Erde gelegt, wo wir verrotten und zu Gras werden, und dann kommen die Kühe und essen uns.« Ich wusste, dass mein Vater hinter mir stand und schwieg. Zwischen meinen Eltern war eine Spannung spürbar, ein Ringen, das ich nicht verstand. Ich wollte, dass er zu mir sagte, was Mutter gesagt hatte, sei falsch, er glaube nicht, dass es so passieren würde. »Ich hingegen glaube«, fuhr Mutter fort, »dass wir, wenn wir gute Menschen gewesen sind, in den Himmel kommen.« Die Vorstellung von den Kühen und dem Gras und den Toten war entsetzlich. Ich fing an zu weinen. »Und was soll ich glauben?«, fragte ich. Was meine Mutter antwortete und ob sie überhaupt geantwortet hat, weiß ich nicht mehr.

»Mir ist es recht, wenn ich in ein, zwei Generationen vergessen bin«, sagte ich, weil ich das Bedürfnis hatte, das Schweigen zu brechen. »In meinem Fall wird es vermutlich noch eher sein.« Ich lachte.

»Kommt jetzt«, sagte Cara, drehte sich zu uns um und versuchte ein Lächeln. »Lasst uns was essen.«

»Erst sollten wir schwimmen gehen«, sagte Peter.

»Schwimmen?« Mein Blick wanderte zwischen den beiden hin und her. »Ich wusste nicht, dass wir schwimmen gehen wollen. Ich habe keinen Badeanzug.« Mutters Hüftgürtel stach mir ins Fleisch.

»Frances und ich gucken dir zu«, sagte Cara zu Peter.

Mitten auf der Brücke fing Peter an, sich auszuziehen. Cara lachte. »Er scheut sich nicht, was? Du bist nicht scheu, was?«

Unter seiner Hose trug er eine blaue Badehose. Er hatte einen schlanken Körper mit schmalen Hüften und breiten Schultern. Unter den Achseln waren Büschel heller Haare zu sehen, auch die Brust war leicht behaart. Er kletterte auf die steinerne Brüstung und stellte die Füße zusammen. Ich wollte ihn warnen, dass im See Dinge sein konnten, versunkene Pfosten, ein Speer mit scharfem Dorn, Stücke von rostigem Metall, Sachen, die ihn kratzen oder stechen konnten, aber da war er schon gesprungen und tauchte durch die Lilien und Seealgen. Einen Moment lang sahen wir seinen Körper unter der Oberfläche schimmern wie ein Tier unter Eis.

Cara und ich lehnten an der warmen Steinbrüstung und sahen, wie er in der Mitte des Sees an die Oberfläche kam. Wir legten die Hände als Sonnenschutz über die Augen, während er durch den See schwamm und sein Kopf und seine Schultern unter den Wolken und dem Himmel kleine Wellen ins Wasser zogen.

»Wie habt ihr beiden euch kennengelernt?«, fragte ich.

»Oh, das war in Irland, 1963«, sagte Cara. »Ich war einundzwanzig. Es kommt mir vor, als wäre es ewig her. Kaum zu glauben, dass erst sechs Jahre vergangen sind. Ich träumte davon wegzugehen. Nach Italien. Die Iren sind immer aus Irland weggegangen, nicht wahr? Aus den unterschiedlichsten Gründen. Einmal habe ich es bis nach Dublin geschafft.« Bei der Erinnerung lachte sie.

»War das weit von Ihrem Zuhause?«

»Hundert Meilen oder so. Ich habe mich gefühlt, als wäre ich auf einem anderen Stern gelandet. Ich bin mit dem Bus nach Thomastown gefahren und habe mich als Cara Cal-Ace ausgegeben, dann habe ich mir neue Klamotten und Lippenstift gekauft und bin als Cara Cal-Ay-Chey weitergefahren. Ich hatte mir selbst mit dem Wörterbuch meines Vaters Italienisch beigebracht, aber ich habe ja schon erzählt, dass ich es gar nicht sprechen kann, nicht richtig. Ich glaube, ich bin bis C gekommen. Ich weiß noch, wie ich im Bus meinen Kopf an die Fensterscheibe drückte und die dünnen Männer draußen vor den traurigen Pubs sah, und die dünnen Frauen mit den müden Gesichtern, die ihre Wäsche aufhängten. Ich war entschlossen, nie wie sie zu sein.« Sie drehte sich um, sodass ihr Rücken dem See zugewandt war, und ich tat das auch. Ich konnte sie mir vorstellen, eine tragische Gestalt im Bus, die von einem besseren Leben träumte. Ich ließ sie erzählen, während ihre Konsonanten weicher wurden, immer mehr Irisch. Ich wusste, dass ihre Geschichte interessanter sein würde als meine.

»Ich hatte schon einen Job arrangiert, bevor ich nach Dublin kam. Oder zumindest ein Vorstellungsgespräch, am Adelphi Kino. Ich zog den Rock höher und trug den Lippenstift dicker auf, und als der Manager mich in sein Büro einlud, das kaum größer war als der Schrank neben dem Projektionsraum, nahm ich die Zigarette, die er mir anbot. Er zündete mir die Zigarette an und beugte sich nach vorn, und wissen Sie, was er gesagt hat? »Für eine Italienerin sind Sie ziemlich blass.« Ich war hocherfreut – ich hatte ihn überzeugt. Mit meinem besten italienischen Akzent sagte ich: »Irland, das ist sehr schön, aber es gibt viele Monate ohne Sonne. Nur Regen, Regen, Regen.«

Seltsam, wie sie plötzlich so überzeugend italienisch war, zumindest in meinen Ohren.

»Ich kriegte die Stelle, ich arbeitete an der Garderobe und nahm den Besuchern die Mäntel ab. Und ich mietete mir ein Zimmer in einer Pension für junge Frauen. Dort haben sie auch alle geglaubt, dass ich Italienerin sei, und eine Zeit lang war es sehr lustig, am Tisch zu sitzen und von dem neuen Papst zu erzählen, und dass er eine besondere Art zu winken hat, und wie wunderbar das Wetter ist, und dass man die Apfelsinen direkt von den Bäumen an der Straße pflücken kann. Eigentlich wollten sie nur wissen, wie die italienischen Männer sind. Ich habe die Augen verdreht und es ihnen überlassen, sich das auszudenken. Die Mädchen arbeiteten bei Brown Thomas, dem großen Kaufhaus, oder beim Fleischer um die Ecke oder in der Buchhaltung der Tabakfabrik. Ihre Namen weiß ich nicht mehr, aber ich weiß noch, wie sie nacheinander zu mir kamen und mir Geschenke brachten: eine Packung Nylonstrümpfe oder zwei Koteletts oder zwanzig Players-Zigaretten. Sie alle wollten Eintrittskarten für die Beatles.«

»Die Beatles?«, sagte ich. Obwohl ich nichts über Popmusik wusste, hatte ich von den Beatles gehört.

»Sie sollten im Adelphi auftreten, aber die Karten waren seit Wochen ausverkauft, und ich wusste, dass ich keine bekommen konnte. Trotzdem nahm ich die Koteletts, die Strumpfhosen und die Zigaretten und sagte, ich würde gucken, was sich machen ließe. Ich sorgte dafür, dass ich an dem Abend Dienst hatte, und dachte, ich könnte hinten in den Saal schlüpfen, bevor das Konzert anfing, aber die Aufpasser des Managers erlaubten das nicht. Ich kann Ihnen gar nicht sagen, wie wütend ich war, während des ganzen Konzerts saß ich in der Garderobe auf dem Fußboden und rauchte eine Zigarette nach der anderen. Die Musik konnte ich nicht hören, so laut war das Geschrei.

Als das Publikum rauskam, musste ich die Mäntel aushändigen, aber ich wollte hinter die Bühne, deshalb habe ich einfach wahllos die Mäntel verteilt, und als die Gäste anfingen, sich zu beklagen, bin ich über die Theke geklettert und gegangen.

In einem der Flure hinter der Bühne habe ich George getroffen. Es war ein einziges Gewirr von Fluren, Treppenhäusern, blinden Ecken, Kurven, man konnte sich ganz leicht verlaufen. George lief da herum, vermutlich suchte er die anderen. Ich nahm an, es sei besser, wenn ich mich weiterhin als Italienerin ausgab, und wir haben uns unterhalten, wie man sich mit Ausländern unterhält, halb Pantomime, halb erfundene Wörter, nur dass ich die Ausländerin war. Er tat so, als würde er Gitarre spielen, und ich zeigte ihm die Garderobenmarken und sagte: ›Mantelaufhängerin‹. Er fragte, ob ich Lust hätte, auf einen Drink ins Hotel zu kommen, und wir standen eine Weile am Hinterausgang und unterhielten uns und warteten auf John, Paul und Ringo. Es war unglaublich kalt, es war der 7. November 1963, das werde ich nie vergessen. George trug einen riesigen Pelzmantel, und weil ich so sehr zitterte, zog er ihn aus und legte ihn mir um die Schultern. Der Mantel reichte bis zum Boden. Ich weiß nicht mehr, wovon wir sprachen, von Liverpool und Rom, vielleicht. Ich glaube, wir haben eine geraucht, und plötzlich kam ein Zeitungswagen um die Ecke gejagt, ich glaube vom *Evening Herald*, und in dem Moment kamen die anderen Beatles aus dem Bühneneingang gerannt, und alle, einschließlich George, sprangen in den Lieferwagen, gerade als eine Masse schreiender und kreischender Mädchen von vorn um die Ecke rannte. Der Lieferwagen mit den Beatles fuhr weg, und die Mädchen rannten weiter und schrien, es war unglaublich. Sie rannten mich über den Haufen, ich hatte Löcher in den Strümpfen, aufgeschürfte Handflächen, und von dem Schock standen mir die Tränen in den Augen. Ein Reporter half mir auf die Füße, stellte mir ein paar Fragen, fragte nach meinem Namen, wollte wissen, wo ich arbeitete, und machte ein Foto von mir. Am nächsten Tag war ich in der Zeitung, Wimperntusche im Gesicht verschmiert und völlig durch den Wind.«

»Oh, Cara«, sagte ich und stellte mir die Aufregung und den Schock vor.

»So hat meine Mutter rausgekriegt, wo ich war. Jemand muss ihr erzählt haben, dass mein Bild in der Zeitung war und dass ich im Adelphi arbeitete; allerdings hatte mich der Manager rausgeworfen, weil ich die Garderobe unbeaufsichtigt gelassen hatte und jemand mit einem Arm voller Mäntel abgehauen war. Meine Mutter schickte Dermod im Wolseley, um mich zu holen.«

»Dermod?«

»Dermod half bei uns im Haus. Eine Art Diener, könnte man sagen. Er lebte bei uns, schon vor meiner Geburt. Er war für die Hühner zuständig und für einen Teil der Hausarbeit, außerdem hat er meistens gekocht. Er ist ein schlichter Kerl, aber sehr lieb, und er mochte es überhaupt nicht, wenn er den Wagen fahren sollte. Meiner Mutter gefiel es, dass jemand sie herumfuhr, und damals musste man keine Fahrprüfung machen oder so. Ich war überrascht, dass er es allein bis Dublin geschafft hatte. Wir haben uns auf der Straße vor der Pension gestritten, und die Mädchen hingen aus den Fenstern. Ich sagte, ich würde im Leben nicht nach Hause kommen, da fing er an zu weinen, und die Tränen liefen ihm übers Gesicht. Er ist ungeheuer weichherzig.«

Sie unterbrach ihre Geschichte, ihr Blick wanderte in die Ferne, während sie sich erinnerte.

»Jedenfalls habe ich den Wolsley nach Hause gefahren und Dermod unterwegs die Geschichte mit George Harrison erzählt. Um ihn zum Lachen zu bringen, haben wir die Fenster runtergedreht und ›Mantelaufhängerin‹ hinter den Treckern hergerufen, die wir überholten, und hinter den dünnen Frauen in ihren dünnen Mänteln, die rausrannten, um die Wäsche reinzuholen. Den Mantel, den George mir gegeben hatte, habe ich behalten –«

Sie war noch bei der Geschichte, als wir von der anderen Seite des Sees einen langen Pfiff hörten – Peter rief uns. Ich hatte ihn vergessen. Wir drehten uns um und sahen ihn in der Ferne, es sah aus, als stünde er auf dem Wasser, und er schwenkte beide Arme über dem Kopf.

»Ich zeige ihn dir später«, sagte sie. »Aber es ist einfach ein Männerpelzmantel. Jetzt komm. Peter hat bestimmt Hunger.« Sie nahm den Picknickkorb und ging den Weg zurück, auf dem wir gekommen waren. Ich ging hinter ihr her bis zum Ende der Brücke, dann kehrte ich noch einmal um und holte Peters Sachen, die er in einen ordentlichen Stapel gelegt hatte – Hemd und Hose, Schuhe und Socken. Als ich auf dem Weg am See entlang über das nachdachte, was Cara erzählt hatte, fiel mir auf, dass sie nicht erklärt hatte, wie Peter und sie sich kennengelernt hatten. Sie hatte Peter nicht einmal erwähnt.

Etwa dreiviertel des Weges um den See herum, nahe der Stelle, wo der Turm des Mausoleums über die Bäume ragte, gab es einen Landesteg aus Beton. Daneben ragten hölzerne Pfosten aus dem Wasser, als hätte es einst einen hübscheren Anleger aus Holz gegeben und die Soldaten hätten ihn mit etwas ersetzt, das praktischer und hässlicher zugleich war. Am Ende des Stegs packte Cara das Picknick aus und legte die Tischdecke hin, während Peter am Ufer stand und durch das Schilfrohr blickte.

»Hier«, sagte er, als ich näher kam. »Ein altes Ruderboot. Wir könnten es an Land ziehen, bestimmt kann ich es mit ein paar Teerflicken reparieren, und dann könnten wir auf den See hinausrudern. Wie finden Sie das?«

Ich stellte mir Peter beim Rudern vor, während Cara und

ich im Bug saßen und die Hände durch das Wasser gleiten ließen. Vor meinem geistigen Auge sah ich das Bild von Waterhouse, *The Lady of Shalott*.

»Das wäre wunderbar.«

Er warf einen Blick über seine Schulter. »Sie haben meine Sachen mitgebracht, Frances, Sie sind ein Geschenk.« Er kam ans Ufer zurück, und ich wandte meinen Blick von seiner Badehose und dem Oberkörper ab und sah ihm fest ins Gesicht. Erst als er die Hände nach seinen Sachen ausstreckte, wurde mir bewusst, dass ich sie an meine Brust gedrückt hatte. »Ich wusste, dass Cara nicht daran denken würde«, sagte er, stieg mit seinen feuchten und schlammigen Beinen in die Hose und zog sich das Hemd über den Kopf. Der Baumwollstoff haftete an seiner nassen Haut. »Und ich dachte schon, ich müsste zurück zur Brücke schwimmen.«

Cara hatte den Inhalt des Korbs auf der Tischdecke ausgebreitet: Brot in Scheiben, mit Butter bestrichen, Fischpaste, einen Bohnen-Zwiebel-Salat, ein halbes Dutzend Wachteleier und eine improvisierte Papiertüte mit Salz.

An dem Nachmittag ging kein Wind, der See war eine glänzende Münze, die in einer ungemähten Wiese verloren gegangen war, und die unsichtbaren Vögel, die in den Büschen zirpten und zwitscherten, brachten nicht einen Zweig in Schwingung. Ich ließ mich langsam auf den Betonboden nieder – für eine füllige Frau ist es immer unbequem, auf dem Boden zu sitzen, besonders, wenn sie einen Hüftgürtel trägt. Wie ein Pferd muss sie die Beine unter dem Körper einknicken, und irgendwann kommt der Punkt, an dem sie sich fallen lassen und hoffen muss, dass sie heil auf dem Boden ankommt.

Der See rieb sich an den Rändern des Anlegers, und die langen Gräser, die dort wuchsen, schwankten leicht hin und her. Cara hatte eine Flasche Champagner an einem Pfosten festgebunden, und als Peter sie aus dem Wasser zog, entstanden einige Ringe, die sich über den See hinweg ausdehnten und die sich spiegelnden Bäume durchschnitten.

Die Flasche konnte noch nicht länger als ein paar Minuten im Wasser gelegen haben, aber Peter erklärte sie für kalt genug, ließ den Korken herausspringen und goss den Champagner in unsere drei Blechbecher.

»Auf Fran, unsere neue Freundin«, sagte Peter und hob seinen Becher.

»Auf Fran, unsere neue Freundin«, sagte Cara und klinkte mit ihrem Becher an Peters. Sie hielten ihre Becher in die Luft und warteten.

»Auf uns«, sagte ich. Sie hatten mich überzeugt, dass es die Wahrheit war. Darauf tranken wir.

7

Als ich am Abend auf meinem Bett saß und die Beobachtungen aufschrieb, die ich auf der Brücke gemacht hatte, klopfte es an der Tür zum Dachgeschoss.

»Kann ich reinkommen?«, rief Cara und kam herein.

Ich hatte mir schon das Nachthemd angezogen, das ich jetzt am Hals höher zusammenzog, und ich legte mir ein Kissen auf den Schoß, um meinen Bauch zu verbergen. »Hier«, rief ich.

Sie kam herein. Sie hatte immer noch den Turban auf. »Ich hoffe, ich störe nicht. Ich wusste nicht, dass du arbeitest.« Sie sah sich um, ließ den Blick über die Bücher auf dem Bett und die Stapel auf dem Boden schweifen. »Ich hatte mich gar nicht richtig umgesehen, als wir gestern hier oben waren. Bei uns unten ist es schon wie beim Camping, aber du hast hier noch nicht einmal einen Packkarton, auf dem du sitzen kannst.«

»Oh, ich komme zurecht«, sagte ich und schob die Papiere gerade.

»Wenn Peter arbeitet, kann er wenigstens am Tisch sitzen. Kriegst du nicht Rückenschmerzen, wenn du die ganze Zeit auf dem Bett sitzt?«

Sie senkte den Kopf und sah aus dem Fenster. Sie ging in dem kleinen Zimmer umher, sah meinen offenen Koffer mit den gefalteten Sachen darin, meine Bürste obenauf, das Handtuch an einem Nagel an der Tür, darüber meine Duschhaube. Ich wurde geprüft, meine Sachen wurden begutachtet, und ich hatte Angst, sie würde mich als mangelhaft bewerten.

»Ist dein Badezimmer nebenan?« Sie ging in den Flur, ich eilte ihr hinterher, überzeugt, sie wäre nach oben gekommen, weil sie einen Verdacht wegen des Lochs in der Decke hatte. »Du hast nicht einmal einen Spiegel«, sagte sie, als sie sich alles angesehen hatte. »Vielleicht gibt es einen in einem der anderen Schlafzimmer. Peter könnte mal gucken gehen.«

»Danke«, sagte ich. »Aber ehrlich, ich komme zurecht.« Ich wollte unbedingt, dass sie wieder ins Schlafzimmer kam. Ich ging voraus, setzte mich aufs Bett und hoffte, sie würde mir nachkommen. Sie kam, setzte sich neben mich und nahm mein Buch, *Garden Architecture*, in die Hand. Sie fuhr mit den Fingern über die Goldbuchstaben: *A Pictorial Guide for Gardens Old and New*. Wenn sie nicht gekommen war, um mich wegen des Spions zu konfrontieren, was wollte sie dann? Wollte sie mir sagen, dass sie und Peter einen peinlichen Fehler gemacht hatten? Dass ich doch nicht zu ihnen passte und sie nicht mit mir befreundet sein konnten?

»Vermisst du deine Eltern sehr?«, fragte ich unvermittelt, um ihre Ankündigung hinauszuzögern.

»Eigentlich nicht«, sagte sie. »Mein Vater ist bei meiner Geburt gestorben.«

»Wirklich?«, sagte ich. »Das ist ja schrecklich.«

»Er ist die Treppe raufgerannt, als meine Mutter in den Wehen war. Er trug eine Schüssel heißes Wasser oder einen Stapel Handtücher oder so und ist gestolpert, und dabei hat er sich den Schädel gebrochen. Bei der Geburt gestorben.« Sie machte ein Geräusch, das halb Lacher, halb Seufzer war, und mir war klar, dass die Geschichte zu einem Witz verkommen war, weil Cara sie so oft erzählt hatte, aber natürlich war sie sich des tragischen Elements bewusst. »Ich wollte herausfinden, wo genau es passiert war, und habe jede Stufe nach Spuren von seinem Blut abgesucht, aber natürlich war da nichts.«

»Und deine Mutter?«

»Herr im Himmel«, sagte sie, und der irische Singsang brach durch. »Wo soll ich mit Mammy anfangen?« Wieder ein halbherziges Lachen, dann sprach sie mit ihrem englischen Akzent weiter. »Isabel Catherine Calace. Geborene Gentleman. Holländische Vorfahren, soweit ich weiß. Sie ist in Killaspy aufgewachsen, in dem Haus, wo ich geboren bin. Hat meinen Vater, Augustus James Calace, bei einem Jagdball kennengelernt. Hat sich verliebt undsoweiterundsoweiter. Lebt auch heute noch dort und ist bei bester Gesundheit, soweit ich weiß.«

»Aber hattest du nicht gesagt, du hättest beide verloren?« In meinem Kopf ging ich zu dem Gespräch zurück, das wir vor dem Essen am Tag zuvor geführt hatten.

»Habe ich das gesagt?«, sagte sie. »Ich meinte damit, dass wir uns entfremdet haben. Ich habe Isabel seit fünf Jahren nicht mehr gesehen oder von ihr gehört. Isabel, so nenne ich sie jetzt. Ich bin mir sicher, jemand hätte mir geschrieben, wenn sie gestorben wäre – Pfarrer Creagh oder Dermod.«

»Auf der Brücke wolltest du mir erzählen, wie ihr euch kennengelernt habt, Peter und du.«

»Willst du das wirklich hören? Es ist eine lange Geschichte, wolltest du nicht schon ins Bett?« Scherzhaft zog sie am Ärmel meines Nachthemds.

»Bitte«, sagte ich.

»Aber zuerst muss ich dir von Killaspy erzählen.«

»Ist das das Haus, in dem du geboren bist?«

»Ja.« Sie fühlte mit beiden Händen nach den Zipfeln ihres Turbans und löste den Knoten, und ihr Haar sprang auf und verteilte sich in seine übliche Keilform. Cara kratzte sich an der Kopfhaut. »Es liegt außerhalb einer Kleinstadt in der Grafschaft Kilkenny. Im Südosten von Irland. Nicht so groß wie Lyntons, auch nicht so herrschaftlich, aber attraktiv und leicht verkommen. Es war dreigeschossig, symmetrisch gebaut, solide, und hatte ein paar Außengebäude, einen Ententeich, einen Salon, ein Herrenzimmer, ein Esszimmer, das wir nie benutzt haben, sechs Schlafzimmer, wenn man die im Dach mitzählt. Allerdings hatte es früher einmal doppelt so viele, außerdem Ställe. Aber 1921, als Isabel fünf war, kamen Männer mit Benzinkanistern und zündeten den hinteren Teil des Hauses an, und die Ställe fingen Feuer. Meine Mutter konnte die Geschichte besser erzählen als ich; natürlich, sie erinnerte sich an das Ereignis, oder wenigstens an die Geschichte. Niemand ist gestorben, keine Menschen, meine ich.

Isabel wurde im Nachthemd und mit ihrem alten Morgenmantel im Arm, den sie als Trostdecke benutzte, zum Ende der Auffahrt geschickt. Aus der Stadt kamen Leute, um das Feuer zu löschen, aber da waren der hintere Teil des Hauses und die Ställe schon abgebrannt. Die Mauern, die stehen geblieben waren, wurden abgestützt, der Schutt wurde weggeräumt, aber das alles war so teuer, dass meine Großeltern das meiste Land verkaufen mussten, und sie konnten es sich nicht leisten, Isabel in England auf ein Internat zu schicken, weshalb sie zu Hause unterrichtet wurde, bis sie, was ich schon erzählt habe, Augustus kennenlernte. Und das Haus wurde so gelassen, wie es war, und jetzt, oder zumindest vor fünf Jahren, als ich das letzte Mal dort war, sieht es immer noch genauso aus.«

Ich rutschte auf dem Bett nach hinten und lehnte mich an die Wand, das Kissen hatte ich wieder auf dem Bauch.

Ich wollte mehr hören. Cara lag am Fußende auf der Seite und hatte den Kopf in die Hand gestützt.

»Manchmal, wenn niemand es bemerkte, nahm ich mir die Hausschlüssel von dem Haken in der Küche und ging ins Dachgeschoss. Am Ende des Korridors war eine Tür, die verschlossen gehalten wurde, und dahinter war die Leere, der Abbruch, drei Stockwerke tief. Ich stand gern dort, an der Kante. Es war herrlich beängstigend. Im abgebrannten Teil des Hauses standen viele Mauern noch, aber die Zwischenböden waren verschwunden, man konnte die Kaminumrandungen sehen, und Pflanzen, die aus dem Rost wuchsen. Das Dach war auch eingestürzt, und ich stand an der Kante und ließ mir den Regen übers Gesicht laufen.

Da bin ich also aufgewachsen. Das musst du wissen, denn so habe ich Peter kennengelernt. Ich wusste, dass etwas geplant war, als Dermod und ich aus Dublin kamen. In den Zimmern roch es nach Möbelpolitur, in der Eingangshalle standen Blumen in einer Vase auf dem Tisch, und die Hundekörbe waren in die Waschküche gebracht worden, aber die Hunde schliefen trotzdem auf den Sofas im Salon. Ein Feuer brannte im Kamin – und das passierte sonst nur, wenn es so kalt war, dass man die Eisblumen von den Innenseiten der Fenster abkratzen konnte. Ich wusste, dass das Feuer nicht als Willkommensgruß für mich brannte.

Isabel saß in ihrem Schlafzimmer und schminkte sich. Sie befeuchtete die Wimperntusche mit Spucke und trug sie dann mit der Bürste auf ihre Wimpern auf. Auf ihrem Frisiertisch hatte sie unter einem Glas eine Biene gefangen, die summte. Ich verstehe heute noch nicht, warum da eine Biene war, im November – wusstest du, dass Bienen sich im Winter in ihren Bienenstöcken in Klumpen zusammensetzen? – aber vielleicht war sie aufgeschreckt worden, als jemand das Feuer im Kamin machte. Isabel fragte mich, ob ich eine gute Reise gehabt hätte, als wäre ich zu Besuch bei Verwandten gewesen, statt weggelaufen zu sein. Ich fragte, was los sei im Haus, und sie sagte, wir erwarteten einen Besucher, einen Mr. Robertson. Und das war Peter!«

Cara lächelte mich an, und ich lächelte zurück, wir waren beide erregt von dem Gedanken, dass der Zeitpunkt gekommen war, an dem Peter in die Geschichte eintreten würde.

»Normalerweise kam niemand uns besuchen«, fuhr sie fort. »Dafür war es nicht das Haus, und wir waren nicht die richtige Familie. Die Leute wussten nicht, was sie von uns halten sollten, so wie wir in Killaspy lebten, wo der Regen durchs Dach kam und der hintere Teil des Hauses abgebrannt war. Auf der Vorderseite blühten hübsche gelbe Algen aus dem Wasser, das über die Regenrinne auslief. Ich mochte das. Ich fragte meine Mutter, ob Mr. Robertson gekommen sei, um Reparaturen durchzuführen. Ich saß an ihrem Bettende, die Biene summte unter dem Glas, und meine Mutter guckte in den Spiegel und sagte: ›Nein, er kommt, um es zu kaufen.‹ Sie wollte, dass ich traurig war, das weiß ich, es war das einzige Zuhause, das wir beide je gehabt hatten, aber ich war glücklich und dachte, wenn es verkauft würde, hätten wir vielleicht so viel Geld, dass ich aus Irland weg und nach Italien gehen konnte. Und ich wusste, dass sie wusste, was ich dachte, und so starrten wir uns gegenseitig an, und dann legte sie die Hand auf das umgestülpte Glas, und die Biene hörte auf zu summen und lief in ihrem kleinen Gefängnis im Kreis herum. ›Was sagt die Biene dazu?‹, fragte ich sie, denn das tat sie manchmal, sie befragte die Tiere. Und sie saß still, als lauschte sie, und sagte dann: ›Man darf nicht auf das hören, was Bienen sagen‹, und dann nahm sie das Glas und ließ die Biene aus dem Fenster ins Freie fliegen.

Bevor Peter eintraf, ging ich zu Paddy. Das war der Sohn unseres Nachbarn, er war in meinem Alter. Wir kamen gut miteinander aus. Ich mochte ihn, ich hatte ihn immer gemocht. Als wir von der Schule abgingen, übernahm er die Herde friesischer Kühe von seiner Mutter. Ich habe die Kühe geliebt und vielleicht auch Paddy. Isabel wollte, dass ich ihn heirate, obwohl Bauern in Irland es nicht leicht haben, aber die Browns hatten ein schönes Bauernhaus und Vieh, und wenn ich Paddy heiratete, würde ich in ihrer Nähe bleiben. Jedenfalls, ich zog die Gummistiefel meines Vaters an und ging Paddy besuchen. Er brachte gerade die Kühe nach Hause, die letzten kitzelte er mit dem Stock und sagte: ›Jetzt mal voran, altes Mädchen.‹«

Cara reckte das Kinn, während sie sprach, und ich sah sie vor mir, auf dem Hof, knöcheltief im Schlamm, in der untergehenden Sonne, und Paddy, der sie mit seinen grünen Augen ansah.

»Ich hatte Paddy einen Monat lang nicht gesehen und ihm auch nicht erzählt, wohin ich abgehauen war, aber er hatte gehört, dass ich wieder da war. Er sagte: ›Hast du dich in Rom gut amüsiert mit Papst Paul dem Sechsten?‹ Paddy machte gern Witze, und er wusste natürlich, dass ich nur bis Dublin gekommen war und Dermod mich nach Hause geholt hatte. Ich fragte ihn, ob er mich vermisst hatte, und er stellte die Melkmaschine an, damit er nicht zu antworten brauchte. Die Maschine war ungeheuer laut, und wenn man sich verständigen wollte, musste man schreien. Wir waren gut aufeinander eingespielt, wenn ich ihm im Kuhstall half. Er ging an der Reihe der Kühe entlang und legte ihnen die Gürtel über den Rücken und befestigte die Melkbecher – das sind die Aluminiumtöpfe, in denen die Milch aufgefangen wird, bevor sie in den großen Tank fließt – , und ich ging mit einem Eimer warmen Wassers und einem

Tuch hinter ihm her und reinigte die Euter, dann setzte er die Melkbecher auf. Wir waren ein gutes Team. Ich vermisse die Kühe, sie waren an mich gewöhnt, und ich weiß noch, dass ich dachte, wenn Mr. Robertson das Haus sofort kaufte, müsste ich schon einen Monat später ausziehen, obwohl ich das ja wollte, und ich habe meine Wange an die Flanke einer Kuh gedrückt, als Paddy nicht hinsah, und den Geruch von dem Fell und dem Stroh und dem Tier eingeatmet. Ich fand nie, dass Kühe schlecht riechen, wie manche Leute sagen.

Ich küsste Paddy, während die Melkmaschine lief. Ich hatte ihn schon früher geküsst, bei den Tanztees, zu denen wir gingen. Da schmeckte er nach dem Portwein, den er in den Obstsaft tat, den es zu trinken gab. Aber diesmal schmeckte er nach Milch, und ich erlaubte ihm, mit seinen Händen in meinen Mantel und unter meinen Pullover und in meinen Büstenhalter zu gehen. Ich mochte das kratzige Gefühl seiner Schwielen auf meiner Haut. Aber mehr hat er nicht gemacht, und mehr habe ich auch nicht erlaubt.«

Vielleicht fand Cara, dass ich angesichts ihrer Freimütigkeit ein entsetztes Gesicht machte, denn sie fügte hinzu: »Es ist wichtig, dass du das weißt. Mehr habe ich nicht erlaubt. Ich habe gesagt, ich müsse gehen, wir bekämen Besuch, und er sagte, er habe gehört, meine Mutter wolle Killaspy verkaufen, und ich hatte ein Gefühl, als würde ich ihn und den Kuhstall und Irland schon jetzt verlassen. Aber natürlich läuft es immer anders, als man glaubt, stimmt's?

Als ich ins Haus kam, rief Isabel, ich solle dem Besucher Guten Tag sagen, und obwohl ich wollte, dass sie das Haus verkaufte, und wusste, dass ich die Rolle der braven Tochter spielen sollte, ging ich in Gummistiefeln ins Haus, küsste sie auf die Wange und sagte: ›Hallo, Mammy.‹ Sie konnte es nicht ausstehen, wenn ich Mammy sagte, aber ich war sauer auf sie, weil sie nicht zugab, dass sie mich vermisst hatte, und sauer, weil sie Dermod geschickt hatte, damit er mich holte. Ich war erst einundzwanzig. Sie saß in einem der Ohrensessel neben dem offenen Kamin, und Mr. Robertson, Peter, saß ihr gegenüber auf dem Sofa. Zwischen ihnen stand ein kleiner Tisch mit chinesischen Intarsien. Eine der Schwalben fehlte, und normalerweise war die Vertiefung voll mit Staub und Krümeln, aber ich sah, dass Dermod auch hier geputzt hatte. Der Tisch hatte zu einem Dreiersatz gehört, aber die anderen beiden waren schon vor Jahren verkauft worden. Dermod hatte einen Mohnkuchen gebacken, der normalerweise köstlich war, aber diesmal hatte er ihn mit gelbem Zuckerguss dekoriert, und das war die schrillste Farbe im Zimmer. Ich sah, dass meine Mutter ihn gebeten hatte, für den Besucher das beste Porzellan rauszustellen.

Ich hatte erwartet, dass Peter alt wäre, fünfzig oder sechzig mindestens, wenn er jemand war, der Killaspy kaufen wollte. Ich hatte keine Ahnung, was das Haus wert war, nicht viel, vermutlich, aber alles schien mir sehr viel Geld zu sein. Und ich fand ihn attraktiv. Er ist attraktiv, oder? Isabel machte uns miteinander bekannt, und er erhob sich halb, als wollte er mir die Hand schütteln, aber in einer hatte er einen Teller, und mit der anderen hielt er einen der Hunde von sich, Suki, die ihre Nase in seinem Schritt hatte und sich nicht vertreiben ließ. Sie war immer schon sehr frech. Ich dachte gar nicht daran, ihn zu retten, sondern zog den Klavierhocker heran und nahm ein Stück Kuchen. Ich fragte ihn, wie ihm das Haus gefalle, und er sagte: ›Charmant, charmant‹, auf seine Art, als wäre er wirklich fünfzig oder sechzig, und ich sagte: ›Aber es ist ziemlich *bruciare*, finden Sie nicht?‹ Ich aß den Kuchen, ließ aber den Zuckerguss liegen und rollte ihn zusammen, dass es aussah, als würde eine giftige Raupe über den Teller kriechen. Isabel verdrehte die Augen und sagte, ich würde mir Italienisch beibringen, und Peter lachte und sagte: ›Ja, es ist tatsächlich ziemlich verbrannt‹, und dann: ›*Mio padre è il direttore di un'azienda agricola*.‹ Und da habe ich mich in ihn verliebt, weil ich dachte, er könnte Italienisch, und ich sah uns schon nach Italien fliegen und im Sonnenschein aus dem Flugzeug steigen, und wir würden Apfelsinen vom Baum pflücken und lauter blonde Kinder bekommen.

Aber dann gab er zu, dass sein Vater in Wirklichkeit nicht der Direktor einer landwirtschaftlichen Firma war, sondern dies sei der einzige Satz, den er auf Italienisch konnte. Wir müssen ihn bitten, dass er den Satz mal sagt. Dann fing Isabel mit der ganzen Geschichte an, dass mein Vater mit uns nach Italien fahren wollte, nachdem ich auf die Welt gekommen war, und uns all die Dinge zeigen wollte, die er so sehr mochte, und dass er mir Italienisch beibringen wollte – Isabel behauptete allerdings, er habe es selbst nicht gut gesprochen – und dass er gestorben sei, bevor das alles geschehen konnte. ›Und jetzt bin ich ganz allein‹, sagte sie mit kleiner Stimme, versteckte ihre linke Hand mit dem Ehering unter dem Oberschenkel und klapperte mit den Wimpern. Ich überlegte, ob ich erzählen sollte, dass sie die Wimperntusche mit Spucke befeuchtet hatte und deswegen ihre Wimpern so dicht und dunkel aussahen, und während ich darüber nachdachte, begriff ich, dass sie ihren ursprünglichen Plan, Killaspy an Peter zu verkaufen, verworfen hatte.

Sie war so provozierend, aber Peter hat keine Ahnung, wie er auf Menschen wirkt, auf Frauen. Er flirtete völlig unbekümmert. Er bemerkte die klappernden Wimpern gar nicht, aber das wusste ich damals natürlich nicht. Ich glaube, sie hätte ihn gern den ganzen Nachmittag festgehalten, aber er stellte den Teller ab und sagte, er müsste gehen. Ich dachte, er wollte sich aus dem Staub machen. Suki winselte, und Isabel wollte Peter am Gehen hindern, weshalb sie Dermod bat, frischen Tee zu machen. Während Isabel nach Dermod rief, hielt Peter mir die Hand hin, und als unsere Handflächen sich berührten, war es, als würde er mir etwas vermitteln. Ich weiß nicht, was es war, eine elektrische Strömung, so deutlich wie eine in Tinte geschriebene Botschaft. Ich war überzeugt, ich würde in meiner Hand eine Markierung finden, wenn er sie losließ. Zu Isabel war er sehr höflich, er bedankte sich für die Führung durch das Haus und sagte, er werde seine Entscheidung überdenken und ihr Bescheid geben.

Es regnete, als wir nach draußen kamen – damals hatte er ein kleines grünes Sportauto –, Isabel und ich standen im Eingang, und ich war furchtbar traurig, weil ich wusste, er würde Killaspy niemals kaufen, und ebenso wenig würde er mit mir nach Italien fahren. Isabel hatte das unmöglich gemacht. Und dann, um es noch peinlicher zu machen, zog sie sich den Mantel über den Kopf und rannte zu seinem Auto. Sie klopfte an die Scheibe und fragte, ob Dermod ihm etwas für die Fahrt bereiten sollte, Sandwiches oder eine Thermoskanne mit Tee, aber er schüttelte den Kopf, und sie rannte wieder zur Haustür und stellte sich neben mich. Und dann sprang das kleine Auto nicht an. Peter versuchte es immer wieder, und nichts geschah.

Ich hielt einen Schirm über ihn, während er unter der Motorhaube nachguckte und mit den Fingerknöcheln an ein Stück des Motors klopfte und an ein paar Leitungen rüttelte. Ich erinnere mich, dass er flüsterte: ›Ich habe keine Ahnung von Autos.‹

Isabel mochte nicht, dass wir miteinander sprachen, und rief: ›Ist es kaputt, was meinen Sie?‹ Sie wollte an dem Gespräch teilnehmen, ohne rauszukommen und nass zu werden. Ich sagte, Mr. Byrne, dem die Tankstelle gehörte, würde jetzt zu Abend essen, aber ich könnte ihn anrufen, dann würde er anschließend vorbeikommen, und Peter schloss die Motorhaube, und wir gingen ins Haus. Dermod hatte die Teekanne frisch gefüllt, obwohl wir alle genug Tee gehabt hatten, und Isabel guckte auf die Uhr und sagte: ›Mr. Byrne, dem die Tankstelle gehört, isst jetzt gerade zu Abend, und ich weiß, dass er danach nicht mehr gern rauskommt.‹ Ich bemerkte Peters Blick und musste weggucken, sonst hätte ich laut gelacht, sie war so durchschaubar. Er lachte nicht, und mir wurde klar, dass er keine Ahnung hatte, welches Spiel sie trieb. Dann sagte sie, Dermod sei dabei, ein Hühnchen zu rupfen, und Peter könne bei uns zu Abend essen, und ich könne in einem der Gästezimmer ein Bett beziehen, falls er über Nacht bleiben wolle, und Mr. Byrne werde dann am Morgen kommen. Erst später, als ich schon im Bett war, ist mir eingefallen, dass Isabel vielleicht etwas an Peters Auto gemacht hatte, damit es nicht anspringen würde, denn solange ich mich erinnern kann, gab es Hühnchen nur zu Ostern und zu Weihnachten. So war das, so haben wir uns kennengelernt.«

»Aber wie ging es weiter?«, fragte ich. »Was ist aus Killaspy geworden? Hat Peter es gekauft?« Ich war müde, aber wie ein Kind, das eine Gutenachtgeschichte vorgelesen bekommt, wollte ich nicht, dass es aufhört.

Cara sah sich wieder im Zimmer um. »Du hast keinen Kühlschrank.« Sie setzte sich auf. »Peter und ich haben gesprochen«, begann sie, »und wir finden, du sollst immer bei uns essen. Es ist doch dumm, wenn du hier oben in deinem Zimmer bist, ohne Kühlschrank und mit zwei Kochplatten, und mir macht es nichts aus, für einen mehr einzukaufen und zu kochen.«

»Das ist viel zu viel Arbeit«, sagte ich, wusste aber, dass ich mich von ihr überreden lassen würde.

»Wir bestehen darauf«, sagte sie. »Wenn es morgen so heiß ist wie heute, sollen wir dann auf der Terrasse frühstücken?« Sie erwartete keine Antwort.

Sie beugte sich zu mir, um mich zu umarmen, zwischen uns ihre Perlenkette, und ihr Haar an meiner Wange. »Ich weiß, dass wir beste Freundinnen sein werden.« Nachdem sie gegangen war, blieb der Zitrusduft in der Luft und auf meiner Haut.

Früh am nächsten Morgen wachte ich davon auf, dass jemand in meiner Toilette die Spülung zog. Das Pumpgeräusch, als der Griff mehrfach auf und ab bewegt wurde, bevor das Wasser aus dem Spülkasten in die Toilettenschüssel strömte, und das heisere Kreischen, als würde ein Garagentor hochgeschoben, als sich der Kasten wieder füllte. Ich wartete darauf, dass Cara oder Peter sagen würden, ihre Toilette unten sei kaputt, andererseits musste es andere Toiletten näher an ihrem Zimmer geben, aber dann fiel mir ein, dass Peter gesagt hatte, es gebe im ganzen Haus nur zwei funktionierende Badezimmer, meins und ihres. Ich wartete, dass jemand die Badezimmertür öffnete, aber nichts passierte. Ein seltsamer Fehler in der Rohrleitung, sagte ich mir, trotzdem stand ich auf, um nachzusehen.

Die Tür zu dem Zimmer gegenüber stand offen, und der Himmel hinter der Allee war pfirsichfarben mit Kumuluswolken darauf. Die Badezimmertür war geschlossen. Hatte ich sie zugemacht, nachdem ich mir die Zähne geputzt hatte? Ich wusste es nicht mehr. Ich zögerte, und obwohl ich mir albern vorkam, klopfte ich. Keine Antwort, kein Husten oder Füßescharren, woran ich hätte erkennen können, dass jemand im Bad beschäftigt war. Und plötzlich schien mir alles falsch, der Flur, alles um mich herum, als stände etwas ganz nah hinter mir, und wenn ich mich umdrehte, um es zu sehen, würde das Ding sich mit mir drehen und nie ins Blickfeld kommen. Ich griff nach Mutters Medaillon, das warm war, wo es auf meiner Haut gelegen hatte, packte den Türgriff und riss die Tür weit auf, bis zur Wand. Natürlich war das Badezimmer leer, und der Toilettendeckel war heruntergeklappt, so wie Mutter es mir beigebracht hatte.

Irgendwo in den Rohrleitungen unter dem Fußboden rauschte und sprudelte das Wasser wie ein verstimmter Magen. Ich wollte schon gehen, da sah ich das Kissen in der Badewanne. Es war das zusätzliche Kissen, das ich manchmal benutzte, dasselbe Kissen, das ich mir auf den Schoß gelegt hatte, als Cara mir am vorherigen Abend ihre Geschichte erzählt hatte. Es lag den Wasserhähnen gegenüber, und in der Mitte des Kissens war eine kleine Einbuchtung, als hätte jemand darauf geschlafen, in der Badewanne. Ich war entsetzt von dem Kissen, dass es da lag, wo es nicht hingehörte, es war, als hätte ich menschliche Fäkalien mitten auf dem Teppich im Wohnzimmer gefunden. Ich hob das Kissen am Zipfel aus der Wanne. Ein langes graues Haar hing an dem Stoff, und ich zog den Bezug so ab, dass ich die Außenseite nicht berührte. Ich stopfte ihn hinter die Toilette, und als ich mit dem Kissen in mein Zimmer ging, folgte mir ein Schatten auf dem Fuße.

8

»Miss Jellico?«, sagte Victor. »Ihr Essen ist da. Möchten Sie etwas essen?«

Vor einiger Zeit konnte ich das Essen hier eine Stunde, bevor es serviert wurde, riechen – die halb garen Würstchen, der Kartoffelbrei, der mit dem Kochwasser gestampft worden war, die weißen Bohnen in Tomatensoße, die nach mehrfachem Aufwärmen eine dicke Paste waren. Ich habe alles aufgegessen.

Meine Eingeweide beschwerten sich, und ich versuchte sie zu ignorieren und sagte nichts, meine Krankheit versteckte sich in meinen Gedärmen, unentdeckt, bis es zu spät war. Und jetzt ist es zu spät. Victor – wie ist noch mal sein richtiger Titel? – hilft mir beim Aufsitzen. Die vom Personal müssen froh sein, dass er herkommt und umsonst hilft, dass er mich aufrichtet und mir zuhört. Ich habe Glück, dass ich ein Zimmer für mich habe und es überhaupt genug Geld gegeben hat, um diesen Flügel für die Sterbenden zu bauen. Ich habe gehört, dass sie von »Pflege am Lebensende« sprechen, aber wie sie es auch nennen, anscheinend stirbt hier alle zwei Tage jemand. Victor trägt seine Pastorenkluft, um eingelassen zu werden, da er nicht zur Familie gehört und ich nicht um seine Besuche gebeten habe, aber ich weiß, dass er die anderen Sterbenden nicht besucht, er will meine Sünden hören, nicht die der anderen.

Er steckt mir einen Plastiklöffel in den Mund, versucht ihn mir in die Hand zu geben, aber der Schmerz in meinen

Gelenken ist zu groß. Ohne das schreckliche Mitleid, das ich aus den Gesichtern der anderen kenne, nimmt er mir den Löffel wieder ab. Er sieht, wie verwandelt ich bin, nicht mehr die Person, die ich einmal war: schüchtern und unbeholfen, korpulent und ohne Reiz. Jetzt bin ich nur noch Haut und Knochen, die Pigmentflecken wie die Landkarte einer felsigen Insel, und ich bin widerspenstig und abweisend und entschwebe auf dem Meer meiner Erinnerungen zwischen den Inseln der Klarheit.

Er lässt die Pressfleischscheiben in ihrer dunkelbraunen Soße liegen und wendet sich stattdessen einer Schale mit farblosem Grießpudding und grellgelber Vanillesoße zu, bläst darauf, bevor er mir einen Löffel davon an den Mund hält. Ich mag ihn jetzt mehr als damals: Nachtisch vor der Hauptspeise. Priester, Prediger, Imam, Geistlicher? Mir fällt das Wort nicht ein.

Der Nachtisch schmeckt nach Zucker. Ich schlucke. »Was würden Sie sich als letzte Mahlzeit wünschen?«, frage ich.

»Dies ist nicht Ihre letzte Mahlzeit, Miss Jellico. Ich bin zuversichtlich, Sie werden noch viele Mahlzeiten essen.«

Plattitüden. Ich spreche einfach weiter. »Was würden Sie sich wünschen?«

Er bläst auf den nächsten Löffel Pudding. »Ach, ich weiß nicht. Einen Sonntagsbraten? Rinderbrust und Röstkartoffeln.«

»Also kein Rinder-Vegetarier?«, sage ich, weil es mir wieder einfällt.

»Rinder-Vegetarier? Gibt es so etwas überhaupt?«

Ich könnte ihm sagen, dass es früher einmal so etwas gegeben hat, aber stattdessen sage ich: »Ich bin überrascht, dass Sie sich nicht Brot und Wein wünschen.« Er lächelt. Brot und Wein war die letzte Mahlzeit, die Peter, Cara und ich geteilt haben. Nein, nicht die letzte Mahlzeit, es waren einfach die letzten Lebensmittel, die es im Haus noch gab. In ihrem Zimmer standen leere Flaschen herum, als hätten wir eine Party gefeiert. Auf dem Tisch, zwischen den benutzten Gläsern und den schmutzigen Tellern, stand ein Brotkorb, und darin lag das trockene Endstück von einem Brötchen.

»Haben Sie noch etwas auf dem Herzen, etwas, das Sie mir sagen wollen, Miss Jellico?«, fragt Victor. In seiner Stimme höre ich die Liebe, die ich damals nicht beachtet habe, und sie zieht mich zurück nach Lyntons. »Jesus vergibt alle Sünden.« Das sagt er mit lauter Stimme, als gäbe es andere Zuhörer, und mir wird bewusst, dass eine der Pflegerinnen mit im Zimmer ist, die sehen will, ob ich aufgegessen habe. Früher habe ich schnell gegessen.

»Trotzdem bezahle ich für meine Sünden«, sage ich. Er beugt sich vor, und ich weiß, dass er auf etwas Neues wartet, einen kleinen bunten Fetzen, mit dem er das Loch in seinem Wissen stopfen kann, etwas, das ich in zwanzig Jahren nicht erwähnt habe. Soll ich es jetzt erzählen? Er hat vergessen, dass er den Löffel in der Hand hält, und ein Klecks Pudding mit Vanillesoße fällt auf sein Knie und gleitet an seiner Kutte entlang, und er springt auf.

»Mist«, sagt er, nimmt die Papierserviette, die auf dem Essenstablett liegt, und reibt sich das Hosenbein. »Verdammt«, sagt er. Und ich finde, er gibt keinen guten Kirchenmann ab. Ich bin voll, voll mit Pudding und Vanillesoße, voll vom Leben und vom Tod. Ich schließe die Augen, und drei Wochen, bevor es in Peters und Caras Zimmer den Brötchenkanten und die leeren Flaschen gibt, trete ich auf die Seitenterrasse von Lyntons hinaus.

Auf der Seitenterrasse hatte Peter einen rostigen Hocker aus dem Keller und drei Packkisten aufgebaut, eine davon diente als Tisch. Er war zum Dachboden hochgekommen, hatte an die Tür bei der Treppe geklopft, dann an meine Zimmertür, hatte einen Moment gewartet, um sicherzugehen, dass ich angezogen war, und hatte gefragt, ob es mir etwas ausmachen würde, mit Cara zu frühstücken, er müsse sich mit jemandem treffen. Er sagte nicht, warum er nicht wollte, dass Cara allein war. Zum Frühstück gab es Kaffee und Feigen, die vom Baum im Küchengarten gepflückt waren, eine dicke Creme mit Stachelbeergelee und kleine Rührteigkuchen mit Korinthen, die mir beim Bäcker im Dorf nicht aufgefallen waren. Ich hatte Hunger.

Cara, in einer weißen bestickten Bluse, die um den Hals einen Schmutzstreifen hatte, und einem langen Rock, saß auf den Steinfliesen im Schatten und hatte den Rücken an die Hauswand gelehnt. Sie hielt ein Buch auf den Knien und rauchte eine Zigarette. Vor meinem inneren Auge lächelte sie und erlaubte einem einfachen Bauernjungen in einer Scheune in Irland sie anzufassen, dann verscheuchte ich den Gedanken.

»Peter ist in die Stadt gefahren«, sagte sie und sah mich mit zusammengekniffenen Augen an. »Er muss ein paar Telefonate führen und ein paar Briefe zur Post bringen. Er hat gesagt, wenn er zurück ist, macht er mit dir einen Gang durchs Haus.« Ich erzählte nicht, dass er mich geweckt und gebeten hatte, mit ihr zu frühstücken. Er hatte nicht gesagt, dass ich es nicht erzählen sollte, aber mir gefiel die Idee, dass wir ein winzig kleines Geheimnis hatten.

Sie fächerte sich mit dem Buch Luft zu. »Meinst du, es regnet heute? Die Luft ist so schrecklich schwer. Sollen wir zum See gehen, vielleicht ist es am Wasser kühler?«

Ich blickte auf das Frühstück und fragte mich, ob es unhöflich wäre, zwei der kleinen Küchlein auf einmal in den Mund zu stecken. »Ich wollte mir eigentlich den Küchengarten ansehen«, sagte ich. »Die Maße fehlen mir noch in dem Plan des Geländes.«

»Aber das ist Arbeit«, sagte sie. »Es ist zu heiß zum Arbeiten.« Sie bemerkte mein Zögern, meinen Blick aufs Frühstück. »Wir können das Frühstück mitnehmen und beim Essen die Füße ins Wasser halten.« Sie drückte die Zigarette auf den Steinfliesen aus. »Der Bericht für Liebermann kann noch einen Tag warten.«

Cara steckte das Glas mit dem Gelee und die Schüssel mit der Creme in die großen Taschen ihres Rocks und knotete die Küchlein und die Feigen in die Tischdecke. Sie goss uns beiden Kaffee ein – ich bat nicht um Milch, anscheinend gab es keine – und gab mir einen Becher zum Tragen. Ich trank den lauwarmen Kaffee auf dem Weg durch den Garten, und als mir der Satz: *Gutes Essen soll man gesittet essen,* in den Kopf kam, lächelte ich unwillkürlich.

»Wohin geht ihr im September, wenn ihr in Lyntons aufhört?«, fragte ich. Wir gingen zwischen den Rhododendronbüschen. In meinem Tagtraum träumte ich, dass sie mich bitten würden, mit ihnen zu kommen.

»Wo immer Peters Arbeit uns hinführt, denke ich.«

»Vielleicht nach Italien.«

»Nein«, sagte sie. »Das glaube ich nicht.«

Das Bild in meinem Kopf verschwand im Nu.

»Aber da wolltest du doch immer hin.«

»Und du? Wirst du wieder nach London gehen?«

»Ach, ich weiß nicht. Wo immer die Arbeit mich hinführt, denke ich.« Wir lachten.

Ich bog einen schmalen Ast aus dem Weg und ließ sie vorgehen. »Wie lange seid ihr schon verheiratet?«, fragte ich, weil ich hoffte, sie würde ihre Geschichte weitererzählen. Ich war jetzt schon ihre willige Zuhörerin.

Sie blieb stehen und wandte sich um. »Peter und ich sind

nicht verheiratet«, sagte sie und tippte mit dem Ehering an den Blechbecher in ihrer Hand. »Der ist nur zur Schau.« Und ich war überrascht, eine heimliche Freude in mir aufflackern zu spüren, die mich im selben Moment entsetzte. Wir gingen weiter, und sie erzählte weiter. »Er sagt, dass es eines Tages so weit sein wird, aber er spricht nicht drüber, Fran. Er spricht nicht gern über wichtige Dinge, er schiebt sie beiseite. Er sagt, er will für mich da sein und dafür sorgen, dass es mir gut geht, und ich weiß, dass er es ernst meint, und dass er mich liebt, selbst wenn sonst niemand es tut.«

»Ich bin mir sicher, das stimmt nicht.« Ich sprach nicht weiter, weil mir bewusst wurde, dass es unklar war, ob ich glaubte, Peter liebe sie nicht oder dass niemand sonst sie lieben würde. Wir kamen zum See und gingen auf den Anleger hinaus. Cara stellte das Bündel mit der Tischdecke und dem Essen darin sowie ihren Kaffeebecher ab, und ehe ich mich versah, hatte sie den Ring vom Finger gezogen.

»Ich trage ihn, weil Isabel es von mir erwarten würde, und die engstirnigen Menschen in der Stadt, und damit der Pastor mich in seine dumme Kirche lässt. Ist dir schon mal aufgefallen, dass er wie ein verweiblichter Jesus aussieht – mit den langen dunklen Haaren und dem Bart?«

Und als ich noch darüber nachdachte, ob sie recht hatte, warf sie den Ring in den See, als wollte sie einen Kieselstein springen lassen, und drehte sich wieder zu mir um, bevor der Ring versunken war.

»Was ist?« Sie lachte, als sie mein Gesicht sah. »Heutzutage haben wir die freie Liebe, oder? Außerdem ist Peter verheiratet. Mit seiner Frau Mallory.« Und im Bruchteil einer Sekunde war mir das Gefühl einer absurden Hoffnung auf etwas, das ich nicht benennen konnte, wieder geraubt. Cara setzte sich auf den Beton und begann, die Tischdecke aufzuknoten. Ich stand daneben, und sie sah zu mir auf. »Ich vermute, das hat er jetzt vor – sie anzurufen. Er bezahlt ihr Alimente, weißt du, dafür braucht er sein Geld, nicht für die Lebensmittel, die ich kaufe, und sie beschwert sich die ganze Zeit, es sei nicht genug. Wahrscheinlich hat er Schuldgefühle, weil er sie verlassen hat, der Arme. Sie wollte unbedingt Kinder, aber das hat nicht geklappt. Abgesehen davon war er der Meinung, dass sie eine schreckliche Mutter gewesen wäre, deswegen hat er sie verlassen. Und dann hat er mich getroffen.« Sie sagte das Letzte in einem übertrieben leichten Tonfall und gab es auf, den Knoten lösen zu wollen. Ich setzte mich neben sie.

»Es tut mir leid, Fran. Ich habe dich schockiert. Ich dachte, du hättest das durchschaut. Wir waren in Irland, in seinem Auto, und er sagte, er müsste nach England zurück und könnte nicht bei mir bleiben. Ich habe EHEFRAU auf die beschlagene Fensterscheibe geschrieben, daraufhin ist er sehr böse geworden, er hat das Wort abgewischt und gesagt, er wolle sich scheiden lassen, aber das sei schwierig.«

»Er ist bei euch geblieben, als sein Auto kaputt war?«

»Er ist drei Nächte geblieben. Mr. Byrne musste erst den Schaden genau feststellen, dann das Ersatzteil bestellen und dann warten, bis es kam und er es einbauen konnte. Dermod bat Pater Creagh, ins Haus zu kommen, als Isabel nicht da war. Habe ich schon erzählt, dass Dermod mir den Rosenkranz beigebracht und mich zur Kommunion und zur Beichte mitgenommen hat und mir all die katholischen Geschichten erzählt hat, während ich neben ihm am Esstisch saß? Isabel wusste das, tat aber so, als wüsste sie es nicht. Sie war als Protestantin aufgewachsen, aber ich durfte mich selbst entscheiden. Mir gefällt das Katholische, das ist heute noch so, da weiß ich, woran ich bin. Aber in der Schule haben sie mich die Protestantin genannt, obwohl ich den

Katechismus auswendig gelernt hatte, so wie sie. Paddy hat mich auch so genannt.

Ich musste bei Pater Creagh im kleinen Wohnzimmer sitzen und mir anhören, dass ich undankbar sei und meiner Mutter und Gott Sorgen gemacht hätte und dass brave Mädchen nicht nach Dublin abhauen würden. Wir hatten ein einziges Bild von Jesus, das hatte Dermod für Pater Creagh aufgehängt. Es sah nicht aus wie die Heiligenbilder, die meine Freundinnen in ihren Häusern hatten – die, wo Flammen aus Jesus' Herz kommen und er diesen Leidensblick hat, oder wo er sein Herz in der Hand hält. Unser Bild war von einem spanischen Maler, den Namen habe ich vergessen. Natürlich nicht das Original, eine Reproduktion. Darauf war Jesus unglaublich attraktiv, er hing am Kreuz und sah aus wie ein echter Mensch mit echtem Blut, das aus den Wunden an seinen Händen und Füßen kam, und er war nackt, abgesehen von dem kleinen weißen Lendenschurz. Ich saß also im kleinen Wohnzimmer mit Pater Creagh und sagte: ›Ja, Pater. Es tut mir leid, Pater.‹ Und während er sprach, guckte ich zu Jesus auf und stellte mir vor, dass er Peters Gesicht hätte und ich ihm vom Kreuz herunterhelfen würde und neben ihm liegen würde, und der Lendenschurz, der lose zu sein schien, würde herunterfallen.«

Das sagte sie, um mich zu schockieren, und ich war schockiert. Langsam lernte ich, dass Cara gern schockierte. Aber ich wusste noch nicht, dass jede neue empörende Äußerung oder Tat die vorherige noch übertreffen musste. Sie lachte bei der Erinnerung, und um mein heißes Gesicht zu verbergen, nahm ich die Tischdecke mit dem Frühstück und machte mir an dem Knoten zu schaffen.

»Danach habe ich nicht mehr viel Zeit bei uns im Haus verbracht«, fuhr sie fort. »Ich konnte es nicht ertragen, dass

Isabel Peter schöne Augen machte und er sie am Abend aus reiner Höflichkeit beim Mühlespiel gewinnen ließ. Ich nahm mein italienisch-englisches Wörterbuch und ging zum Fluss, um neue Vokabeln zu lernen. Und da hat Peter mich gefunden, unter meinem Schirm, beim Üben. Ich glaube, ich war bei C: *corsetto, corsia* ... Inzwischen habe ich die Wörter alle halb wieder vergessen. Er setzte sich zu mir unter den Schirm, und ich brachte ihm die Bedeutung von *corteggiatore* bei, obwohl das nicht das nächste Wort im Wörterbuch war. Es bedeutet Werber oder Verehrer. Aber ich war mir nicht sicher, dass er den Wink verstand. Er ist ungeheuer naiv. Wir saßen mindestens eine Stunde auf dem Felsen und sprachen über meinen Plan, von zu Hause wegzugehen, wir sprachen über Italien, wo er nie gewesen war, und über Frankreich, das er kannte. Und dann sagte er, das Auto sei jetzt repariert und er werde bald fahren, und ich fragte mich, ob er zu mir rausgekommen war, um sich zu verabschieden. Wir gingen im Regen nach Killaspy zurück, und als wir beim Haus ankamen, hielt Peter den Schirm zur Seite, und Mr. Byrne stand beim Auto und wischte sich die Hände an einem öligen Tuch ab, und plötzlich merkten wir, dass der Regen längst aufgehört hatte.

Ich fragte, ob er unser Haus kaufen wollte, und er sagte: ›Nein, ich glaube nicht‹, und ich nahm an, das würde bedeuten, er sei an mir nicht interessiert und würde abfahren und nicht mehr wiederkommen. Aber er meinte nur, dass er das Haus nicht kaufen würde. Es ist sehr leicht, zu viel in das hineinzulesen, was Peter sagt. Er ging ins Haus, um zu packen, und ich konnte nicht schon wieder mit Isabel an der Tür stehen, deshalb rannte ich über die Felder zu Paddy.

Er fegte gerade die Scheune aus. Ich weiß nicht mehr, was wir gesprochen haben, ich dachte an Peter und daran, dass er sich von Dermod verabschieden würde und mit Isabel zur Tür gehen und ihr die Hand schütteln und die Wangen küssen würde. Ich wollte wissen, ob er nach mir fragen und sich auch von mir verabschieden wollen würde, oder ob er an mich gar nicht dachte. In der Scheune erlaubte ich Paddy, mich gegen die Heuballen zu pressen, und gleichzeitig stellte ich mir vor, wie Peter seinen Koffer, mit dem er gekommen war, in den Kofferraum packte und sich ans Steuer setzte. Und während ich mir vorstellte, wie Isabel wieder an das Autofenster klopfte und versuchte, Peters Abfahrt hinauszuzögern, rieb Paddy sich an mir. Wir waren voll angezogen. Ich war böse auf Peter. Ich hatte die Augen geschlossen, aber trotzdem konnte ich sehen, wie er das kleine grüne Auto anließ und Isabel auf der Einfahrt stand und Dermod vom Fenster aus zusah. Paddy stöhnte, sein Mund war feucht an meinem Hals, und plötzlich war es widerlich, er war widerlich, und ich schob ihn weg. Er rief mir nach, ich würde ihn nur heißmachen und dann kneifen, dabei würden die protestantischen Mädchen doch zur Sache kommen. Er hat sich in die Hose gefasst, dann hat er den Besen aufgehoben, den er hingeworfen hatte, und gesagt: ›Ist doch egal, ob wir es jetzt machen oder wenn wir verheiratet sind.‹

Ich bin aus der Scheune gerannt, um das Bauernhaus herum und durch das Gemüsefeld dahinter, und dann war ich in der Hatchery Lane und lief in den Gummistiefeln meines Vaters zur Thomastown Road. Das kleine grüne Sportauto kam gerade um die Kurve. Ich hatte nicht geglaubt, dass es passieren würde, in allen Geschichten ist das Mädchen immer zu spät dran, der Junge ist weg, aber hier kam das Auto, Peter saß drinnen, und es fuhr direkt auf mich zu. Sein Gesicht strahlte, als er mich sah, und ich wusste, dass er sich freute. Er fragte, ob er mich nach Killaspy zurückbringen sollte, und als ich wieder zu Atem gekommen war, sagte ich:

›Nein, ich will einen Ausflug machen.‹, und er war überrascht, aber ich setzte mich ins Auto, und wir fuhren in die Landschaft hinaus. Ich erzählte ihm die Geschichte von der Heiligen Brigid, dass sie mit der Milch einer weißen Kuh ernährt worden war und ihr Schädel jetzt in Portugal ist, wo die Menschen mit Eimern voller Wasser kommen, und der Schädel vewandelt das Wasser in Milch. Er lachte und sagte, jemanden wie mich hätte er noch nie kennengelernt.

Er hielt bei einem Gatter an, und ich dachte, mach schon, küss mich, aber er saß einfach da und starrte in den Regen hinaus, und die Scheibe beschlug, Ich nahm seine Hand und legte sie mir aufs Knie, auf meine Wollstrumpfhose, und er sagte: »Ach, Cara.« Und ich zitterte so sehr, dass er mich fragte, ob mir kalt sei. ›Soll ich die Wolldecke aus dem Kofferraum holen?‹, und ich lachte und sagte, er sei zu lange in Irland gewesen. Er sah mich an und sagte, er wolle nicht wegfahren, dann schien er zu bedauern, dass er das gesagt hatte, und nahm seine Hand von meinem Knie und sagte, er müsse zum Flughafen, sein Flug gehe bald. Und dann hat er mich nach Hause gefahren.«

Endlich öffnete sich der Knoten in der Tischdecke, an dem ich genestelt hatte. »Und war das der Moment, in dem du EHEFRAU auf die beschlagene Scheibe geschrieben hast?« Die Küchlein waren unter dem Gewicht der Feigen in mehrere Teile zerbrochen.

»Das war später. Als er zurückkam.« Cara nahm das Glas mit dem Stachelbeergelee aus der Rocktasche und stellte es auf den Anleger. Sie guckte in die andere Tasche, und wir beide sahen, dass die Schüssel mit der Creme umgekippt und die Creme in die Tasche geflossen war. »Ich denke, wenn seine Scheidung durchkommt, heiraten wir. Und dann kriegen wir lauter blonde Kinder und leben lange und glücklich zusammen.«

Ich sagte nicht, dass sie mir das schon erzählt hatte, sondern ich sagte: »Ich bin mir sicher, dass du eine wunderbare Mutter sein wirst.« Ich sagte das, weil das die richtige Stelle für diese Bemerkung war, nicht, weil ich es wirklich glaubte.

»Ja«, sagte Cara, und dann: »Nein.« Sie nahm ein Stück Kuchen, stippte es in die Creme, hielt es mir an den Mund und wartete, bis ich es nahm. Sie nahm eine Feige und ritzte die Haut mit dem Fingernagel auf, drückte ihre Daumenspitzen hinein und riss die Frucht auf. »Es gab ein Kind, und ich habe es gehen lassen.«

Ich war überrascht, sogar schockiert. Ich hatte mir eine einfache Geschichte vorgestellt, wenn auch kompliziert wegen der ersten Frau. Aber jetzt gab es da ein Kind, das Cara hatte gehen lassen. Ich wusste nicht einmal, was sie damit meinte. Wahrscheinlich, dass sie es zur Adoption freigegeben hatte.

»Als wir nach Schottland kamen, hat es eine Weile gedauert, bis ich mich davon erholt hatte.« Sie sah mich nicht an und nahm ein Stück Feige, drehte das Fleisch nach außen und aß es. »Peter glaubt, dass ich noch nicht darüber hinweg bin. Er möchte, dass ich zu Ärzten und Spezialisten gehe. Aber ich bin nicht diejenige mit dem Problem.«

Mir fiel wieder ein, was Victor gesagt hatte – dass sie einen Arzt und keinen Priester brauchte. Ich versuchte das alles zu begreifen und zu verstehen, wer der Vater des Kindes war. Hatte ich eine wesentliche Information verpasst, oder würde Cara noch darauf zu sprechen kommen? Wenn es nicht Paddy war, dann musste es Peter sein. Aber warum würden sie sein Kind zur Adoption freigeben, wenn sie jetzt zusammen waren? Ich sah wieder, wie der Ehering in den See flog. Vielleicht war Cara doch, so wie wir alle, den Konventionen verhaftet.

Ich machte den Mund zu und versuchte, Mitleid auszudrücken und nicht meine Bestürzung. »Oh, Cara«, sagte ich. »Das tut mir leid.« Und so war es auch. Es war eine tragische Geschichte, und deswegen war ich von den beiden umso mehr fasziniert.

»Stell dir mal vor«, sagte sie mit einem perfekten irischen Akzent und einem witzigen Ton, mit dem sie ihren Kummer hinter einem Witz verbarg. »Eine Zeit lang war ich Mammy.« Sie nahm wieder ein Stückchen von dem Kuchen, so groß wie ihr Daumen, stippte es in das Gelee, dann in die Creme, und gab es mir zu essen.

Sie suchte nach ihren Zigaretten, nahm eine heraus und zündete sie an, dann hielt sie mir die Schachtel hin. Ich sah, dass in ihren Augenwimpern Tränen hingen. Sie hatte vergessen, dass ich nicht rauchte.

Auf dem Anleger war es heiß. Cara zog sich ihre Bluse und den Rock aus und ließ die Sachen fallen. Darunter trug sie einen Bikini, der insgesamt aus weniger Stoff bestand als Peters Badehose. Sie streckte sich aus, legte ihre Kleidungsstücke zu einem Kissen zusammen und breitete ihr Haar darüber.

»Nachdem Pater Creagh mir gesagt hatte, dass ich eine Sünderin sei, und ich mir vorgestellt hatte, dass Jesus sich in Peter verwandeln würde, bin ich in den Schuppen hinter unserem Haus in Killaspy gegangen und habe mich nackt ausgezogen und auf den Betonboden gelegt, so.« Sie breitete die Arme aus. »Und habe auf die Ratten gewartet.«

»Nein!«, sagte ich und war wieder schockiert. Die Zigarette schmeckte nach Asche, widerlich.

»Eine Strafe. Ich hatte sie verdient.« Sie sagte es so, als ginge es sie nichts an, und schloss die Augen.

Nach einer Weile sagte ich, ich könnte ihren Rock auswaschen, wenn sie das wollte.

»Oh, Fran«, sagte sie. »Das wäre lieb von dir.«

Als wir die Sachen zusammenpackten und sie wieder angezogen war und die Zigaretten und das Gelee in ihre Rocktasche gestopft hatte, und als ich die Tischdecke ausschüttelte, dankte sie mir fürs Zuhören, und da begriff ich, dass es ganz leicht war, ich musste nur zuhören, wenn ich eine Freundin haben wollte. Man musste nicht antworten. Und dann sagte sie, ich sei schön, und einen Sommer lang, einen Monat lang, glaubte ich ihr.

9

Am frühen Abend saß ich mit meinem Skizzenbuch und einigen Farbtöpfchen auf der niedrigen Mauer, die um die Terrasse herumführte. In einem der Außengebäude hatte ich ein Marmeladenglas für das Wasser gefunden, und jetzt versuchte ich, die Zedern im Park jenseits des zerstörten Gartens und die Hügel im Hintergrund einzufangen.

»Hübsch«, sagte Peter, und ich schreckte auf. Er sah mir über die Schulter. »Aber hast du nicht etwas ausgelassen?«

Wir betrachteten die Landschaft. Die Kühe standen einzeln, zu zweit oder zu dritt zusammen und hatten die Köpfe beim Fressen gesenkt. Wir sahen auf mein Bild – es war kuhlos. Ich drehte das Blatt um und verdeckte das Bild, obwohl ich wusste, dass die beiden Blätter zusammenkleben würden.

»Ich mag keine Kühe«, sagte ich.

»Offensichtlich nicht.«

»Die rechteckigen Körper, und wie ihre Köpfe hin und her pendeln. Und dann ihr Starren. Der leere Blick, ihre schwankende Art, sich zu bewegen, das macht mir Angst.«

»Sag das lieber nicht zu Cara. Sie mag Kühe.«

»Ich weiß.«

Er setzte sich neben mich und klimperte mit einem großen Schlüsselring, an dem lauter altmodische Schlüssel hingen. »Möchtest du das Haus sehen?«

Die Ostansicht, die sich den Gästen zuerst darbot, wenn

sie in der Kutsche oder im Auto auf der Allee vorfuhren, war schlicht und ernst und lag, außer am frühen Morgen, in ihrem eigenen Schatten. Es war, als hätte der Architekt das Beste aufgehoben – das Licht, die Landschaft, den Portikus – für die, die sich hineinwagten. Die Eingangstür in der Mitte des Gebäudes war klein und fleckig, weil der Mörtel aus den Fugen des Giebeldreiecks darüber herausgebrochen und das Wasser aus der Regenrinne über das Mauerwerk gelaufen war. Die Steine im Giebel wirkten lose, wie auseinanderstehende Zähne, und ich sah angespannt zu, wie Peter an der Tür rüttelte und an dem Schlüssel drehte. Ich folgte ihm in die Eingangshalle, in der man bei weit geöffneter Tür einen mit schwarzen und weißen Fliesen gekachelten Fußboden sehen konnte sowie einen imposanten Kamin, holzgetäfelte Wände und darüber an drei Seiten eine gemalte Galerie.

Peter drückte mehrmals auf den Lichtschalter, aber der Raum blieb dunkel. »Seit Tagen versuche ich, die Stromversorgung im Erdgeschoss ans Laufen zu kriegen. Im Keller muss in einem Abzweigkasten eine Sicherung durchgebrannt sein, aber ich kann sie einfach nicht finden.«

Ich stand in der Mitte der Halle, deren Fußboden mit Gipsbröckchen übersät war, drehte mich langsam um die eigene Achse und hob den Blick.

»Hast du das gesehen?«, sagte er, den Blick ebenfalls erhoben, und zeigte mit einer großen, aufgeregten Geste nach oben. »Die Galerie ist nur auf zwei Seiten *Trompe l'œil.* An der dritten Seite hat jemand die echte Galerie verbarrikadiert.«

Hoch oben an der Wand waren Handläufe, Pfeiler und gipsverzierte Bögen aufgemalt, aber als ich genauer hinsah, erkannte ich, dass an der Wand gegenüber der Haustür die Brüstung echt war, und die Lücken dazwischen auf Brettern gemalt waren, um Schatten und Tiefe und einen Korridor dahinter vorzutäuschen.

»Warum hat man das gemacht?«, fragte ich. »Die Galerie wäre gegenüber von euren Zimmern, richtig?«

»Stimmt, aber wer weiß. Vielleicht ist das vom Militär verändert worden.«

»Aber man hätte es doch nicht versteckt, passend zu dem *Trompe l'oeil.*«

»Nein«, sagte er, »vermutlich nicht. Ich weiß es nicht. Hier entlang.« Er führte mich durch einen weiteren dunklen Raum. Das hohle Geräusch meiner Schritte ließ vermuten, dass der Raum sehr groß war, mit hohen Decken und Wänden in einiger Entfernung. Ich hörte, wie ein Riegel zurückgeschoben wurde, Peter faltete die Läden eines Fensters zurück, das bestimmt doppelt so hoch war wie ich, und die Abendsonne strömte zu den Flügelfenstertüren herein, durch die man auf die Terrasse und den Rasen gelangen konnte.

»Der Blaue Salon«, verkündete er, wieder mit großer Geste. Der Salon war leer, von einem gigantischen Spiegel abgesehen, der schmutzig und voller blinder Flecken an der Wand lehnte.

Ich warf einen flüchtigen Blick auf mein Spiegelbild, dann stellte ich mich mit dem Rücken dazu und sah vor mir die Lücke, wo der Kamin hätte sein sollen. »Komplett herausgerissen, diese Rüpel«, sagte Peter. Er öffnete auch beim nächsten Fenster die Läden und Flügeltüren. Die Abenddämmerung kam herein: der Geruch des sich neigenden Tages, der Gesang einer Amsel. »Sogar die Dienstbotenglocke ist verschwunden.« Zwischen den blanken Ziegelsteinen hing ein Kabel aus einem Loch in der Wand. Wir wandten uns gleichzeitig zum Spiegel um und sahen unser Bild, fleckig und verfärbt, ohne ein Lächeln. Ich fand, wir sahen einander einen Moment zu lange an, dann drehte ich mich weg.

»Die Tapete passt nicht zu dem neoklassizistischen Stil im restlichen Haus«, sagte Peter. »Vielleicht hatte Lady Lynton eine Schwäche für Pfauen.«

An den Wänden hingen zerschlissene chinesische Wandbehänge, verblichen, wo sie dem Sonnenlicht ausgesetzt waren, und dunkler hinter der Tür und um den Kamin herum. Pagoden, Blüten und Vögel, auf Seide handgemalt. Die Pfauen waren von Girlanden und Orangen umgeben.

»Wer hat das denn gemacht?«, fragte ich voller Entsetzen.

»Was meinst du, gemacht?«

»Jemand hat die Augen herausgeschnitten.«

»Meine Güte«, sagte Peter und sah genauer hin. »Das habe ich noch gar nicht bemerkt. Es ist tatsächlich bei allen so.« Jeder einzelne Pfau war seiner Augen beraubt, jedes Auge war mit einer scharfen Klinge ausgeschnitten worden. Wir gingen an den Wänden entlang, berührten die entstellten Vögel und wunderten uns über die Boshaftigkeit derjenigen, die eine Leiter geholt und selbst den Pfauen im oberen Teil der Wand die Augen ausgestochen hatten. »Möchtest du, dass wir die Besichtigung abbrechen?«, fragte Peter. »Wir können uns den Rest an einem anderen Tag ansehen.«

Obwohl mich die augenlosen Pfauen verstört hatten, wollte ich gern weitermachen. Peter und ich betraten das nächste Zimmer, das ebenfalls leer war, und er öffnete auch dort die Fensterläden. »Das Musikzimmer«, sagte er und ging mit großen Schritten über den blanken Holzfußboden. Eine kleine, kaum sichtbare Tür an der hinteren Wand öffnete sich zu einem niedrigen Flur, der dunkel und voller Spinnweben war und bis zu einer ähnlich verborgenen

Tür führte, hinter der sich der Speisesaal befand, in dem es ebenfalls Überreste einer Gewölbedecke gab. In der Ecke war ein Schrank, dessen Tür Peter öffnete, dahinter war der Speiseaufzug.

»Ich habe gelesen, an der Tafel hatten vierzig Personen Platz«, sagte ich. »Könige und Prinzessinnen, Filmstars, so hieß es.«

Peter ging zum Kamin und rüttelte an der Marmorumrandung. »Meine Arbeit wäre leichter, wenn die Leute das Haus besser gepflegt hätten.«

»Kannst du dir vorstellen, wie viel Arbeit es war, die Lebensmittel kommen zu lassen, die Betten zu richten, Feuer in den Kaminen zu machen?«, fragte ich.

Er drückte das Ohr an die Wand. »Ich glaube, die Wand ist mit Klopfkäfern verseucht. Hörst du sie nachts, wenn sie in den Wänden klopfen? Ich kann wegen des Lärms oft nicht einschlafen.«

»Bevor ich herkam, habe ich eine Erhebung gelesen.« Ich ging zum Fenster, das einen Blick über die Auffahrt bot, und rieb an der Scheibe. »Vierundzwanzig Dienstmädchen, Butler und Köche, um das Haus für eine fünfköpfige Familie zu unterhalten. Glaubst du, die waren alle im Dachgeschoss untergebracht? Martha und Alice, die als Erste aufstanden, um die Feuerstellen zu reinigen. Jane, die in der Küche auf dem Herd die Babyfläschchen wärmte und ein paar Jahre später zum Hausmädchen aufstieg und hoffte, dass Stephen Hipps, der zweite Butler, genug Geld gespart hatte und um ihre Hand anhalten würde.«

Ich sah Peter an, aber der zuckte nur die Achseln und machte keine Anstalten, sich zu beteiligen. Er öffnete wieder eine Tür, und ich ging hinter ihm her in einen Flur, dann in ein Studierzimmer, in dem zwar der Schreibtisch verschwunden war, aber an einer Wand noch Regale standen.

Aus dem metallenen Aktenschrank in der Ecke waren die Schubladen herausgezogen und aufeinandergestapelt worden.

»Als du das erste Mal ins Dachgeschoss gekommen bist«, sagte ich, »hast du eine alte Haushälterin erwähnt, eine Kinderfrau oder einen Butler, jemanden, der da oben gewohnt haben soll.«

»Wirklich?«, sagte Peter. Er nahm ein vergilbtes Papier aus einer der Schubladen, überflog es, ließ es zu Boden flattern und nahm ein neues.

»Der Pastor hat sie auch erwähnt. Weißt du, wer das gewesen sein könnte?«

Er sah auf, die eine Hand in der Schublade. »Keine Ahnung. Ich habe das nur angenommen, weil jemand ein Badezimmer eingebaut hat. Warum fragst du?«

»Ach«, sagte ich. »Einfach aus Neugier, wer vor mir in den Zimmern gewohnt hat. Nichts weiter.«

Ich wusste, dass er wissen wollte, ob ich eine interessante Entdeckung gemacht hatte. Von dem Loch im Fußboden würde ich ihm nie erzählen.

Er gab die Suche in den Schubladen auf, und wir gingen weiter und steckten die Köpfe in die Kammern für Haushälterinnen und Hausmädchen, wo die Borde leer waren und es nur Staub und Spinnen gab. Wir fanden ein Raucherzimmer, obwohl mir nicht klar war, wie Peter wissen konnte, dass es ein Raucherzimmer war, und eine Toilette, die einzige im Erdgeschoss. Wir gingen ins Billardzimmer, wo er mir die Graffiti zeigte – Bombenflugzeuge und Bomben, Hakenkreuze und dickbusige Frauen, die in die Fensterrahmen und den Mörtel geritzt waren. An den schlimmsten Graffiti zog er mich schnell vorbei: *Sollen die Ärsche abkratzen, Churchill ist ein Mistbock, die Hunnen in den Arsch ficken, dass sie verrecken*. Ich sagte ihm nicht, dass ich manchmal, als

Mutter noch lebte, in die öffentlichen Toiletten bei Kings Cross gegangen war, um diesen lebendigen Schock zu spüren, der durch mich hindurchschoss, wenn ich das las, was dort an den Wänden stand. Als wir den Billardraum verließen, waren wir fast am Ende der Runde – in der Bibliothek.

Hier öffnete Peter die Fensterläden und Fenstertüren, die auf den Portikus hinausführten, und ich dachte daran, wie wir kurz zuvor in der Sonne oder im Schatten gesessen hatten und ich keine Ahnung gehabt hatte, dass hinter den Fenstern die Bibliothek war.

Draußen war es inzwischen fast dunkel, und die Ecken des Raumes waren finster. An zweien der Wände standen Bücherregale, die vom Fußboden bis zur Decke reichten, Bücher lagen auf dem Fußboden verstreut, ihre Rücken gebrochen, Seiten herausgerissen. Als eine Brise durch die offenen Türen blies, stoben die Blätter auf und senkten sich wieder mit einem trockenen Rascheln. Etwas höher, als ein Mensch mit ausgestreckten Armen hinlangen konnte, war ein schmiedeeiserner Umlauf angebracht, der an den Wänden entlangführte und über eine Wendeltreppe zu erreichen war.

»Willkommen in der Bibliothek«, sagte Peter. »Die Architekturabteilung ist da oben.« Er nickte zu dem Umlauf hinauf. »Allerdings ist es da ein bisschen gefährlich.« Er zeigte auf einen Abschnitt, wo die Borde sich gewölbt hatten und manche Bücher aufgequollen und heruntergefallen waren. »Vermutlich hat es reingeregnet, bevor das Dach repariert wurde. Ich bin mal raufgeklettert, aber mehrere der Schrauben, mit denen der Umlauf an den Wänden befestigt ist, sind durchgerostet. Ich muss das erst sichern.«

»Es ist ein schöner Raum«, sagte ich.

Am liebsten hätte ich die Bibliothek so erhalten, wie sie

an diesem Tag war, mit allem – Staub, Spinnen, Schimmel –, das Wasser aufgehalten, die Schäden aber nicht behoben, Trockenfäule und Klopfkäfer zum Stillstand gebracht. Und auch Peter und ich wären in dem Raum zum Stillstand gekommen, bevor wir zu viel voneinander erfuhren, bevor etwas geschehen konnte. Später sehnte ich mich nach Klarheit und Ordnung, aber nicht an diesem Abend.

»Cara sieht das auch so«, sagte Peter.

»Was?«

»Ich sehe einen Raum, der repariert oder entkernt werden muss, damit man neu anfangen kann.« Er führte mit den Händen die Aktivitäten aus. »Du und Cara, ihr seht Altertum und Schönheit. Je mehr etwas verfallen ist, desto besser gefällt es euch. Ihr beide habt den Blick immer rückwärtsgewandt, dabei solltet ihr nach vorn in die Zukunft schauen.«

»Aber alles, was wir haben, alles, was wir sind, ist aus der Vergangenheit geschaffen«, sagte ich. Sein zorniger Ton verwunderte mich.

»Ihr habt den Kopf voll mit sentimentalem Quatsch. Geister und Gespenster!« Er riss die Arme hoch und spreizte die Finger, seine Augenbrauen schossen in die Höhe. Ein Witzgeist.

Er legte die Hände aufs Gesicht und rieb es, als wollte er es waschen. »Entschuldige bitte«, sagte er. »Ich habe den Kopf voller Sorgen.«

»Macht doch nichts«, sagte ich.

»Nein, es tut mir leid, ich meine, ich hätte mich nicht so aufregen sollen. Ich habe heute Morgen eine schlechte Nachricht bekommen.«

»Kann ich etwas tun?«

»Nein, es sei denn, du hast ein paar Tausend Pfund auf der Bank.« Sein Lachen, als es kam, klang verzweifelt.

»Oh«, sagte ich. »Das tut mir leid.« Ich dachte an das, was Cara mir von seiner Frau erzählt hatte, und dass er so viel Unterhalt bezahlen musste. Ich fragte mich, ob er bereute, sie verlassen zu haben.

Einen Moment später, um das Schweigen zu durchbrechen, sagte ich: »Glaubst du wirklich, dass Cara und ich Gespenster sehen?«

»Ich glaube, ihr würdet gern welche sehen.«

»Hat Cara welche gesehen, hier, in diesem Haus?«

»Soll das ein Witz sein? Sie sieht praktisch überall Gespenster. Menschen in Spiegeln, die es nicht gibt, Kinder, die aus Fenstern gucken, ein Christusgesicht in den Wolken.« Er lachte. »Sie sieht, was immer es ihr leichter macht.«

Wir standen bei der Wendeltreppe im Dunkeln und unmittelbar nebeneinander. Ich hatte Mühe, seinen Gesichtsausdruck zu lesen.

»Leichter womit?«, fragte ich und glaubte, die Antwort schon zu kennen, aber ich hoffte, er würde sich mir öffnen, so wie er es bei Cara vielleicht nicht konnte oder wollte. Vielleicht würde er mir erzählen, obwohl wir eigentlich noch Fremde waren, wie schwierig es für ihn war, dass sie ihr Kind weggegeben hatten. Ich war bereit zuzuhören und zu helfen. Beinah hätte ich ihm meine Hand hingehalten.

»Sie ist nicht so, wie sie auf Anhieb wirkt. Das musst du inzwischen auch mitbekommen haben.«

Ich hatte überhaupt nichts mitbekommen. In meinem Zimmer war niemand, mit dem ich am Abend die Ereignisse des Tages durchsprechen konnte, so wie andere Menschen das taten – wie Mutter es getan hatte, wenn sie ihrem Zorn gegen meinen Vater Luft machte, während ich neben ihr lag und versuchte einzuschlafen, und so wie Peter und Cara sich abends, so stellte ich mir vor, über mich unterhielten.

Ich nahm ein Buch aus dem Regal, schlug es auf und starrte auf die Wörter, ohne zu lesen. »Wirklich?« Ich wollte, dass er mir alles erzählte, ohne dass ich ihn fragen musste.

»Sie ist in einem Haus wie diesem aufgewachsen«, sagte er. Er setzte sich unten auf die Wendeltreppe, ich hörte das Schaben von Metall auf Metall, und eine der Streben, die den Umlauf stützten, zitterte. »Nicht mit einer Bibliothek und einem Billardzimmer, aber in einem Haus, das traurig und zerstört war. Die Hälfte des Hauses war völlig abgebrannt. Sie hat nicht in einer Kleinstadt in Dorset über dem Laden ihres Vaters gelebt, wie ich und meine Eltern. Sie war zu größeren Dingen ausersehen.«

Ich blätterte eine Seite in dem Buch um. »Ein Laden?«, fragte ich. Ich wollte mehr über *ihn* erfahren, nicht über Cara.

»Mein Vater hatte einen Antiquitätenladen«, sagte er. »Anrichten, Esstische, Silber, solche Sachen. Er unterhielt sich gern mit den Kunden und verkaufte ihnen etwas, von dem sie selbst nicht wussten, dass sie es haben wollten. Ich hingegen lernte lieber die Besitzer der Dinge kennen und bewegte sie mit ein bisschen Überredung, einer kleinen Verhandlung zu einem Verkauf. Ich finde es aufregend, ein altes, vernachlässigtes Ding zu finden, von dem sich dann herausstellt, dass es ein Vermögen wert ist.«

Ich erinnerte mich, dass ich mit meinem Vater Fahrten aufs Land gemacht hatte, bevor er uns verließ. Die großen Landhäuser, die wir aufsuchten, die parkähnlichen Gärten, die Antiquitätenläden, in denen womöglich ein paar interessante Bücher zu finden waren. Wir fuhren frühmorgens mit einem Zug von Paddington Station los, stiegen in irgendeiner Kleinstadt aus, und dann wartete ich, während er die Kartons durchging, die ein Händler ihm in einem Hinterzimmer hingestellt hatte. Manchmal kaufte er ein einziges Buch, manchmal einen ganzen Karton. Ich erinnerte mich nicht mehr an die Namen der Städte, aber jetzt fragte ich mich, ob mein Vater und ich einmal in Robertsons Antiquitätenhandlung, oder wie immer der Name des Geschäfts gewesen war, geklingelt hatten. Vielleicht hatten wir den Laden betreten, in dem alles poliert und warm war. Mein Vater hat möglicherweise mit dem Besitzer über die Herkunft eines Stücks gesprochen, und nachdem das Geschäft besiegelt war, hat Mr. Robertson vielleicht nach oben gerufen und um Tee gebeten, und sein Sohn, der ein oder zwei Jahre jünger war als ich, blonde Haare hatte und darauf achtete, dass die Tassen nicht auf den Untertassen klapperten, hat uns den Tee in den Laden gebracht.

»Also, ich kann dir versprechen, dass es auf dem Dachboden von Lyntons keine Schätze gibt«, sagte ich zu Peter. »Von ein paar toten Mäusen abgesehen.«

»Die würden bei einer Auktion nicht viel bringen. Obwohl, einmal haben wir bei Sotheby's einen Dürer-Stich von Adam und Eva verkauft. Eva hatte zu ihren Füßen eine Katze, und Adams Fuß stand auf dem Schwanz einer Maus.« Peter nahm seine Zigaretten und schüttelte eine aus der Schachtel.

Ich stellte das Buch wieder ins Regal. »Meinst du …? Könnte ich wohl?« Ich streckte meine Hand nach der Packung aus.

Peter zog die Augenbrauen hoch, sagte aber nichts, schüttelte mir auch eine Zigarette aus der Packung und zündete sie an.

»Du warst bei Sotheby's?«, fragte ich und unterdrückte den Hustenreiz.

»Eine Weile lang. Ich habe direkt nach der Schule da angefangen. Ich hatte ein Empfehlungsschreiben an den

Geschäftsführer gefälscht. Mein Vater war nicht sehr glücklich, als er das herausfand.«

»Er war nicht glücklich? Nicht stolz?«

»Er wollte, dass ich den Laden übernehme, aber meine Güte, die Kunden hätten mich in den Wahnsinn getrieben. Frauen mit Perlenketten und Lippenstift auf den Zähnen, und die Männer, die aus London angefahren kamen und meinen Vater betrügen wollten. Außerdem musste ich aus der Stadt raus. Da war keine Luft.« Er fuhr sich mit der Hand an die Kehle.

»Also ein rastloser junger Mann?«

»Könnte man sagen. Allerdings glaube ich, Cara ist noch rastloser. Immer auf der Suche nach mehr.«

Ich wollte sagen: *Das geht doch uns allen so.* Ich wollte ihm von meiner Zeit in London erzählen, wie es mit Mutter gewesen war, welche Veränderungen in ihr vorgingen, von den luftlosen Zimmern und der Langeweile, die ich mir durch Bücher erträglich zu machen versuchte, und dadurch, dass ich mich weiterbildete, ihr Stöhnen, das anfangs Kritik, später Schmerz war, aber stattdessen sagte ich: »Machst du dir Sorgen um sie?«

»Nicht wirklich Sorgen.« Seine Stimme war ernst. »Was ich meine: sie ist labil. Sie hat sich eine Sache erhofft, stattdessen hat sie jetzt etwas anderes.« Er stand auf und machte einen Schritt auf mich zu. »Ich möchte dich um etwas bitten. Ich weiß, dass ich dir vertrauen kann, Fran.«

Ich wartete. Ich hatte den einen Ellbogen in die Hand gesetzt und hielt die Zigarette erhoben, dann senkte ich aus Verlegenheit den Arm und hielt die Zigarette neben meiner Hüfte. Ich hätte mich mit allem einverstanden erklärt.

»Cara sieht die Welt anders als du und ich. Sie kann Sachen erzählen …« Er brach ab und wählte seine Worte. »… über das, was geschehen ist … Sie erzählt gern und verändert die Dinge dabei. So ist sie einfach. Du kennst die Iren, geborene Geschichtenerzähler.«

»Was für Dinge?«, fragte ich.

Er zog ein loses Blatt unter seinem Schuh hervor und blies den Staub ab. »Ich versuche sie zu überreden, in Behandlung zu gehen, aber das will sie nicht.«

»Zu einem Arzt, meinst du? Möchtest du, dass ich sie dazu überrede? Ich weiß aber nicht –«

»Nein, nein –« Er hielt die Hand hoch, um mich zu bremsen, in dem dunklen Zimmer konnte ich gerade seine Augen sehen, und wie er sie zukniff. Er nieste dreimal, jedes Mal ein Bellen oder Husten. Er schniefte und klopfte sich auf die Taschen, und ich nahm aus meinen Shorts ein sauberes, gefaltetes Taschentuch und hielt es ihm hin.

»Danke.« Er putzte sich die Nase und steckte sich das Taschentuch in die Tasche.

»Ich möchte dich einfach bitten, ein Auge auf sie zu haben.« Seine Stimme wurde leiser. »Und dass du mir Bescheid sagst, wenn sie etwas sagt oder tut … etwas Dummes. Ich kann nicht die ganze Zeit auf sie aufpassen.«

»Etwas Dummes?«, sagte ich. »Inwiefern dumm?«

»Ich weiß nicht«, sagte er, aber ich vermutete, er wusste es doch. »Irgendwie dumm.«

Ich hätte gern mehr gewusst, aber wir hörten Cara rufen. Als ich aus der Tür in den Garten blickte, war die Sonne untergegangen, und der Himmel färbte sich violett.

Wir aßen wieder an ihrem improvisierten Tisch, tranken Mr. Liebermanns Wein aus den Blechbechern und redeten bis spät in die Nacht von den Häusern, in denen sie in Edinburgh und Glasgow gewohnt hatten, und von anderen Häusern, die Peter besichtigt hatte.

Ich suchte in Cara nach der Zerbrechlichkeit, die Peter

gemeint hatte und die ich durch den Spion und in der Kirche beobachtet hatte, aber an dem Abend sah ich davon nichts. Cara war sprühend und glücklich, und das Strahlen, das von ihr ausging, übertrug sich auf uns. Auch Peter beobachtete ich, denn ich wollte sehen, ob er im Gespräch mit mir vertrauter war und ob er mich anders sah, nachdem wir in der Bibliothek miteinander gesprochen hatten, und ich glaubte, dass es so war.

10

In den Tagen darauf aß ich alle meine Mahlzeiten mit Peter und Cara. Das warme Wetter hielt an, und ich mied meine Dachkammer, in der sich die Hitze unter dem Blechdach staute, selbst wenn die Fenster offen standen. Ich passte mich ihrem Rhythmus an, stand spät auf und aß mein Frühstück – Pfirsiche und Kaffee, Gebäck und Feigen, weich gekochtes Ei und Toast – im Schatten des Portikus. Oft brachten wir die improvisierten Möbel gar nicht erst nach draußen, sondern setzten uns auf die Stufen; Cara lehnte sich an Peters Beine, und wir drei rauchten und betrachteten den vernachlässigten Garten, die verwilderten Blumenbeete und die Bäume, die um den See standen. Meistens waren es Cara und ich, die sprachen, und wir erzählten uns Geschichten von Lyntons, wie es gewesen sein musste, als es Personal gab und Kutschen vor der Tür auffuhren und der Blick zum See frei und ungehindert war.

Ein paar Tage lang kam es mir wie ein Wunder vor, dass Peter und Cara meine Gesellschaft willkommen hießen und ich mich in ihrer wohlfühlte. Ich überlegte, warum ich nie zuvor so etwas erlebt hatte. Hatte ich mich verändert? Nach einer Weile fiel es mir nicht mehr auf, ich nahm es an und war glücklich.

»Ich habe mir vorgenommen, das Gestrüpp auf der Brücke wegzumachen«, sagte Peter am Donnerstagmorgen nach dem Frühstück. Damit er aufstehen konnte, musste Cara sich nach vorn lehnen.

»Du meinst, jetzt?«, sagte sie und legte die Hand als Sonnenschutz an die Stirn, um ihn ansehen zu können.

»Das ist eine gute Idee.« Ich streckte mich. »Ich könnte etwas Betätigung gebrauchen.«

»Klingt nach schwerer Arbeit«, sagte Cara und lehnte sich wieder zurück.

»Komm doch mit.« Peter gab ihr mit dem Fuß einen Stubs. »Da unten ist es kühler. Du kannst uns bei der Arbeit zusehen.«

Sie musterte uns, als argwöhnte sie, dass wir etwas ausheckten. Peter streckte seine Hand aus, und mit einem Seufzer erlaubte sie ihm, sie hochzuziehen.

Wir nahmen ein paar der Geräte mit, die Peter gefunden und geschärft hatte, und als wir schon bei den Nissen-Hütten waren, sagte Cara: »Wisst ihr was? Ich glaube, ich fahre mit dem Fahrrad in den Ort. Wir brauchen noch Sachen fürs Essen.« Sie sagte es herausfordernd, falls Peter darauf bestehen würde, dass sie mit zur Brücke kam.

»Bist du dir sicher?«, sagte er. Ich sah von einem zum anderen und versuchte zu verstehen, was sie nicht laut aussprachen.

»Ich bin mir sicher«, sagte sie und wickelte mir den Sack, den sie in der Hand hatte, um den Hals, als wäre es ein Schal. »Mach nicht ein so entsetztes Gesicht, Fran.« Sie lächelte. »Und mach dir keine Sorgen, in ein, zwei Stunden bin ich zurück«, sagte sie zu Peter. »Und wenn nicht, kannst du ja einen Suchtrupp losschicken.« Als er nicht lächelte, sagte sie: »Meine Güte, ich fahre mit dem Fahrrad in die Stadt.« Und sie drehte sich um und ging zum Haus zurück.

Als wir zur Brücke kamen, war Peter voller Begeisterung; er überlegte, ob die Brücke nicht doch palladianisch sein könnte, und verwies auf die Spannweite der Bögen und die italienische Eleganz der Geländerpfeiler. Ich war nicht überzeugt und fing halbherzig an, am Efeu und an den Brombeerranken herumzuhacken. Aber nach einer Weile übertrug sich Peters Energie und Erregung auf mich, und ich stürzte mich in die Arbeit, bis es nicht mehr von Belang war, was für eine Brücke wir vom Gestrüpp befreiten. Wir arbeiteten mehrere Stunden lang und sprachen nur, wenn einer von uns Hilfe brauchte oder wir ein Stück von der Konstruktion freigelegt hatten. Nachdem wir unsere Sachen zusammengepackt hatten und wieder zum Haus gingen, blieb ich stehen und warf einen Blick zurück. Der Stein war heller, wo wir den Bewuchs entfernt hatten, und die Konturen der Bögen waren besser zu erkennen und eleganter, und ich dachte, vielleicht hatte Peter doch recht gehabt und wir hatten eine palladianische Brücke entdeckt.

Cara war schon zurück, als wir ins Haus kamen und uns die Hände in ihrem Badezimmer wuschen. Als ich das Wasser andrehte, war ich mir der Gewölbedecke und des Glasauges bewusst. Ich sah nicht hinauf. Auf dem Tisch in ihrem Zimmer lag eine Forelle, und Cara sagte, ein Angler, an dem sie vorbeigeradelt sei, habe sie ihr geschenkt, außerdem hatte sie ein Dutzend Eier bei einem Bauernhof gekauft und der Bauersfrau zusätzlich Käse und Brot abgeschwatzt, dazu für alle Zigaretten.

Wir nahmen das Essen, eine Flasche Wein und eine Decke und setzten uns in den Schatten des Maulbeerbaums, ein hässliches und windschiefes Exemplar, das in der Mitte der ehemaligen Rasenfläche stand, auf der das Gras jetzt geschossen und kniehoch war. Wir aßen, Peter machte eine zweite Flasche auf, und nachdem wir sie geleert hatten, streckten wir uns aus und schliefen. Als ich aufwachte, hatte Cara sich aufgerichtet und eine Zigarette angezündet. Peter sei ins Haus gegangen, sagte sie, um eine Liste der Dinge in der Vorratskammer im Keller anzufertigen, aber ich vermutete, dass er eher den Inhalt des Weinkellers katalogisierte. Eigentlich hätte ich aufstehen und nach oben gehen sollen, um meine Notizen zu sichten oder die Grotte zu beschreiben, aber der warme Nachmittag, das Schattenspiel der Blätter und der Wein – alles zusammen bewirkte, dass ich blieb. Ich sagte nichts, und Cara fuhr unaufgefordert mit ihrer Geschichte fort.

»Nachdem Peter Irland verlassen hatte, ging das Leben normal weiter, mehr oder weniger. Dermod kochte für uns und putzte gelegentlich, Isabel hatte Geldsorgen, und ich dachte, ich säße für immer in der Falle, und wenn ich es nicht mehr aushielt, rannte ich über die Wiesen zu Paddy. Manchmal erlaubte ich ihm, meine Hand zu halten, mehr aber auch nicht. Die einzige Veränderung war, dass ich anfing, für Miss Landers, eine blinde Frau in der Stadt, zu arbeiten. Ich ging zweimal in der Woche zu ihr, sichtete ihre Post und beantwortete die Briefe, stellte Schecks aus, adressierte Umschläge, und dann muste ich ihr *Woman's Way* von vorn bis hinten vorlesen. Das war damals eine Zeitschrift in Irland, hier habe ich sie noch nicht gesehen. Und anschließend diktierte sie mir Briefe an den Herausgeber mit ihrer Meinung zu den Artikeln. Sie war eine ältere Frau und katholisch, aber sie war anders als alle anderen älteren Frauen, die ich kannte. In den Briefen erklärte sie, welchen Nutzen ein vernünftiger Aufklärungsunterricht für Mädchen haben würde, welche wirtschaftlichen Vorteile Verhütungsmaßnahmen dem Land bringen würden, und dass unverheiratete Mütter keine bösen Menschen seien. Die Zeitschrift bezahlte eine Guinee für jeden Brief, der gedruckt wurde, und jede Woche hoffte Miss Landers, dass einer ihrer Briefe ausgewählt würde, aber keiner ihrer Briefe wurde veröffentlicht, jedenfalls nicht damals.

Ich ging seit ungefähr einem Monat zu ihr, als Peter

zurückkam. Als ich eines Tages nach Hause kam, stand sein Auto auf der Einfahrt. Beinah wäre ich weggelaufen, weil ich dachte, wenn ich ihn sähe, würde alles in mir wieder aufgerissen. Damals hatte ich mich damit abgefunden, dass ich in Irland bleiben würde. Ich hatte die Hoffnung aufgegeben, dass sich etwas ändern könnte, und manchmal ist das Leben dann leichter, findest du nicht? Aber natürlich bin ich ins Haus gegangen, und er saß im Salon, wie beim letzten Mal, und als ich ihn dort sitzen sah, lächelnd, war ich mehr überzeugt denn je, dass ich ihn liebte, und in seinem Gesicht sah ich, dass er mich auch liebte.

Er hatte mir ein Weihnachtsgeschenk mitgebracht, ein italienisches Kochbuch. Isabel war darüber nicht froh, denn er hatte nicht daran gedacht, ihr etwas mitzubringen. Er sagte, er habe das Buch bei einer Auktion zwei Wochen zuvor erstanden, als der gesamte Hausstand von einem der großen Häuser im County Kildare versteigert worden sei, und als ich das hörte, konnte ich kaum glauben, dass er die ganze Zeit in Irland gewesen war und mich nicht besucht hatte. Damals bestand seine Arbeit darin, zu den großen Häusern zu fahren und die Besitzer zu überreden, ihre Bibliotheken und Gemälde zu verkaufen. Er ging zu Auktionen und kaufte Sachen, für die es einen Markt gab, und er suchte Häuser und Land, alles, was man in Hotels oder Golfplätze umwandeln konnte. Er suchte kein Haus für sich selbst, aber das hatte er Isabel nicht erzählt, und sie hoffte immer noch ein bisschen, dass er Killaspy kaufen oder sie heiraten würde.«

Der Schatten des Maulbeerbaums war gewandert, und ich zog ihm hinterher, damit ich Cara besser sehen konnte. »Aber das hatte er doch nie vor, oder?«, fragte ich.

»Nein, Peter macht nie Pläne. Er lässt einfach alles geschehen. Aber an dem Tag im Salon musste ihr aufgefallen sein, wie wir uns anstarrten, denn das Erste, was sie sagte, war: ›Sie erinnern sich sicher an meine Tochter Cara. Sie hat sich gerade mit Paddy Brwone verlobt. Seiner Mutter gehört die angrenzende Farm. Ist das nicht wunderbar – eine Hochzeit im Frühling?‹

Ich weiß noch, wie die Farbe aus Peters Gesicht wich, denn es stimmte, ich wollte Paddy heiraten. Damals hatte ich das Gefühl, dass es keine Alternative gab. Peter stand auf und schüttelte mir die Hand und sagte: ›Herzlichen Glückwunsch, Miss Calace‹, und seine Stimme klang so tot, dass ich beinah geweint hätte.

Zum Abendessen gab es wieder Hühnchen, aber ich sagte zu Dermod, er solle Isabel ausrichten, ich hätte Kopfschmerzen und würde nicht zum Essen kommen. Ich wollte Peters Gesichtsausdruck nicht ansehen müssen. Ich saß in meinem Zimmer am Fenster und wartete, bis ich hörte, dass alle ins Bett gegangen waren, dann ging ich im Nachthemd nach unten und riss einen Schenkel von dem Hühnchen ab, das Dermod zugedeckt in die Speisekammer gestellt hatte. Ich zitterte vor Kälte und aß im Dunkeln an der Theke, und als ich fertig war, kam Peter herein. Ich wusste sofort, dass er es war.

Er machte die Tür zu und sagte: ›Du willst also Paddy heiraten, ja?‹ So etwas in der Art. ›Einen Bauernjungen.‹ Er klang niedergeschmettert. ›Ich mag Kühe.‹, sagte ich, weil ich ihn ärgern wollte. Ich sagte, Paddy sei kein Bauernjunge, und dass er eine Herde von zehn Kühen haben würde, wenn er den Hof erbte, aber innerlich konnte ich den Gedanken nicht ertragen, dass meine ganze Zukunft festgelegt war, als hätte jemand meine nächsten fünfzig Jahre in Stein gemeißelt. Peter sagte: ›Dann wirst du eine Bauersfrau auf dem Land in Irland. Was ist mit deinem Traum von Italien?‹ Damit hatte er einen kleinen Brocken aus der Versteinerung herausgebrochen. Einen winzigen Brocken nur, aber das reichte.

Ich fragte ihn, ob er mich mitnehmen würde, und er antwortete nicht, sondern kam einen Schritt näher, und wir küssten uns. Das war das erste Mal, in der Speisekammer. Er sagte, ich schmeckte nach Butter und Hühnchen. Ich wollte unbedingt mit ihm schlafen, und ich schlang meine Beine um seine Knie, bis wir eng zusammengepresst dort standen, aber er sagte: ›Nicht jetzt. Nicht in der Speisekammer.‹«

Cara sah mich an und fing an zu lachen, es war ein freches Lachen, und ich lachte auch, und wir lachten, bis wir uns die Bäuche hielten, dann ließen wir uns auf die Decke fallen.

»Wir haben uns keine Versprechungen gemacht«, sagte sie, nachdem wir uns beruhigt hatten. »Peter sagte nicht, dass er in Irland bleiben würde, und ich sagte nicht, dass ich meine Verlobung mit Paddy lösen würde. Isabel glaubte weiterhin, dass Peter entweder an ihr interessiert sei oder Killaspy kaufen wollte, und das behagte ihm nicht, er wollte sie nicht täuschen, aber ich wollte, dass er im Haus wohnte, ich wollte ihn dort so lange wie möglich festhalten. Wir trafen uns jede Nacht in der Speisekammer, und am Tage machten wir Ausflüge mit seinem Auto. Zu Paddy sagte ich, ich sei bei Miss Landers beschäftigt.

Es war am Vormittag seiner Abreise, am Heiligabend, da schrieb ich ›EHEFRAU‹ auf die beschlagene Scheibe in seinem Auto. Ich hatte nur geraten, aber er streckte sich über mich und wischte die Schrift weg und sagte, er wolle nicht darüber sprechen. Über sie. Peter kann über alle möglichen Dinge endlos reden, aber bei manchen Themen – wenn es um Gefühle oder Beziehungen geht oder um das Leben an sich – verschließt er sich. Unter dem charmanten Erscheinungsbild versteckt sich ein zugeknöpfter, verklemmter, altmodischer Mann. Jedenfalls sagte ich, er könne sich doch scheiden lassen, oder was solle das sonst bedeuten, dass wir jeden Nachmittag in seinem Auto saßen und miteinander Händchen hielten, bis die Fenster beschlugen? Und er sagte, er verstehe nicht, dass ich mich manchmal wie eine Katholikin verhielt und dann, wenn es mir passte, wie eine Protestantin. Und ich sagte, ich könne tun, was ich wollte, es sei meine Religion. Das war unser erster Streit, könnte man sagen. Wir haben beide geschrien, dabei wollte ich ihn nur anfassen, weißt du, richtig anfassen, ich wollte, dass er mich berührt. Einmal, vielleicht war es bei seinem ersten Besuch, habe ich ihn auf dem Flur gesehen, da hatte er nur ein Handtuch umgewickelt – wahrscheinlich dachte er, wir seien alle weg –, und danach habe ich mir die ganze Nacht ausgemalt, wie es sein würde, wenn wir miteinander schliefen. Ich war mir sicher, dass wir es tun würden.

Jedenfalls, unser Streit in dem kleinen Auto wurde so hässlich, so schrecklich, dass ich die Tür aufmachte und weglief. Ich rannte einfach los. Es regnete in Strömen. Peter kam hinter mir her, aber ich rannte weiter, und ich hörte ihn rufen: ›Wo willst du hin?‹ Ich blieb nicht stehen, sondern rief über die Schulter: ›Nach Italien‹, aber ich glaube nicht, dass er das gehört hat.

Ich hatte keine Ahnung, wo wir waren. Wenn wir bei unseren Ausfahrten an eine Kreuzung kamen, rief ich ›rechts‹ oder ›links‹, je nach Laune, bis ich glaubte, dass wir uns in der irischen Landschaft völlig verfahren hatten, aber er wusste immer Bescheid, er brachte mich jedes Mal sicher nach Hause. Als ich bei unserem Streit ausgestiegen war, hatte ich keine Ahnung, wo ich war. Es war Winter und eiskalt, und ich ging schnell, aber mir war kalt, ich war nass und zitterte am ganzen Körper. Ich ging immer weiter. Ich wollte so lange gehen, bis ich in einen Graben fiel, und einen Tag oder eine Woche später würde man meine Leiche finden, und dann hätten alle fürchterliche Schuldgefühle: Peter, Isabel, Paddy. Ich machte mir allerdings Sorgen um Dermot. Er brauchte jemanden, der sich um ihn kümmerte. Ich war sicherlich eine Stunde gelaufen, inzwischen war es dunkel, es regnete immer noch, und dann sah ich Autolichter auf mich zukommen, und es war das kleine grüne Sportauto. Peter war böse auf mich, weil ich weggelaufen war, aber mehr noch, weil er dachte, ich würde mich erkälten und sterben, das Weichei. Ich konnte nicht sprechen, so kalt war mir. Er holte eine Decke aus dem Kofferraum, setzte mich auf den Vordersitz und drehte die Heizung voll auf, aber ich zitterte, ich war vollkommen durchgefroren, und da dachte ich selbst, dass ich sterben würde. Ich wollte mir die nassen Sachen ausziehen, bloß meine Finger waren so klamm, dass ich das nicht konnte, und Peter zog mich aus, und ich musste meine Arme hochstrecken oder meinen Po anheben, und dann wickelte er mich in die Wolldecke und hielt mich im Arm. Das war gar nicht so einfach, über die Handbremse und den Gangknüppel hinweg, mit den niedrigen Sitzen, und obwohl mir immer noch kalt war, dachte ich, wir würden miteinander schlafen, nachdem er mich ausgezogen und nackt gesehen hatte, aber als ich aufgehört hatte zu zittern, fuhr er mich nach Hause, zurück nach Kilaspy.«

Sie stieß einen langen Seufzer aus, drehte sich auf den Bauch und legte den Kopf auf die verschränkten Arme. »Ist das zu intim für dich, Frances? Sag mir, wenn es zu intim wird.«

»Nein, nein«, sagte ich. »Mir macht das nichts aus. Ich meine, ich höre das gern.« Es war intim. Ich hatte mir nie vorgestellt, wie Menschen unter ihrer Bekleidung aussahen oder wie kompliziert das Leben der Menschen war, obwohl es von außen so einfach und so perfekt wirkte.

»Ich mag einfach unsere Gespräche so gern, weißt du«, sagte sie.

An einem dieser Nachmittage, die wir unter dem Maulbeerbaum verbrachten, zeigte ich, nachdem wir gegessen und getrunken und geschlafen hatten, Peter und Cara das Mausoleum. Wir kletterten auf den Turm und guckten in die Landschaft, aber die beiden interessierten sich mehr für die Grabstätten im unteren Teil der Anlage. Ich zeigte ihnen die Steinfrauen, bei denen die Brüste herausgehauen worden waren.

»Zwei Ehefrauen?«, fragte Cara und sah sich die Gesichter genauer an. Wir hatten Kerzen dabei, deren Licht Schatten an die Wände warf, dunkle Figuren, die sich streckten und beugten, als wir durch den Raum gingen.

»Nacheinander, vermute ich«, sagte ich. »Nicht gleichzeitig.«

»Nein«, sagte sie und sah die Figuren unverwandt an. »Nicht beide gleichzeitig, das ist klar. Diese hier wirkt traurig. Welche sie wohl gewesen ist, die erste oder die zweite Frau?« Sie beugte sich über das steinerne Gesicht, küsste es auf die Lippen und verweilte einen Moment. Der Moment war so intim, intimer noch als alles, was sie mir erzählt hatte, und ich wandte mich ab und fing Peters Blick auf. Er zuckte kaum merklich die Schultern, und der Schein seiner Kerze wurde schwächer, als er in die Brusthöhle der anderen Frau griff, ein Chirurg, der das Herz befühlt.

»Was machst du da?«, rief Cara. »Das darfst du nicht.« Sie ging zu ihm und zog an seinem Arm, aber er widersetzte sich ihr.

»Da ist nichts drin«, sagte er. »Das Grab ist leer.«

Auf dem Weg zum Haus blieb Cara hinter uns, zupfte Grashalme aus und riss sie in Stücke und schwieg. Peter und ich sprachen über die Grabfiguren und kamen zu dem Schluss, dass die Ehefrauen mit ihrem Schmuck beigesetzt worden waren und jemand ihren Brustkorb aufgebrochen hatte, um ihn zu rauben. Ich erzählte ihm von Thomas Cures makaberem Transi-Grab in Southwark, dann sprachen wir über Alice de la Poles Grab in einer Kirche in Oxfordshire, die in der Draufsicht als feine Lady in ihrem Hofstaat zu sehen ist und von unten als Leiche.

»Wir sollten sie uns ansehen«, sagte Peter. »Wir könnten mal hinfahren.«

»Das wäre sehr schön.«

»Es kann nicht mehr als zwei Stunden bis dahin sein.«

»Das würde ich sehr gern machen.«

»Wo wir von Schmuck sprechen«, begann er.

»Vielleicht morgen?«, sagte ich. »Oder übermorgen?« Ich stellte mir einen wunderbaren Vormittag mit Peter vor, an dem wir uns eine alte Kirche ansehen und mittags etwas essen würden, dann zwei Stunden Fahrt zurück, ich neben ihm im Auto.

»Cara hat ihren Ehering verloren. Du hast ihn nicht zufällig gesehen?«

»Ihren Ehering?«, sagte ich. Ich dachte daran, wie er über den See gehüpft war.

»Sie sagt, sie habe ihn abgezogen, als sie im Badezimmer den Abwasch gemacht hat. Ich habe überall nachgesehen. Ich habe sogar das Abflussrohr abgeschraubt, aber da war er nicht.«

»Nein«, sagte ich. »Tut mir leid. Ich habe ihn nicht gesehen. War er wertvoll?«

»Von sentimentalem Wert«, sagte er. »Wahrscheinlich will sie, dass ich ihr einen neuen kaufe.«

Am nächsten Nachmittag luden Cara und Peter mich zu einem Spaziergang ein, und wir machten uns auf den Weg über das Anwesen, an den größten Zedern vorbei, wo normalerweise die Kühe grasten. Ich war froh, dass die Tiere nicht da waren, sondern vielleicht auf einer anderen Weide oder zum Melken im Stall.

Cara nahm Peters Hand, und wir sprachen darüber, was wir abends essen wollten, ob das warme Wetter anhalten würde – worüber Freunde so miteinander reden. Als Peter Caras Hand losließ, hakte sie sich bei mir unter und gab mich erst frei, als wir zu einem Stacheldraht kamen, den Peter für uns hochhielt. Wir gingen im Gänsemarsch auf einem Pfad mitten durch eine Wiese, die stetig zu den Hügeln anstieg, und als wir zu dem Gatter am anderen Ende kamen, blieben wir stehen, ich leicht außer Atem, von Mutters Büstenhalter eingeengt, und drehten uns ohne ein Wort um, in die Richtung, aus der wir gekommen waren. Zur Rechten war der Mausoleumsturm über den Wipfeln des Wäldchens zu sehen, und vor uns senkte sich das Land zum See und zur Grotte. Auf der golden-grünen Ebene standen Gruppen hoher Bäume, Gras und Brennnesseln waren um abgebrochene Äste gewachsen. In der Ferne leuchteten die weißen Säulen von Lyntons, als wären die Steine zum Leben erwacht, und dahinter erhoben sich die dunkel bewaldeten Hügel, die in einem großen Bogen zu der Landschaft hinter uns aufschlossen.

Während wir dastanden und wieder zu Atem kamen, traten vier Rehe zwischen den Bäumen hervor. Sie gingen nur wenige Meter von uns entfernt über die Wiese, und als sie auf unserer Höhe waren, blieben sie stehen und wandten die Köpfe in unsere Richtung. Sie senkten die Mäuler, und wir konnten das Zucken ihrer Nüstern sehen, so nah waren sie, als sie Witterung aufnahmen, und ich wusste, dass sie Caras Geruch witterten, dass sie Cara mit ihren dunklen Augen beobachteten, dass sie ihre Ohren nach Cara ausrichteten. Wir rührten uns nicht vom Fleck, und nach einem Moment gingen die Rehe weiter und verschwanden auf der anderen Seite im hohen Gras.

»Am liebsten würde ich für alle Zeiten in Lyntons bleiben«, sagte Cara.

Ich nahm die Zigarettenpackung aus meinen Shorts und klopfte eine Zigarette heraus. Sie war eingerissen, der Tabak rieselte heraus. Ich nahm eine andere, aber es war dasselbe.

Peter lachte und nahm seine eigene Packung. »Meine letzte, tut mir leid«, sagte er und zündete sie an. »Auch ohne richtige Küche, ohne Stühle und Gläser, aus denen wir unseren Wein trinken können?«, fragte er Cara.

»Ja, auch ohne alle diese Dinge«, sagte Cara. »Wir brauchen das alles nicht, nicht, wenn wir stattdessen das hier haben. Einen perfekten Tag.«

Wir waren lange still und betrachteten die Landschaft.

»Glaubt ihr, Mr. Liebermann würde es auffallen, wenn wir hierblieben«, fragte ich.

»Wir könnten uns unter den Betten verstecken, wenn er käme.« Peter reichte mir seine Zigarette, und bevor ich sie zwischen meine Lippen steckte, dachte ich daran, dass sein Mund sie berührt hatte.

»Wir könnten uns Laken über die Köpfe ziehen und ihn verscheuchen«, sagte Cara.

»Bis September hat er vergessen, dass er das Haus überhaupt gekauft hat«, sagte Peter. Ich gab die Zigarette an Cara weiter.

»Wollen wir durch den Wald zurückgehen?«, fragte Cara und nickte in die Richtung, in der die Rehe verschwunden waren. Die Zigarette machte noch eine Runde, dann gingen wir abwärts, über die Wiese.

Unter den Bäumen war es kühler, der Boden war trocken und voller Farne und Kaninchenlöcher. Wir waren ein Stück gegangen, als wir es rochen, etwas Herbes, Scharfes. Wir zogen die Nasen kraus und gingen weiter.

Es war ein Fuchs, der in einem Fangeisen gefangen war, sein linkes Vorderbein war zerquetscht. Er kauerte sich zusammen, als er uns sah, und zog den Schwanz ein. Er hatte Blut am Maul, und ich wollte mir nicht ausmalen, was er versucht hatte, um sich zu befreien. Es war ein starker Geruch, den der Fuchs, so vermutete ich, in dem Moment verströmt hatte, als er in die Falle gegangen war.

»Ich dachte, solche Fallen wären nicht mehr erlaubt«, sagte ich.

Cara wagte sich näher, und der Fuchs sprang auf und drehte sich um die Metallzacken und sein eigenes Bein. Er fing an zu bellen, ein schrilles, panikerfülltes Kläffen.

»Sind sie auch«, sagte Peter finster.

Cara hockte sich neben das Tier. »Schsch«, sagte sie zu ihm.

»Sei vorsichtig«, sagte Peter. »Sie haben einen schlimmen Biss.«

»Schsch«, sagte sie wieder, und der Fuchs legte sich auf den Boden, die Nase flach, die Ohren gespitzt, und beobachtete sie. Die Schulter des gefangenen Beins war in einem absurden Winkel verdreht.

»Er ist zu schwer verletzt«, sagte Peter. »Lass ihn.«

»Hilf mir, die Falle zu öffnen.« Cara streckte die Hand zum Fuchs hin aus, der jetzt still war, und sein Atem ging langsamer.

»Selbst wenn wir die Falle öffnen können, wird er das nicht überleben. Ich habe so etwas schon gesehen, wir können da nichts machen.«

»Sei ganz ruhig«, flüsterte Cara, und die bernsteinfarbenen Augen beobachteten sie. Sie legte ihre Hand flach auf seine Schnauze, wie Leute das bei Pferden machen, die Kutschen mit Touristen durch den Hyde Park ziehen.

»Wir können ihn nicht einfach in der Falle stecken lassen«, sagte ich, und Peter sah mich mit zusammengepressten Lippen an. Ich wusste, was er dachte. Ich gab ihm mein Botanikmesser, das ich in einer Scheide am Gürtel meiner Armee-Shorts trug.

Peter trat vor den Fuchs und schnitt ihm die Kehle durch, und der Fuchs machte kein Geräusch.

Aber Cara rief: »Nein!« Sie stieß Peter zur Seite, der neben dem Fuchs gehockt hatte und jetzt rückwärts in die Farne fiel, und ich sah entsetzt zu, wie Cara dem Fuchs ihre Hand auf die Kehle legte, wo das Blut noch einmal, zweimal pulsierte, zwischen ihren Fingern hindurch, und dann versiegte. Ihre Hände waren blutig, als sie aufstand, und einen kurzen Augenblick dachte ich, Peter hätte sie geschnitten.

»Du Scheißkerl«, sagte sie.

Peter setzte sich auf die Knie und sah zu ihr auf. Er sah sie mit Mitleid an.

»Ich hätte ihn retten können«, flüsterte sie. Sie starrten sich an, als ginge es darum, wer den Blick als Erster abwandte.

»Nein«, sagte er. »Es war zu spät.«

Sie drehte sich um und schritt durch den kleinen Wald, dann fing sie an zu rennen und war zwischen den Bäumen verschwunden, bevor Peter sich erhoben hatte.

»Sollen wir ihr nachlaufen?«, fragte ich.

»Nein. Besser, wir lassen sie eine Weile.« Er riss eine Handvoll Farnblätter ab und wischte mein Messer sauber, bevor er es mir zurückgab. »Danke. Nicht jede Frau trägt ein Messer bei sich, zumindest nicht die Frauen, die ich kenne.«

Ich sah den Fuchs an, seine Augen waren schon glasig, seine Muskeln wurden weich. Ich war nicht überrascht, dass der Tod ihn so schnell verwandelt hatte. »Sollen wir ihn begraben?«

»Er wird von anderen Tieren gefressen.«

»Wenigstens ist die Falle keine Gefahr mehr. Armer alter Fuchs.« Ich drehte mich zur Seite, damit Peter nicht sehen konnte, wie ich mir die Augen wischte. Ich wollte weiter die Frau sein, die ein Messer dabeihatte, die tüchtiger und fähiger war als Cara.

Wir gingen eine Weile schweigend nebeneinander, und als wir aus dem Wald traten, waren wir näher am Küchengarten, als ich vermutet hatte.

»Warst du schon mal in der Meierei?«, fragte ich.

»Ich dachte, die wäre verbarrikadiert«, sagte Peter.

»Ich habe eins der Borde abgemacht. Ich zeige sie dir, wenn du magst. Ich könnte mir denken, dass sie auch als Folly gebaut worden ist, sie ist viel zu klein, um von praktischem Nutzen zu sein, aber die Ausstattung ist erstaunlich. Der Hauptraum hat eine Gewölbedecke, wie eine kleinere Version des Speisesaals, und die Rippen sind an der Basis mit Büscheln geschnitzter Eichenblätter dekoriert. Es ist ein schöner Raum.«

»Klingt so«, sagte er, aber ich merkte, dass er nicht richtig zuhörte.

Wir gingen an einer der hohen Gartenmauern entlang, auf einem Pfad, den der Bauer auf dem Weg zur Weide mit den Kühen ausgetreten hatte. An der Ecke der Mauer teilte sich der Pfad, der Eingang zum Küchengarten und zur Meierei war links, das Tor zum Anwesen gerade vor uns. Wir blieben an der Teilung stehen, ich wollte nach links, aber Peter legte die Hand als Schirm über die Augen und sah nach vorn.

»Da ist sie«, sagte er.

Cara war von den Kühen umzingelt, die der Bauer in der Zeit, als wir im Wald waren, zurückgebracht haben musste, und mit einem plötzlichen Gefühl des Ärgers, das mich selbst überraschte, wurde mir klar, dass Peter die ganze Zeit an Cara gedacht hatte.

»Du hast nichts dagegen, oder?«, sagte er.

»Nein, natürlich nicht.« Ich gab mir Mühe, fröhlich zu klingen. »Geh, du solltest zu ihr gehen.«

Ohne Verabschiedung kletterte er über das Gatter, lief über die Wiese und rief dabei ihren Namen. Ich legte meine Arme auf die oberste Sprosse des Zauns und sah, wie Cara sich umdrehte, als er bei ihr ankam, und auch auf die Entfernung konnte ich ihr zorniges Gesicht sehen. Sie erhob die Hand, und ich fragte mich, ob eine Blutspur auf seiner Wange zurückbleiben würde, aber Peter hielt ihr Handgelenk in der Luft fest und zog sie zu sich. Sie wurde weich in seiner Umarmung, und er senkte den Kopf und küsste sie, und sie erwiderte den Kuss. Dann, fast als bedauerte er das, was er angefangen hatte, war er es, der sich löste.

Ich kehrte auf dem Weg um, den wir gerade gekommen waren, bog links ab und ging ins Mausoleum. Auf den Brustkörben der Frauen lag jeweils ein Strauß matter Gänseblümchen und Eselsdisteln, die von der Wiese stammten. Ich wusste nicht, wer die Blumen dorthin gelegt hatte, Peter oder Cara.

11

An den Abenden in Lyntons lernte ich einiges über Wein. Nicht über Trauben und Kelterung, das meine ich nicht, obwohl auch darüber gesprochen wurde, sondern ich lernte, wie viel Wein ich trinken musste, um das warme Glühen in meinen Wangen zu spüren, was die richtige Menge war, damit mein Körper sich entspannte und ich gesprächig wurde, nach wie viel Gläsern ich mich selbst für charmant und witzig hielt. Ich lernte, den Punkt zu erkennen, wenn ich die Hand über mein Glas legen musste. Cara und Peter tranken, bis einer von ihnen am Tisch einschlief. Sie waren betrunken, aber niemals laut oder ausfallend. Wir drei redeten und tranken und lachten. Nie habe ich so viel gelacht wie in diesen frühen Augusttagen. Zum ersten Mal blickte ich nicht auf einen Kreis mir zugewandter Rücken – jetzt gehörte ich zu der Gruppe.

Ich bat Cara, mir Kopfschmerztabletten zu kaufen, wenn sie wieder in die Stadt fuhr, und ich rechnete aus, dass ich meinen Kater wegschlafen konnte, wenn ich an den Nachmittagen eine ausgedehnte Siesta machte.

Am zweiten Sonntag im August quälte ich mich aus dem Bett und schleppte mich zur Kirche; trotz des Schlafmangels fiel es mir schwer, von der Angewohnheit zu lassen. Ich entdeckte, dass am frühen Morgen über den tiefer gelegenen Teilen des Landes von Lyntons ein Dunst schwebte und das Gras vom Tau nass war. In der Luft lag ein Geruch von

Gartenfeuern, als würde sich das Land schon auf den Herbst vorbereiten. Seit ich das letzte Mal auf der Lindenallee und der Eibenallee gegangen war, hatte sich für mich so viel geändert, dass es mir vorkam, als wäre mindestens ein Monat verstrichen, dabei waren es nur zwei Wochen. Der Morgen hieß mich willkommen, ich spürte eine Leichtigkeit, ein Selbstbewusstsein, ich ging mit erhobenem Kopf, voller Erwartung. Ich setzte mich in dieselbe Bank wie zuvor, aber weder zählte ich nach, wie viele Kirchgänger gekommen waren, noch guckte ich, ob Cara da war. Ich glaube, die Predigt handelte von der Verklärung unseres Herrn, aber weil Victors Stimme immer leiser wurde, musste ich mich weiter nach vorn beugen, um zu verstehen, was er über Licht und Strahlenkränze sagte, und dass wir alle das Potenzial hätten, uns zum Guten zu wandeln, selbst dann, wenn unser Leben an einem Tiefpunkt angelangt war. Er klang weder überzeugt noch überzeugend. Anschließend forderte er uns zu einer stillen Beichte auf, und ich fragte mich, ob er das vorgeschlagen hatte, weil er glaubte, speziell ich hätte das nötig. Wie alle anderen auch kniete ich mich zum Beten nieder und beichtete still meine Sünden, und gleichzeitig fragte ich mich, ob überhaupt jemand zuhörte.

Nach dem Gottesdienst ging ich zum hinteren Tor.

»Miss Jellico!«, rief jemand, und bevor ich mich umsah, wusste ich, dass es Victor war. Er saß auf derselben Grabumrandung wie beim letzten Mal, diesmal mit zwei Gläsern Wasser.

»Eine Person weniger als am letzten Sonntag«, sagte er.

»Cara war nicht da«, sagte ich. »Aber sie zählt nicht. Ihre Gemeinde würde sie nicht aufnehmen, oder? Eher würden sie ihr nach dem Blut trachten.«

Wir lächelten uns zu.

»Ich habe sie inzwischen richtig kennengelernt, sie und ihren … ihren Mann, Peter. Sie sind sehr nett. Sie dürfen nicht den falschen Eindruck gewinnen.«

Er machte ein Geräusch in der Kehle, als wäre er anderer Meinung, brächte es aber nicht über sich, das laut zu äußern.

»Sie haben sich meiner angenommen, für mich gekocht und mir das Haus gezeigt.«

»Ist der Zustand so schlimm, wie es von außen aussieht?«

»Schlimmer. Ganze Kaminumrandungen sind rausgerissen, der Mörtel bröckelt, in den Wänden sind Löcher, und in der Bibliothek verschimmeln die Bücher. Es ist alles sehr traurig.«

»So klingt es auch«, sagte er.

»Und wissen Sie was? Jemand hat den Pfauen auf der Tapete im Blauen Salon die Augen ausgestochen.«

»Enucleatio bulbi.« Er trank einen Schluck Wasser.

»Wie bitte?«

»Die Totalentfernung des Augapfels.«

Ich erschauderte. »Aber wer würde so etwas tun?«

»Die Soldaten, die dort einquartiert waren. Sie haben sich zu Tode gelangweilt und Ablenkung gesucht.«

»Sie selbst waren da nicht einquartiert, während des Krieges?«

»In Lyntons? Nein, ich war nicht in Lyntons. Während des Krieges bin ich die meiste Zeit Medizinstudent gewesen.«

Ich trank von dem Wasser und wartete. Eine Biene flog von einer Blume zur anderen. Ich dachte an die schwarzweißen Nachrichtenfilme, in denen britische Ärzte lächelnd und rauchend neben verbundenen Soldaten in ihren Krankenhauszelten saßen. Ich hakte nicht nach.

»Darf ich Ihnen etwas erzählen, Miss Jellico?«, sagte Victor, nachdem wir eine Weile geschwiegen hatten. Ich wusste nicht, was er sagen würde, war mir aber auch nicht sicher, ob ich es hören wollte.

»Über Cara?«

Er wandte den Kopf zu mir und sah mich überrascht an.

»Über mich.«

Ich setzte das Glas an den Mund, aber es war leer.

»Ich bin mir nicht sicher, was das hier angeht.« Sein ausgestreckter Arm umfasste den Friedhof, die Kirche, den Weg dahinter. »Mein Amt. Ich habe mein Medizinstudium kurz vor Ende der Ausbildung aufgegeben. Ich konnte einfach nicht … Ich dachte, ich hätte den Ruf gespürt. Ich habe geglaubt, Pfarrer zu werden, das würde helfen, ich habe gehofft, *ich* könnte helfen. Jetzt bin ich mir nicht mehr sicher.«

»Aber sind Sie nicht seit rund zwanzig Jahren Pastor?«

»Seit vierzehn Jahren, fünf Monaten und drei Tagen. Es dauert sehr lange, bis man zum Priester ordiniert wird. Fast so lange wie die Ausbildung zum Arzt.«

»Trotzdem ist vierzehn Jahre eine ziemlich lange Zeit, um zu dem Schluss zu kommen, dass es nicht das Richtige ist.«

»Sie glauben, wenn jemand etwas so lange gewesen ist, kann er nichts anderes mehr werden? Sie haben bei meiner Predigt nicht zugehört.« Er lachte freudlos.

»Doch, ich habe zugehört. Natürlich können wir uns alle verwandeln, aber ich bin der Ansicht, man sollte es nicht überstürzen.«

»Wirklich?«

Mir war unbehaglich, weil er mich ansah, als könnte er in mich hineingucken. Ich überspielte meine Verwirrtheit mit Banalitäten: »Ich bin mir sicher, dass Sie viel für Ihre

Gemeindemitglieder tun. Eine Stadt braucht einen Pfarrer.«

»Wirklich? Ich hoffe ständig, dass mir die Entscheidung abgenommen wird, wenn die Zahl der Gemeindemitglieder noch weiter zurückgeht.«

»Würde man Sie nicht einfach versetzen?«

»Ich kann den Menschen nicht helfen«, sagte er. »Als Arzt konnte ich nicht helfen, und mit dem Glauben kann ich es auch nicht. Und das Schwierige ist, die Menschen brauchen sehr viel Hilfe, sehr viel Vergebung. Manchmal ist es so, als würden alle ein Stückchen von mir wollen, Zoll um Zoll, Zelle für Zelle, bis eines Tages – puff!« Er hob die Hand, legte die Finger zusammen und öffnete sie dann in einer Geste, als würde er etwas wegwerfen. »Und was übrig ist, schwebt davon. Manchmal, Miss Jellico, sind die Menschen mir zuwider, mit ihrer Bedürftigkeit. Ist das nicht schrecklich? Wenn das Telefon klingelt, oder wenn jemand bei mir anklopft, dann sinkt mir der Mut, und ich möchte mich einfach nur verstecken. So wie jetzt – mich vor meiner Gemeinde auf meinem eigenen Friedhof verstecken. Sie hoffen auf Vergebung, aber wer bin ich, dass ich ihnen sagen kann, alles wird gut?«

Ich wurde von Geschrei geweckt. Ich lag im Bett und lauschte eine Weile, erst Caras Stimme, dann Peters. Wörter konnte ich keine verstehen. Ich versuchte wieder einzuschlafen, aber dann wurde etwas vom Tisch gefegt oder herumgeworfen, eine Tür schlug krachend zu, Schritte donnerten durchs Haus. Cara stand auf der Terrasse und schrie auf Italienisch zu Peter hinauf. Ich stand auf, wickelte mir eine Decke um und setzte mich auf den Fußboden mit dem Rücken zur Wand neben dem Fenster. Wenn ich sie ohnehin hören konnte, warum sollte ich dann nicht genauer hinhören? Ich war mir jedoch nicht sicher, ob ich die Willenskraft hätte, nicht die Diele rauszunehmen und durch den Spion zu gucken, wenn sie ins Badezimmer gingen.

»Können wir bitte nicht alles wieder von vorn anfangen?«, rief Peters Stimme vom Haus.

»Du hast mir nie geglaubt«, schrie Cara nach oben.

»Komm wieder ins Bett.« Peter klang müde.

»Du glaubst, es war Paddy, richtig? Du hast immer geglaubt, dass es Paddy war.«

»Es spielt keine Rolle, was ich glaube.«

»Das stimmt.«

»Aber du weißt, dass es nicht möglich ist«, rief Peter zu ihr herunter. Ich hörte ihm an, dass er sich um Geduld bemühte. »Du hast es dir ausgedacht, bloß dass du dir dessen nicht bewusst bist.«

Das schien sie noch wütender zu machen, denn sie brüllte: »Und was ist mit Maria? Wie willst du das erklären?« Ich fragte mich, wen sie mit Maria meinte.

»Das ist eine Fabel, verdammt noch mal«, schrie Peter, dessen Geduld jetzt doch am Ende war. »Eine Erfindung. Nichts davon ist wahr.«

Cara musste davongestürmt sein, denn ich hörte Peter ihren Namen rufen, dann wurde das Fenster geschlossen, und seine Schritte hallten durchs Haus. Ich ging wieder ins Bett und hörte nichts mehr.

Die Orangerie stand wie ein kleiner Cousin aus Glas im rechten Winkel zum Haus. Die sechs Säulen im Eingangsbereich waren schlanker und weniger schmuckvoll, und die Stufen hinunter in den ehemals förmlichen Garten waren deutlich schmaler. In der Bibliothek des British Museum hatte ich gelesen, dass die Orangerie das erste Glashaus gewesen war, bei dem das Regenwasser auf dem Dach gesammelt und an internen Säulen zur Bewässerung der Pflanzen hinabgeführt wurde.

Peter hatte mir die Orangerie bei seiner Tour nicht gezeigt, die Tür war abgeschlossen, und so konnte ich nur durch die grünlich überzogenen Fenster hineingucken und die zerbrochenen Fußbodenkacheln und rostigen Eisenbänke sehen. Und den Orangenbaum. Er füllte die Orangerie fast ganz aus. Er war wild in alle Richtungen gewachsen und hatte eine Höhe von drei Metern erreicht, bis die Äste ans Glasdach stießen und die Scheiben durch den Druck, wie bei Alice im Wunderland, Sprünge bekamen. Sein Stamm hatte einen Durchmesser von fast zwanzig Zentimetern, und ich vermutete, dass er dreißig, vielleicht sogar fünfzig Jahre alt war.

Ich saß auf der Terrasse und zeichnete das Gebäude mit seinen acht Rundbogenfenstern, den dorischen Säulen und den Doppeltüren aus Glas. Ich hätte das Gebäude ausmessen und die Anzahl der zersprungenen Scheiben zählen sollen, ich hätte notieren sollen, welche Konstruktionsteile durchgerostet waren und ersetzt werden müssten, und eine maßstabsgetreue Zeichnung erstellen sollen, stattdessen versuchte ich, auf meinem Bild das Wesen der Konstruktion zu erfassen, einen Eindruck von Licht und Schatten und der Geschichte des Gebäudes. Ich hatte aufgehört, ernsthaft an dem Bericht für Mr. Liebermann zu arbeiten. Die Arbeit interessierte mich nicht mehr besonders. Manchmal zeichnete ich eins der Gebäude zum Vergnügen, aber die meiste Zeit tat ich nicht einmal mehr das – Caras und Peters Trägheit hatte sich auf mich übertragen.

»Peter schläft«, sagte Cara, die sich mir von hinten genähert hatte. »Wusstest du, dass er mit den Hausschlüsseln unter dem Kissen schläft? Ich glaube, er hat Angst, ich könnte weglaufen.«

Ich erwähnte nicht, dass wir im Garten waren und von der Vordertür abgesehen alle Türen, die nach draußen führten, offen standen und nichts sie daran hindern konnte, mit dem Fahrrad davonzufahren. Es war drei Uhr nachmittags.

»Aber guck hier!« Sie holte den Schlüsselring hinter ihrem Rücken hervor und klimperte damit. »Ich war ganz leise. Ich habe stückchenweise daran gezogen und ihn mir geschnappt, ohne Peter aufzuwecken.« Sie setzte sich neben mich, ließ wie ich die Beine über die Mauer baumeln und sah über meinen Arm auf die Zeichnung.

»Schön.«

Ich hielt den Block am gestreckten Arm vor mich und sah von der Zeichnung zur Orangerie und wieder zurück. »Stimmt, nicht übel.«

Sie bot mir eine Zigarette an. Meine waren immer zerdrückt, was inzwischen zu einem stehenden Witz zwischen uns geworden war.

»Peter überlegt, einen Fotoapparat zu kaufen, dann braucht er keine Zeichnungen mehr anzufertigen. Aber ein Fotoapparat ist teuer.« Sie rieb Daumen und Zeigefinger gegeneinander.

»Und man muss die Filme entwickeln lassen«, sagte ich. Wir lehnten die Köpfe zurück, hielten die Gesichter in die Sonne und zogen an unseren Zigaretten.

»Peter hat ständig Geldsorgen«, sagte sie. »Wie viel kostet dies. Wie viel kostet jenes.« Beim Reden schwenkte sie die Zigarette durch die Luft. »Er klagt die ganze Zeit, wie viel er arbeitet und dass wir kein Geld haben. Er sagt, ich gebe alles Geld für Essen aus. Aber was ich koche, schmeckt ihm.«

Sie hatte wahrscheinlich vergessen, dass sie mir das schon einmal erzählt hatte.

»Und jetzt kampieren wir hier in Lyntons, statt in der Stadt im Harrow Inn zu wohnen oder ein hübsches Cottage zu mieten.« Sie atmete lang und tief ein, als bereitete sie sich auf einen neuen Streit vor. Noch vor wenigen Tagen hatte sie oben an der Wiese gestanden und gesagt, sie wolle hier nie wieder weg. »Aber ich weiß, wofür er sein Geld ausgibt. Für seine Frau!« Die letzten drei Wörter sagte sie voller Hohn, und dabei stieß sie mit den nackten Hacken an die Mauer unter uns.

»Ich bin mir sicher, er gibt so viel Geld für dich aus wie möglich.«

Sie antwortete nicht, vielleicht dachte sie nicht über eine Antwort nach, aber nach einer Weile sagte sie: »Ich habe Angst, Fran, dass Peter zurückgeht.«

»Wohin zurück?«

»Zurück zu ihr. Zu Mallory. Eines Tages wacht er auf und erkennt, dass er von ihr etwas bekommt, das ich ihm nicht geben kann.«

»Ich bin mir sicher, das wird nicht passieren.«

»Glaubst du, dass er mich liebt? Dass er alles für mich tun würde?«

Ich wartete eine Sekunde, einen Moment, und zwang mich, meinen Blick nicht umherschweifen zu lassen oder nach oben zu Caras und Peters Schlafzimmer zu lenken. »Natürlich. Natürlich liebt er dich«, sagte ich.

»Ja«, sagte sie. »Ich glaube auch, dass er mich liebt. Eines Tages heiraten wir, und dann bekommen wir wieder ein Baby. Oder zwei! Drei!« Sie lachte. Der Park vor uns schimmerte. Die Kühe grasten wieder unter den Zedern.

»Es muss schwer für euch gewesen sein, ein Kind zur Adoption freizugeben, für dich und Peter«, sagte ich, weil ich mehr wissen wollte. »War es ein Mädchen oder ein Junge?«

Sie machte schmale Augen.

»Wenn du nicht darüber sprechen willst, verstehe ich das«, sagte ich. Ich hielt mich an der Mauer fest und wartete auf einen ihrer Ausbrüche.

»Nein, ich erzähle es dir«, sagte sie. »Wenn du es willst.« Und sie warf den Stummel ihrer Zigarette in den Garten unter uns.

»Du hattest gerade einen Streit mit Peter in seinem kleinen grünen Auto, du warst weggelaufen, und er hat dich gefunden und wieder nach Killaspy gebracht.« Ich war zu verklemmt, um zu erwähnen, dass er sie ausgezogen hatte.

»Du hast gut zugehört«, sagte sie mit einem Lächeln, dann nahm sie den Faden wieder auf.

»Ich glaube, kurz nachdem Peter das zweite Mal abgereist war, verbrachte ich ein paar Tage im Bett, weil ich Magenschmerzen hatte. Isabel mochte nicht in Gesellschaft kranker Menschen sein, das war schon immer so, deshalb überließ sie es Dermod, mich zu versorgen. Wahrscheinlich gab es in ihrer Kindheit ein Kindermädchen oder so, bevor die Gouvernante ins Haus kam. Sie kann nichts dafür, sie ist so aufgewachsen. Dermod brachte mir ein Glas mit 7Up – das bekamen wir zu trinken, wenn wir krank waren. Er wärmte die Limonade auf, damit die Kohlensäure rausging, und brachte sie mit einem weich gekochten Ei oder einem Stück Toast nach oben. Aber ich konnte nichts essen. Er fragte mich, ob mein Besucher gekommen sei, und ich dachte, er meinte, Peter sei unten, und wäre beinah aus dem Bett gesprungen, obwohl mir speiübel war. Ich muss schrecklich ausgesehen haben. Aber dann wurde mir klar, dass er meine Periode meinte, und mir wurde ebenfalls klar, dass sie tatsächlich ausblieb, obwohl sie längst fällig war. Isabel kam auch zu dem Schluss, als ich beim Frühstück so blass aussah und immer nur schlafen wollte. Wir haben nicht darüber gesprochen, sie spitzte nur den Mund und sagte, wir sollten die Hochzeit vielleicht zwei Monate vorziehen. Ich wusste nicht, was ich tun sollte. Also erklärte ich mich einverstanden.

Ich ging zu Pater Creagh, aber der meinte, es sei Blasphemie, was ich da sagte. Und dann gab er mir die üblichen Rosenkränze auf. Als es mir besser ging, nahm ich meine Besuche bei Miss Landers wieder auf, ich schrieb ihre Briefe und las ihr die Zeitschrift vor, und wenn ich nach Hause kam, ging ich in mein Zimmer und weinte. Damals dachte ich daran, allem ein Ende zu machen, aber das konnte ich nicht, wegen des Babys. Ich dachte natürlich daran wegzulaufen, aber dann kam ich zu dem Schluss, dass ich keine andere Wahl hatte als Paddy zu heiraten.

Eines Nachmittags wartete Peter in seinem Auto vor Miss Landers' Cottage. Er sagte, er habe Mallory gebeten, sich scheiden zu lassen. Ich sagte, es sei zu spät, ich würde Paddy heiraten. Er wollte, dass ich mich zu ihm ins Auto setzte, damit wir sprechen konnten, oder dass er mich wenigstens nach Hause fahren konnte, aber ich weigerte mich, und so fuhr er den ganzen Weg nach Killaspy ein paar Schritte hinter mir, als wäre sein Auto der Leichenwagen und ich der Bestatter.

Zu Hause kam er mit rein, daran konnte ich ihn nicht hindern. Isabel hatte inzwischen die Hoffnung aufgegeben, dass er das Haus kaufen oder sie heiraten würde, aber sie war höflich, sie fragte, ob er Tee wolle, und rief nach Dermod. Wir standen zu dritt im Wohnzimmer und machten Konversation. Ich war noch nie so unglücklich gewesen. Isabel erwähnte, dass die Hochzeit vorgezogen würde. Sie sprach murrend über die Kosten und beklagte sich, dass es die Familie der Braut war, die für alles aufkommen musste. Zuerst verstand Peter nicht, warum die Hochzeit früher als geplant stattfinden sollte, und Isabel war zu höflich, um es direkt zu sagen, aber sie sah immer wieder zu meinem Bauch hin, und irgendwann platzte ich heraus und sagte, ich sei schwanger, und Isabel ließ sich in ihren Sessel fallen, als hätte sie das noch nicht gewusst, und Peter war außer sich. ›Liebst du ihn?‹, fragte er und meinte Paddy. Ich wollte nicht darüber sprechen, ich dachte nicht, dass es etwas bringen würde. Ich hatte Wochen und Monate damit zugebracht, meine Möglichkeiten durchzuspielen, und mir schien, dass es nur die eine gab. Es ging nicht einfach darum, ob ich Paddy liebte oder nicht. Aber Peter verstand mein Schweigen als Nein, und er streckte seine Hand aus und sagte: ›Dann komm mit mir.‹«

Plötzlich nahm Cara den Schlüsselring, den sie neben sich gelegt hatte, und stand auf. »Möchtest du jetzt die Orangerie sehen?«, fragte sie.

»Warte«, sagte ich. »Eines verstehe ich nicht. War Paddy denn der Vater?« Ich rappelte mich auf, Cara war mir weit voraus.

»Ach, Frances!« Ihre Stimme klang deutlich gereizt. »Natürlich nicht!«, rief sie über die Schulter, womit sie den ersten Akt beendete und den Vorhang fallen ließ. Auf die zweite Hälfte würde ich warten müssen.

Die Luft in der Orangerie war schwer und aromatisiert – von den Pflanzen, der Erde, den überreifen Früchten. Die Blätter bedrängten mich, der Saft blieb auf meiner Haut und meinen Sachen kleben, als ich mich unter den Ästen zu einer freien Stelle in der Mitte durchkämpfte, wo Cara schon wartete. Sie sah mich nicht an und schien verärgert, wie eine Fremdenführerin, der die Touristen sinnlose Fragen stellten.

Auf dem Boden lagen kleine graue Häuflein in unterschiedlichen Stadien der Verwesung, und ich sah, dass es

Apfelsinen waren. Ich begriff, dass der Baum seit Jahren Früchte hervorgebracht und fallen gelassen hatte, auf den Steinboden, weil die Natur hoffte, dass einige davon aufgehen würden. Ich wedelte mit der Hand vor meinem Gesicht, um die kleinen Fliegen und die Wespen zu verscheuchen, die um die vermodernden Früchte herumflogen. Es gab keine Schösslinge in der Orangerie, der Baum musste alles Wasser und alles Licht für sich absorbiert haben. Aber andere Pflanzen gediehen: Ackerwinde schlängelte sich über den Boden, und an der rückwärtigen, ehemals geweißelten Backsteinmauer, an der ein Spalier befestigt war, wuchs dichtes, buschiges Efeu. Viele der Eisensitze an den Rändern waren verrostet, und zwischen den Steinplatten des Fußbodens klafften große Lücken, wo früher eine Bodenheizung für Wärme gesorgt hatte.

»Pass auf«, sagte ich zu Cara. »Mit deinen Füßen!« Glasscheiben vom Dach waren auf den Boden gefallen, und die Scherben knirschten unter meinen Sohlen. »Solltest du dir nicht lieber Schuhe holen?«

»Es geht schon«, sagte Cara und ging weiter, als könnte nichts ihr Schmerzen zufügen.

»Wie hat der Baum überlebt, ohne dass jemand ihn gepflegt hat?«, fragte ich und hoffte, ein gewöhnliches Gespräch in Gang zu bringen und sie von dem Streit abzulenken, der sich offensichtlich anbahnte.

Sie wandte den Kopf herum und sah zu den Regenrinnen hinauf, die aus der Halterung gerissen waren und herunterhingen. »Er hat einen Weg gefunden«, sagte sie. »Alles findet einen Weg, um weiterzuleben.«

»Wahrscheinlich hat es durchs Dach geregnet, und so hat er sein Wasser bekommen«, sagte ich. »Guck mal, am Baum hängen Apfelsinen.« Ich zeigte, und sie folgte meinem Finger zu drei Kugeln mit unebener Schale, fast missgestaltet. »Es ist ein Bitterorangenbaum. *Citrus aurantium.*«

»Vor einer Weile habe ich eine probiert«, sagte sie. »Sie hat nicht sehr gut geschmeckt.«

»Alt und wahrscheinlich vertrocknet. Sie sind im Winter reif. Wenn sie Saft geben, braucht man viel Zucker dazu. Ich glaube, hauptsächlich macht man Marmelade daraus.«

»Gestern habe ich hier noch etwas gefunden. Keine Apfelsine. Interessiert es dich?« Cara war immer noch verstimmt.

»Oh ja, bitte.« Ich klang wie jemand, der versucht, ein Kind abzulenken, das kurz vor einem Wutanfall stand.

Sie ging mit mir in die hinterste Ecke, weit entfernt von dem Apfelsinenbaum. Hier hing das Efeu in langen Ranken von der Decke. Cara schob sie aus dem Weg.

»Guck«, sagte sie.

»Was?« Ich sah einen Teil der rückwärtigen Wand, wo die Efeuranken kreuz und quer gewachsen waren und sich überall Spinnweben und alte Blätter darin verfangen hatten.

»Guck genau hin.«

Hinter dem Efeu sah ich einen hölzernen Türrahmen. Ich zog die grünen Blätter und die biegsamen Ranken ab, bis mehr von der Wand zu sehen war: Die Metallumrahmung eines Schlüssellochs. Zusammen rissen wir das Blattwerk herunter, bis über der Tür ein handgemaltes Schild sichtbar wurde: *Museum.*

12

Nachdem Cara und ich das Schild und das Schlüsselloch freigelegt hatten, versuchte sie alle Schlüssel an dem Schlüsselring, den sie unter Peters Kissen weggezogen hatte, aber keiner passte. Ich war erleichtert, obwohl ich nicht hätte sagen können, warum. Wenn etwas so lange hinter einer Tür versteckt gewesen war, dass Efeu so dicht darüberwachsen konnte, hatte ich Bedenken, die Tür zu öffnen. Cara jedoch war ganz aufgeregt und rannte los, um Peter zu wecken. Unterdessen spähte ich durch das Schlüsselloch, was genauso beunruhigend war, wie in meinem Badezimmer durch den Spion zu gucken. Ich machte mich auf das gefasst, was ich erblicken würde, doch falls auf der anderen Seite der Tür etwas war, blieb es verborgen. Da war nur Dunkelheit.

Peter und Cara kamen mit einer Säge und einem zweiten Schlüsselbund, das sie in der Küche im Kellergeschoss gefunden hatten. Auch von diesen Schlüsseln passte keiner, und Peter sägte die Efeustämme durch, von denen manche so dick waren wie ein Handgelenk, und zusammen zogen sie wie in Raserei das Gestrüpp vom Mauerwerk und lachten dabei.

»Ich weiß nicht recht«, sagte ich, aber sie machten weiter.

Eine Weile lang stocherte Peter mit einem Draht im Schlüsselloch herum, während Cara zusah. Natürlich hätte ich weggehen und etwas anderes machen können, aber wenn es ihnen gelang, die Tür zu öffnen, dann musste ich sehen, was dahinter war, und sei es nur, um mich zu versichern, dass meine Angst, für die ich keinen Namen hatte, unbegründet war.

Nachdem Peter zehn Minuten auf den Knien versucht hatte, die Tür aufzukriegen, stand er auf und gab ihr einen Tritt, und ich dachte, er hätte aufgegeben. Aber er ging ohne ein Wort los und kam mit einem Vorschlaghammer wieder.

Er stellte sich im rechten Winkel vor die Tür, suchte eine gute Position, die Füße weit auseinander, die Beinmuskeln gespannt.

Ich sah zu Cara hinüber. Ein Blatt war auf ihre Schulter gefallen, auf den Halsausschnitt ihres Kleids. Als ich es abstreifen wollte, klappte das Blatt seine gezackten Flügel auf, und die rot-schwarzen Markierungen eines Schmetterlings wurden sichtbar. Seine Beine hafteten an Caras Haut und suchten in winzigen Bewegungen ihr Gleichgewicht, und das machte mir das Insektenhafte des Schmetterlings bewusst: die schwankenden Fühler, das haarige Bruststück, der pulsierende Leib, und die Facettenaugen, die mein Bild in tausendfachen Segmenten registrierten. Er entrollte den Rüssel und kostete Caras Haut.

Peter holte mit dem Schlaghammer aus, in dem Luftzug der Bewegung hob der Schmetterling mit rudernden Beinen und zitterndem Leib von Caras Schulter ab.

»Ich weiß nicht recht«, sagte ich, als Peter sein Ziel anvisierte.

»Frances?«, flüsterte Cara und legte ihre Hand auf meinen Arm.

»Bleibt zurück«, sagte Peter, obwohl wir uns nicht gerührt hatten.

»Wir könnten an Mr. Liebermann schreiben und nach dem richtigen Schlüssel fragen«, sagte ich.

»Frances?«, sagte Cara wieder.

»Oder ihm ein Telegramm schicken. Cara könnte mit dem Fahrrad in die Stadt fahren. Das ginge doch, oder, Cara?«

»Kannst du mir einen Moment zuhören?« Cara packte meinen Arm und kniff mir durch die Bluse ins Fleisch. Ich versuchte sie abzuschütteln. Ich suchte Peters Aufmerksamkeit.

»Aufhören!«, rief ich.

»Warte«, sagte Cara. »Ich glaube, du hast etwas an meiner Geschichte nicht richtig verstanden. Was ich dir erzählt habe, als wir draußen auf der Mauer saßen.« Sie sprach leise. Peter stöhnte, als er mit dem Schlaghammer ausholte und sich mit seinem ganzen Gewicht nach vorn warf. Der Hammer traf die Tür knapp unterhalb des Türschlosses. Flocken abblätternder Farbe und welke Blätter regneten um uns herum zu Boden. In einer anderen Ecke war ein Klirren, als Glas zerbrach.

»Bitte!«, sagte ich. »Ich glaube, wir sollten das lieber nicht tun.« Ich machte einen Schritt auf Peter zu, aber ich trat nicht zwischen den Hammer und die Tür, dazu war ich nicht mutig genug.

»Fran«, sagte Cara. Da wandte ich mich zu ihr um und ging auf ihre Dringlichkeit ein. »Du hast nicht richtig zugehört.« Sie sah, dass ich nicht wusste, wovon sie sprach. »Das mit dem Baby«, sagte sie. Sie flüsterte, obwohl das überflüssig war, denn Peter beachtete uns nicht.

»Was?«, sagte ich und versuchte ihr zu folgen.

»Du hast gefragt, ob Paddy der Vater war.«

Es dauerte einen Moment, bis ich wieder bei der Geschichte war, die sie mir erzählt hatte, und ich sah zu Peter hinüber und dachte daran, dass sie mir erzählt hatte, er habe sie ausgezogen und in eine Decke gewickelt, nachdem sie im Regen weggelaufen war.

»Nein«, sagte sie. »Mit Peter habe ich auch nicht geschlafen. Das Baby hatte keinen Vater.«

»Was meinst du damit?«, sagte ich und behielt die Museumstür im Auge. »Es hatte keinen Vater?«

»Es gab keinen Vater«, sagte sie. »Ich war Jungfrau.«

Ich lachte verlegen und fragte mich, ob das wieder ein Witz war, den ich nicht verstand.

»Das musst du mir glauben.« Sie zwang mich, sie anzusehen, ihre Worte zu hören. »Wir sind doch Freundinnen, oder? Und das ist doch das, was Freundinnen tun, oder? Sie hören einander zu und glauben einander.«

Ich wollte sagen, dass das, was sie erzählte, keinen Sinn ergab und ein Irrtum sein müsste, aber Peter holte wieder mit dem Hammer aus und schlug gegen die Tür, und diesmal gab sie mit einem metallischen Krachen und einem Bersten des Holzes nach.

»Was haben Sie getan?«, fragt Victor.

Ich bin müde. Ich will, dass er geht. Ich habe genug von ihnen allen.

»Wir haben das Museum aufgemacht.« Ich hoffe, dass er jetzt still ist.

»Aber danach? Was ist danach passiert?«

Er ist hartnäckig, das muss ich ihm lassen. Und ich weiß, dass er tut, was er für richtig hält. Ich sollte mich bemühen, freundlicher zu sein.

»Vor einer Weile habe ich eine Studie über das Gewicht der Schuld gelesen«, sage ich und höre dann auf. Er zieht die Augenbrauen hoch und wartet, dass ich weiterspreche. Ich gebe nach, ich will nicht die querköpfige Alte sein. »Dass Schuld ein schweres Gewicht ist.«

»Eine Bürde?«

»Genau.«

Klug, der Mann.

Die Teilnehmer – amerikanische und kanadische Studenten – waren gefragt worden, ob sie das Gefühl hatten, physisch schwerer zu sein, nachdem sie über ihre unmoralischen Taten nachgedacht hatten. Ich war nicht überrascht zu lesen, dass dies der Fall war. Ich bin jetzt schwerer als zu Anfang meiner Bekanntschaft mit Victor, obwohl ich, würde ich auf die Waage gestellt, leichter bin; heute habe ich vogelzarte Knochen, auch das spitze Gesicht, mir fehlen nur die Federn. Aber ich bin nicht mehr die Frau von damals in Lyntons, als ich fast vierzig Jahre alt war; die Frau damals war zwar füllig, aber sie war kleinmütig, willensschwach. Inzwischen weiß ich, dass wir alle imstande sind, uns zu verwandeln.

Aber ich sehe, dass Victor mich nicht gehört hat, oder vielleicht habe ich die Wörter nicht laut gesprochen, denn er hat sein Buch genommen, und mir fallen die Augen zu. Am besten, man lässt die verborgenen Dinge im Verborgenen. Schlafende Hunde und so weiter. Wäre ich damals die Frau gewesen, die ich heute bin, hätte ich an dem Tag, als Peter das Museum öffnete, laut aufbegehrt und mich zwischen den Vorschlaghammer und die Tür geworfen.

Als Peter das Museum öffnete, ließ Cara meinen Arm los.

»Warte«, sagte ich. »Was?« Ich wollte sie festhalten und fragen, was sie gemeint hatte, aber sie schüttelte mich ab und ging durch die Tür, und damit ich nicht allein zurückblieb, folgte ich ihr. Zunächst war der Raum nur von dem grünlichen Licht erhellt, das von der Orangerie einfiel, und in dem Licht erkannten wir graue und schattenhafte bergige Formen, die unsere Köpfe überragten. Wir blieben erstaunt stehen. Ein Hauch streifte meine Wange: warme Luft, wie die Zugwinde, die in Treppenhäusern blasen und durch die Tunnel der Londoner U-Bahn wehen, selbst wenn kein Zug kommt. Auf dem Lufthauch lag der Geruch der Vergangenheit: Lavendel, Teerseife, Möbelpolitur.

Der Geruch war schal, staubig, eine Spur chemisch, von Dingen, die in Formaldehyd konserviert waren. Cara war die Erste, die ein Laken herunterriss, worauf in dem matten Licht Staub aufwirbelte und darunter nicht Erdhügel oder Felsen oder etwas von der Natur Geschaffenes sichtbar wurden, sondern Möbel: Esstische, Anrichten, Schreibtische, Stühle, alles offenbar in großer Eile aufeinandergestapelt. Kopfbretter und Gemälde, Sofas und Lampen, Skulpturen und ein Frisiertisch, wild durcheinander – alles, wurde mir klar, was der Familie Lynton lieb und teuer gewesen war und was sie hatten verstecken wollen, als das Haus requiriert wurde. Der Raum und sein Inhalt waren fast dreißig Jahre unentdeckt geblieben.

Die gemauerten Wände waren fensterlos, aber Peter fand einen langen Stock, mit dem er die Dachfenster öffnete. Noch mehr verschwommen grünes Licht fiel ein.

Cara schlängelte sich zwischen den aufgebauten Möbeln und den Vitrinenschränken hindurch, die entlang der Wand standen. Ich folgte ihr. Einer der Schränke enthielt jede Menge Figuren aus geschnitztem Elfenbein: zusammensetzbare Kugeln und Drachen; in einem anderen lagen kleine Fossilien: Ammoniten und Trilobiten; in einem dritten waren Köpfe mit zugenähten Augen, brauner, verschrumpelter Haut und langen Haaren aufgereiht. Cara öffnete die Schranktür und nahm einen Kopf heraus, eine übergroße Walnuss in ihrer Hand, und wunderte sich über die Lebensechtheit der Züge, dann kam Peter hinzu und sagte, dies sei ein echter, geschrumpfter Menschenkopf. Sie erschauderte und legte ihn zurück.

»Was hast du gemeint?«, flüsterte ich. »Man kann kein

Baby bekommen, ohne …« Verklemmt wie ich war, wusste ich nicht, welches Wort ich benutzen sollte.

»Wirklich nicht?«, sagte sie spöttisch. »Ich dachte, die Anglikanische Kirche glaubt an die Jungfrauengeburt.«

»Das ist doch was anderes. Du und Peter … vielleicht hast du dich geirrt«, sagte ich lahm.

»Wieso ist das was anderes? Ich habe mit niemandem geschlafen.«

Sie nahm ein winziges Kästchen mit Einlagearbeiten aus Elfenbein oder Perlmutt und klappte den Deckel auf, und ein Walzer erklang. In dem Kästchen lag ein schwarzer Ring mit goldenen Symbolen im Kreis herum und einem blinden Diamanten in der Mitte. Sie streifte sich den Ring auf den Finger, auf dem ihr Ehering gesessen hatte, und hielt die Hand vor sich. »Guck mal«, sagte sie und streckte mir die Hand hin. »Ist der nicht herrlich?« Ich konnte den Ring nicht ansehen, mein Blick war auf sie gerichtet, und ich versuchte zu verstehen, was für eine Frau sie war. Lügnerin oder Heilige?

»Oh, Fran, es tut mir leid«, sagte sie, als sie mein Gesicht sah. Sie klappte den Deckel zu, und die Musik hörte auf. »Du musst mir einfach glauben. Peter will nicht, dass ich darüber spreche. Oder über das, was später passiert ist. Es ist, als hätte es das Baby nie gegeben. Du weißt doch, wie er ist.«

»Was habt ihr zwei gefunden?« Peter kam zurück, er war ganz aufgeregt. »Ist das nicht unglaublich?«

Ich ließ sie vorausgehen, und sie öffneten mehr Türen, zogen mehr Schubladen auf.

Ich machte einen Schrank auf, in dem medizinische Gläser auf Borden standen; sie waren mit einer gelblichen Flüssigkeit gefüllt, und die darin konservierten Spezimen waren beschriftet: *Bos taurus, Prionus, Bupestris*. Ich nahm jedes Glas in die Hand und betrachtete es, aber ich registrierte nicht, was ich sah, da ich noch immer zu verstehen versuchte, wie das, was Cara mir erzählt hatte, möglich war. Vielleicht hatte es einen anderen Mann gegeben, den sie nicht erwähnt hatte. Auf dem nächsten Glas stand *Homo*, und als ich cremefarbenes Fleisch sah, stellte ich den Behälter wieder auf das Bord und drückte die Türen zu.

Peter und Cara kramten in strohgefüllten Kisten und beförderten chinesische Vasen zutage, eine Skulptur, die drei Äpfel hinter dem Rücken hielt und die ich als Herkules erkannte, mehrere Krummsäbel. Auf den Vitrinenschränken standen ausgestopfte Tiere unter Glasglocken: Hunderte von winzigen Vögeln, regungslos und doch furchtsam vor dem Adler auffliegend, der für alle Zeiten über ihnen schweben würde. Keiner der Vögel würde je erbeutet werden, und doch waren sie alle schon tot. Es gab Eichhörnchen und Fische, ein Paar exotische Echsen, deren Kragen am Rückenkamm hochgestellt und deren Mäuler im Zischen weit aufgerissen waren. Ein ausgewachsener männlicher Bär stand auf seinen Hinterläufen und hatte die Reißzähne entblößt. Im Vorbeigehen klopfte ich ihm aufs Fell. »Ist schon gut, alter Freund«, flüsterte ich. »Wir stören euch hier nicht lange.« Der Raum war gefüllt mit den Trophäen eines Sammlers und den Schätzen einer Familie. Ich öffnete eine kleine Ledertasche, in der Tiegel mit vertrockneter Salbe waren; in den Borsten einer silbernen Haarbürste hingen noch lange graue Haare. Ich machte die Tasche wieder zu.

Peter stieß einen Pfiff aus. »Das ist ordentlich was wert«, sagte er. In der Hand hatte er die Skulptur einer Katze; sie saß aufrecht auf einem Holzsockel, ihr Schwanz ringelte sich um die Vorderpfoten, die Ohren waren angelegt. Er wiegte sie in der Hand. »Bronze. Ägyptisch, könnte aus der sechsundzwanzigsten Dynastie stammen.«

»Das dürfte Mr. Liebermann freuen«, sagte ich und kam zu ihm.

Peter sah mich an. »Du willst das doch nicht etwa nach Amerika verschiffen? Diese Sachen stehen nicht auf den Inventarlisten, Fran. Nicht auf meiner jedenfalls. Und soweit ich weiß, auch nicht auf deiner.« Er stellte die Katze auf den Kommodenschrank, von wo aus sie herrisch auf uns herunterblickte.

In diesem Moment hätte ich sagen können, dass nichts von alledem uns gehörte, sondern Mr. Liebermann und den Erben von Dorothea Lynton, die Victor ausfindig machen konnte, aber ich sagte es nicht.

Zu meinen Füßen stand ein flacher Kasten. Ich hockte mich hin und öffnete ihn, damit ich Peter nicht ins Gesicht sehen und ihm so meine Zustimmung verweigern konnte. Der Kasten war mit dunkelrotem Samt ausgeschlagen und hatte verschiedene Fächer, wie für die verschiedenen Teile eines Musikinstruments. Er roch nach Holz und Harz. Ich nahm ein Teil heraus, ein schwarzes Rohr. Aber ich war nicht bei der Sache, ich erkannte nicht, was es war. Ich überlegte, wie ich Peter nach dem fragen konnte, was Cara mir erzählt hatte.

Er nahm mir das Rohr aus der Hand. »Ein Teleskop«, sagte er, und ich wurde blass. »Herrlich.« Er zog die ineinandergeschobenen Teile in die Länge, legte das Rohr ans Auge und richtete es an das Ende des Raumes, wo Cara in einem großen Kleiderschrank die Schubladen öffnete. »Ausgezeichnet.« Es war nicht klar, ob er Cara meinte oder die Qualität des Teleskops. »Hier.« Er gab es mir.

»Nein … danke.« Ich wollte nicht vor ihm mein Auge an die Linse legen, als könnte ihm das verraten, dass ich ihn und Cara durch ein ähnliches Rohr beobachtete.

»Versuch's mal. Es ist ein sehr gut gearbeitetes Teleskop.«

»Ich kann nicht nur ein Auge zudrücken«, sagte ich. »Ich kann nicht zwinkern.«

»Wirklich nicht? Komisch.« Er trat hinter mich und legte seine Hand über mein linkes Auge. Ich nahm das Teleskop und hielt es an mein rechtes Auge, und sofort war mir die Berührung mit dem kalten Metall vertraut. Wir standen in einer ungelenkigen rückwärtigen Umarmung, und ich hatte keine Wahl, als durch die Linse zu gucken.

»Jetzt stell es scharf«, sagte er.

»So?«, fragte ich und drehte an dem Rohr, aber natürlich wusste ich, wie es funktionierte, und dann erschien Caras schönes Gesicht innerhalb des Kreises, von ihrem Haar zu einem gotischen Spitzgiebel geformt. Peter kniete sich wieder vor den Kasten. »Guck mal«, sagte er, und ich ließ mich neben ihm nieder. Ich hörte das Blut in meinen Ohren pochen und spürte, wie die Röte von meiner Kehle aufstieg. Wir wurden von einem Sofa verdeckt, und unsere Köpfe waren so nah beieinander, dass ich sein Aftershave riechen konnte und das Kratzen seines Nachmittagsbarts hörte, als er sich mit der Hand über die Wange fuhr. Er legte das Teleskop wieder in den Kasten, und ich wollte den Deckel schließen. »Warte mal«, sagte er. »Eins fehlt.« Seine Finger fuhren durch das leere Fach. »War es da, als du den Kasten aufgemacht hast?« Er fühlte auf dem Boden nach, ob ich es fallen gelassen hatte. »Das kleinste.«

»Vielleicht. Ich bin mir nicht sicher.« Ich stand so schnell auf, dass sich mir der Kopf drehte. Es war kaum Luft in dem Raum. Ich konnte ihm nicht sagen, dass ich wusste, wo es war.

»Das Ganze ist nichts wert, wenn eine Linse fehlt.« Wieder fühlte er auf dem Boden nach. »Mist.« Er sah auf, ich wankte. »Fran! Was ist mit dir?« Er stand auf und nahm meinen Ellbogen, aber ich riss den Arm weg. Cara hatte aufgehört, in den Schubladen zu kramen, und sah zu uns hin. Der Raum wurde entlang der Ränder dunkel.

»Fran?«, sagte er wieder.

»Entschuldige bitte«, sagte ich. »Ich brauche Luft.«

Ich rannte aus dem Museum und durch die Orangerie, ohne zu wissen, wohin ich wollte. Mit gesenktem Kopf schob ich mich weiter voran und zwängte mich zwischen den Stielen und Blättern der mich überragenden Buchsbaumhecke hindurch, die sich hinter mir wieder schlossen. Ich stemmte mich gegen sie wie gegen die einströmende Flut, und wo sie schließlich dünner wurden, erreichte ich die geheime Mitte: einen kreisrunden Teich. Ich hörte Peter von der Terrasse meinen Namen rufen, aber ich duckte mich unter die Hecke, weil ich befürchtete, er könnte ins Haus gehen und oben nach mir suchen. Hatte ich im Badezimmer das Dielenbrett wieder an seine Stelle gelegt? Natürlich. Aber jetzt stellte ich mir vor, dass er über den Fußboden ging und die lose Diele bemerkte. Er würde sie anheben und die fehlende Linse des Teleskops entdecken. Und wenn ich die Diele *nicht* wieder hingelegt hatte? Sollte ich nach oben gehen und nachsehen? Würde ich vor ihm dort sein? Ich stand auf, unentschlossen, was ich tun sollte. Wieder hörte ich Peter meinen Namen rufen, und wieder duckte ich mich in die Buchsbaumhecke und bewegte mich mehrere Minuten lang nicht, dann quetschte ich mich durch das Blattwerk.

Ich rannte ins Haus, die große Treppe hinauf und durch den filzbeschlagenen Dienstboteneingang. Niemand war in meinem Badezimmer, und natürlich lag das Dielenbrett an seiner Stelle. Ich schloss die Badezimmertür zu und nahm im Schlafzimmer meine Handtasche. Eine Etage tiefer schlich ich mich durch Caras und Peters Flur und drückte mein Ohr an ihre Tür – kein Geräusch. Ich ging ins Wohnzimmer, fand einen Stift und einen Zettel und schrieb eine Nachricht, die ich auf den improvisierten Tisch legte:

Fahre nach London. Weiß nicht, wann ich wiederkomme.

13

Vom Bahnhof Waterloo nahm ich den Bus in den Nordwesten von London und stieg in Dollis Hill aus. Ich hätte mit der U-Bahn fahren können, aber nachdem Mutter und ich uns keine Taxis mehr leisten konnten, waren wir in London immer mit dem Bus gefahren. Sollte es einen Unfall geben, sagte sie, dann wollte sie sehen, wie ihr Kopf davonrollte, sie wollte nicht im Dunkeln danach tasten müssen.

Ich war nur zwei Wochen fort gewesen, trotzdem schien mir London fremd, oder vielleicht war ich die Fremde.

In der einfallenden Dämmerung stand ich vor der Nummer vierundzwanzig Forrest Road und dachte an die zwei Frauen, die fast dreißig Jahre lang in den Räumen dort oben gelebt hatten. Mutter war mit bestimmten Erwartungen aufgewachsen – ein, zwei Dienstboten, ein schönes Haus, ein liebevoller Ehemann, ein Kind oder zwei. Sie glaubte, das alles würde sie bekommen, als sie sich mit Luther Jellico verlobte, einem entfernten wohlhabenden Cousin. Aber Luther zögerte die Hochzeit zwei Jahre hinaus, dann länger, er ließ sie warten, bis er aus Gallipoli zurückkam. Als ich zehn Jahre alt war, endete die Ehe. Die Gesellschaften in dem großen Haus in Notting Hill, die Haute-Couture-Kleider, die eleganten Abendessen – alles war vorbei. Mein Vater besorgte Mutter und mir eine Unterkunft zur Miete in Nord-London.

Mutter nannte unsere Zimmer »Apartment«, aber das Haus in der Forrest Road war nie richtig in Wohnungen umgewandelt worden. Die Haustür benutzten wir zusammen mit unserer Nachbarin unten, Mrs. Lee, desgleichen den Boiler und die Wasserleitungen. In der Küche stand eine Badewanne mit einer Abdeckung, die als Tisch diente. Wollte man sie füllen, brauchte man den ganzen Inhalt des Boilers, worüber sich Mrs. Lee dann lauthals beschwerte. Mutter und ich teilten uns das Schlafzimmer mit dem Doppelbett vorn, weil das zweite Schlafzimmer voller Möbel und Kleider war, die Mutter aus Notting Hill mitgebracht hatte.

Ich ging über den Pfad zur Haustür und guckte durch den Briefschlitz, aber ich sah nur ein Stück des Treppengeländers und einen Lichtschimmer aus Mrs. Lees Küche. Ich hatte gehofft, ein Gefühl der Nostalgie zu spüren, aber ich hätte ebenso gut in das Haus von fremden Menschen gucken können. Ich wusste, dass ich nicht mehr hierhergehörte.

Ich fuhr mit dem Bus zurück in die Stadt und sah die Familien hinter den erleuchteten Fenstern – ein Mann in Hausschuhen, der die Zeitung las, ein Kind, das auf dem Sofa kniete und die Nase an die Scheibe presste, als wartete es darauf, dass der Vater nach Hause käme, eine junge Frau auf einem Stuhl, über deren Gesicht das Licht des Fernsehers flackerte. Gewöhnliches Leben.

Als ich in Fitzrovia aus dem Bus stieg, ging ich durch die Straßen, bis ich zu einem kleinen Hotel kam, das passend schien: wahrscheinlich nicht teuer, aber mit frisch gewaschenen Netzgardinen und drei Stufen zum Eingang, die gekehrt waren. Das Äußere erinnerte nicht im Geringsten an die Pension, in der ich nach Mutters Tod gewohnt hatte, bevor ich aus London wegging.

Die Wirtin wirkte freundlich. Sie zeigte mir ein Zimmer im ersten Stock; ein langer Flur mit geblümtem Teppich führte um die Ecke, an dessen Ende Licht durch ein Bogenfenster einfiel. Sie hielt die Tür auf und zeigte mir das Bett in der Ecke, den Schrank, der zu schmal für eine Stange und Bügel war. Als sie den Preis nannte, sagte ich, das sei in Ordnung, dann erklärte sie, ich müsse zwei Nächte bleiben, es sei nämlich August, und wieder sagte ich, das sei in Ordnung, und ja, ich würde gern an beiden Abenden im Speiseraum essen und an beiden Morgen Frühstück bekommen. Sie machte mir vor, wie man den Lichtschalter im Flur bediente, man drückte nämlich auf einen Knopf, woraufhin der Zeitschalter anging und so lange tickte, bis die Uhr abgelaufen war und das Licht erlosch, und sie zeigte mir das Badezimmer, das auf dem Weg zurück zum Treppenhaus lag. Alles sauber und ordentlich.

Als ich nach unten kam, war der Speisesaal vorn im Haus leer, aber ich hatte Gäste hereinkommen und die Treppe hinaufgehen hören. Das Essen war mies, aber ich aß alle drei Gänge: Leberpastete, die vom Messer bröckelte, ein geschmackloses Hühnerfrikassee und ein gemischtes Eis mit einer Waffel, die weich war. Ich stellte mir Cara vor, die in Lyntons zu essen gemacht hatte, und sah beide im Dunkeln auf den Stufen des Portikus sitzen, Wein in den Blechbechern, während sie über das Museum sprachen und alles, was sie dort gefunden hatten. Ich hatte mir inzwischen eingeredet, dass ich mit der fehlenden Teleskoplinse nicht in Zusammenhang gebracht werden könnte und es jetzt genauso wenig einen Grund gab, warum sie die Linse unter dem Dielenbrett entdecken sollten. Außerdem hatte ich beschlossen, sie sofort nach meiner Rückkehr zu entfernen. Ich stellte mir vor, wie Cara und Peter sich Zigaretten anzündeten und darüber sprachen, was sie mit den Dingen im Museum tun würden. Cara hatte Peter sicherlich überredet, ein Telegramm an Mr. Liebermann zu schicken. Als ich mir meiner trübseligen Umgebung wieder bewusst wurde, überfiel mich Sehnsucht, und ich verließ eilig den Speisesaal. In meinem Zimmer zog ich mich aus, hängte meine Sachen an die Holzhaken im Schrank und stellte meine Schuhe hintereinander in die Lücke zwischen Bett und Wand. Andere Gäste kamen ins Haus, und ich hörte Gesprächsfetzen, aber ich muss sehr müde gewesen sein, denn ich schlief durch bis zum nächsten Morgen, als das Frühstück schon fast vorbei war und ich nur noch die leeren Tassen und schmutzigen Teller der anderen Gäste vorfand.

Ich erkannte die Frau am Schreibtisch der Bibliothek im British Museum. Ich lächelte und zeigte ihr meinen Ausweis und sagte: »Wie geht es Ihnen?« Ich hoffte, sie würde mich mit Namen begrüßen. Aber sie nickte nur und ließ mich durchgehen, und ich merkte, dass sie sich nicht an mich erinnerte. Ich betrat den runden Lesesaal.

Ich blickte nach oben zu der herrlichen Kuppeldecke, wie ich es die Touristen hatte tun sehen, und versuchte bei dem Gedanken an die vielen Bücher um mich herum, an die vielen über ihre Studien gebeugten Köpfe diesselbe Erregung zu verspüren wie früher. Die Tische waren wie die Speichen eines Rades angeordnet und erstreckten sich von den Regalen am Außenkreis bis zum Mittelpunkt. Meine gewohnte Speiche war der Zeiger auf drei Uhr, und mein Platz war der vorletzte. Über meiner Schreibtischunterlage war das Licht angeschaltet, und ein Mann saß an meinem Platz. Ich fand einen leeren Platz nahe dem Eingang, wo die Geräusche von außen und Zugluft eindrangen.

Auf den vertrauten Formularen bestellte ich mit Bleistift dieselben Bücher, die ich gelesen hatte, nachdem ich den ersten Brief von Mr. Liebermann bekommen hatte. Ich dachte, vielleicht hatte ich einige Details über die Brücke oder den Architekten übersehen. Während ich wartete, fragte ich, ob ich einige alte Ausgaben irischer Tageszeitungen bekommen könnte. Ich redete mir ein, Caras Geschichte habe einfach meine Neugier geweckt, ich wollte sie nicht überprüfen. Der Mann an der Information erklärte, Zeitungen würden an einem anderen Ort aufgehoben, in Colindale, aber der Standort sei wegen Wartungsarbeiten geschlossen. Mit seiner Hilfe fand ich die Bestätigung, dass die Beatles 1963 in Dublin gespielt hatten, aber das Bild einer jugendlichen Cara mit verschmierter Wimperntusche auf dem Gesicht sah ich nicht.

Als die Bücher kamen, stellte ich fest, dass mir nichts entgangen war und außer den Architekten, die ich notiert und geprüft hatte, keine weiteren erwähnt wurden. Aber in einem der Bücher sah ich mir ein paar Fotos von Lyntons genauer an, die ich beim letzten Mal nicht weiter beachtet hatte. Auf dem ersten saß eine Frau, die im edwardianischen Stil gekleidet war, an einem kleinen gusseisernen Tisch auf dem Portikus, wo Cara, Peter und ich uns zum Frühstück trafen. Auf ihrem Schoß lag ein Hund, und ihr Gesicht hatte den verschlossenen Ausdruck, der typisch war für die Menschen auf den Fotos der ersten Zeit, weil sie so lange still sitzen mussten. Auf dem Tisch waren eine Tasse und eine Kaffeekanne zu sehen. Das Foto war natürlich schwarz-weiß, und ich konnte das Muster auf dem Porzellan nicht richtig erkennen. Ich fragte mich, ob die Frau Dorothea war.

Ich klappte das nächste Buch auf und tat, als würde ich lesen. Gleichzeitig legte ich mir meine Handtasche offen auf den Schoß und schob das erste Buch in die Öffnung. Die Tasche ließ sich nicht mehr schließen, das Buch guckte oben raus, trotzdem stand ich auf. Ich wollte, dass sich mir eine Hand auf die Schulter legte, zur Bestätigung, dass ich gesehen worden war, dass ich existierte, aber niemand nahm Notiz von mir, niemand hielt mich an.

An diesem Abend war ich zunächst der einzige Gast im Speisesaal, als die Suppe serviert wurde, und erst als ich an meinem kleinen Einzeltisch zu essen begann, kam ein Paar herein, das sich laut und mehrfach entschuldigte und mit der Wirtin scherzte, die sie am Erkertisch sitzen ließ, obwohl der für vier Personen gedeckt war. Die Frau war voluminös und großbusig und trug an jedem Finger einen Ring, der Mann hingegen war schmächtig, seine Wangen waren eingefallen, seine Augenlider schwer.

»Sind Sie gerade angekommen?«, fragte die Frau, und ich brauchte einen Moment, während ich den Löffel zum Mund führte, um zu merken, dass sie mit mir sprach.

»Ich bin zu Besuch«, sagte ich und senkte den Kopf wieder über die Schüssel.

»Bleiben Sie länger?«, fragte sie. »Es ist ein nettes kleines Hotel, nicht, George?«

»Sehr nett«, sagte er.

»Still, und doch günstig gelegen. Von hier aus kann man vieles gut erreichen. Wir können Ihnen einige Sehenswürdigkeiten empfehlen, wenn Sie möchten.«

»Ich bleibe nur noch diese Nacht«, sagte ich. »Aber vielen Dank trotzdem.«

»Manchmal ist es schwer für Frauen«, sagte die Frau. »Wenn man allein reist.«

Der Mann sah sie übertrieben lange an, und ich glaubte, dass in dem, was sie gesagt hatte, eine Bedeutung versteckt lag, die sich mir nicht erschloss.

»Ich bin ganz gern allein«, sagte ich.

»Es kann einsam sein, so ganz allein. Ich sollte das wissen.«

Der Mann sah sie nicht mehr an.

Die Hotelfrau brachte den beiden die Suppe auf einem Tablett und stellte die Schüsseln vor sie hin.

»Joanna«, sagte die Frau. »Dein anderer Gast kann sich zu uns setzen. Es schickt sich nicht, dass eine Frau allein isst.«

»Das ist eine gute Idee«, sagte Joanna und kam an meinen Tisch.

»Nein, nein«, sagte ich und behielt meinen Löffel in der Hand. »Wirklich, ich sitze gern allein.«

Joanna stellte meine Suppenschüssel auf das Tablett und trug sie zu dem anderen Tisch. Mir blieb nichts anderes übrig, als mit meinem Löffel hinterherzukommen.

»Lillian.« Die Frau streckte ihre Hand aus. »Und das ist George.«

Wir schüttelten uns gegenseitig die Hände. »Frances«, sagte ich zögernd.

»In welchem Zimmer sind Sie?«, fragte Lillian.

»Nummer zehn.«

»Hast du das gehört, George?« Lillians Busen lehnte an der Suppenschüssel. »Genau gegenüber von deinem.«

Während ich überlegte, welche Beziehung sie zueinander hatten, wenn sie nicht, wie ich angenommen hatte, Mann und Frau waren, sagte George leise: »Ausgezeichnet.« Er war mit der Suppe fertig, und Joanna, die im Flur gewartet haben musste, kam an den Tisch. George lächelte, und ich sah sein Zahnfleisch, das so weit zurückgewichen war, dass die Zähne jeden Moment aus dem Kiefer fallen und in der leeren Suppenschüssel landen konnten. War es zu spät, oder konnte ich mir noch ein anderes Hotel suchen?

Wir bissen uns durch die trockenen Koteletts, und Lillian erzählte mir von St. Paul's und von der Nationalgalerie, und bestand darauf, dass ich mir *Venus und Mars* ansah.

»Die Liebe besiegt den Krieg«, sagte George mit gelangweilter Stimme, ohne aufzusehen.

Den Rest des Abends überstand ich mit der Vorstellung von Peter und Cara auf der Terrasse, wo sie rauchten und den Fledermäusen zusahen, die in den Maulbeerbaum hinein- und wieder herausflogen.

Es gelang mir, vor dem Dessert vom Tisch aufzustehen. Im Flur sagte Joanna, ich müsse für das Dessert bezahlen, obwohl ich es nicht gegessen hatte.

Im Schlafzimmer hätte ich mir gern eine Zigarette angezündet, aber es schien sinnlos, wenn Peter und Cara nicht mitrauchten. Ich benutzte das Badezimmer, bevor Lillian und George oder die anderen Gäste nach oben kamen, putzte mir die Zähne mit dem Zeigefinger, spritzte mir kaltes Wasser ins Gesicht und tupfte es mit drei Stück Toilettenpapier ab.

Im Vergleich mit der Pritsche, an die ich mich in Lyntons gewöhnt hatte, war das Bett weich, und die Laken waren sauber. Ich lag unter dem obersten und starrte an die Zimmerdecke. Durch die dünnen Vorhänge vor dem Fenster fiel kränklich gelbes Licht von einer Straßenlaterne herein. Ich stand auf und zog die Vorhänge zurück. Ich hatte vergessen, wie grell die Nächte in London waren, und ich sehnte mich nach der waldigen Dunkelheit der Hügel. Ich schob das Fenster hoch, damit Luft hereinkam, zog die Vorhänge wieder zu und legte mich ins Bett. Auf der Straße waren Geräusche zu hören, spitze Absätze und Stiefel gingen vorbei, ein Mann sprach mit lauter Stimme, eine Frau lachte, auf dem Gehweg klapperte etwas, das ich nicht identifizieren konnte, und später hörte ich die Rufe von betrunkenen Jugendlichen. Ich versuchte, das alles nicht wahrzunehmen. Im Hotel selbst gingen die Türen, die Spülung der Toilette rauschte, jemand rief »Gute Nacht«. Wasser gurgelte in den Rohrleitungen, und von draußen kam ein Quietschen, dann ein Klacken. Ich stellte mir einen Mann mit einem Holzbein vor, der vorüberging.

Um zwei Uhr morgens musste ich zur Toilette. Ich versuchte weiterzuschlafen und den Druck meiner Blase zu ignorieren. Um halb drei stand ich auf und zog mich an, ich drückte mein Ohr an die Wand und versuchte, Bettfedern zu hören, Fußtritte vor der Tür, aber ich hörte nichts, niemanden. Ich ging auf den Flur und drückte auf den Lichtschalter. Bei dem hellen Schein zuckte ich zusammen, aber der Flur war leer, und ich hastete um die Ecke ins Badezimmer, während die mir zugebilligte Zeit vertickte. Ich saß auf der Toilettenschüssel und blickte zur Decke hinauf und versuchte meinem Körper so viel zu entlocken, dass ich bis zum Morgen durchhalten konnte. Im Badezimmer gab es kein Deckenlicht, keine Deckenrose mit einem versteckten Loch, durch das jemand vom Zimmer darüber zu mir heruntergucken konnte.

Vor dem Badezimmer drückte ich wieder auf den Flurlichtschalter. Ich kam bis zur Ecke, als das Licht ausging, aber ich konnte noch sehen, dass jemand am Ende des Flurs stand und das Licht von der Straße auf seine Schultern schien. Es war George. Der weiße Morgenmantel hing lose von seinem mageren Körper und stand vorne offen.

Ich verstand, was er wollte. Er wartete auf eine Einladung, ein Nicken des Einverständnisses, und in mir schlummerte ein perverser Impuls – mein Bedürfnis nach Strafe, nach Ahndung dafür, dass ich die Linse im Badezimmer benutzt hatte, und für alles andere auch –, der in mir wie Sodbrennen aufstieg, ich wollte sagen: ja, ja, ja, und meine Tür aufhalten und George hereinlassen. Er lächelte, und ich sah wieder diese schrecklichen Zähne, und ich ging in mein Zimmer und verriegelte die Tür. Den Rest der Nacht blieb ich wach, ich lag voll bekleidet auf dem Bett, einen Schuh in der Hand, den Absatz zur Tür gedreht. Ich verließ das Hotel vor dem Frühstück und fuhr mit dem Zug, dann mit dem Bus zurück nach Lyntons.

»Woher will Gott wissen, wer für ein Verbrechen verantwortlich ist?« Ich glaube, das frage ich den Mann, der neben meinem Bett steht. »Wenn ein Mensch Essen stiehlt, zum Beispiel, ist er, der Dieb, dann der Schuldige? Oder sind es seine Eltern, die ihm den Unterschied zwischen richtig und falsch nicht beigebracht haben? Oder ist es die Gesellschaft, die ihm nicht hilft, wenn er arm und hungrig ist?« Der Mann neben meinem Bett ist sauber rasiert, er trägt Hosen und ein Jackett, der weiße Kragen des Geistlichen ist verschwunden. »Was, wenn jemand der Täter zu sein scheint, aber in Wirklichkeit ist es ein anderer?«

Er hält ein Klemmbrett in der Hand, und ich strecke mich, um zu sehen, was daraufsteht, denn es ist das Brett von meinem Bettende, und ich möchte wissen, ob sie die geschätzte Todeszeit aufgeschrieben haben. Eine GTZ, denke ich, und ich lache.

Ich warte darauf, dass er etwas sagt, wie: *Gott sieht alles*. Das ist die leichteste Antwort.

»Sie haben sich Ihren Sinn für Humor bewahrt, Mrs. Jel-li-co, wie?«, sagt der Mann, und ich sehe, dass es der Arzt ist, nicht der Pastor, und an der Stimme erkenne ich, dass er eine Frau ist. Es ist leicht, von Annahmen auszugehen. So bin ich überhaupt bis hierhergekommen. Das Fenster steht offen, und ich schließe meine Augen und höre den Autolärm von der Straße, wie Wellen auf einem steinigen Strand.

Der Bus stöhnte und keuchte, als ich vor der Stadt und in der Nähe von Lyntons ausstieg. Zwischen den langen Schatten des Spätnachmittags tanzten die Mücken auf den Sonnenstrahlen. Es war Sonntag, es gab nur wenige Züge, und nur ein Bus fuhr vom Bahnhof.

Ich ging auf demselben Pfad, den ich Ende Juli gegangen war, diesmal nur mit meiner Handtasche und dem gestohlenen Buch darin, und ich blieb kurz an der Stelle stehen, die Dr. Liebermann für den Blick empfohlen hatte. Ich hatte es eilig, nach Hause zu kommen – der Ausdruck, den ich in meinem Kopf für Lyntons benutzt hatte, als ich in London war –, die Verspätungen auf der Zugreise waren mir auf die Nerven gegangen, und die Umwege, die der Bus durch die Dörfer von Hampshire fuhr, stellten meine Geduld auf eine harte Probe. Aber als ich jetzt das Haus vor mir sah, erfüllte mich Panik, wie bei meiner Abreise. Jetzt nicht mehr wegen des Spions, sondern wegen der Vorstellung, dass mein Leben außer Kontrolle geraten war, und wegen der Angst, dass alles möglich war und ich nichts dagegen tun konnte. Ich erwog, auf der Stelle umzukehren, mir ein Zimmer im Harrow Inn zu nehmen und am nächsten Morgen mit dem Bus wieder abzufahren. Nur wohin? Während ich noch zögerte, trat Cara auf den Portikus, dann Peter. Er stand unmittelbar hinter ihr, und ich erinnerte mich wieder, wie es war, als wir im Musuem so nah beieinandergestanden hatten, dass ich seinen Atem auf meinem Nacken hatte spüren können. Cara sah in meine Richtung, und ich hörte, wie sie aufschrie und meinen Namen quer über die Wiese rief.

Mir wäre eine stillere Rückkehr lieber gewesen, eine, die es mir erlaubt hätte, mich in meinen Zimmern frisch zu machen, aber Peter kam mit dem Auto und las mich auf und wirbelte jede Menge Staub über der Allee auf. Als er bei mir war, stieg er aus und nahm meine beiden Hände in seine, als wäre ich einen Monat fort gewesen.

»Ich bin so froh, dass du wieder da bist«, sagte er und ließ meine Hände gar nicht mehr los, sondern schüttelte sie auf und ab und schien dabei so glücklich, dass ich rot wurde. »Cara war aufgeregt wie ein Kind, als sie dich gesehen hat. Komm, steig ein.« Er redete und redete, über das Museum und Lyntons, und als wir im Auto saßen, ließ er den Motor an, machte ihn aber sofort wieder aus.

»Du fragst dich vermutlich …« Er sah nach vorn, seine Hände lagen auf dem Steuerrad. Er rang nach Wörtern. »Wenn du deswegen abgefahren bist, also, das leuchtet mir ein. Ich verstehe das.«

Mir pochte das Herz bis zum Halse. Hatten sie den Spion etwa doch entdeckt? Hatte einer von ihnen in der Badewanne gelegen und zur Decke hinaufgeblickt, dann den kleinen Kreis gesehen und den anderen gerufen? Womöglich hatten sie eine Leiter aus dem Keller geholt und das Loch untersucht?

»Wovon sprichst du?«, sagte ich.

»Cara hat mir erzählt, dass sie mit dir gesprochen hat, kurz bevor wir das Museum aufgebrochen haben.«

»Ach so, ja.« Eine Welle der Erleichterung durchflutete mich.

»Ich hatte ja schon in der Bibliothek gesagt, dass sie gern Dinge erfindet. Sie ist eine Fantastin.«

Es klang nicht wie ein Wort, das Peter wählen würde, um Cara zu beschreiben, und ich dachte, vielleicht hatte er es von den Ärzten gehört, die er erwähnt hatte.

»Von der harmlosen Sorte.«

»Sie hat sich das ausgedacht? Das mit dem Baby?«

»Ja«, sagte er, und dann: »Nein, nicht alles.«

Eine Drossel landete auf dem Geländer neben dem offenen Fenster auf meiner Seite. Ich hoffte, sie würde singen, aber sie legte den Kopf schief und flog weg, bevor Peter weitersprach.

»Es gab ein Kind. Finn.«

»Den Namen hat sie mir nicht gesagt.«

Peter umfasste das Steuerrad. Er sprach jedes Wort bewusst, langsam, als müsste er es aus seinem Innersten heraufholen. »Hat sie gesagt, ich sei nicht der Vater gewesen?«

»Sie hat gesagt, es habe gar keinen Vater gegeben.« Ich legte meine Hand auf seinen Hemdsärmel.

»Ich habe ihn geliebt, als wäre er mein Sohn gewesen. Mallory – meine Frau. Cara muss dir erzählt haben, dass ich verheiratet war? Mallory und ich konnten keine Kinder bekommen, und das hat mich immer sehr traurig gemacht. Ein Kind, das herumrennt, das bringt Leben, oder? Aber Mallory und ich hatten uns damit abgefunden, dass wir zu zweit sein würden, es war leicht, es war bequem. Vielleicht zu bequem? Wir haben ein Haus in Surrey gekauft, wo sie heute noch lebt. Ich glaube, sie hatte akzeptiert, wie es zwischen uns war, wir waren Gefährten, beste Freunde, so könnte man das sagen. Ich weiß nicht, wie sie als Mutter gewesen wäre. Eigentlich ist sie nicht der Typ, falls du weißt, was ich meine.«

Ich nickte. Im Kopf hatte ich das Bild einer Frau, die an Cocktailpartys und Bridge-Abenden interessiert war.

»Ich hatte nicht vor, mich in Cara zu verlieben. Es ging etwas von ihr aus, damals in Irland. Ich wollte mich zurückziehen, aber am Ende konnte ich das nicht. Ich musste immerzu an sie denken. Und ich weiß, das ist keine Entschuldigung dafür, dass ich meine Frau verlassen habe, aber das mit Cara war so unerwartet, ich hatte nicht jemanden gesucht, jemanden mit Kind.«

Vielleicht hatte er das Gefühl, dass er genug gesagt hatte, oder vielleicht musste er auch manches für sich behalten, denn er schloss einen Moment lang die Augen, und als er sie aufmachte, sagte er: »Cara hat ein paar seltsame Gedanken. Sie ist verwirrt. Wir müssen achtsam mit ihr sein und auf sie aufpassen.« Er richtete sich auf und sah mich an.

»Du meinst aber nicht, dass sie sich etwas antun könnte?«

»Sie erinnert mich oft an die Abmachung, die wir getroffen haben, einen Pakt, das ist schon lange her. Aber sie ist außerstande, jemandem wehzutun, was immer sie sagt. Wir müssen einfach aufpassen.«

»Was für einen Pakt?«

»Ach, das ist jetzt nicht wichtig. Paare sagen so etwas zueinander. Ein Versprechen, verstehst du?« Ich verstand es nicht, aber ich merkte, dass er das Gespräch beenden wollte. »Sie glaubt, sie muss leiden. Dafür bezahlen.«

»Weil sie Finn hat gehen lassen, meinst du?« Ich achtete darauf, dass ich dieselben Worte benutzte wie Cara, als wir auf dem Anleger miteinander gesprochen hatten. Peter nickte ganz leicht, eine winzige Zustimmung.

»Und der Vater?«

»Ein Bauernjunge in Irland.«

»Aber sie –«, begann ich. »Sie klang so überzeugend, so bestimmt, dass sie nicht mit ihm …«

»Wir alle wissen, was Cara sagt!« Er schlug auf das Steuerrad. Meine Hand flog von seinem Arm auf meinen Schoß, die Fingerspitzen in die Luft gereckt, wie ein Käfer, der auf dem Rücken gelandet war. »Sie sagt es zu jedem, der ihr zuhören will: dir, dem letzten Priester in Irland, und dem Pastor hier. Sie ist schwanger geworden. Sie hat es in der Scheune oder im Kuhstall oder sonst wo gemacht. Ich weiß nicht, warum sie das nicht zugeben kann, und die Ärzte, zu denen ich mit ihr gegangen bin, wissen es auch nicht. Cara wird es niemals hinnehmen, dass sie nicht außergewöhnlich ist. Es ist die verdammte Kirche und ihre verdammte Religion. Religion! Alle vernunftbegabten Menschen wissen, dass es ein Ding der Unmöglichkeit ist.«

»Na, natürlich«, sagte ich. »Arme Cara.« Gerade hatte Cara mich fast davon überzeugt, dass ihre Geschichte der Wahrheit entsprach, und jetzt kam Peter, und ich erkannte, wie dumm ich gewesen war. Natürlich hatte das Baby einen Vater, und der Vater musste Paddy gewesen sein.

Peter legte die Stirn ans Steuerrad und seufzte.

»Es tut mir leid.« Seine Stimme klang gedämpft. »Nichts davon ist dein Problem, Franny. Es tut mir leid, dass wir dich damit vertrieben haben.«

Dass er *Franny* gesagt hatte, machte mich insgeheim glücklich. »Mach dir keine Gedanken. Es hatte nichts mit dem zu tun, was Cara gesagt hat. Ich brauchte nur ein bisschen Abstand und musste mir über ein paar Dinge klar werden. Außerdem wollte ich in London in die Bibliothek gehen und sehen, ob ich mehr über die Brücke herausfinden konnte.«

Er drehte sein Fenster herunter, und eine Brise von Erntegeruch blies zu uns herein. »Hast du in der Bibliothek hier nichts finden können? Ich habe die Galerie ja nicht repariert. Ich hoffe, es war nicht gefährlich da oben.«

»Kein bisschen gefährlich«, sagte ich. »Aber ich habe nichts gefunden.«

Eines Nachmittags, als er und Cara nach dem Lunch ihren Rausch ausschlafen mussten, war ich in der Bibliothek von Lyntons gewesen. Als ich die Tür öffnete, hatte ein Hase mitten im Raum gesessen, auf den losen Seiten, die dort herumlagen. Die Türen zur Terrasse standen offen, aber der Hase rannte nicht weg. Mit seiner breiten Brust und den langen Läufen saß er da und starrte mich böse an, bis ich, den Türgriff noch in der Hand, einen Schritt zurück in den Flur machte und die Tür wieder schloss.

Peter sah mich an. »Wir haben dich vermisst. Ich habe dich vermisst«, sagte er, und ich spürte meine Lungen, meine Leber, mein Herz. Er nahm meine Hand, die noch auf meinem Knie lag, und drückte meine Finger, und ich war mir sicher, dass auch er das Pulsieren des Blutes in meinem

Körper spürte. »Wir haben uns daran gewöhnt, dass du hier bist. Deine Anwesenheit beruhigt uns, Cara und mich.«

Ich lachte aus Verlegenheit. »Ich war nur zwei Nächte weg.«

Er lachte auch, und der Moment war vorüber. »Natürlich.« Er ließ meine Hand los und schaltete den Motor an. Er legte den Gang ein und führte gekonnt eine Drei-Punkte-Wendung durch. »War es schön in London?«, fragte er. »Wahrscheinlich hast du ein paar Freunde getroffen. Du kannst mir vielleicht ein paar Restaurants empfehlen, wenn ich das nächste Mal in London bin. Bestimmt kennst du viele Lokale.«

Als wir fast beim Haus waren, sagte er: »Cara und ich sind ganz aufgeregt. Wir haben ein paar Überraschungen für dich.«

Als wir zum Tor kamen, verrenkte ich den Kopf, um das Haus durch die Windschutzscheibe sehen zu können. Die östliche Fassade war so abweisend wie eh und je. In dem Zimmer, das meinem gegenüberlag, lehnte jemand aus dem Dachbodenfenster: das blasse Oval eines Gesichts, Augen, Mund und Nase kaum sichtbar. Nicht zu erkennen, ob Mann oder Frau.

»Ist das Cara da oben?«, sagte ich, und Peter fuhr langsamer, damit er auch nach oben gucken konnte. Meine Finger berührten Mutters Medaillon um meinen Hals, das kalte Metallherz.

»Wo? Da ist sie doch!« Eins der Fenster unter meiner Etage war hochgeschoben, und Cara streckte den Kopf heraus.

Peter hielt das Auto vor dem Springbrunnen an.

»Frances! Du bist wieder da!«, rief Cara.

Wir stiegen aus. »Aber da oben am Fenster war jemand«, sagte ich zu Peter. »Ist denn sonst noch jemand im Haus?«

»Vielleicht war es eine Täuschung des Lichts. Hier ist sonst niemand.«

»Beeilt euch!«, rief Cara. Peter winkte, und ich winkte auch, allerdings zu spät, denn sie war schon wieder im Haus verschwunden. Ich wollte zu den Dachbodenfenstern hochsehen, aber ich war zu nah am Haus.

Wir gingen zur Haustür hinein, drinnen empfing uns die vertraute feuchte Kühle, obwohl es ein warmer Abend war, und unter den Schuhen spürte ich die üblichen Mörtelbröckchen. Peter ging mir voraus die große Treppe hinauf.

»Was meinst du?«, sagte ich. »Was für eine Überraschung?« Eigentlich wollte ich nichts davon wissen. Ich wollte ins Dachgeschoss hochgehen und nachsehen, ob irgendetwas angerührt worden war, ob wieder das Kissen in der Badewanne lag oder eine Maus auf der Fensterbank, aber vom Haupttreppenabsatz gingen wir in Peters und Caras Räume.

»Du musst die Augen zumachen«, sagte Peter, als wir vor der Tür standen.

»Warum?«, sagte ich. »Was für eine Überraschung?«

»Komm schon, Franny, sei keine Spielverderberin.«

Ich schloss die Augen und streckte die Hand aus, die Finger gespreizt. Peter legte den Arm um meine Taille, und ich war mir seiner Nähe bewusst, seiner Anspannung. Ich hörte, wie er die Tür zu ihrem Zimmer öffnete, und dann führte er mich hinein.

14

Ich sammle Fragen, die ich Victor stellen will, wenn er das nächste Mal kommt. Er kommt bestimmt wieder. Was weiß er über Shinjū? Glaubt er an Geister? Ist er der Meinung, dass es manchmal eine Rechtfertigung gibt, einen Menschen zu töten? Ist es nicht immer ein Unrecht, eine Sünde, für die man bezahlen muss? Wie sehr habe ich mich verändert? Würde er mich erkennen, wenn er mir auf der Straße begegnete? Vorausgesetzt natürlich, ich hätte die Kraft in den Muskeln, aufzustehen und zu laufen.

Verraten unsere Taten unser Wesen?

Ich kannte sie von früher, wusste aber ihren Namen nicht, konnte sie nicht einordnen: Brille, kräftiger Kiefer mit Unterbiss, Lippenstift, den sie mit Sicherheit für diesen Tag in der Drogerie ausgewählt hatte. Ihr Gesicht nagte an mir wie eine juckende Stelle am Rücken, an die ich nicht herankam.

»Anne Bunting«, sagte die Frau auf die Frage nach ihrem Namen.

Einer der Männer an den Holztischen, auf denen ihre Notizen und Ordner und Bücher lagen, fragte sie nach ihrem Beruf.

»Bibliothekarin.« Sie rollte die Lippen gegeneinander, und der Lippenstift verteilte sich.

»Erkennen Sie dieses Buch?«

Anne Bunting nahm das Buch in die Hand und hielt es mit Selbstgewissheit und Sachverstand in der Hand, wie ein Bildhauer Beitel und Hammer hält. Sie drehte es um, las den Titel auf dem Buchrücken, betrachtete den Einband und klappte es auf. »Ja«, sagte sie, »das ist aus unserem Bestand.«

Auch ich erkannte es: *English Country Houses, Volume VIII*, und dann erkannte ich die Frau. Anne Bunting sah mich quer durch den Gerichtssaal an, und ich konnte mir nicht helfen, ich errötete. Nie zuvor hatte ich ein Buch aus der Bibliothek gestohlen; später hatte ich andere Dinge gestohlen, aber nie ein Buch aus einer Bibliothek.

»Eins, das nicht aus der Bibliothek entfernt werden sollte?«, fragte der Mann.

»Keins unserer Bücher darf aus der Bibliothek entfernt werden. Sie dürfen nur im Lesesaal gelesen werden.« Anne Bunting hob den Finger an den Mundwinkel, besorgt, dass ihr Lippenstift verschmieren könnte.

Einer der anderen Männer – es waren alles Männer, und keiner von ihnen hatte je Beitel oder Hammer gehalten – stand auf und sagte: »Ehrenwertes Gericht« – oder sagte er »Eure Majestät?« – »Ich kann in dieser Fragestellung keine Relevanz erkennen.«

Seine Ehrenwerte Majestät zog eine Augenbraue hoch und sah den Mann an, der Anne Bunting befragte, die ihrerseits vorgab, überrascht zu sein. Das Gesetz war eine Scharade.

»Sie dient der Darstellung des Charakters«, sagte der Mann, der Anne Bunting befragte. »Als Beweis für Miss Jellicos mangelnde Charakterstärke.«

Für mich hatte es nie eine Geburtstagsfeier gegeben, ob als Überraschung oder anders. Ich hatte nie Scharaden gespielt oder war mit verbundenen Augen in ein Zimmer geführt worden, wo Freunde und Verwandte plötzlich aus den

Ecken sprangen. An meinem elften Geburtstag ging Mutter mit mir und einem anderen Mädchen in den Zoo, und obwohl wir keine Gemeinsamkeiten hatten, lud dieses Mädchen mich zu ihrem Geburtstag ein, weil es eine soziale Verpflichtung war. Dieser Nachmittag, so entsetzlich und so demütigend, blieb mir viele Jahre lang im Gedächtnis: mein altmodisches Kleid, das Geschenk, das ich überreichte und das hastig ausgepackt und zur Seite gelegt wurde, die Regeln von Blinde Kuh, die ich nicht verstand, die anderen Mädchen, die ich noch weniger verstand, und am schlimmsten, die Freundlichkeit der Mutter des Mädchens, als ich zu weinen anfing.

Jetzt stand ich in dem Wohnzimmer, mit Cara hinter mir, und ich hörte sie lachen, spürte ihre Finger, die meine Augen bedeckten, roch ihren Zitronenduft, und ich hatte Angst, ich würde die Überraschung, den Witz, nicht verstehen. Sie nahm die Hände weg und trat zurück, und ich öffnete die Augen.

Die drei Schiebefenster zum Park waren wie immer hochgeschoben, und Cara stand lächelnd vor mir. Aber alles andere war verändert, als wäre ich in einem anderen Haus, im falschen Zimmer, wäre durch den Spiegel in eine andere Wirklichkeit getreten.

Der ehemals leere Raum war jetzt voll. Ein silberner Kerzenleuchter stand auf einem runden Mahagonitisch. Der aus dem Brett improvisierte Tisch war zur Seite gerückt worden und diente jetzt als Küchentheke, und die Umzugskisten waren verschwunden, stattdessen gab es jetzt vier gepolsterte Stühle. Der Tisch war zum Essen gedeckt: Porzellanteller mit einem Emblem aus drei Orangen auf blaugoldener Umrandung, Besteck, ein Ständer mit Salz- und Pfefferstreuer, Kristallgläser, eine Karaffe mit Wein, gefaltete Leinenservietten. Auch auf den Tischchen neben einer

Chaiselongue mit dunkelrotem abgenutztem Samtbezug standen Kerzen, daneben waren niedrige Sessel arrangiert. Ich trat auf einen türkischen Teppich.

Cara und Peter waren still, während ich mich umsah und alles in mir aufnahm – zwei Kinder, die gelobt werden wollten, weil sie ihr Zimmer aufgeräumt hatten.

»Woher habt ihr das alles?«, fragte ich, als wäre ich dumm.

Cara nahm ein Blütenblatt, das auf ein Tischchen gefallen war. Ich erkannte eine der chinesischen Vasen, die sie ausgepackt hatten und die jetzt mit Heckenrosen aus dem Garten gefüllt war. Ein paar Wassertropfen waren auf das polierte Holz getropft.

»Aus dem Museum natürlich«, sagte sie, und ich sah, dass sie den Ring aus dem musikalischen Schmuckkästchen noch trug.

Peter kam aus der Küche mit einem Tablett, auf dem drei Cocktailgläser standen, jedes mit einer Olive am Boden und gefüllt mit, wie ich vermutete, Martini.

Über der Chaiselongue hing das Gemälde von einer Frau, die einen Rosenknospenmund hatte und eine hohe graue Perücke trug. Ihr seidenes Kleid war wellenartig um sie drapiert, und sie saß vor einer Landschaft, die wie der Hintergrund beim Fotografen aussah – die Farben zu gedämpft, der Blick zu perfekt.

»Ist das ein Reynolds?«, fragte ich. Peter stand mit dem Tablett hinter mir.

»Ich glaube schon«, sagte er, stolz auf seinen guten Geschmack.

Cara nahm ein Glas und hielt es mir hin, aber ich ging zu einem Damenschreibtisch, der vor der Wand stand. Er war klein, hatte eine geschwungene Rückwand, lange, sich verjüngende Beine und drei winzige Schubladen.

»Ist der französisch?«

»Um 1890, schätze ich«, sagte Peter. »Ist er nicht wunderhübsch? Perfekter Zustand. Kein Wurmfraß.«

Ich setzte mich auf den Stuhl davor. Ein Silberfüller lag auf einer Löschunterlage neben einem Stapel Visitenkarten, die mit demselben Symbol bedruckt waren wie die Teller. Der Stuhl war auf Rollen und stöhnte unter meinem Gewicht. Die geschwungenen Armlehnen aus Holz waren glatt und glänzend von Hunderten und Tausenden von Berührungen. Ich zog eine der kleinen Schubladen auf – die winzigen Griffe waren für eine Frau mit zarteren Fingern als meinen gemacht. Die Schublade war leer. Ich nahm den Füller, schraubte die Kappe ab und drückte die Feder auf eine der Visitenkarten. Keine Tinte floss. Was hätte ich geschrieben, wenn ich nicht schon längst in beide ein wenig verliebt gewesen wäre, wenn ich nicht zwei Tage mit meinen Erinnerungen in London verbracht und mich in der letzten Nacht in meinem Hotelzimmer vor dem Mann im weißen Bademantel versteckt hätte?

Mr. Liebermann, wir sind in das Museum eingebrochen, und Peter und Cara benutzen Ihre Dinge, als gehörten sie ihnen.

Oder: *Liebe Dorothea Lynton, wir haben Ihre verloren geglaubten Möbel gefunden. Kommen Sie und retten Sie uns vor uns selbst.*

Hätte ich da dem Ganzen noch Einhalt gebieten und ihnen sagen können, sie müssten die Sachen zurückbringen? Hätte es etwas geändert? Ich sah Cara an und Peter, der hinter ihr stand, und ich sah in ihren Gesichtern, dass sie auf meine Zustimmung warteten. Hatte mich schon einmal jemand um meine Zustimmung gebeten? Ein Kondenstropfen lief an Caras Glas herunter und tropfte auf den Teppich.

»Das Tintenfass war ausgetrocknet«, sagte Cara. »Aber wir können neue Tinte kaufen.« Sie kam zu mir, nahm mir den Füller aus der Hand und schraubte die Kappe wieder auf. »Bitte sag, dass du nicht böse bist.«

»Ich bin nicht böse«, sagte ich. Ich sah Peter an. »Alles ist wunderschön.« Darauf zog ein Ausdruck über sein Gesicht, den ich damals für Liebe hielt, aber wahrscheinlich war es nur Erleichterung.

Cara gab mir ein Glas, und so wie an dem Tag, als wir den Martini aus Blechbechern getrunken hatten, stießen wir miteinander an. Sie fingen sofort an zu reden und zeigten mir, was sie entdeckt hatten: einen Globus, der in einem Holzgestell auf dem Boden stand, ein Virginal, das sich genial von einem der kleinen Tische ausfaltete, eine Marmorbüste von Julius Cäsar, Briefbeschwerer und Brieföffner, Mustertücher und ein Nähkorb, eine Zigarrenkiste und einen chinesischen Schrank, ein syrisches Backgammon-Spiel mit Obstholzintarsien, Fotos in Silberrahmen von Jagdgesellschaften und Gästen beim Hochzeitsfrühstück, von Babys und Pferden, allesamt mausetot.

Peter goss Martini nach, wir saßen auf der Fensterbank und rauchten, während Cara kochte – ausnahmsweise ein frühes Abendessen –, und wir aßen am Tisch, benutzten das schwere Silber und nahmen zu jedem Gang frische Messer und Gabeln, und wir betupften unsere Münder mit den Leinenservietten, von denen jede in der Ecke mit dem Monogramm DML bestickt war. Und immer wieder schenkte Peter von dem Wein aus der Karaffe nach. Wir aßen Seezunge mit Kapern-Buttersoße, winzige Lammkoteletts und zum Dessert Zitronenmeringue. Es war die erste Mahlzeit, bei der Peter keine Bemerkungen über die außerordentlichen Kosten des Essens machte. Was die Besitzverhältnisse der Dinge im Museum anging, so sprachen wir darüber nur in Anspielungen. Ich erzählte ihnen, was Victor gesagt hatte, nämlich dass das Haus, nachdem das Militär abgezogen war, leer gestanden habe, abgesehen von einer kurzen Zeit, als Dorothea Lynton wieder eingezogen war. Cara und Peter erzählten mir, unter welchen Anstrengungen sie die großen Möbelstücke die Treppe hochgehievt hätten und dass sie Tag und Nacht gearbeitet hätten, um alles herzurichten. Und dass sie überzeugt gewesen seien, ich würde bald nach Hause kommen. Auch sie benutzten den Ausdruck: Nach Hause.

»Da ist noch etwas«, sagte Cara, als wir unseren Kaffee tranken, und sie nahm meine Hand und ging mit mir ins Schlafzimmer. Über die Schulter sah ich, wie Peter sich eine neue Zigarette anzündete und sich auf der Fensterbank an das Kissen lehnte, das jetzt dort lag.

Kurz nachdem ich in meinem Badezimmer den Spion entdeckt hatte, war ich in das Zimmer auf der anderen Seite des Flurs gegangen und hatte geprüft, ob auch dort Dielenbretter lose waren. Als ich jetzt in dem Zimmer stand, das ich von oben hatte ausspionieren wollen, wurde mir vor Scham ganz heiß. Peters und Caras Armeepritschen, über die sie sich oft beklagt hatten, waren durch ein hohes Doppelbett ersetzt worden. Ihre Anziehsachen hingen über den mit Schnitzereien verzierten Borden am Kopf- und Fußende, einiges lag auf dem Boden verstreut.

»Wie habt ihr das in der kurzen Zeit nur geschafft?«, sagte ich.

»Mir tut alles weh.« Cara ließ sich auf das ungemachte Bett zwischen die Kleider und Decken fallen.

Ich setzte mich auf die Bettkante und sah mich um; das Zimmer war in einem schlimmeren Zustand als alle anderen im Haus. Der meiste Verputz war von der Decke gefallen, darunter waren die Deckenstreben sichtbar, und die Tapete hing in schimmelnden Fetzen von den Wänden. Eine riesige gekachelte Kaminumrandung beherrschte den Raum, sie hatte einen schwer verzierten, dunklen Sims, der noch dunkler wurde durch die Verfärbung, die sich vom Kaminloch über das Holz und die Kacheln ausgebreitet und die ursprüngliche Farbe, vielleicht grün, geschwärzt hatte.

»Ich glaube, es hat ein Kaminfeuer gegeben, und vom Dachgeschoss muss Wasser durchgekommen sein«, sagte Cara, als sie meine Blicke sah. »Ich stelle mir vor, dass das einströmende Wasser das Feuer gelöscht hat.«

Sie stellte sich aufs Bett, nahm eine Bambusstange, die am Kopfende lehnte, und beugte sich zu dem mittleren Fenster vor, eins von dreien, wie in ihrem Wohnraum. Von einem Nagel oben im Rahmen hing an einem Stück Band ein Weinglas, eins von denen, aus denen wir beim Abendessen getrunken hatten. Peter hatte sein Glas im Kerzenlicht bewundert und gesagt, die Gläser seien Regency und könnten bis zu zehn Pfund das Stück wert sein.

»Pass auf«, sagte Cara. Sie stieß das Glas mit der Spitze der Stange an. Während es sich drehte, fing sich das Abendlicht auf den diamantenförmig geschliffenen Facetten, und wild wirbelnde Lichtflecken schwebten über die zerstörten Wände und über Caras Gesicht.

Sie setzte sich mit dem Rücken zum Kopfteil, kreuzte die Beine und faltete vor sich ein Bekleidungsstück auf – ein Kleid mit einem langen blauen Rock und einem eng anliegenden Mieder, das kurze Puffärmel hatte.

»Wie findest du es?« Sie schlug es noch einmal aus, damit es gerade lag. »Hier«, sagte sie und warf es mir zu. »Probier es mal an.«

»Gehört es dir?« Ich hielt es mir an. »Es passt mir bestimmt nicht.«

»Ich habe es im Museum gefunden, du Dummerchen. In dem großen Kleiderschrank hinten in der Ecke. Guck dir das alles mal an.« Sie zog einzelne Sachen aus dem Haufen auf dem Bett: Handschuhe, Strümpfe, Seiden- und Spitzenstoffe. »Fächer gibt es auch.« Sie öffnete einen mit einer Bewegung aus dem Handgelenk und fächerte sich Luft zu, dann sprang sie vom Bett, warf den Fächer hinter sich und nahm mir das Kleid aus der Hand. Sie wollte, dass ich mich hinstellte, und hielt mir das Kleid an, vor meine Bekleidung aus Rock und Bluse, mit Mutters Unterwäsche darunter, die mich in Form hielt. Sie legte den Kopf schräg. »Ich nehme das hier, und wir suchen dir was anderes.«

Sie grub in dem Haufen, während ich danebenstand und überlegte, wie ich der Peinlichkeit entgehen konnte, mich vor ihr auszuziehen. Sie zerrte ein schweres Gewand aus cremefarbenem Stoff heraus, das mit exotischen Vögeln und Pflanzen bestickt war. Es hatte große Ärmelöffnungen und breite Revers. »Hier«, sagte sie. »Das wäre genau das Richtige.« Sie hörte auf herumzuspringen und stellte sich vor mich. Wir sahen uns an, während sie den obersten Knopf meiner Bluse öffnete, und dann den nächsten. Ich sah nicht auf ihre Finger, während sie mich auszog, denn dann hätte ich sie vielleicht gehindert. Sie zog mir die Bluse aus dem Rock und streifte sie von meinen Schultern. Sie zog den Reißverschluss an meinem Rock auf und ließ den Rock zu Boden gleiten, damit ich aussteigen konnte. Sie faltete die Kleidungsstücke und legte sie aufs Bett. Ich trug Mutters Büstenhalter und den Hüftgürtel mit den Strumpfhaltern. Meine Strümpfe waren in den Halterungen festgeklemmt, das Material alt und gedehnt. Sie ging hinter mich und löste die Haken des Büstenhalters und streifte mir die Träger von den Schultern, dann kam sie wieder nach vorn, und ich erlaubte ihr, mir den Büstenhalter auszuziehen. Ich widerstand nicht, ich protestierte nicht. Weder in dem Entkleidungsvorgang noch in Caras Blicken lag etwas Erotisches, sie betrachtete mich lediglich mit Neugier, unkritisch. Sie sah meine Brüste an, die auf der Bauchwulst auflagen, die Brustwarzen, die zum Boden zeigten. Sie zog die Reißverschlüsse an den Seiten des Hüftgürtels auf und streifte ihn nach und nach ab, erst die eine Seite, dann die andere, der Satin und die Innennähte klebten an meiner Haut, die Strümpfe pellten sich ab. Mein Bauch hatte ein Druckmuster aus horizontalen Linien und Streifen. Ich machte mich von allem frei und erlaubte der überbordenden Fülle meines Körpers, den Wellen und Wülsten, dem weichen Fleisch mit den Dehnungsstreifen, zu atmen, auch den Teilen, die Mutter unter missbilligenden Lauten gekniffen hätte. Ich stieg aus alldem aus und warf es fort.

»Es ist 1969«, sagte Cara. »Du solltest frei sein.«

Ich zitterte, als sie sich zu mir vorbeugte. Hätte sie mich in dem Moment geküsst, dann hätte ich den Kuss erwidert, obwohl der Gedanke gar nicht in meinem Kopf war. Ich roch den Rotwein in ihrem Atem, ihr Gesicht wenige Zentimeter von meinem entfernt. Sie nahm das Medaillon in die Hand, das ich immer trug. »Das ist hübsch.«

»Es gehörte meiner Mutter.«

Sie klappte es auf. Drinnen war ein winziges Foto von einem lachenden Mädchen mit Locken und Grübchen. »Du warst ein schönes Kind, und du bist eine schöne Frau.«

»Ja«, sagte ich, und meine Finger verkrampften sich in meiner Hand. Ich sagte ihr nicht, dass Mutter das Medaillon mit dem Foto gekauft hatte. Das Foto der perfekten Tochter, das sie nie gegen eins von mir ausgetauscht hatte.

Cara klappte das Medaillon zu, nahm das Gewand und legte es mir an; sie fand eine breite Schärpe, mit der sie es um meine Taille festband. Sie drehte mir den Rücken zu, zog sich ihre Sachen aus und streifte das blaue Kleid über. Es war am Saum eingerissen, in den Falten war der Stoff dunkler, und in der Taille, die hoch unter Caras Brüsten saß, waren kleine Biesen.

Als sie mein Haar zu einem Dutt auf dem Hinterkopf zusammendrehte, fragte ich sie, ob sie oben in meinem Dachgeschosszimmer gewesen sei.

»Oh, Fran! Woher wusstest du das?« Sie nahm eine Haarspange zwischen den Lippen heraus. »Es sollte eine Überraschung sein. Wir haben dir auch ein neues Bett raufgebracht und einen Teppich ins Zimmer gelegt. Du musst vor Peter so tun, als wüsstest du nichts davon, sonst ist er schrecklich enttäuscht.« Sie befestigte die Spange in meinem Haar und drehte meinen Kopf, um mich von vorn begutachten zu können. »Schön.«

»Ich habe dich da oben gesehen, als ich mit Peter im Auto ankam.«

»Als ihr im Auto kamt? Da war ich nicht oben. Wir haben das schon gestern Abend gemacht, falls du nach Hause gekommen wärst.«

»Aber ich habe dich am Fenster gesehen.«

»Am Fenster? Ich weiß, ich habe gerufen und gewunken, stimmt's? Aus einem der Schlafzimmer in diesem Stockwerk.« Sie deutete mit dem Kopf zu der Tür, die zum Flur hinausführte, und meinte das Zimmer gegenüber. »Ich musste mich an dem ganzen Armeekrempel vorbeidrücken, um ans Fenster zu kommen. Wir sollten das alles rausschmeißen und Möbel aus dem Museum in die Zimmer stellen, damit das ganze Haus hübsch wird.« Sie hörte auf zu sprechen und sah mich an, und das Blut rauschte in meinem Kopf. »Was hast du gesehen?«, fragte sie.

»Einfach ein Gesicht, eine Form. Ich dachte, du wärst das.«

»Aber ich war es nicht. War es ein Erwachsener?«

»Ja, ein Erwachsener.«

Ich erinnerte mich, dass Peter davon gesprochen hatte, Cara würde Kindergesichter an den Fenstern sehen. Sie kramte in ihrer Schminktasche, und ich heftete meinen Blick auf ihren Hinterkopf und wollte, dass sie mir von dem erzählte, was sie gesehen hatte, aber als sie sich umdrehte, lächelte sie, ein breites, normales Lächeln. »Lippenstift wäre gut. Mund auf«, sagte sie.

»Peter hat mir erzählt, dein Kind heißt Finn.«

»Mund auf«, sagte sie wieder, dann malte sie mir die Lippen an.

15

»Ich habe Peter gesagt, dass es nicht Paddys Kind ist und dass es keinen Vater gibt«, sagte Cara und setzte die Kappe wieder auf den Lippenstift. Wir saßen auf der mittleren Fensterbank im Schlafzimmer, unter dem sich drehenden Weinglas. Mit dem Vergehen des Sonnenlichts waren auch die letzten Farbflecken verschwunden. »Seins konnte es nicht sein, das wusste er, denn auf dem Vordersitz seines Autos oder in der Speisekammer war nichts passiert, außer dass wir uns geküsst hatten.« Ich hörte Cara zu und fand sie auch diesmal so glaubhaft, ihre Geschichte so überzeugend, obwohl sie zugleich haarsträubend war.

»Wir standen mit Isabel im Salon von Killaspy. Ich musste ihm sagen, dass es keinen Vater gab, denn es wäre nicht richtig gewesen, sein Angebot anzunehmen und ihm nicht die Wahrheit zu sagen. Er stand sprachlos da, wahrscheinlich war es ein Schock. Aber Isabel gab mir eine Ohrfeige und fing an zu weinen und sagte, ihre Tochter sei nicht nur eine Schlampe, sondern auch noch eine Lügnerin. Sie schrie mich an, warum ich meine Beine nicht noch eine Weile hätte zusammenhalten können, bis ich mit Paddy verheiratet war, ich hätte ja nicht mehr lange warten müssen. Aber nein, dazu sei ich nicht imstande gewesen, und jetzt hätte ich Schande über den Namen der Familie gebracht, Schande über sie. Ich weiß noch, dass Peter bei der Ohrfeige zusammengezuckt war, aber ich hielt mir die brennende Wange und trotzte mir ein Lächeln ab, um sie noch wütender zu machen. Dermod kam mit dem Tee herein, und an seinem Gesicht sah ich, dass er alles mitgehört hatte. Er stellte das Tablett scheppernd auf den Tisch und rannte aus dem Zimmer, und mir war unbegreiflich, warum er so reagierte, nach all den Geschichten über die Geheimnisse und Wunder, die er mir in der Küche erzählt hatte. Niemand glaubte mir. Deshalb ist es so wichtig, dass du mir glaubst, Fran.«

Sie beugte sich vor und schloss mich in die Arme, mein Kinn kam auf ihrer Schulter zu liegen, und meine Arme waren seitlich eingeklemmt, sodass ich nur meine Hände heben und ihr leicht auf die Taille klopfen konnte. Sie muss das als Zustimmung verstanden haben, denn sie richtete sich wieder auf und fuhr fort. »Ich wusste nicht, wo Dermod war. Ich habe ihn in seinen Verstecken gesucht – in der Führerkabine des kaputten Treckers, im Hühnerhaus, unter seinem Bett –, aber ich fand ihn nirgendwo und konnte mich nicht von ihm verabschieden. Ich schrieb ihm einen Zettel, und dann schrieb ich an Paddy, ich entschuldigte mich und versuchte, die Sache zu erklären, und ich bat Dermod, Paddy die Nachricht zu geben.

Peter war viel ruhiger als Isabel. Ich packte meine Tasche, wir stiegen ins Auto und fuhren los. Ich konnte kaum glauben, dass ich wirklich wegfuhr. In Cork hielten wir an und gingen zum Abendessen in ein Hotel, und bei der Vorspeise, einer halben Grapefruit, nahm Peter meine Hand und sagte, wer immer der Vater sei, wir seien jetzt zusammen, und das allein sei wichtig. Ich versuchte ihm noch einmal zu erklären, dass nicht Paddy der Vater war, dass es niemand war, aber er legte mir einen Finger auf die Lippen.

Wir fuhren zu dem kleinen Haus, das er an der Westküste gemietet hatte. Es war nichts im Vergleich mit Killaspy, zwei Zimmer und ein Außenklo, aber das spielte keine Rolle. Er kaufte mir den billigen Ehering – der, den ich in den See geworfen habe –, damit ich als anständige Frau durchging. Wir hatten zwei Wochen – unsere Flitterwochen, könnte man sagen –, bevor er wieder arbeiten musste. Er mietete zwei Fahrräder, und wir fuhren durch die Sumpfwiesen zum Meer. Wir saßen vor Kälte zitternd auf der Bank vor der Lebensmittelhandlung von O'Dowds und hielten Händchen. Er kaufte wilde Austern, und ich zeigte ihm, wie man sie aufmacht und ganz schluckt. Von dem Kind sprachen wir nicht, das einzige Mal, das es erwähnt wurde, außer bei dem Essen in Cork, war in der ersten Nacht in dem kleinen Haus, als Peter sagte, er habe gehört, Sex sei für Schwangere nicht gut, weil etwas verletzt werden könnte, und er wolle mir nicht wehtun.

Nach zwei Wochen fuhr er mit seinem kleinen grünen Sportauto weg, um bei Auktionen zu bieten und einige Häuser zu besichtigen. Ich hatte Angst, er könnte eine andere Tochter kennenlernen, ein anderes irisches Mädchen, eines, das kein Kind bekam. Er gab mir etwas Haushaltsgeld, und ich borgte mir italienische Kochbücher aus der fahrbaren Bibliothek. Bei einem Geschäft in Dublin bestellte ich Parmesan und Pasta und Salami und Gläser mit Antipasti und schickte eine Postanweisung. Und ich träumte davon, dass Peter und ich nach Italien fahren würden, wo wir im Sonnenschein auf einer Terrasse sitzen und durch Gärten und Orangenhaine schlendern und die Früchte vom Baum pflücken würden. Dann fiel mir plötzlich ein, dass ich ja ein Kind bekam.

Als Peter weg war, durchsuchte ich seine Sachen. Er hatte nicht viel dabei, fast alles war in England geblieben. Auch das war etwas, worüber wir nicht sprachen – England und Mallory.«

Cara schloss das Fenster, und wir blieben einander gegenübersitzen, während sie weitersprach. Ich versuchte sie mir in einem kleinen, geweißelten irischen Cottage vorzustellen, das Meer gleich hinter der nächsten Wiese.

»Aber ich fand ein Foto von ihr. In der Innentasche seines Sommerjacketts steckten ein paar Fotos. Ich erinnere mich an ein prächtiges, halb verfallenes Haus, vor dem ein alter Mann mit einer Schirmmütze auf den Stufen stand. Ich dachte, das müsste sein Vater sein, aber er war es nicht. Dann war da eine Nahaufnahme von einer geschnitzten Maus auf einem Treppenpfosten, ein anderes von einem Zimmer mit einem Flügel. Es sah aus, als würde das Foto zerbröseln, und ich wollte es mit einem Tuch abwischen, aber dann merkte ich, dass es der Mörtel in dem Raum war, der von den Wänden und der Decke auf die Möbel und den Fußboden gerieselt war, als wäre es Puderzucker. So wie hier, in Lyntons. Auf der Oberfläche schön, aber wenn man genauer hinguckt, dann ist alles im Verfall, in Auflösung begriffen, alles verrottet.

Das letzte Foto war das von Mallory – er hatte ihren Namen und das Jahr, 1961, auf die Rückseite geschrieben. Ich war empört, dass er es dabeihatte. Aber sie war ganz anders, als ich sie mir vorgestellt hatte. Ich hatte sie mir groß und elegant vorgestellt, also, mit einer Zigarette in einem Zigarettenhalter, kultiviert und gelangweilt. Aber sie war eine rundliche Frau, klein und pummelig. Ich konnte es kaum glauben. Erst wollte ich das Bild zerreißen, aber stattdessen kippte ich das Mehl aus der Mehldose, legte das Bild unten rein und schüttete das Mehl wieder in die Dose.

Die italienischen Sachen, die ich bestellt hatte, wurden beim ersten Mal nicht geliefert. Als Peter nach einer Woche zurückkam, hatte ich alles Geld ausgegeben, und außer einem hart gekochten Ei war nichts im Haus. Er war außer sich. Ich ließ das Ei versehentlich fallen, das Einzige, was wir zu essen hatten, und er trat darauf, während wir uns stritten. ›Du kannst nicht mit Geld umgehen, und den Haushalt führen kannst du auch nicht.‹, so redete er. Ich muss zugeben, dass ich das schmutzige Geschirr unter dem Bett versteckt hatte, als ich sein Auto ankommen sah. Wir haben uns immer wegen Geld gestritten. Er sagt ständig, ich gebe zu viel aus, und er macht sich ständig Sorgen ums Geld. Er sagt es nicht, aber ich weiß, dass er die Hypothek für das Haus bezahlt, in dem Mallory wohnt. Er hat Schuldgefühle, weil er sie verlassen hat. Er sagt, sie willigt nicht in die Scheidung ein, aber ich bin mir nicht sicher, dass er sie überhaupt gefragt hat.« Sie streckte die Arme über den Kopf und rollte den Kopf hin und her. »Wie auch immer, bestimmt willst du das alles gar nicht hören.«

»Doch«, sagte ich. »Bitte.«

»Du bist wirklich sehr lieb, Fran.« Sie lächelte, runzelte zugleich aber bei der Erinnerung die Stirn. »Es war ein schrecklicher Streit. Ich habe ihm alles Mögliche vorgeworfen – dass er mir das mit dem Vater nicht glaubt, dass er das Baby nicht will, dass er mich nicht will. Ich habe ihn angeschrien:

›Du willst wieder zu deiner Frau, ja? Deiner pummeligen kleinen Frau, damit du endlich wieder mit ihr schlafen kannst.‹ Da hat er aufgehört, und kurz bevor er auf das Ei trat, sagte er mit seiner ernsten Stimme: ›Darum geht es hier nicht.‹ Und dann ist er zu O'Dowds gegangen und hat dort zu Abend gegessen. Er weigerte sich, weiter davon zu sprechen. Peter ist so zugeknöpft, so englisch, es ist nicht zum Aushalten.

Später kam er mit einem Brot, einem Stück Butter, einem Glas Marmelade zurück. Er machte mir Tee, den ich im Bett trinken sollte – in dem Haus war ich ständig im Bett, weil es so kalt und feucht war –, und er hat mir Stückchen von Brot mit Butter in den Mund gesteckt, aber als er sich neben mich ins Bett legte, sagte er, er sei müde und müsse schlafen. Am nächsten Morgen sagte er, er sei bei einer Italienerin gewesen, von der ihm jemand erzählt hatte, und habe Stunden für mich arrangiert.

Als ich runder wurde, fand er den Gedanken an das Baby aufregend, er sprach von *unserem* Baby, als hätten wir es zusammen gemacht. Die meiste Zeit dachte ich gar nicht daran, dass es keinen Vater hatte. Man kann nicht auf Dauer in einem Zustand des Staunens und Zweifelns leben. Manchmal, wenn Peter unterwegs war, bin ich im Ort zur Messe oder zur Beichte gegangen. Ich habe es nicht über mich gebracht, dem Priester zu sagen, dass ich Jungfrau bin. Ich weiß, er hätte durch das Gitter geguckt und gesehen, dass ich schwanger war. Aber ich erzählte es Mrs. Sheehy, der Frau, bei der ich Italienisch lernte. Sie war die Einzige, die sagte, es müsse ein Wunder sein. Ich weiß noch, wie sie meinen Bauch mit den Fingerspitzen berührte und sie dann schnell zurückzog, als hätte sie sich versengt. Ich wusste, was sie dachte, ich dachte ja dasselbe. Aber sie hat es nie laut gesagt. Nämlich dass ich mit dem Sohn Gottes schwanger war, dass die Wiederkunft Christi bevorstand.«

Cara lachte, und ich lachte auch, denn das schien passend, und gleichzeitig war ich schockiert, dass jemand so etwas denken und sogar aussprechen konnte.

»Mrs. Sheehy war eine richtig nette Frau. Sie sorgte dafür, dass ich den Kinderwagen und die Babysachen von ihrem Neffen Jonathan bekam. Jonathan war dreiundzwanzig und wollte nach England gehen.

Als der Termin näher kam, wartete ich auf ein Paket von Isabel, mit einem Bettjäckchen oder einer Babymütze oder einer Karte von Dermod, einfach mit seinem Namen, das hätte mir gereicht. Aber nichts.«

Cara sah aus dem Fenster. Ich betrachtete ihr Spiegelbild, das undeutlich war und trotzdem leuchtete. Der Mond stand über ihrem Kopf, ihre Augen lagen im Schatten und sahen mich an. Ich stand in ihrem Bann.

Im Wohnzimmer, bei dem milden Licht der Kerzen, waren die fadenscheinigen Stellen auf der Chaiselongue, die Löcher im Teppich und der Kratzer an einem der Beistelltische nicht zu sehen.

»Meine Güte«, sagte Peter. »Schaut euch an.«

Er nahm Cara bei der Hand und hob ihren Arm, dass sie sich darunter drehen konnte. Sie hielt den Rock hoch und knickste.

»Und Franny«, sagte er. Er ließ Cara los, und sie stand lächelnd dabei, als wäre ich ihre Schöpfung, ihre Debütantin, und sie präsentierte mich der Welt. »Charmant, charmant.« Er nahm meine Hand und beugte sich zum Kuss darüber.

Er öffnete eine Flasche Champagner. Und wir tranken auf uns und auf die Kleider, und später tranken wir auf die Reynolds-Frau, das Essservice, den Schreibtisch und noch einmal auf uns. Cara lag auf der Chaiselongue, ihr Kopf ruhte auf einem bestickten Kissen, ihre Augen waren geschlossen. Peter nahm ihr das sich neigende Glas aus der Hand und brachte mir einen Kaffee zu meinem Platz am Fenster.

»Ich sollte nach oben gehen«, sagte ich. »Damit ihr ins Bett könnt.«

»Trink erst den Kaffee.« Er bedeutete mir, zur Seite zu rücken, und setzte sich neben mich. Wir sahen zu Cara hinüber, die schlief.

»Sie sieht schön aus in dem Kleid«, sagte ich.

»Und du in deinem.«

»Ach, ich weiß nicht. Eigentlich ist es ein Morgenmantel.«

»Ja, aber er steht dir.«

»Im Museum sind so viele schöne Dinge. Meinst du, es ist schlimm, dass wir sie uns ausleihen?«

»Bestimmt nicht. Besser sie werden benutzt und getragen und bewundert, als dass sie hinter einer verschlossenen Tür vermodern.«

»Wir können sie ja wieder zurückbringen, wenn wir sie nicht mehr brauchen«, sagte ich und fuhr mit den Fingern über die Stickerei auf dem Stoff.

Eine Kerze flackerte auf und erlosch. Es war spät.

»Du musst den Mantel in den nächsten Tagen wieder anziehen. Es ist wunderbar, dich glücklich zu sehen. Es tut dir gut, das kann jeder sehen. Und im Museum sind noch ganz viele Sachen zum Anprobieren, Hosen mit weitem Bein, Hüte und Pelze, alles Mögliche.«

»Meine Tante – die Schwester meiner Mutter – hatte eine Pelzstola«, sagte ich.

»So eine, die man als Schal trägt?«

Wir flüsterten, weil Cara wenige Meter von uns entfernt schlief.

»Ja, einen Fuchspelz«, sagte ich. »Als ich zehn Jahre alt war, kam ich einmal etwas früher aus der Schule, und die Stola hing bei uns über dem Treppengeländer. Ich wollte sie anfassen, in dem Moment kam meine Tante die Treppe hinunter. Mein Vater war gleich hinter ihr.«

Peter zog die Augenbrauen hoch, sagte aber nichts.

»Meine Tante sagte, ich könnte den Fuchspelz streicheln und das spitze Gesicht des Fuchses anfassen, wenn ich meiner Mutter nichts von ihrem Besuch verriet.«

Ich drehte mich seitwärts auf dem Fenstersitz, zog meine Füße hoch und schlug den Morgenmantel darunter.

»Und?«, fragte Peter. »Hast du ihn angefasst?«

»Nein.« Ich trank von meinem Kaffee. »Aber ich hätte es

besser tun sollen, oder zumindest hätte ich meiner Mutter nicht erzählen sollen, was ich gesehen hatte. Am nächsten Tag wurde ich zu meinen Großeltern nach Dorset geschickt. Der Krieg hatte begonnen, und alle befürchteten, dass London gleich zu Anfang bombardiert werden würde. Ich dachte, ich würde, so wie meine Schulfreunde auch, aus der Stadt geschickt. Aber ein paar Monate später kam meine Mutter und holte mich wieder nach London. Mein Vater hatte für meine Mutter und mich vier Zimmer in einem Haus in der Dollis Road gemietet und unser Haus verkauft, er selbst war bei meiner Tante eingezogen. Ich habe mit keinem von beiden je wieder gesprochen, und meine Mutter hat die Trennung nie überwunden. Ich glaube, sie hatte schon immer von der Affäre gewusst, aber sie hat ihre jüngere Schwester sehr geliebt, und im Nachhinein denke ich, dass noch mehr gewesen sein muss, eine engere Verbindung zwischen den dreien, als mir bewusst war. Jedenfalls gab sie mir die Schuld, weil ich die Sache ans Licht gezerrt und meinen Vater zum Handeln gezwungen hatte, und damit musste ich leben.«

»Oh, Franny«, sagte Peter.

Aber ich war noch nicht fertig. Jetzt hatte ich angefangen, und konnte nicht aufhören. Er war ein guter Zuhörer, so wie ich.

»Vor ein paar Jahren starb meine Tante bei einem Autounfall«, erzählte ich weiter. »In ihrem Testament hat sie mir die Fuchsstola vermacht. Ich habe dem Anwalt gesagt, dass ich sie nicht will, aber sie wurde mir trotzdem geschickt. Ich weiß nicht, was sie damit sagen wollte – wollte sie mir danken, dass sie siebenundzwanzig Jahre mit meinem Vater, der Liebe ihres Lebens, zusammen sein konnte? Ich weiß es nicht. Die Fuchshaut war brüchig geworden, und die Pelzhaare waren ausgefallen. An einem Abend bin ich damit zum Ende des Gartens gegangen, der zu der Wohnung unter uns gehörte, und habe ihn vergraben. Manchmal ist es besser, nichts zu sagen. Meinst du nicht?«

»Es ist besser zu lügen?«

»Oder nichts zu sagen und alles still zu ertragen.«

»Ich weiß nicht.« Er legte mir eine Hand aufs Knie. »Manches kann für einen zu viel zu tragen sein.«

»Geteiltes Leid ist halbes Leid? Das alte Klischee?«, fragte ich.

Wir sahen aus dem Fenster. Der Himmel war dunkelviolett, noch nicht schwarz, und auf dem Glasdach der Orangerie, gegen das sich von innen die Blätter pressten, war der Widerschein des Mondes zu sehen. Peters Gesicht war verschwommen, undeutbar.

»Ich muss ins Bett«, sagte ich und war mir seiner Hand auf dem Stoff meines Morgenmantels bewusst. Ich fragte mich, ob er wusste, dass sie dort lag, und wenn ja, ob er wusste, was er damit auslöste. Ich stand auf.

Er stand auch auf. »Ich komme mit.« Er nahm einen Kerzenleuchter, auf dem noch einige Kerzen brannten. »Es gibt noch eine weitere Überraschung, die Cara dir zeigen wollte«, sagte er. »Aber ich glaube, wir sollten sie schlafen lassen.«

»Noch eine Überraschung?« Ich versuchte, aufgeregt zu klingen, genau wie Cara mich gebeten hatte.

Wir gingen über den Flur, ohne das Licht anzuschalten, Peter voraus, durch die Dienstbotentür und die Wendeltreppe nach oben. Erst da fiel mir das Gesicht am Fenster wieder ein, und dass ich seit meiner Rückkehr aus London noch nicht bei mir oben gewesen war, obwohl ich inzwischen fast überzeugt war, dass ich mich im Stockwerk getäuscht hatte.

Die Tür oben stand angelehnt. Als Peter sie aufstieß, zögerte ich, mir war unbehaglich, die um uns herumtanzenden Schatten machten mich nervös.

»Du glaubst jetzt nicht mehr, dass du jemanden hier oben gesehen hast, oder?«, fragte Peter.

»Nein.« Ich schüttelte den Kopf. »Nein, wahrscheinlich nicht.« Ich bemerkte jedoch einen Geruch, ähnlich wie der bei meiner Ankunft, als ich den Badezimmerteppich rausgerissen hatte. Und wie der Geruch der Matratze, auf der ich mit Mutter gelegen hatte und die von den Männern zusammen mit dem anderen Plunder abgeholt worden war.

In meinem Schlafzimmer hielt Peter den Kerzenhalter hoch. Meine alte Armeepritsche war verschwunden, und an ihrer Stelle stand ein hohes Einzelbett aus Holz, daneben eine passende Kommode mit einer Lampe darauf. Peter ging durchs Zimmer und schaltete sie an, und ich sah den Teppich, den Cara erwähnt hatte.

Peter legte eine Hand auf den geschnitzten Bettpfosten. »Ich vermute, es ist edwardianisch.«

»Oh, Peter«, sagte ich. »Das ist unglaublich. Vielen Dank.«

»Leider sind die Matratzen nicht besonders, aber diese ist hoffentlich besser als die von dem Armeebett.«

Ich setzte mich. »Es ist bestimmt schön, hier in einem richtigen Bett zu schlafen.« Ich wollte etwas sagen, damit er länger im Zimmer blieb, etwas, um ihm zu zeigen, dass ich ihn verstand.

»Und siehst du.« Er machte eine übertriebene Drehung. »Keiner da. Nur wir zwei.«

»Ja, natürlich. Ich bin mir sicher, ich habe Cara gesehen, am Fenster unten.«

»Soll ich in den anderen Zimmern nachsehen?«

Wollte er noch bleiben? Suchte er nach einer Entschuldigung, damit er nicht gehen musste? Vielleicht, dachte ich, war er mit einem Hintergedanken nach oben gekommen. Er hätte mich ja nicht zu begleiten brauchen. Nicht bei Kerzenlicht.

Ich dachte daran, dass ich mitten in der Nacht die Toilettenspülung gehört hatte, dass in der Badewanne ein Kissen gelegen hatte, und ich wollte nicht, dass er mich für eine schreckhafte mittelalte Frau hielt, die sich vor ihrem eigenen Schatten fürchtete. »Nein, nein«, sagte ich. »Das ist nicht nötig.« Innerlich sagte ich: *Ja, ja, bleib*.

»Vielleicht sollte ich nachts die Türen unten abschließen. Wir wollen nicht, dass jemand ins Haus kommt, jetzt nicht.« Er meinte damit die wertvollen Sachen, die wir im Museum gefunden hatten.

»Ja, da hast du recht«, sagte ich. Vor meinem inneren Auge sah ich den Mann, den Cara mir beschrieben hatte – der sich freute, Vater zu werden, und mit ihr ans Meer geradelt war und ihr Butterbrothäppchen zu essen gegeben hatte. Ein Romantiker. Ich wollte, dass er sich mir anvertraute.

»Na gut«, sagte er. »Ich freue mich, dass dir dein Zimmer gefällt. Sag mir Bescheid, wenn du noch etwas brauchst.«

»Es ist wunderbar so.«

»Ich lasse dich jetzt allein, damit du dein neues Bett ausprobieren kannst.« Ich ging auf dem dunklen Flur mit ihm bis zur Tür am Ende. Dass er das Licht nicht angeschaltet hatte, schien mir bedeutsam. Ich war unmittelbar hinter ihm, als er plötzlich stehen blieb und ich beinah mit ihm zusammengestoßen wäre, worauf er nach meinen Armen griff. Ich war bereit und hob mein Gesicht.

»Mist«, sagte er. »Ich habe gar nicht an einen Schreibtisch gedacht.«

Er schaltete das Deckenlicht an.

»Oh«, sagte ich. »Ein Schreibtisch. Ja. Ein Schreibtisch wäre schön.«

Er hat mich nicht geküsst. Natürlich hat er mich nicht geküsst.

16

In dem Dachzimmer neben meinem schüttelte jemand feuchte Leinentücher aus: Tischdecken oder monogrammierte Servietten, klein genug, dass ein Mensch sie an zwei Zipfeln halten und ausschlagen konnte. Das Geräusch drang in meinen Traum, und als ich starr vor Schreck erwachte, lag ich im Dunkeln in meinem neuen Bett und wartete darauf, dass das Geräusch wiederkam. Ich dachte abermals an das Gesicht im Fenster, und jetzt war ich mir sicher, dass es wirklich da gewesen war und die Person im Zimmer nebenan war. Ich tastete nach meiner Uhr und hielt sie hoch: Es war zu dunkel, um das Ziffernblatt sehen zu können.

Nach meiner Ankunft hatte ich alle Zimmer des Dachgeschosses durchsucht, hatte Spinnweben beiseitegeschoben und im Hocken aus den kleinen Fenstern geguckt. Der Blick nach Westen war derselbe wie bei mir: die Aussicht auf den Park mit den in der Ferne aufsteigenden Hängen.

Unter der Zimmerdecke war die Nachtluft dick, als würde das Blechdach die sonnigen Tage speichern und nachts auf mich niederdrücken. Ich versuchte mich abzulenken und dachte wieder an das Gespräch. Hatte Peter, als er mit mir nach oben gegangen war – nach oben in dieses Zimmer! – wirklich gesagt: *Hier ist niemand außer uns beiden*? Ich war schon fast wieder eingeschlafen, als das Geräusch abermals zu hören war, und ich lauschte, starr vor Angst, und stellte mir das Gesicht vor, ohne Augen, Mund oder Nase. Jetzt sah ich die Person nebenan deutlich vor mir: eine Frau mit knorpeligen Gelenken, strähnigem Haar, eine Verrückte, die mitten in der Nacht die Wäsche machte. Ich hörte, wie sie auf die Fensterbank kletterte und gegen die Scheibe klopfte, ich sah, wie sie sich an den Rahmen krallte, und ihre Fingernägel waren gebogen und gelb wie alter Käse.

Ich konnte unmöglich im Bett liegen bleiben, den Geräuschen zuhören und mir noch weiter die verrücktesten Dinge ausmalen, und so schaffte ich es, mit einer Willenskraft, von der ich nicht gewusst hatte, dass ich sie besaß, mein Laken zurückzuwerfen und aus dem Bett zu steigen. Das Geräusch war verschwunden. Ich ging auf den Flur und drückte mein Ohr an die Tür neben meiner. Alles still. Ich überlegte, ob ich Peter holen sollte, aber erst vor wenigen Stunden hatte ich ihm gesagt, ich hätte keine Angst. Ich wollte schon wieder ins Bett gehen, wusste aber, dass ich nicht den Mut haben würde, noch einmal aufzustehen, wenn das Geräusch wieder anfing. Mutters Medaillon lag auf meiner Brust, und ich berührte es intuitiv, dann öffnete ich die Tür.

Vor der zerbrochenen Fensterscheibe lag auf dem Boden eine Amsel, ihr Kopf war abgeknickt, das eine Auge war schon glasig geworden, aber die gelben Ringe um die Augen und der Schnabel glänzten. Als ich den Vogel in die Hand nahm, war er noch warm.

»Ich habe ihr gesagt, dass es mir leidtut«, sage ich, glaube ich, zu Victor.

Die braune Schwesternhelferin legt ihre warmen Finger auf das kalte, träge Blut in meinen Adern und zählt.

»Bleiben Sie nicht zu lange, Kaplan«, sagt sie. »Mrs. Jellico braucht Ruhe.«

»Kaplan!«, sage ich. So heißt er hier, an diesem Ort, nicht Pastor.

»Möchten Sie etwas sagen, Miss Jellico?« Der Atem des

Kaplans streift mein Gesicht, ich rieche Pfefferminz. Hat er am Morgen daran gedacht, dass er die Sterbende besuchen und sich über sie beugen müsste? Hat er eine Rolle Pfefferminzbonbons in seinem Talar? Haben Talare Innentaschen? Ich sehe ihn an und stelle fest, dass sein Beffchen schief sitzt, als hätte er es eilig umgebunden.

»Miss Jellico?«, sagt er.

»Dass es mir leidtut«, sage ich wieder. »Ich habe ihr gesagt, es tut mir leid.«

»Wem haben Sie das gesagt?«, fragt der Kaplan.

Ich gehe durch eine Herde Kühe, und sie teilt die Herde für mich, wie Moses das Meer für die Israeliten. Ich habe Kühe nie gemocht, und sie mögen mich nicht. Ich habe keine Angst vorm Sterben. Der Kaplan sitzt neben mir: »Cara Calace?«, sagt er.

Ich habe Kühe nie gemocht.

»Sie sah aus, als schliefe sie«, sage ich. »So friedlich.«

»Was haben Sie getan, Miss Jellico? Früher waren wir Freunde, wissen Sie das noch? Sie können es mir sagen.«

»Ich habe es getan«, sage ich.

Am nächsten Morgen stand ich vor Cara und Peter auf und zog mir den Morgenmantel über, ohne mir zuvor Mutters Unterwäsche anzuziehen. In einem der Schuppen, wo ich die Marmeladengläser entdeckt hatte, fand ich eine Schaufel, und ich begrub die Amsel zwischen den Wurzeln des Maulbeerbaums. Dann suchte ich nach einem Brett, das ich über das zerbrochene Fenster nageln konnte, fand aber nichts und ging deshalb in den Keller. Die Tür unten im Dienstbotenaufgang klemmte, ich musste lange drücken, bis sie sich mit einem rostigen Klagen öffnete. Ich fühlte an der Wand, bis ich einen Lichtschalter fand, und als ich ihn drückte, ging eine Reihe von Birnen an der Decke im Flur an, der über die Länge des Gebäudes von Nord nach Süd verlief, parallel zu den Fluren in den oberen beiden Stockwerken. Auf unserer Besichtigungstour hatte Peter mir den Keller nicht gezeigt, vielleicht, weil er dachte, es lohnte sich nicht, oder weil er den Weinvorrat, den er entdeckt hatte, geheim halten wollte. Er hatte gesagt, der Keller habe denselben Grundriss wie das Haus, sei aber in ungefähr dreißig Räume unterteilt: Spinde, Vorratsräume, Speisekammern, Nischen, die alte Küche. Und ich hatte ihm erzählt, dass bei der Erbauung von Lyntons das Untergeschoss das Erdgeschoss gewesen war, mit Fenstern, die zum Garten hinausgingen, aber als das Haus Anfang des neunzehnten Jahrhunderts umgebaut wurde, hatte man um den Sockel herum Erde aufgeschüttet, wodurch einerseits die Terrasse und der Portikus im Westen entstanden und andererseits die Dienstboten eingekerkert wurden.

Ich ging rasch den Flur entlang, in dem es nach Moder roch, stärker als im restlichen Haus, und aus manchen Räumen, in die ich hineinsah, schlug mir Schimmelgeruch entgegen.

Während die Räume oberhalb des Erdniveaus größtenteils leer standen, waren diese hier als Friedhof für kaputte Dinge benutzt worden: dreibeinige Stühle, borstenlose Bürsten, Eimer mit Löchern. Ich fand es hier unten beklemmend – der schmutzige, verstümmelte Krempel, das fehlende Tageslicht. Ich arbeitete mich schnell voran, öffnete Türen, schaltete das Licht an, scheuchte Mäuse und Spinnen in ihre Löcher. Ganz am Ende kam ich zu einer Kammer, die voll mit alten Farbdosen und einer Sammlung von Brettern war, die an der Wand lehnten, und ich suchte, bis ich eins fand, das ich für passend hielt.

Peters Werkzeuge waren in dem Raum, der wohl ehemals das Zimmer des Butlers oder der Haushälterin gewesen war; es gab dort einen kleinen Kamin und einen Wasserkessel, der auf einem Rost stand. Auch ein Bett stand dort, es ließ sich von der Wand herunterklappen und konnte zurück in den Holzrahmen gehoben werden, wenn es nicht benutzt wurde. Als ich weiter in das Zimmer hineinging, sah ich, dass die Kissen auf dem Bett frische Kissenbezüge hatten, und ein sauberes Laken war unter einer Wolldecke an den Ecken ordentlich festgestopft. Peters Werkzeuge lagen auf einer alten Truhe, und daneben stand der Vorschlaghammer, den Peter benutzt hatte, um die Tür zum Museum einzuschlagen. Ich nahm einen Hammer mit einem kleinen Kopf und eine Handvoll Nägel. Es freute mich, dass ich alles gefunden hatte, ohne Peter bitten zu müssen.

Ich hörte, wie die Tür am Ende des Treppenhauses geöffnet wurde, mit demselben Geräusch, das sie gemacht hatte, als ich sie aufgedrückt hatte – einem Quietschen der Scharniere –, obwohl ich nicht mehr wusste, ob ich sie hinter mir zugemacht hatte.

»Peter?«, rief ich. »Ich bin das hier unten, Frances. Ich hoffe, du hast nichts dagegen, dass ich mir deinen Hammer borge.« Ich zog die Schärpe um meinen Morgenmantel enger.

Er sagte nichts, obwohl ich seine Schritte auf dem Steinfußboden näher kommen hörte.

»Cara?«, rief ich, jetzt eher ängstlich.

Ich ging wieder in den Flur, blickte in beide Richtungen, aber es war niemand zu sehen. Ich rief abermals die Namen der beiden, hörte aber auch diesmal nichts. Hinter mir war der Schatten wieder da, graue Luft, die sich an mich presste, und ich wirbelte herum, um ihn zu packen. *Missetat.* Das Wort kam mir in den Kopf, als hätte jemand es laut gesagt. »Hallo?«, sagte ich, aber meine Stimme klang hohl, und dann rannte ich, rannte den Flur entlang – das Medaillon um meinen Hals hüpfte –, rannte durch die Tür am Ende und die Treppe nach oben, ans Tageslicht.

Wir aßen Lunch: Feigen, Brot, Käse. Cara trug das blaue Kleid, das sie sich am Abend zuvor ausgesucht hatte. Peter ging, um Kaffee zu machen. Von den Stufen der Orangerie, wo wir saßen, konnte ich sehen, wie er im Zimmer umherging und erst an einem Fenster, dann am anderen erschien und Weingläser und Tassen einsammelte, aus denen wir getrunken und die wir auf die neuen Möbel gestellt hatten, sodass auf der polierten Fläche weiße Ringe entstanden waren.

»Peter hat gesagt, er hat dich gestern Abend ins Dachgeschoss begleitet«, sagte Cara und leckte sich die Finger. Sie lehnte sich zurück und schloss die Augen. Die Bemerkung klang harmlos, aber ich war mir nicht sicher.

»Um mir eure Überraschung zu zeigen«, sagte ich. »Mein neues Bett und den Teppich.«

»Gefällt es dir?«

»Sehr gut. Danke.«

»Eigentlich wollten wir beide dir die Überraschung zeigen. Ich dachte, so hätten wir das ausgemacht.«

»Du hast auf der Chaiselongue gelegen und tief und fest geschlafen.«

»Und ihr habt nicht daran gedacht, mich zu wecken?« Sie strich sich die Haare aus dem Gesicht.

»Du schienst müde nach all der Schufterei für mich.«

»Ihr seid also zusammen nach oben gegangen?«

Ich versuchte zu erraten, was Peter ihr gesagt hatte.

»Ja«, sagte ich. »Damit Peter mir das Bett und den Teppich und den Nachttisch zeigen konnte. Ich habe die Überraschte gespielt. Ich dachte, *das* war es, was wir verabredet hatten.«

Sie richtete sich auf, schwieg aber, als müsste sie überlegen, wie sie mit meinem kleinen Akt des Widerstand umgehen sollte. »Ich freue mich, dass es dir gefällt«, sagte sie dann. »Ich war einfach enttäuscht, weil ich dein Gesicht nicht sehen konnte, als du ins Zimmer kamst.«

Eine Weile sprachen wir nicht, damit sich die Luft zwischen uns beruhigen konnte. Ich konnte Peter in ihrem Badezimmer sehen – wahrscheinlich füllte er den Wasserkessel.

»Wann ist das Baby auf die Welt gekommen?«, fragte ich, weil ich annahm, wir wären auf sicherem Boden, wenn es wieder um ihre Geschichte ging. Allmählich verstand ich, dass Cara und ich in ihrer Erzählung beide eine Rolle zu spielen hatten. Ich war in erster Linie die Zuhörerin, ihr Publikum, das aus einer Person bestand. Und ein Publikum brauchte sie, auch wenn nur ich im Saal saß und mit offenem Mund der Aufführung folgte. Ohne eine Zuhörerin wäre ihre Geschichte bloße Erinnerung und Fantasie gewesen, unentdeckt und ungehört, wie ein Buch ohne Leser. Meine zweite Rolle war die der Souffleuse, die aus den Kulissen das Stichwort gab.

»Sommer 1964«, sagte sie. »Nach meiner Berechnung kam er zu spät.«

»Deiner Berechnung?«, fragte ich verständnislos.

»Ja«, sagte sie. »Vorwärts gerechnet von dem Gespräch, das ich mit Pater Creagh im kleinen Salon hatte und bei dem ich gesehen hatte, wie Jesus aus dem Bild stieg. Du erinnerst dich doch, oder?«

»Jesus auf dem Bild?«, sagte ich und war wieder einmal schockiert.

»Ja, Frances. Du musst zuhören.« Sie klang gereizt, also schwieg ich und ließ sie erzählen.

»Peter hat mich zum Krankenhaus in Cork gefahren. Ich

wollte nicht, dass er mit mir kommt, falls er auf der Treppe gestolpert und dabei umgekommen wäre.«

»Wie dein Vater?«

»Ich glaube, er saß im Auto oder ist unten im Flur auf und ab gegangen. Ich hatte solche Angst vor der Geburt – vor den Schmerzen, dem Unbekannten wahrscheinlich –, aber am meisten hatte ich Angst vor dem, was ich zur Welt bringen würde. Wenn das Kind keinen menschlichen Vater hatte, was für ein Wesen würde es sein? Ich wusste nicht, was ich mir vorstellen sollte. Ich weiß noch, dass ich in den Nächten, bevor die Wehen anfingen, von Schafhirten und Heiligenscheinen und Kühen geträumt hatte. Lauter verworrenes Zeug und völlig unsinnig. Aber dann war es ein normaler kleiner Junge, mit zwei Beinen und zwei Armen und zehn winzigen Zehen. Er sah niemandem, den ich kannte, ähnlich, auch mir nicht. Er hatte helle Haut mit ganz feinen Härchen, und die Augenbrauen und Wimpern waren fast weiß. Aber das Haar auf seinem Kopf war gelblich-orange-aprikose, und wenn er die Augen aufschlug, hatte er riesige Pupillen, wie eine Katze, die man aus dem Schlaf weckt.

Ich habe ihn geliebt, hatte aber nicht das Gefühl, dass es mein Kind war. Ich wusste nicht, wie er entstanden war, aber Peter nannte ihn von Anfang an seinen Sohn. Ich habe ihn gestillt und seine Windeln gewechselt, aber es war immer Peters Kind. Manchmal vergaß ich, dass er da war, er war so still und hat kaum geweint, und wenn ich ihn auf den Arm nahm, hatte er einen Gesichtsausdruck, den ich nicht verstand, als gingen ihm Gedanken durch den Kopf, zu denen kein Baby fähig sein sollte. Vielleicht denken das alle Mütter von ihren Kindern. Ich weiß es nicht. Als wäre ihr Kind besonders. Aber Finn war *wirklich* anders. Manchmal legte Peter ihn mitten in der Nacht in unser Bett, auch wenn er nicht geweint hat, und wenn ich aufwachte, lag er zwischen uns und schlief.

Ich hatte den Plan, nach Italien zu gehen, noch nicht aufgegeben. Ich wollte in die Sonne. Ich war Irland und den Regen leid. Wenn ich bei O'Dowds einkaufte, waren die Leute im Dorf freundlich, aber sie wussten alles über jeden. Man musste mit jemandem im Ort verwandt sein, wie entfernt auch immer, um dazuzugehören. Und dann kam das Unglück. Es kam der Moment …«

Sie hielt inne. Sie sah über meine Schulter, und als ich mich umwandte, sah ich Peter mit dem Kaffee auf die Terrasse kommen.

»… der Moment, als ich … als ich Finn losgelassen habe. Ich hätte ihn festhalten sollen. Ich hätte ihn festhalten sollen.« Sie sprach in einem hastigen Flüstern. Dann setzte sie sich auf. »Oh, Kaffee? Wunderbar!«, sagte sie zu Peter. Ich stellte mir eine irische Nonne mit strengem Gesicht vor, die Cara das Kind aus den Armen genommen hatte. Cara liefen die Tränen über das Gesicht bei der Erinnerung an diesen Moment.

Peter hatte einen Teller mit Caras selbst gebackenen Garibaldi-Keksen zum Kaffee mitgebracht. Ich hatte ihr nicht gesagt, dass die Kekse trotz des Namens nicht italienisch waren. Sie waren Mutters Lieblingskekse gewesen, aber mir widerstand die Vorstellung, auch nur einen davon zu essen. Cara und ich tranken unseren Kaffee, und sie zeigte mir den Ring aus dem Museum, den sie immer noch trug. Es war ein Trauerring. Die Symbole um den Stein waren kleine Schädel, und der Diamant hatte ein verborgenes Scharnier; als Cara die Klappe und die kleine Glasscheibe dahinter öffnete, sah man eine winzige Haarlocke. Sie zog den Ring ab und gab mir die Gravur zu lesen: *Eliza Sutton, 6. Juni 1830, 17 Jahre.*

»Ihr neuer Ehering«, sagte Peter, lächelte aber nicht.

Der Himmel hatte sich verdunkelt, ein paar große warme Regentropfen fielen, und wir sammelten alles in die Tischdecke, die wir zum Essen ausgelegt hatten, aber der Regen hörte auf, bevor wir im Haus waren. Zu dritt setzten wir uns unter den Portikus der Orangerie und lehnten uns an die geschlossene Doppeltür.

»Heute Morgen bin ich zum ersten Mal in den Keller gegangen«, sagte ich.

»Ich mag es da unten nicht«, sagte Cara. »Ich muss immer daran denken, dass die Dienstboten da nie das Tageslicht gesehen haben.«

»Ich dachte, ich hätte einen von euch runterkommen hören. War einer von euch unten?«

»Im Keller?«, sagte Cara mit einem Stirnrunzeln. »Ich nicht.« Sie sah Peter an und wartete.

»Cara«, sagte Peter. »Ich war den ganzen Morgen mit dir zusammen. Was hast du im Keller gemacht?«, fragte er mich.

»Keiner von euch ist also nach unten gekommen?«

»Nein«, sagte Cara. »Und du hast da unten jemanden gehört?«

»Ich brauchte ein Brett, um das Fenster nebenan zuzunageln. Eine Amsel ist in das Zimmer geflogen.«

Cara richtete sich auf. »Eine Amsel? Ist ihr was passiert?«

»Sie ist im Zimmer umhergeflattert und hat mich erschreckt.«

»Hat sie gesungen?« Sie setzte ihre Tasse auf den Stein neben sich.

»Gesungen? Nein, sie hat nicht gesungen. Sie ist herumgeflattert und hat wohl verzweifelt einen Fluchtweg gesucht. Das Fenster war zerbrochen.«

»Peter«, sagte Cara. Zwischen ihnen gab es eine Verständigung, von der ich ausgeschlossen war.

»Es bedeutet nichts.« Peter hatte die Augen geschlossen und wirkte müde.

»Was bedeutet es nicht?« Ich sah von einem zum anderen.

»Peter!«, sagte Cara. »Der Vogel war im Haus.«

»Der Vogel war im Haus?«, fragte ich und dachte wieder an das Gesicht am Fenster, die Schritte im Keller, das Kissen in der Badewanne. Meine Finger suchten das Medaillon, und ich zog die Kette über meine Unterlippe.

Cara stand auf und stieß dabei die Tasse um, eine von den blau-goldenen mit dem Emblem der drei Orangen. Die Tasse wackelte, Peter griff danach, wollte sie festhalten, aber sie fiel und zerbrach auf den Steinen.

»Himmel, Cara. Das war ein komplettes Service. Wenn eine Teetasse fehlt, ist es nicht mehr viel wert.«

»Aber der Vogel!« Sie beugte sich über ihn und sprach durch die Zähne.

Er stand auf, legte ihr den Arm um die Taille und wollte sie an sich ziehen, doch sie schob ihn weg. Peter streckte die Hände aus, als wollte er sie fangen – sie selbst ein Vogel und zu schnell für ihn.

»Schsch«, sagte Peter, aber sie lachte wie besessen, fuhr sich mit den Händen durch ihr wildes Haar und ließ sie fallen, dann rannte sie ein Stück zum Haus und wieder zu uns. Ich überlegte, ob ich ihr eine Ohrfeige geben oder mit dem Fahrrad den Arzt holen sollte, sie war hysterisch, aber eigentlich war es gespielt, zu künstlich und übertrieben.

»Lass uns ins Haus gehen«, sagte er und legte ihr den Arm um die Schultern. »Komm und leg dich hin. Es war nur ein Vogel.«

»Entschuldigung«, sagte ich, wusste aber nicht, wofür ich mich entschuldigte.

»Es ist nichts. Es ist gleich vorbei.«

»Es ist nichts«, kreischte Cara.

»Ich habe die Amsel begraben«, sagte ich. »Unter dem Maulbeerbaum. Das war doch richtig.«

»Sie ist tot?«, sagte Cara und sackte in sich zusammen, und Peter hielt sie unter den Achseln.

»Komm und leg dich hin«, sagte er wieder.

»Kann ich etwas tun?«, fragte ich, aber sie waren schon auf dem Weg zu den offenen Fenstertüren, Caras Füße schleiften praktisch über den Boden.

Ich sammelte die Scherben der zerbrochenen Tasse zusammen, weil ich nicht wusste, was ich sonst tun sollte. Dann wartete ich unter dem Portikus. Durch das offene Schlafzimmerfenster konnte ich Cara erkennen, sie saß auf dem Bett, den Kopf in den Händen, und Peter kniete vor ihr. Sie erlaubte ihm, ihr das Kleid über den Kopf zu ziehen, und legte die Arme um seinen Hals. Ich sah, dass er sich von ihr befreite, sie ins Bett legte und zudeckte.

17

Später kam Peter zu mir in den Rosengarten. Ich hatte nicht wieder ins Haus gehen wollen. Es schien mir jetzt wie eine Bedrohung, die leeren Zimmer mit den staubigen Ecken waren mir nicht mehr geheuer, obwohl ich es bis vor Kurzem noch schön gefunden hatte. Ich war überzeugt, das Haus spielte ein Spiel mit mir und wollte mich in den Wahnsinn treiben oder vergraulen.

»Lass uns zum Essen ausgehen«, sagte Peter. »Cara schläft.« Ich sah zu ihrem Schlafzimmerfenster hoch. »Ich bin mir sicher, wir können sie allein lassen.«

Ich ging die breite Treppe hoch, und kurz bevor ich zu der mit Filz beschlagenen Tür kam, sah ich zum ersten Mal, dass in der kleinen Nische im Flur jetzt eine Marmorstatue stand, das Weiß leuchtend in dem schwachen Licht: ein nackter junger Mann, und nicht einmal ein Feigenblatt, das ihn bedeckte. Ich ging näher heran und sah, dass er von Tausenden von Fingern, die ihn im Vorübergehen berührt haben mussten, glänzend geworden war. In einer Hand hielt er ein Bund Weintrauben, in der anderen einen Becher, mit dem er sich selbst zuprostete: Bacchus. Dann bemerkte ich, dass er nicht aus Marmor war, sondern aus Gips, und als ich mit dem Fingerknöchel auf seinen Oberschenkel schlug, klang es hohl.

Im Dachgeschoss öffnete ich alle Türen und vergewisserte mich, dass niemand dahinter stand, dann streifte ich hastig den bestickten Morgenmantel ab und zog einen langen Männerrock an, ein Seidengewand mit fliederfarbenen und grauen Streifen, darunter zog ich drei Faltenunterröcke, und damit alles gut hielt, schlang ich einen Gürtel um die Taille. Ich drehte mein Haar auf dem Hinterkopf zusammen und steckte einen der Fächer in eine schwarze Abendhandtasche, die ich mir über das Handgelenk hängte. Ich hielt nicht inne, um mich im Spiegel anzusehen, der plötzlich im Bad hing.

Peter fuhr in die Stadt und parkte vor dem Harrow Inn. Nach dem, wie ich behandelt worden war, als ich dort Tee trinken wollte, wäre es nicht meine erste Wahl gewesen, aber ich hatte keinen besseren Vorschlag. Peter wurde mit Namen begrüßt, und der Mann am Empfangstisch begrüßte mich mit einem kleinen Nicken. Ich hätte gern meinen Fächer aus der Tasche geholt und mir damit vor dem Gesicht gewedelt, aber der Mann führte uns umgehend in einen holzgetäfelten Speiseraum mit einem dicken, gemusterten Teppich, wo alles gedämpft war und zugleich funkelnd. Auf den Sets waren Jagdszenen abgebildet, die Vorhänge waren aus rotem Damast. Stumpfsinnig wirkende Steuerberater und Anwälte in dunklen Anzügen saßen an den Tischen aus dunklem Holz zusammen mit ihren gesitteten Ehefrauen und braven jugendlichen Töchtern. Was wohl passieren würde, wenn ich ihnen das Essen auf ihren Tellern in den Schoß kippen und die friedliche Szene stören würde. Wussten sie denn nicht, dass Peter mich zum Essen ausführte? Peter! Ich versuchte, meine Nerven zu beruhigen.

»Sollen wir Steak essen?«, fragte Peter, als wir uns gegenübersaßen und ich auf die Speisekarte starrte und immer wieder die erste Zeile las. Er nahm die Weinliste. »Eine Flasche von dem Volnay«, sagte er zu dem Kellner, der sich ebenfalls leicht verneigte. Dann bestellte Peter noch zwei doppelte Gin Tonic, mit denen wir uns das Warten verkürzen wollten. Ich konnte den Preis des Weins nicht sehen, aber Peter sagte: »Ich erwarte eine kleine Ausschüttung. Heute wird nicht aufs Geld geguckt.«

Als der Kellner mit der Flasche kam und sie entkorkte, sagte Peter: »Die Dame sollte kosten.« Der Kellner zog die Augenbrauen in die Höhe, goss aber einen Schluck in mein Glas, und ich schwenkte das Glas und roch an dem Wein und ließ ihn über meine Zunge rollen, wie Peter es mir gezeigt hatte. Ich war zu angespannt, um zu merken, wie der Wein roch oder schmeckte, trotzdem nickte ich, und uns wurde eingegossen.

Wir fingen mit Paté und Melba-Toast an, am Tellerrand lag eine winzige gefächerte Senfgurke. Vor lauter Nervosität hatte ich Hunger. Peter beugte sich nach vorn und sprach über das, was im Museum lagerte, wie erstaunlich es war, dass die Soldaten es nicht gefunden hatten, obwohl es die ganze Zeit unmittelbar vor ihrer Nase gewesen war. Er goss uns Wein ein, und wir zündeten Zigaretten an. Eine Ecke von meinem Toast Melba sprang vom Teller und verschwand unter dem Tisch, und ich trank schnell einen Schluck, um meine Verlegenheit zu überspielen. Ich erzählte ihm von einem Haus in Südfrankreich, das seit hundert Jahren verlassen gestanden hatte, weil die Besitzer tot und die Erben unbekannt waren, und dessen Schätze erst vor Kurzem entdeckt worden waren.

»Hast du in Oxford Geschichte studiert?«, fragte Peter.

»Im St. Hugh's College, ja.«

»Bist du da nicht Mallory begegnet? Sie war in St. Hilda's College.«

»Was hat sie studiert?«

»Klassische Philologie. Wir haben uns bei Sotheby's kennengelernt. Absurd, dass sie mit ihrem Universitätsabschluss nur eine Stelle als Sekretärin bekommen hat, während mir sofort eine gute Stelle angeboten wurde, obwohl ich lediglich mit einem Abschluss in Englisch von der Schule abgegangen war.«

Ich war schon im Begriff, ihm zu erzählen, dass ich weniger als ein Jahr in Oxford gewesen war und Mutter am Ende meines dritten Trimesters so krank wurde, dass ich nach Hause musste, um sie zu pflegen. Damals wurde sie wieder gesund, aber ich nahm das Studium nicht wieder auf. »Ich erinnere mich nicht an den Namen«, sagte ich.

»Sie war ein Blaustrumpf, könnte man sagen. Das genaue Gegenteil zu Cara. Ich war von Mallory's Verstand fasziniert, und bei Cara war es … ich weiß auch nicht.« Er sah aus, als bedauerte er, den Satz angefangen zu haben. »Ich fand sie attraktiv, könnte man sagen. Aber ich bedauere manchmal, dass ich nicht zur Universität gegangen bin«, fuhr er fort. »Lernen, um des Lernens willen. Ich hatte es so eilig – ich wollte Geld verdienen, nach London ziehen, etwas erreichen. Vielleicht wäre es gut gewesen, wenn ich Zeit zum Lernen und fürs Vergnügen gehabt hätte. Mallory hat mir immer erzählt, was sie alles angestellt hat.«

»Hörst du noch von ihr?«

»Nein, eigentlich nicht. Eine Weile habe ich geglaubt, wir könnten Freunde bleiben, aber das war schwierig. Ich vermisse sie, unsere Freundschaft, meine ich. Allein meine Schuld, natürlich. Aber egal. Wie war deine Zeit in Oxford? Hast du deinen Spaß gehabt?«

In diesem Moment kamen unsere Steaks, und das Gespräch wurde unterbrochen. Eine Kellnerin in schwarzweißer Kleidung tat uns aus Aluminiumschalen Möhren, grüne Bohnen und Blumenkohl mit Käsesoße auf. Als wir anfingen, unser Fleisch zu zerschneiden und das Blut unter das Gemüse lief, sagte Peter: »Zu schade, dass Cara Vegetarierin ist.«

»Vegetarierin?«, sagte ich. »Aber sie kocht Hühnchen und Fisch.« Mein gezacktes Messer sägte und sägte.

»Eine Rindfleisch-Vegetarierin.« Er kaute auf einem Stück Steak. Seine Zähne standen in einer geraden Reihe. »Und Kalb kommt ihr auch nicht ins Haus. Bestimmt ist dir das aufgefallen.«

Ich war mir nicht sicher, ob er mich aufforderte, mich über Cara lustig zu machen oder Verständnis für sie zu zeigen. »Unsere Haushälterin hat oft einen leckeren Rindereintopf aus Beinfleisch gemacht, als mein Vater noch bei uns wohnte«, sagte ich und trank von dem Wein, um dem Fleisch hinunterzuhelfen, und die vertraute Wärme und Selbstsicherheit strömte durch meine Adern.

»Ich vermute, Cara würde sogar das ablehnen«, sagte er.

»Glaubt sie, Kühe sind heilig?«

»Sie liebt sie, so viel steht fest.«

Er lächelte, und wir sahen uns länger als nötig an, bis ich den Blick abwenden musste. Ich drückte eine Salzkartoffel in den blutigen Saft auf meinem Teller.

»Mach dir keine Gedanken«, sagte er und streckte seine Hand nach meiner aus – nach der mit dem Messer.

»Oh, ich mache mir keine Gedanken«, sagte ich, und im selben Moment sagte er: »Cara kommt allein im Haus zurecht.« Ich hatte nicht daran gedacht, ob Cara zurechtkam. Ich legte mein Messer hin, damit er meine Hand in seine nehmen konnte, aber er nahm sein eigenes Besteck wieder zur Hand und aß weiter. »Sie wird fest schlafen, da bin ich mir sicher«, sagte er und steckte sich einen Bissen in den Mund.

Ich trank mein Weinglas leer und füllte unsere beiden Gläser. Wir aßen, ohne zu sprechen, bis ich sagte: »Es tut mir leid wegen der Amsel. Ich hätte das nicht erwähnen sollen.«

»Du hast es ganz richtig gemacht, dass du sie begraben hast. Außerdem konntest du das nicht wissen.«

»Was sollte das alles?«

»Caras irischer Aberglaube. Wenn sie einen Stuhl umstößt, bekreuzigt sie sich, wenn das erste Lamm im Frühling schwarz ist, bedeutet das Unglück, und wenn ihre Handflächen jucken, kriegt sie demnächst Geld.« Peter kratzte seine Handfläche mit dem Messergriff, und wir lachten beide. Die Frau am Nebentisch betrachtete uns intensiv, und ich sah ihr an, dass sie dachte, was für ein attraktives Paar wir waren und wie wunderbar es sein musste, der Liebe etwas später im Leben zu begegnen.

»Und die Amsel?«

»Ich glaube, das verstehe ich selbst nicht. Als ich mit ihr nach oben ging, hat sie lauter Unsinn gefaselt. Ein Vogel im Zimmer soll eine Vorahnung auf einen kommenden Tod sein«, sagte er. »In Caras Kopf geht das alles durcheinander: Katholizismus und Protestantismus, vermischt mit irischem Aberglauben. Wenn der Vogel singt, bedeutet es das eine, ein Kreischen bedeutet etwas anderes.«

»Und wenn er gar kein Geräusch macht? Wenn er nur flattert und dann stirbt?«

»Dann wird man zu einer sehr tatkräftigen Frau, sucht eine Schaufel und begräbt den Vogel.«

Wir beugten uns über dem Tisch zueinander und lachten wieder.

»Und dann holt man ein Brett, einen Hammer und ein paar Nägel«, sagte ich. »Ich hoffe, du hattest nichts dagegen, dass ich mich bedient habe.«

»Keineswegs.«

»Im Keller habe ich das Bett gesehen«, sagte ich, und obwohl er den Kopf gesenkt hatte und sich auf sein Essen konzentrierte, hörte sein Kiefer zwei Atemzüge lang auf zu malmen. »Wenn du mit jemandem sprechen möchtest, du weißt ja –«

»Ja, danke.« Er unterbrach mich und rief den Kellner.

»Entschuldige bitte«, sagte ich, weil ich dachte, er würde nach der Rechnung fragen und mit mir nach Hause fahren, aber er bestellte eine zweite Flasche Volnay, und diesmal probierten wir den Wein gar nicht erst.

»Und heute Morgen warst du nicht da unten?«

»Wo, unten?«

»Im Keller.«

»Du hast gesagt, du hättest Schritte gehört?«

»Ja, sie kamen auf dem langen Flur auf mich zu.«

»Wahrscheinlich das Haus, das sich dehnt«, sagte er und gab mir eine Zigarette.

»Das sich dehnt?«

»Abhängig von den Außentemperaturen und den Bewegungen im Haus reagieren die Materialien. Cara oder ich waren es jedenfalls nicht, und sonst ist ja niemand im Haus.«

»Wie kannst du dir da so sicher sein?«

»Weil es absurd wäre. Wir hätten denjenigen inzwischen gesehen, oder? Nicht nur ein Gesicht am Fenster oder Schritte im Flur.«

Ich zog an meiner Zigarette.

»Hör zu«, sagte er. »Die Logik sagt, es ist das Haus, das ächzt und rumpelt, oder …« Er schien nicht weitersprechen zu wollen und drehte sich nach der Kellnerin um, die den Teewagen mit den Desserts schob.

»Oder was?«, fragte ich.

»Oder es ist in deinem Kopf.«

Ich trank wieder von dem Wein. Seine Bemerkung hatte mich verletzt. Sie machte mich entschlossen, weniger ängstlich zu sein. Er hatte recht: Mit Logik vertrieb man die Dämonen.

Wir wechselten das Thema und fingen an, über die anderen Gäste zu sprechen, Geschichten über sie zu erfinden und darüber zu lachen. Die Kellnerin kam mit dem Dessertwagen.

»Was würden Sie empfehlen?« Peter lächelte sie an.

»Ich?«, sagte sie. »Ich weiß nicht.« Es hatte den Anschein, als wäre ihr diese Frage noch nie gestellt worden oder sie hätte nie zuvor mit den Gästen sprechen müssen.

»Bestimmt stibitzen Sie hin und wieder ein Scheibchen von dem Käsekuchen, wenn es niemand sieht?«

Ein Hauch von Röte überzog ihre Wangen, und ich dachte daran, dass Cara Peter als einen Mann beschrieben hatte, der unbekümmert flirtet.

Wir nahmen beide von dem Sherry Trifle. Peter leerte den Rest der zweiten Flasche Wein in mein Glas und bezahlte die Rechnung. Der Raum war dunkel, nur sein attraktives Gesicht war erhellt im Schein der Kerze, die zwischen uns stand.

Als wir aufstanden, schwankte ich und stieß mit ihm zusammen, und er packte mich am Ellbogen und stieß dabei an den Tisch, auf dem ein leeres Glas umfiel, aber nicht zerbrach. Die Ehefrau von einem der Anwälte in unserer Nähe äußerte leise ihre Missbilligung, und Peter und ich wechselten einen Blick und lachten leise. Wir stolperten aus dem Harrow Inn zum Auto. Die Fahrt nach Hause war ein verschwommener Film, die Straße, neben uns die dunklen Hecken, dann der Moment, als wir auf die Böschung holperten und wieder zurück auf die Straße. »Hoppla«, sagte Peter, als ich gegen seine Schulter fiel, und schob mich zurück. Alles war zum Schreien komisch.

Als wir zum Haus kamen, war ich überzeugt, dass er gegen den Springbrunnen fahren würde.

»Pass auf, der Canova!«, rief ich und lachte und prallte

mit der Schulter gegen die Tür, als das Auto um die Kurve fuhr.

»Wusstest du nicht, dass es eine Nachahmung ist!«, prustete er und trat auf die Bremse. »Ein falscher Canova.«

»Ersatz-Canova.«

Wir fanden uns ungeheuer witzig.

Wir gingen zur – unabgeschlossenen – Vordertür hinein, halfen uns gegenseitig die große Treppe hinauf, wobei ich immer wieder auf den Saum meiner Robe trat, und ermahnten uns gegenseitig, leise zu sein. Ich dachte, ich könnte ihn zu mir nach oben zum Kaffee einladen, dann fiel mir ein, dass ich weder Kaffee noch einen Wasserkessel hatte.

Auf dem Treppenabsatz vor der Tür zur Wendeltreppe blieben wir stehen, und ich hob mein Kinn, ich war bereit.

»Franny«, begann er. »Ich glaube …« Er sah mir in die Augen und legte seine Hand auf meinen Oberarm, nur einen Moment, während ich ein- oder zweimal blinzelte. Ich war mir sicher, dass er mir sagen wollte, er würde gern, aber er könnte nicht.

»… ich sollte nach Cara sehen«, beendete er den Satz.

»Natürlich«, sagte ich, trat einen Schritt zurück und nahm mit beiden Händen den Griff der filzbeschlagenen Tür. »Natürlich.« Mir gefiel, dass wir uns beide ehrenhaft verhielten und unsere Begierde im Zaum hielten.

Er ging den Flur entlang zu ihren Räumen. Ich wollte, dass er sich noch einmal umsah, und mein Blut raste, als er stehenblieb und sich umdrehte. Ich hatte keinen Zweifel, dass seine Miene deutliches Verlangen und Selbstverleugnung ausdrückte.

»Du solltest die Robe öfter tragen«, sagte er. »Sie steht

dir. Mach dir keine Sorgen, wenn die Leute gucken. Wen kümmert es, was die anderen denken?«

Es war, als hätte er mich geschlagen. Mir war nicht aufgefallen, dass die Leute geguckt hatten, wenigstens nicht wegen meiner Kleidung.

»Also«, sagte er. »Gute Nacht, Franny.«

Er ging den Flur entlang, und ich sah ihm nach. Nachdem er in ihr Zimmer gegangen war und die Tür hinter sich geschlossen hatte, drehte ich mich um und stolperte die Wendeltreppe nach oben, und dabei schrammte ich mit den Fingerknöcheln an der verputzten Wand entlang, ohne dem Schmerz Beachtung zu schenken.

In der Nacht wachte ich von demselben Geräusch auf wie in der vorherigen: jemand, der feuchte Tücher ausschlug und sich an den Fensterrahmen klammerte. Ich dachte an das Brett, das ich vor das zerbrochene Fenster genagelt hatte, und überlegte, ob es sich gelöst haben konnte, aber ich war mir sicher, dass es nicht so war. Ich lag im Bett und dachte an Mutter und daran, wie das Fleisch im Tod von ihrem Körper zurückgewichen war und es so ausgesehen hatte, als wären ihre Fingernägel gewachsen. Ich nahm das Kissen, auf dem mein Kopf lag, und drückte es mir auf die Ohren und das Gesicht und atmete den Geruch ungewaschener Bettwäsche ein. Es ist nicht möglich, sich selbst zu ersticken.

Am nächsten Morgen schlief ich lange, stand gegen Mittag auf, trank drei Gläser Wasser und nahm zwei Kopfschmerztabletten, dann legte ich mich wieder ins Bett. Es schien mir unwahrscheinlich, dass ich das Geräusch aus dem Zimmer nebenan tatsächlich gehört hatte. Später, als ich richtig aufwachte und draußen das Nachmittagslicht schimmerte, lag ich im Bett und ging den vergangenen Abend noch einmal durch. Ich erinnerte mich an meine Enttäuschung, als Peter gesagt hatte, der Springbrunnen sei kein Canova. Ich sagte mir, dass ich ihn missverstanden haben musste in dem, was er über mein Gewand gesagt hatte; ihm gefielen die Sachen, die ich trug – das allein war wichtig. Und ich erinnerte mich an seinen Blick, an die Berührung seiner Finger auf meinem Arm, als wir zusammen auf dem Treppenabsatz standen. Er hätte mich geküsst, dachte ich, wenn er frei wäre.

Trotzdem zog ich, als ich aufstand, den anderen Morgenmantel an, nicht die Sachen, die ich am Abend zuvor getragen hatte. Unten im Blauen Salon berührte ich die entstellten Pfauen und wich dann erschrocken von einer kauernden Gestalt zurück, die ich im Spiegel sah: ein Vogelgesicht und Hände mit Klauen, die mich an Mutter auf ihrem Sterbebett erinnerten. Doch dieser Mensch entwirrte sich und richtete sich auf, und es war Peter. Er hatte ein Maßband in der einen Hand und ein Klemmbrett in der anderen, ein Bleistiftstummel steckte hinter seinem Ohr. Er arbeitete, wie es schien.

»Hallo«, sagte er und lächelte.

Ich sah auf meine Hände – sie zitterten.

»Wie geht es dir? Tut mir leid wegen gestern Abend, war ein bisschen viel zu trinken.« Peter senkte ebenfalls den Blick. »Was hast du gemacht?« Er nahm meine Hand und betrachtete die Knöchel, die abgeschürfte Haut, wo ich an der Wand entlanggeschrammt war. Ich entzog ihm die Hand. Ich wollte, dass er es verstand, ohne dass ich es ihm erklärte.

Die Tür ging auf, und Cara kam herein, sie trug ein neues Kleid, ein Kleid aus grüner Seide, das über ihre Hüften auf den Boden wallte. Am Rücken war es bis zur Taille offen, und ihre Schulterblätter ragten wie Flügelstümpfe heraus. Grün gefärbte Straußenfedern waren um den Halsausschnitt genäht. »Was meint ihr?«, sagte sie und begann sich in der Mitte des Saales zu drehen. Im Spiegel erschienen die fasrigen grünen Federn, die sich lösten und um sie herum zu Boden fielen. »Ich habe noch einen Schrank voller Kleider gefunden.«

»Es ist sehr schön«, sagte ich. Sie war schön, und jetzt begriff ich auch, dass sie das wusste. Peter und ich sahen zu, wie sie sich drehte und summte und vor sich hin lächelte.

»Ich glaube, die Vögel finden immer noch irgendwie ins Haus«, flüsterte ich Peter zu, ohne dass Cara es hören konnte.

»Auf dem Dachboden?« Seine Augen ließen Cara nicht los. Ich konnte nicht erkennen, ob es Liebe war oder Hass.

»Könntest du mal nachgucken?«

»Natürlich«, sagte er und rollte das Maßband auf.

Cara hörte auf sich zu drehen. »Hast du die Amsel mitten in der Nacht gehört?«, fragte sie, hob den Seidenrock mit beiden Händen und ließ ihn wieder fallen. Die Motten hatten an dem Kleid genagt und aus dem Rand einen Spitzensaum gemacht. »Sie hat im Maulbeerbaum gesungen.«

»Sind Sie abergläubisch?«, frage ich Victor.

»Wie geht es Ihnen, Miss Jellico?« Er beugt sich über mich.

»Sind Sie abergläubisch?« Diesmal muss ich es laut gesagt haben, denn er antwortet.

»Schwarze Katzen und Kaninchenfüße?«

»So etwas, ja«, sage ich, und er beugt sich näher, damit er hören kann. »Weiße Kühe und Schmetterlinge, Feldmäuse und Hasen. Einmal habe ich in der Bibliothek von Lyntons einen Hasen gesehen.« Victor merkt auf und hofft auf ein Netz, mit dem er mich retten kann. Ein Schmetterlingsnetz für Kinder, das er ins rauschende Wasser halten kann, wo ich mich in den Strudeln drehe und überschlage. Er würde mich herausfischen, wenn er könnte. Aber mittlerweile kann nichts mehr verhindern, dass ich mit der Strömung flussabwärts gerissen werde. Bald schon werde ich zu dem Wehr kommen und über die Kante gespült werden, und das ist dann mein Ende. »Hasen können angeblich noch andere Formen annehmen«, sage ich. »Frauen in Verkleidung. Cara hatte ein Stück Hasenpelz unter dem Bett. Sie sagte, es würde sie in Peters Augen begehrenswerter machen und ihn potenter.«

»Und hat das gewirkt?«

»Nein.«

»Sie war eifersüchtig auf Sie, stimmt's?«, fragt er nach einer kurzen Pause. Er will das Gespräch in Gang halten.

»Glauben Sie an die Jungfrauengeburt?«, frage ich meinerseits.

»Natürlich«, sagt er, fast beleidigt. Er ist ein guter Schauspieler. »Die Jungfrauengeburt zu leugnen würde bedeuten, dass Christus ein gewöhnlicher Mensch war, und wir wissen, dass er das nicht war. Er ist der Sohn Gottes. Die Fleischwerdung ist ein Eckstein meines Glaubens.«

Ich entdecke, dass eine der Pflegerinnen im Zimmer ist. Victor ist eifriger, wenn noch jemand zuhört.

»Hat Cara mit Ihnen auch darüber gesprochen?« Er flüstert jetzt, immer noch will er die Wahrheit aus mir herausholen.

»Wussten Sie«, sage ich, »dass die Iren bis ins neunzehnte Jahrhundert glaubten, der weibliche Hase bräuchte keinen männlichen, um schwanger zu werden?«

Victor zog die Augenbrauen hoch.

»Parthenogenese«, sage ich, glaube ich.

Aber Victor verschwimmt, und der Hase sitzt wieder in der Bibliothek. Er weint, ein ersticktes Jammern, das Geräusch, das sie unter Anspannung machen.

»Schsch, Mrs. Jelli-co«, sagt die Pflegerin.

Ich halte eine Champagnerflasche am Hals; der untere Teil ist abgebrochen, der Rand ist gezackt. Der Hase richtet sich auf seinen Hinterläufen auf und beginnt mit den Vorderläufen um sich zu schlagen, dabei wächst er in die Höhe, seine bernsteingelben Augen sinken in seinen Kopf zurück, sein Pelz wird zu Haut, seine Vorderläufe verwandeln sich in Arme, bis Cara vor mir steht, sie hat eine Wunde am Kopf, klaffend und blutig. Von meiner Flasche tropft es auf die Buchseiten.

Jeden Tag radelte Cara in die Stadt und kaufte ein. Peter sagte nichts, wenn sie losfuhr, aber wenn sie lange wegblieb, über zwei Stunden, dann ging er zu einem der Torpfosten, rauchte und sah die Allee hinunter, ob er in der Ferne die Staubwolke von ihrem Fahrrad sehen konnte. Ich weiß nicht, was er getan hätte, wenn sie nicht zurückgekommen wäre. Wir aßen gut und tranken im Übermaß, und wir plünderten das Museum und nahmen, was wir brauchten oder was uns gefiel. Wir benutzten Kupfertöpfe, Porzellangeschirr und Kristallgläser, und wenn das Geschirr schmutzig war, stellten wir es ungewaschen entlang der Wand oder unter dem Tisch auf und holten frisches.

Eine Woche oder so, nachdem Peter und ich zusammen essen gegangen waren, rannte ich lachend und rufend mit einer offenen Champagnerflasche in der Hand, die ich mit dem Daumen zuzuhalten versuchte, obwohl der Sekt trotzdem überperlte, zwischen den Bäumen hinter Cara und Peter her. Übermut, wie ich ihn in meiner Jugend nicht erlebt hatte. Der Mond schien und glänzte silbern auf dem Wasser.

Auf dem Anleger warfen wir unsere Kleidung ab – Röcke und Morgenmäntel, Hosen und Zylinder – und dabei hüpften wir und lachten, und ich sah Stücke blasser Haut und Caras kleine Brüste und Peters hüpfenden Penis, als er auf dem Anleger nach vorn rannte und sich ins Wasser warf, und wir sprangen hinter ihm her und kreischten, weil das Wasser so kalt war. Nicht einen Moment lang fiel mir ein, dass Cara sich zuvor immer geweigert hatte, ins Wasser zu gehen, dass sie gesagt hatte, sie könne nicht schwimmen.

Wir kamen an die Oberfläche, rufend und lachend. Das Wasser war schwarz, und die Formen unserer Körper verwoben sich mit den Schatten der Gräser und Rohrkolben, die vom Rand wie schlanke Zuschauer nickten. Meine Füße traten auf schleimigen Grund und zuckten zurück, und an der Oberfläche war es schwer, alle Köpfe, Hände und Schultern von dem bewegten Wasser zu unterscheiden. Minuten mussten vergangen sein, bevor wir merkten, dass sie nicht mehr da war. Wie konnte es sein, dass aus dreien so leicht zwei wurden?

»Cara!«, riefen wir, Peter und ich. »Hör auf mit den Witzen.«

War Peter getaucht und hatte einen schmalen Ast gefunden, der ein Handgelenk hätte sein können, oder packte er ein Grasbüschel, das vielleicht ihr Haar war, an dem er sie herauszog? Ich war mir nie sicher. Nur dass Cara im nächsten Moment auf der Böschung lag und wir neben ihr hockten, um uns der Geruch des Seewassers, an ihren Beinen haftete Seetang, und ihre Füße und Fußgelenke waren schlammig, als hätten wir sie entwurzelt, eine weiße Lilie, im Mondlicht ausgebreitet. Peter drückte mit beiden Händen auf ihren Brustkorb, einmal, zweimal, ich hörte, wie er zählte, während er über ihr hockte. Jedesmal, wenn Peter drückte, hob sich ihr Bauch und das Dreieck dunkler Haare zwischen ihren Beinen, und einen Moment lang, bevor Cara hustend und prustend wieder lebendig wurde, sah ich die Silberstreifen quer über ihren Bauch, wie Strahlen, die von ihren Lenden ausgingen. Ich hatte nie ein Kind bekommen, war nie schwanger gewesen, aber ich wusste, was das war. Ich hatte Mutter oft genug gewaschen.

Mutter sagte, ich sei an ihren Dehnungsstreifen schuld gewesen, durch mich wäre ihr Körper entstellt worden, wäre ich nicht gewesen, hätte sie ihren makellosen und straffen Körper behalten, so wie ihre kinderlose Schwester, und Vater wäre nicht weggegangen. Nachdem Mutter wieder krank geworden war, musste ich jeden Sonntag das Geschirr von der Abdeckung der Badewanne abräumen. Ich stapelte es auf dem Fußboden unter dem Fenster, wozu ich zunächst zwei Geschirrtücher auslegte, auf denen die Teller, Tassen und Schüsseln stehen sollten, damit sie nicht den Boden berührten. Ich nahm die bunten Waschlappen, die in der Badewanne lagen, heraus, drehte das Wasser an und prüfte die Temperatur mit dem Ellbogen, dann ging ich ins Schlafzimmer, um Mutter auszuziehen. Nachdem ich ihr in die Wanne geholfen hatte, wusch ich sie mit den Waschlappen, so wie sie es bestimmte, während sie sich im Wasser zurücklegte. Ich behandelte sie zartfühlend, aber sie hatte immer besondere Anweisungen, welche Farbe der Waschlappen haben sollte, mit dem ein Teil ihres Körpers – Achselhöhlen, Brüste, Scham – gewaschen werden sollte. Ich lernte die Farben nie, es waren nie dieselben.

Peter trug Cara zum Haus, ihr Körper war schlaff, aber lebendig. Er hatte sich seine Hosen angezogen, und ich war mit nassen Armen in den Morgenmantel geschlüpft; anscheinend fanden er und ich es auch in dieser Notsituation nötig, anständig bekleidet zu sein, während Cara nackt blieb. Ich ließ Badewasser für sie ein, und er legte sie, die stumm und blicklos war, in die Wanne und kniete sich daneben. Ich setzte mich auf den Toilettendeckel und überlegte, was Cara beabsichtigt hatte. Wenn sie nicht hätte gerettet werden wollen, dachte ich, hätte sie nicht versucht, sich zu ertränken, während wir dabei waren, und ich überlegte, ob es möglich war, einen solchen Vorfall zu inszenieren, nur um sich dramatisch aufzuspielen. Eine Methode, mit der sie Peter und mir sagen wollte, dass wir unsere Blicke voneinander lassen und uns wieder ihr zuwenden sollten. Konnte sie unter Wasser den Atem angehalten haben und dann, als Peter die Wiederbelebungsversuche machte, das im Mund gesammelte Wasser ausgespuckt haben? Ich wusste es nicht. Aber ich wollte Peter trösten, so wie er jetzt Cara tröstete, und ihm sagen, dass alles in Ordnung kommen würde, wenn er mich nur helfen ließ.

»Was kann ich tun?«, fragte ich.

»Wir kommen schon klar«, sagte Peter.

Eine Weile saßen wir drei stumm beieinander, bis mir Caras Nacktheit und ihrer beider Stille unangenehm wurde. Die beiden sahen mich nicht an. Ich entfernte den Schlamm unter meinen Fingernägeln. »Soll ich ein Glas Brandy holen?«, fragte ich.

»Du solltest ins Bett gehen«, sagte Peter. »Wir kommen klar.«

Ich stand auf. Ich wollte nicht gehen, wollte nicht ausgeschlossen werden. »Ich hole ein Glas Brandy.« Ich wollte behilflich sein.

»Bitte«, sagte er. »Geh einfach ins Bett.«

Als ich nach oben kam, konnte ich nicht widerstehen, durch das Teleskop zu gucken – so schnell vergaß ich meinen Vorsatz, den ich in London gefasst hatte. Ich hatte die Linse nie entfernt. Ich hob das Dielenbrett und sah hinunter auf Cara in der Badewanne, ihr Gesicht immer noch zur Wand gedreht, und ich sah Peter, der sich über den Rand beugte und zärtlich die Grashalme aus ihrem Haar zog.

18

Am nächsten Morgen weckte Peter mich. Er klopfte an die Tür, und als ich aufmachte, wandte er den Blick ab und entschuldigte sich. Dann sagte er, er habe etwas zu erledigen, ob ich wohl auf Cara achten könnte. Er sagte nicht, was ich tun sollte, wenn sie wieder etwas versuchte, er erwähnte den vorherigen Abend nicht einmal, aber natürlich sagte ich Ja. Ich wollte ihm helfen.

Ich stand an meinem Badezimmerfenster und putzte mir die Zähne, und als ich mich aus dem Fenster lehnte, sah ich, wie Cara eine Trittleiter über die Terrasse zog. Ich beeilte mich, weil ich dachte, dass ich sie vielleicht an ihrem Vorhaben hindern sollte. Ich ging ans Waschbecken und spülte mir den Mund aus, und als ich wieder zum Fenster kam, stand die Leiter unter dem Apfelsinenbaum, und Cara war schon bis zur obersten Stufe geklettert. Ich beugte mich weiter vor, um sehen zu können, was sie tat. Die Sonnenstrahlen blitzten auf dem Glas der Orangerie, als Cara nach den obersten Ästen griff. Sie schwankte, ich zuckte zusammen und streckte, ihren Sturz vorausahnend, die Arme aus, als könnte ich sie von meinem Fenster aus auffangen. Ich wollte ihr zurufen, befürchtete aber, dass ich sie damit nur erschrecken würde, und ich wusste, ich wäre nicht rechtzeitig bei ihr, wenn ich nach unten rannte. Sie ruderte mit dem über den Kopf gestreckten Arm; eigentlich wollte ich nicht zusehen, aber ich konnte meine Augen nicht abwenden. Offenbar gelang es ihr, einen Ast an einem Blatt zu sich heranzuziehen, wahrscheinlich wollte sie eine Apfelsinenvinaigrette machen oder Sirup aus Bitterorangen für den Nachtisch, obwohl ich vermutete, dass die Früchte ungenießbar waren. Die Apfelsinen fielen zu Boden, Cara stieg von der Trittleiter herunter und erreichte den sicheren Boden.

Ich ging nach unten und überlegte, was ich zu Peter gesagt hätte, wenn Cara gefallen wäre, was für eine Entschuldigung ich dafür hätte ersinnen können, dass ich nicht genügend auf sie geachtet hatte. Als ich aus dem Haus kam, saß Cara auf den Stufen der Orangerie und aß einen Apfel. Apfelsinen sah ich keine.

»Heute sind wir zu zweit«, sagte sie mit vollem Mund. »Peter musste nach London.«

»Wann kommt er zurück?«, fragte ich.

Sie zuckte die Schultern. »Er hat etwas mit jemandem zu besprechen.« Sie biss von dem Apfel ab und tippte sich an den Nasenflügel. Ich setzte mich neben sie und streckte die Beine aus. Sie warf den Apfelgriebs weg, der die Stufen hinunterhüpfte und unter der Buchsbaumhecke liegen blieb.

»Wahrscheinlich möchtest du frühstücken«, sagte sie. »Oben ist noch Gebäck von gestern.«

Als ich nach oben in ihr Zimmer ging, um Kaffee zu machen und die Tüte mit dem Gebäck zu holen, die laut Cara auf dem Kühlschrank lag, sah ich drei Bitterorangen in einer Schale auf dem Tisch, und ich sah, dass das Reynolds-Gemälde – wenn es ein Reynolds war – von seinem Platz über der Chaiselongue verschwunden war und stattdessen dort ein Krummsäbel hing.

»Ich wollte zum Obelisken gehen«, sagte ich. »Ich dachte, ich male ein bisschen.« Ich hatte drei Gebäckstücke gegessen, von denen in meinem Mund ein buttriges Gefühl geblieben war. Wir tranken Kaffee und rauchten. »Kommst du mit?« Ich brauchte Ablenkung, eine Beschäftigung, bis Peter zurückkam und ich ihm Cara übergeben konnte.

Sie drückte ihre Zigarette aus. »Meinetwegen.«

Wir gingen zum See, über die Brücke – unser Projekt, den Bewuchs zu entfernen, war nach einem Tag zum Erliegen gekommen – und am anderen Ufer entlang. Der Obelisk stand oberhalb der Grotte. Früher musste er von fast jedem Punkt im Park zu sehen gewesen sein, auch vom Haus, aber um ihn herum war ein Hain von Buchen mit ein paar Kiefern dazwischen entstanden, und die Bäume überragten jetzt seine Spitze. Ich hatte gelesen, früher hätte ein doppelköpfiger Janus auf der Spitze des Obelisken gesessen. Wir kamen durch einen von drei Bögen auf eine schmale Steinfläche mit einer geschwungenen Steinbank an der hinteren Wand. Darüber war eine Inschrift angebracht:

Hier liegt ein Pferd begraben, das Alexander Lynton gehörte
und im September 1804, als es mit seinem Besitzer auf
der Fuchsjagd war, in eine sechs Meter tiefe Kalkgrube
sprang. Im Oktober 1805 auf Worthy Down, wo sein Besitzer
es unter dem Namen »Vorsicht Kalkgrube« ins Rennen
schickte, wurde es mit der Hunters Plate ausgezeichnet.

Erst jetzt bemerkte ich, dass ich meine Farben vergessen hatte, aber ohnehin war der Ausblick völlig zugewachsen, so dicht standen die Bäume vor dem Eingang. Cara las die Inschrift, dann setzten wir uns auf die Steinbank und starrten auf die Stämme hinaus.

»Peter hat gesagt, du sollst mich nicht aus den Augen lassen, wenn er weg ist, stimmt's?«

Ich sah sie an, dann sah ich weg.

»Ich weiß, dass er sich Sorgen macht, ich könnte etwas Dummes anstellen, wie er das nennt. Aber das würde ich nie tun, nicht, wenn er nicht da ist.«

Mir war es unangenehm, dass sie über ihren Wunsch, sich umzubringen, sprach, auch wenn es nur in Andeutungen war. In meiner Naivität glaubte ich, wenn sie darüber sprach, würde das die Wahrscheinlichkeit der Tat erhöhen. Auch wenn ich nicht ans Essen dachte, bekam ich jedes Mal Hunger, sobald jemand Essen erwähnte. So war es doch auch mit Selbstmord, oder?

»Aber manchmal denke ich«, fuhr sie fort, »dass es die höchste Strafe wäre. Der Tod. Ein paar Ave Marias sind nicht unbedingt genug.« Sie lachte bitter.

»Aber du hast noch so viel –«

»Noch viel vor mir?«, sagte sie und vollendete meinen Satz, der plötzlich wie eine Plattitüde klang. »Die Vergangenheit treibt mich viel mehr um«, sagte sie. »Das, was passiert ist, nachdem wir Irland verlassen haben.«

»Die Vergangenheit?«, sagte ich; ich hoffte auch diesmal, sie würde ihre irische Geschichte wieder aufnehmen.

»Willst du den Rest hören?«

Sie wartete nicht auf eine Antwort. »Als Finn drei Monate alt war, verließen wir das Haus an der Westküste. Wir gaben die Fahrräder zurück und verschenkten fast alles andere. Wir nahmen nur so viel mit, wie in zwei Koffer passte. Den Kinderwagen gab ich auch weg, obwohl es mir darum leidtat. Die ganze Zeit, als wir die Koffer ins Auto packten, dachte ich, wir würden zum Flughafen in Cork fahren und nach Italien fliegen. Peter hatte nichts über unsere Reisepläne gesagt, und ich hatte ihn nicht gefragt. Heute scheint es mir idiotisch, aber wir hatten – oder ich hatte – so lange davon geträumt, und ich dachte, es wäre endlich so weit. Finn und ich schliefen während der Fahrt – wir waren ganz frühmorgens losgefahren, im Dunkeln, und erst als es heller wurde, erkannte ich durch Peters Seitenfenster, dass wir nach Norden fuhren. Wir hatten einen schrecklichen Streit, Finn weinte, und ich schrie Peter an, er solle anhalten und mich aussteigen lassen, aber er weigerte sich. Er ist einfach weitergefahren, Richtung Norden.

An einer kleinen Tankstelle südlich von Galway verkaufte er das Auto. Während er wegen des Preises verhandelte, ging ich in ein Geschäft und kaufte Einwegwindeln, eine Ausgabe von *Woman's Way* und einen Beutel Apfelsinen. Ich wusste, dass sie wahrscheinlich holzig und trocken waren und wir sowieso kein Geld für das Zeug hatten. Als Teil der Abmachung fuhr der Tankstellenbesitzer uns zum Hafen. Ich glaubte immer noch, dass wir auf dem Weg nach Italien wären, obwohl mir klar war, dass wir nicht fliegen würden.

Als wir zum Hafen kamen, war es sehr nebelig. Ich wartete darauf, dass der Dunst abzog und ich das Schiff sehen könnte, aber als ich es endlich sah, durch den Nebel, war es kein Passagierschiff, sondern ein altes Transportschiff. Kühe wurden verladen: Sie wurden mit einer Seilhalterung an Bord gehoben und in die Ladeöffnung herabgelassen. Der Nebel war so dicht, dass die Kühe, wenn sie in der Halterung hingen, verschwanden, und wir nur die Hufe über unseren Köpfen sehen konnten.

Wir bekamen eine winzige Kabine mit Doppelstockbetten, und ich saß auf dem unteren Bett und versuchte, Finn zu stillen, als Peter sagte, das Schiff würde nicht nach Italien fahren. Wir würden nach Schottland fahren, wo ihm Arbeit angeboten worden war. Er sagte, es tue ihm leid, dass er mich getäuscht habe, aber er habe gewusst, dass ich nicht mitfahren würde, wenn er es mir gleich gesagt hätte. Und damit hatte er recht. Die ganze Zeit ging es um Arbeit und

Geld, und um Mallory, das war mir klar. Aber andererseits war mir auch alles egal, ich wollte einfach aus Irland weg.«

Ich hörte Cara zu und musste an meine Tante denken, die in einer ähnlichen Lage gewesen war – sie hatte mit einem Mann zusammengelebt, der seiner Frau weiter Unterhalt zahlte. Hatte meine Tante sich darüber geärgert, dass mein Vater für Mutters Lebenskosten und die Miete der Wohnung in Dollis Hill aufkam? So hatte ich es noch nie betrachtet. Cara sprach weiter, und meine Gedanken schweiften ab, bis ich sie sagen hörte:

»Nachdem wir fünf Stunden unterwegs waren, sank das Boot.«

Ich atmete scharf ein.

»Ich war mit Finn in der Kabine«, sagte sie und sah mich dabei nicht an. »Ich las die Zeitschrift, die ich gekauft hatte, und sah, dass endlich einer von Miss Landers' Briefen veröffentlicht worden war. Ich weiß noch, dass ich dachte: ›Nächstes Mal, wenn ich zu ihr gehe, werde ich ihr gratulieren.‹, und dann fiel mir ein, dass ich nicht mehr in der Stadt lebte und nicht wusste, was Miss Landers jetzt machte – vielleicht hatte sie ein anderes Mädchen eingestellt, das ihr die Zeitschrift vorlas und Briefe für sie schrieb, und jetzt würden die beiden zusammen feiern.

Was mir als Erstes auffiel, war das Muhen der Kühe, es klang höher, schriller. Vielleicht lag es an ihnen, dass das Boot sank, oder vielleicht war es ein Motorschaden, wir haben es nicht erfahren. Peter war nicht in der Kabine, er war nach oben gegangen, um mit dem Kapitän zu sprechen oder sich an Deck umzusehen, was weiß ich. Mir war es recht, dass er mich mit Finn in der Kabine ließ, ich wollte ihn nicht sehen und nicht mit ihm sprechen. Das Boot bekam Schlagseite und alles, was lose war, rutschte umher, und plötzlich war das Bullauge in unserer Kabine unter Wasser. Finn schlief mit ausgestreckten Armen auf dem Bett. Er schlief immer ruhig. Dann kippte das Schiff zur anderen Seite, ich packte Finn gerade rechtzeitig, bevor er vom Bett glitt, und hielt ihn fest in einem Arm, während ich mit der anderen Hand die Tür zum Gang öffnete. Ich rief nach Peter. Ich war im Gang, als das Schiff sich auf die Seite legte, dann gingen die Lichter aus, und die Notbeleuchtung schaltete sich ein.

Die Leute schrien, und die Kühe machten entsetzliche Geräusche. Finn hat wahrscheinlich auch geweint, aber das weiß ich nicht mehr. Ich war ganz ruhig – ich wusste, ich musste Peter finden. Ich schob mich an der Wand entlang durch den Gang und hatte den Kopf und die Schultern eingezogen, weil es so eng war, aber die Tür zu der Kabine neben unserer war offen und pendelte hin und her, und da war einfach nur ein dunkles Loch, in dem das Wasser herumschwappte und die losen Gegenstände über den Boden rutschten. Ich wusste, wenn ich stürzte, würde ich nicht wieder auf die Beine kommen. Es gab eine dünne Schwelle vor den Türen – eine Kante so breit wie meine Ferse –, und darauf musste ich mich voranschieben und dabei Finn festhalten, der zu zappeln begonnen hatte.

Ich weiß nicht, wie ich es die Treppe raufgeschafft habe, aber schließlich war ich oben. An Deck war Chaos und Geschrei, ein paar Matrosen hatten das Rettungsboot auf der einen Seite frei gemacht, aber die andere Seite klemmte fest. Ein Mann schrie etwas in einer Sprache, die ich nicht verstand, und ich hangelte mich an Türrahmen und Griffen weiter und rief nach Peter. Es war fast dunkel, alles war nass, die Wellen stürzten krachend über den Bug, die Maschinen kreischten. Es war, als wären wir mitten in einem Sturm, Menschen riefen Anweisungen und verschwanden, bevor ich tun konnte, was sie wollten, jemand rutschte an mir vorbei, Glas zerbrach. Die Schreie der Kühe waren entsetzlich. Noch Jahre später hörte ich sie in meinen Träumen und wachte davon auf, und dann musste ich am Fenster nachsehen, ob draußen Wasser war. Die Kühe klangen wie weinende Kinder, Menschenkinder.

Ich fand Peter am Heck, er hielt sich am Geländer fest, hielt es einfach umklammert. Sein Blick, als er mich sah, war voller Verzweiflung. Er ließ das Geländer los und packte mich. Man würde das nie denken, er ist im Wasser so selbstsicher, aber damals war er panisch vor Angst. Ich habe versucht, ihn festzuhalten, und Finn auch, und dann wurden wir über Bord geworfen – entweder bekam das Boot noch mehr Schlagseite oder eine Welle riss uns davon, jedenfalls war ich plötzlich kopfüber im Wasser. Ich wusste nicht, wo Peter war, aber ich hatte das Baby im Arm, sein Haar breitete sich im Wasser aus, ich konnte ihn deutlich sehen, jeden kleinen Fingernagel, die daunigen Härchen auf seinen Wangen, die schiefergrauen Sprengsel in seinen blauen Augen.

Alles mögliche Gerümpel trieb unter Wasser, alles, was nicht fest am Schiff vertäut gewesen war. Und eine Ewigkeit lang, so kam es mir vor, konnte ich Peter nicht sehen. Als wir von Bord gespült wurden, hatten wir uns losgelassen. Finn und ich waren im tiefen Wasser, über mir konnte ich Formen sehen – Fässer, Schiffsbretter, sogar Kühe. Und dann umfasste Peter mein Fußgelenk und ließ es nicht mehr los – er hielt es fest und zog uns noch tiefer nach unten. Und da habe ich Finn losgelassen. Ich machte die Arme auf und ließ ihn los. Ich wollte, dass er aufwärtstrieb. Ich dachte, einer der Matrosen würde ihn sehen und aus dem Wasser ziehen. Dann schafften Peter und ich es an die Oberfläche, aber Finn war verschwunden. Ich habe ihn nie wiedergesehen.«

»Du meinst, er ist ertrunken?«, fragte ich erschrocken. Ich hatte auf den Teil gewartet, wo sie gerettet wurden, auf den Nachspann, in dem sie Finn zur Adoption freigaben.

»Ja«, sagte sie. »Er ist gestorben. Danach, als wir in Schottland waren, nur wir zwei, haben wir einen Pakt geschlossen, Peter und ich. Wir haben uns geschworen, was immer geschieht, wir bleiben zusammen, wir lassen uns gegenseitig niemals im Stich.«

Das wollte ich gar nicht genauer wissen. Wir schwiegen und blickten in die Bäume. Cara hatte sich auf die Steinbank gelegt und zur Seite gedreht, ihr Kopf ruhte in meinem Schoß. Irgendwo in den Bäumen sang ein Rotkehlchen ein Lied, und ich legte meine Hand auf ihren Kopf.

Nach einer Weile sagte sie: »Glaubst du an Himmel und Hölle?« Als ich nicht antwortete, wandte sie den Kopf, sah zu mir auf und sagte: »Ich weiß, dass du an Gott glaubst, Fran. Ich habe dich in der Kirche gesehen, damals, als ich mich an dem Wein verschluckt habe.« Sie lächelte, aber es wirkte angespannt.

»Früher ja, glaube ich.«

»Jetzt nicht mehr?«

»Ich bin mir nicht sicher.«

»Peter glaubt an gar nichts. Er spricht auch nicht mit mir darüber, er sagt, er hat genug von meinem katholischen Wirrwarr. Pater Creagh hat zu mir gesagt, ich würde in die Hölle kommen, weil ich geglaubt habe, dass mein Baby die Wiedergeburt Christi sei. Auch das Baby würde in die Hölle kommen. Aber in Miss Landers' Brief, der, der in *Woman's Way* abgedruckt worden war und für den sie eine Guinee bekommen hatte, darin schrieb sie, die Hölle sei eine grausame Erfindung, die von der Kirche in Umlauf gebracht worden sei, um uns Angst zu machen und gefügig zu halten. In Wahrheit gebe es gar keine Hölle.«

»Vielleicht hatte sie recht.«

»Aber wo ist der Beweis?«, rief Cara und setzte sich auf.

»Wo sind die Beweise von allem, wenn es um Religion geht?«, sagte ich. »Es ist eben eine Sache des Glaubens.«

»Aber ich muss es wissen«, flüsterte sie. »Ob es diese Orte gibt.«

»Eines Tages erfährst du es; wir alle erfahren es.«

»Nein, Fran. Ich kann nicht länger warten.« Sie nahm meinen Arm. »Ich muss es jetzt wissen.«

Sie sah mich an, bis die Härchen auf meiner Haut sich aufrichteten, und ich dachte, Peter hat recht, wir müssen auf sie aufpassen, wir dürfen sie nicht allein lassen.

Wir gingen durch den Wald, über den kompakten, elastischen Boden, auf dem die Blätter und Nadeln seit Jahren ungestört verrotteten. Die Pfade waren völlig überwachsen, und vor uns stieg der Hügel steil an. Ich ging voraus, trat fest auf und raffte den Morgenmantel zusammen, damit ich nicht stolperte. Ich dachte an Peter, wie er in panischer Angst unter Wasser trieb und sich an Cara festklammerte, wie sein Kind verloren ging – das Kind, das er wie sein eigenes geliebt hatte.

»Ich weiß, dass du mir nicht richtig glaubst«, sagte Cara, die kurz hinter mir war. »Das mit Finn, dass er keinen Vater hat.«

Ich blieb stehen, und als Cara mit mir zusammenstieß, drehte ich mich um, wobei wir beide beinah das Gleichgewicht verloren hätten. Wir hielten uns in einer merkwürdigen Umarmung aneinander fest, wie alte Freunde. Sie packte meine Ellbogen mit den Händen und hielt mich aufrecht, und in dem knochigen Labyrinth meines Ohrs wusste ich, dass ich, wenn sie mich losließ, rückwärts den Hügel hinunterrollen, von den Bäumen abprallen und schließlich beim See ankommen würde. »Doch, Cara, doch«, sagte ich. Ihre Intensität machte mir Angst.

»Peter und ich schlafen nicht miteinander.« Sie flüsterte mir die Worte ins Ohr.

»Oh ... vielleicht –«

»Nein«, fiel sie mir ins Wort. »Wir haben nie miteinander geschlafen.« Sie versicherte sich, dass ich auf dem abfallenden Gelände mein Gleichgewicht wiedererlangt hatte, und ließ mich los. Wir traten beide einen Schritt zurück. Ich wollte nicht hören, was sie zu sagen hatte. »Er kriegt keine ... also ... keine Erektion. Wir haben es versucht, oder ich habe es versucht, immer wieder, aber er ist immer zu müde, oder er hat zu viel zu tun. Ich weiß, das sind nur Ausflüchte, er sagt das, um weitere Peinlichkeiten zu vermeiden und mich nicht noch mehr zu enttäuschen.« Sie setzte sich mit einem Seufzer auf den Boden. »Ich dachte, vielleicht konnte er es mit Mallory auch nicht, vielleicht mit niemandem.«

Peter mit diesen Dingen in Zusammenhang zu bringen, war schockierend.

»Aber ich werde ihn nicht verlassen«, sagte Cara. »Nicht nach allem, was passiert ist. Er kümmert sich um mich. Wer sonst würde das tun und mir verzeihen, so wie Peter? Außerdem, wo sollte ich hin?«

»Du könntest wieder nach Irland gehen.« Das kam in einem gehässigeren Ton heraus, als ich beabsichtigt hatte, aber Cara schien es nicht zu bemerken. Sie war tief in eigenen Gedanken.

»Irland? Lieber würde ich sterben, als wieder nach Irland zu gehen.«

»Komm«, sagte ich. »Lass uns zum Haus zurückgehen.«

Aber sie blieb sitzen. »Und dann denke ich manchmal«, fuhr sie fort, »dass es vielleicht zwischen Peter und Mallory doch geklappt hat, und es liegt an mir, vielleicht ist an mir etwas, das er nicht mag. Eine Zeit lang dachte ich, es läge daran, dass Mallory studiert hat und ich nicht, aber Peter verachtet die Universität.«

»Das stimmt nicht«, sagte ich. »Er wäre gern auf die Universität gegangen, wenn er die Möglichkeit gehabt hätte.«

»Woher weißt du das?«

»Er hat es mir erzählt.«

Sie machte ein herablassendes Geräusch, aber ich sah, dass sie beunruhigt war. »Und dann muss ich daran denken, wie Mallory auf dem Foto, das ich gefunden habe, aussah«, fuhr Cara fort. »Sie war so dick wie du, und ich überlege, ob ich auch so dick werden könnte. Wie viel müsste ich jeden Tag essen, um so viel zuzunehmen?«

Beinahe wäre ich wirklich gestürzt; ich war von ihren Worten wie vor den Kopf geschlagen. Caras Miene verriet nichts, ich konnte nicht erkennen, ob sie mich mit dem, was sie gesagt hatte, verletzen wollte oder ob sie vollkommen arglos war, unschuldig. Ich dachte an den Abend, als sie mich ausgezogen hatte, und dass ich ihr geglaubt hatte, als sie sagte, ich sei schön, und dass sie mich die ganze Zeit betrachtet und gemustert hatte. Glaubte sie, mir zu schmeicheln? Cara sprach weiter.

»Üppig, das ist das Wort, das Peter benutzt hat. Vielleicht könnte er mit mir schlafen, wenn ich üppig wäre. Aber während der Schwangerschaft hatte das keine Wirkung.« Sie schwieg und dachte nach, während ich nicht länger bestürzt war, sondern wütend wurde. »Das wenigstens haben wir gemeinsam – wir sind beide Jungfrauen.« Sie lachte, und ich wich zurück, wobei ein Fuß ins Rutschen geriet. Ich hatte nie jemandem ins Gesicht geschlagen – wäre ich jetzt dazu imstande? »Glaubst du, ich könnte mich daran gewöhnen? Nie mit einem Mann zu schlafen? Du bist doch sicherlich fast vierzig, stimmt's? Könnte ich mein Leben lang so leben – ohne von Peter begehrt zu werden?«

Ich starrte sie an.

»Du hast doch auch nie mit jemandem geschlafen, oder?«

»Was?«, sagte ich; mein Verstand hinkte hinter ihren Worten her.

»Sei nicht so, Fran. Ich möchte es einfach wissen.«

Da schubste ich sie, stieß sie an der Schulter, nur ein Stups, aber es überraschte sie, und sie fiel nach hinten. Ich hätte einen Stein nehmen können, wäre einer da gewesen, und sie damit schlagen können, so heftig war der Zorn, der in mir aufflammte, aber stattdessen drehte ich mich um und ging in zügigem Tempo den Hügel hinunter, rutschend und stolpernd, bis ich die Ebene erreichte und wieder beim See war. Ich hörte keine Rufe hinter mir, mir war vollkommen gleichgültig, was sie tat. Ich ging über die Staumauer und nahm den Pfad am Mausoleum vorbei, stapfte durch den kleinen Wald, wo wir den Fuchs gefunden hatten, schlug dann aber eine andere Richtung ein.

Ich ging immer weiter, mein Zorn verrauchte, und ich dachte darüber nach, wie seltsam es doch war, dass wir drei uns in Lyntons getroffen hatten, alle drei womöglich unberührt. Denn Cara hatte recht mit ihrer Annahme, was mich betraf. Vielleicht trug ich meine Jungfräulichkeit vor mir her, eine Fahne über meinem Kopf, wo ich sie selbst nicht sehen konnte, sie aber für alle anderen deutlich sichtbar war. Es hatte mich nie wirklich gestört. Ich war eine fleißige Schülerin gewesen, weil ich zum Studium nach Oxford wollte. An der Universität lernte ich ein paar andere akademisch interessierte Mädchen kennen, und mit Hamish, einem jungen Mann, der nur einen Arm hatte, verbrachte ich vergnügliche Stunden: wir lernten zusammen und machten Spaziergänge am Fluss, und dabei achtete ich immer darauf, dass ich an der richtigen Seite ging, falls er meine Hand nehmen wollte. Aber dass es weitergehen könnte, war mir nie in den Sinn gekommen. Weder mit ihm noch mit den anderen Mädchen hielt ich Kontakt, nachdem ich von der Universität abgegangen war.

Was Cara über Peters sexuelle Schwierigkeiten gesagt hatte, bekümmerte mich nicht. Bisher schien mir die Verbindung, die ich und Peter hatten – so wie die mit Hamish auch – auf intellektuellem Respekt gegründet. Aber indem Cara erwähnt hatte, in ihrer Beziehung mit Peter gebe es keine Sexualität, hatte sie in mir das Samenkorn der Sehnsucht gepflanzt. Und die Vorstellung geweckt, dass es für uns beide über den Sommer hinaus etwas geben könnte. Und die Tatsache, dass zwischen Peter und Cara Spannungen bestanden, gab mir einen weiteren Grund anzunehmen, bei uns könnte es anders sein.

An dem Gatter oben an der Wiese, wo Cara, Peter und ich damals stehen geblieben waren, schwenkte ich auf einen versunkenen Pfad ein, der in einer Tiefe von fast zwei Metern verlief. Über mir trafen die Äste der Bäume zusammen und bildeten einen dämmrigen Hohlweg, der zu dem Wäldchen anstieg, das sich entlang der schmalen Hügelkette erstreckte. Im Erdreich steckten Felsbrocken, die vom Regen ausgespült worden sein mussten, als das Wasser umgekehrt zu der Richtung geflossen war, in die ich jetzt ging.

Der Weg, von und für Menschen gemacht, war breit genug für einen Karren, und die Erde war von Füßen und später von Rädern festgedrückt worden. Den Windungen folgend ging ich weiter den Hügel hinauf. Oben beschrieb der Weg die Biegung eines Abbruchs, so wie sich der Nagel des Töpfers in den Ton eingräbt, während der Topf sich dreht. Ich blieb stehen, damit mein Atem sich beruhigte und ich einen Blick durch die Bäume werfen konnte. Vor mir senkte sich das Land, und die grüne Fläche erstreckte sich bis zum Haus, dessen weiß-graue Dächer schimmerten. Das Sonnenlicht brach sich auf dem Dach der spielzeuggroßen Orangerie mit ihrem blinkenden Glas. Zwar konnte ich das Museum nicht sehen, aber ich wusste, dass es gleich hinter dem von Gartenpflanzen überwachsenen Glashaus war.

Nach einer Weile drehte ich mich um und ging den Pfad zwischen den Bäumen weiter. Er schien viel benutzt zu werden, die Ränder waren gerodet, die losen Steine an den Rand geschafft.

Doch nach ungefähr dreihundert Metern kam der Pfad an einer Böschung aus Farnen und Dornengestrüpp zu einem abrupten Ende, es gab keinen Wendeplatz für ein Fahrzeug, auch keine Spuren, an denen zu erkennen gewesen wäre, dass jemand zu wenden versucht hätte. Ich stand da, mitten im Wald, ich bewegte mich nicht und hielt den Atem an, und mir wurde klar, dass ich nichts hörte. Kein Wind säuselte in den Wipfeln, kein Rascheln war im Gebüsch, keine Vögel sangen. Ich drehte mich um, in die Richtung, aus der ich gekommen war: der Pfad verschwand um eine Kurve, an die ich mich nicht erinnerte, und ich versuchte mich zu beruhigen, dass ein Weg immer anders aussah, wenn man ihn in umgekehrter Richtung ging.

Ich hatte wohl drei oder vier Minuten so dagestanden, und die Angst band mich an den Boden, so wie die Wurzeln die Bäume in der Erde festhalten. Ich ließ das Medaillon um meinen Hals an der Kette hin- und hergleiten. Und dann spürte ich ein Kneifen in meiner Seite, ein scharfes Zwicken in der Taille, dann noch zweimal, Finger, die in meine Haut griffen. Ich kannte diesen Schmerz, panikerfüllt stürzte ich los, zwischen den Bäumen hindurch, spitze Zweige verhakten sich in meinem Morgenmantel, niedrige Äste schlugen mir ins Gesicht. Mein Fuß strauchelte im Dornengestrüpp, ich flog nach vorn, stützte mich mit den Händen ab und verhinderte so, dass mein Kopf auf dem Boden aufschlug, und im nächsten Moment war ich wieder auf den Beinen und rannte weiter, blindlings und ohne einen Blick zurück, ich rutschte und glitt den Hügel hinunter, durch die Farne und Büsche, die mich kratzten und an meinen Haaren zogen. Eine Bergulme, die an einem Abbruch stand, war meine Rettung: Ich stolperte gegen ihren bemoosten Stamm, und dabei trat ich unversehens einige Kreidebröckchen über den Rand, die von da in das dunkle Grün hinabtaumelten.

Beim Tor zum Park blieb ich stehen. Wären die Kühe auf der Weide gewesen, hätte ich einen langen Umweg nehmen müssen, aber die Wiese war leer, und ich kletterte über das Gatter. Als ich zu der großen Zeder in der Mitte kam, sah ich nach oben durch die Äste hindurch, die sich deutlich vor dem blauen Himmel abhoben. Der Kontrast tat den Augen weh, und ich schloss die Lider. Ich dachte über das nach, was Cara mir erzählt hatte. Vielleicht wollte sie sich einfach interessant machen, vielleicht brauchte sie wirklich einen Arzt, wie Victor und Peter vermuteten. Dann überlegte ich, ob es für Victor die Möglichkeit einer jungfräulichen Geburt geben konnte, und wie viel Cara ihm von Finns Zeugung erzählt hatte, und von dem, was auf dem Boot passiert und wie das Kind ertrunken war. Meine Wut hatte sich verflüchtigt, und der Schrecken, der mich auf dem Hügel erfasst hatte, war ebenfalls verpufft. Als ich die Augen öffnete, sah ich die Kühe mit schwankendem Gang auf mich zukommen.

Ich machte einen Schritt zurück und trat dabei in einen Kuhfladen; mit dem Fuß durchbrach ich die Kruste, und die weiche Masse breitete sich über meine Schuhe aus, und dann waren die Kühe da und standen um mich herum. Sie betrachteten mich stumm und mit stetem Blick und schienen in ihren riesigen knochigen Köpfen einen bösen Plan auszuhecken. Ich wedelte mit den Armen. »He!«, rief ich, und die zwei, die ganz vorn standen, wichen zurück und kamen dann noch näher. Ich spürte einen Stups in der Kniekehle, schrie auf und stolperte unwillkürlich auf die Kühe vor mir zu. Vielleicht habe ich auch gejammert. Ich griff mir an den Hals, aber das Medaillon und die Kette waren verschwunden, wahrscheinlich an einem Ast hängen geblieben bei meiner Flucht vom Hügel. Die Kuh vor mir stieß laut den Atem aus, und als ich einen Moment lang wagte, meinen Blick abzuwenden, sah ich, dass Cara mich von der Terrasse aus beobachtete. Ich streckte die Arme vor mir aus, weil ich überzeugt war, dass die Kühe nur darauf warteten, dass ich unter ihre Hufe geriet, und rief laute, unverständliche Wörter, von denen sie keine Notiz nahmen. Ich hörte, wie Cara von der Terrasse über die Wiese rief: »Macht Platz, Mädels, jetzt macht schon.« Und die Kühe gaben mir den Weg frei.

Macht Platz, Mädels, jetzt macht schon, sagte ich in meinem Kopf wie zur Aufmunterung. Ich bin so weit.

Ich höre, wie meine Tür aufgeschlossen wird. Zwei Pfleger, oder wie sie sonst heißen, kommen in mein Zimmer, ein Mann und eine Frau.

»Wie geht es Ihnen, Mrs. Jelli-co?«, sagt die Frau. Sie ist weiß und mager. Ich habe die beiden schon oft gesehen. Der Mann spricht selten, er kommt nur, wenn es besondere Aufgaben zu verrichten gibt.

»Wir müssen Ihr Bettzeug wechseln«, sagt die Frau. »Sie kennen das ja schon, nicht wahr, meine Gute? Also kein Ärger.«

Es gibt hier bestimmte Methoden, wie man Menschen behandelt, auch wenn sie im Sterben liegen oder zu krank sind, um eigenständig zu essen oder sich aufzusetzen. Das verlangt die Hausordnung. Das verstehe ich, mir macht es nichts aus, Rituale sind genau das Richtige für mich. Es müssen immer zwei Personen anwesend sein.

Auf jeder Seite des Bettes steht einer, und sie kippen mich nach rechts. Der Mann rollt die Hälfte von dem schmutzigen Laken hinter mir zu einer Wurst zusammen und bereitet das frische Laken über den frei gewordenen Matratzenschoner aus Plastik. Ich habe mein Gesicht der Frau zugewendet, aber sie sieht mich nicht an, sondern blickt in die Ferne, als könnte sie durch die Wand gucken.

»Eins, zwei, drei«, sagt sie, und sie rollen mich auf die andere Seite.

»Ärger«, sage ich. »Wann habe ich je Ärger gemacht?«

Der Mann lacht. Die Frau zieht das alte Laken ab und steckt das frische an den Ecken fest. Hier haben alle Laken Ecken mit Gummizug. Ach, hätte ich doch Laken mit Gummizugecken gehabt, als ich das Bett wechseln musste, nachdem Mutter es beschmutzt hatte. *Es ist knitterig, Frances. Ich merke, dass du es nicht gebügelt hast, ich spüre das. Frances? Willst du, dass ich mich wund liege?* Gelobt sei Bertha Berman, die Ende der Fünfzigerjahre das erste Laken mit Gummizugecken patentiert hat, auch wenn ich persönlich hier zum ersten Mal eins gesehen habe.

»Gut«, sagte die Frau. »Wir sind fertig.« Sie zieht mir das Nachthemd, das hochgerutscht ist, wieder über die Knie, und legt die dünne, frisch bezogene Bettdecke über mich. Eines nicht so fernen Tages werden sie die Decke bis über meinen Kopf ziehen. Der Mann hält mich an den Schultern, und sie legen ein Kissen, das ebenfalls frisch bezogen ist, unter meinen Kopf.

Sie tun so, als wäre es schwierig, mein Bett zu machen, und deshalb müssten sie zu zweit sein, aber es ist eine leichte Abfolge von Handgriffen, die sie lange geübt haben. Ich weiß, dass sie immer zu zweit arbeiten müssen, weil die Gefängnisordnung bestimmt, dass sie nicht allein sein dürfen, wenn sie mit einem Insassen Körperkontakt haben.

19

Oft habe ich in den letzten zwanzig Jahren darüber nachgedacht, welche Ironie darin liegt, dass ich Tag und Nacht durch einen Spion in der Zellentür beobachtet werden konnte. Ich habe gelernt, die Schritte der verschiedenen Wächter zu unterscheiden, das Geräusch vor der Tür, das Schieben der Scheibe, das Auge. Das Auge, das alles sieht. Was hat es gesehen? Nichts, das so interessant wäre wie das, was ich durch den Spion in Lyntons gesehen habe. Aber natürlich ist der Unterschied die Privatsphäre. Die anderen Frauen beschweren sich und schimpfen, wenn sie ohne vorherige Warnung beobachtet werden. Aber ich finde es besser, man weiß, wenn jemand einen beobachtet, statt unter einem unsichtbaren Blick zu leben.

Ich betrachte den Hals desjenigen, der neben meinem Bett sitzt. Das Beffchen ist angelegt. In dem Buch, das auf Victors Schoß liegt, steckt ein gefaltetes Blatt Papier. Er benutzt es als Lesezeichen. Ich dachte, das Buch wäre die Bibel, vor ein paar Tagen war es auch die Bibel, aber jetzt sehe ich, dass es ein dünner Gedichtband ist.

»Möchten Sie, dass ich Ihnen ein Gedicht vorlese, Miss Jellico?«

»Nein«, sage ich. Mit Gedichten kann ich nichts anfangen. »Lesen Sie das, was auf dem Blatt steht.«

»Da steht nichts«, sagt er. »Es ist eine alte Rechnung.«

Blätter mit Schrift drauf sind niemals nichts. »Tun Sie mir den Gefallen«, sage ich, und er tut es.

»Eastbourne, 25. Juni«, liest er. »Für Mrs. Squilbin. Von J. Weston & Son, Künstler und Photograph, 81 Terminus Road.« Er macht eine Pause und sieht mich an, und ich nicke, zur Ermunterung, damit er weiterliest. »Acht Sepiaplatten, sechseinhalb mal dreieinhalb. Hochzeitsgeschenk. Zwei Pfund fünfzehn Schillinge. Vorauszahlung ein Pfund. Noch fälliger Betrag ein Pfund fünfzehn Schillinge.«

Wenn wir wollten, könnten wir alles Mögliche in diese Rechnung hineinlesen. Dass nämlich Mrs. Squilbin – was für ein Name! – die fällige Summe von einem Pfund fünfzehn Schillingen nie bezahlt und die Hochzeitsfotos nie abgeholt hat, weil ihr neuer Ehemann sie zu dem Zeitpunkt, als die Rechnung fällig war, bereits wieder verlassen hatte. Oder dass Mrs. Squilbin die Mutter der Braut ist und sich bei der Hochzeitsfeier mit ihrem neuen Schwiegersohn zerstritten hat und sich jetzt weigert, den Rest der Rechnung zu bezahlen. Solche Zettel können auf unterschiedlichste Weise interpretiert werden.

Ich erinnere mich an den Mann mit der Perücke – ich sehe ihn vor mir, aber wie nennt man ihn? –, der Mann, der vor Gericht meinen Zettel vorgelesen hat. Tiefe Stimme, sehr überzeugt von sich, schlechter Schauspieler.

Liebe Frances,
Peter möchte sich entschuldigen und hofft, du bist ihm wegen gestern Abend nicht böse. Tu um Himmels willen nichts Überstürztes, bitte, ich kann mir vorstellen, wie es dir geht, bleib einfach eine Weile im Bett.
Deine Cara

Der Brief war in meinem Koffer entdeckt worden.

»Sind Sie die Frances, an die dieser Brief gerichtet ist?«, fragte der Perückenmann.

Aber es gab viele Perückenmänner, manche waren auf meiner Seite, manche nicht. Mein Perückenmann hatte mir empfohlen, nicht in den Zeugenstand zu treten, das sei nicht klug, ich würde von der Anklage zerlegt werden, aber ich bestand darauf. Ich hatte meinen eigenen Plan.

»Ja«, sagte ich.

»Können Sie uns sagen, wer den Brief geschrieben hat?«

»Das kann ich.«

Der erste Perückenmann seufzte. »Sagen Sie uns bitte, wer den Brief geschrieben hat.«

»Cara Calace.«

»Cara Calace«, wiederholte er vor der Gruppe von zwölf Menschen, von denen einige interessiert wirkten und andere zu schlafen schienen.

»Ihre Freundin Cara Calace?«

»Ja«, sagte ich.

»Und wer ist der Peter, der hier erwähnt wird?«

»Peter Robertson.«

»Peter Robertson«, wiederholte er mit theatralischer Untermalung.

»Ja«, sagte ich.

»Peter Robertson, in den Sie sich verliebt hatten.«

»Ja.« Das Wort kam als Schluchzer heraus, als echter Schluchzer.

»Peter hatte anscheinend Grund, sich für etwas zu entschuldigen, das am Abend zuvor passiert war«, sagte der Perückenmann. »Etwas, das er getan hatte, oder vielleicht nicht getan hatte und das Ihnen Schmerz zugefügt hat. Cara ist besorgt, dass Sie überstürzt handeln könnten, und rät Ihnen, im Bett zu bleiben. Haben Sie an dem Abend Peter Robertson Ihre Liebe gestanden, Miss Jellico? Und wurden abgewiesen? Von Peter Robinson abgewiesen? Und waren Sie davon so sehr verletzt, dass Sie zu allem imstande gewesen wären?« Die Fragen waren rhetorischer Art, sie erforderten keine Antworten.

Als Cara und ich gerade unser Essen beendeten, kam Peter aus London zurück. Vielleicht war es Peter, der uns normalerweise zu Ausschweifungen anstiftete, denn zu zweit hatten wir nur eine halbe Flasche Wein getrunken. Cara und ich hatten Frieden geschlossen, waren zu einer Art Verständigung gekommen, dass wir von bestimmten Dingen nicht sprechen würden. Die Haustür fiel zu, und Peter stürmte die Treppe hinauf, die Hände voller Tüten und unter dem Arm einen Koffer.

»Hat es geklappt?«, sagte Cara und sprang auf. »Es hat geklappt, stimmt's?«

Ich stand ebenfalls auf, während er alles fallen ließ und Cara an sich drückte und sie nach hinten beugte und küsste. Ich dachte erst viel später darüber nach, aber oft, wenn sie zusammen waren, schien es, als wäre alles, was sie taten, einstudiert, nicht weil ich ihr Publikum war, sondern um sich von einer idealisierten Version ihrer selbst zu überzeugen.

»Es ist alles besser gegangen, als ich mir vorgestellt hatte. Aber ich bin so müde.« Er warf sich auf die Chaiselongue.

»Soll ich dir einen Drink machen?«, sagte Cara. »Hast du im Zug etwas gegessen?«

»Ich will nur in die Badewanne und dann ins Bett. Ich hatte vergessen, wie schmutzig London ist.«

»Ich gehe zu mir nach oben«, sagte ich.

»Erst die Geschenke.« Peter erhob sich.

Für Cara hatte er Ohrringe gekauft: winzige hängende Saphire und dazu eine Kette – im Museum hatten wir außer dem Trauerring immer noch keinen Schmuck gefunden –, und Cara rannte ins Badezimmer, um sich die Dinge anzulegen. Er hatte eine Packung Pasta, einen eingewickelten Käse und eine ganze Salami mitgebracht. Für uns alle hatte er einen tragbaren Schallplattenspieler und ein paar Langspielplatten gekauft, damit wir abends Musik hören konnten: *Bookends* von Simon and Garfunkel, *Astral Weeks* von Van Morrison, *Five Leaves Left* von Nick Drake. Wir hatten ein altmodisches Grammophon entdeckt, aber Cara fand die Schellackplatten langweilig. Sie wollte moderne Musik. Und obwohl ich nicht mit einem Geschenk gerechnet hatte, gab es für mich etwas, das in Seidenpapier eingewickelt war.

»Was ist es?«, fragte ich.

»Mach's auf«, sagte Peter.

Cara kam näher heran. Es war ein kleines goldenes Zigarettenetui, und auf der Innenseite des Deckels war eingraviert:

Franny,
damit sie in Form bleiben.
Alles Liebe,
P

»Was soll das heißen?«, sagte Cara, die an meiner Schulter stand.

Ich lachte, weil ich die Anspielung ausnahmsweise verstand.

»Ist nur ein kleiner Scherz«, sagte er.

»Versteh ich nicht«, sagte Cara frostig.

Er legte den Arm um sie. »Du weißt doch, dass Frannys Zigaretten immer verbogen oder zerbrochen sind.«

»Es ist sehr hübsch«, sagte ich. »Aber wie hast du es so schnell graviert bekommen?«

»In einem kleinen Laden in Maida Vale haben sie mir noch einen Gefallen geschuldet.«

Als wir alles ausgepackt hatten, wünschte ich den beiden eine gute Nacht, und schon als ich die Tür hinter mir zumachte, hörte ich ihre erregten Stimmen. Diesmal dauerte der Streit nicht lange. Erst wurde die eine Tür zugeschlagen, dann die andere. Wasser rauschte durch die Rohrleitungen und floss in die Badewanne in dem Zimmer unter mir, während ich mir die Zähne putzte. Und nachdem ich mir den Mund ausgespült hatte, hob ich ohne jedes Bedenken die Bodendiele heraus.

Unter mir hatte Peter die Hände aufs Waschbecken gestützt und sah sich einen Moment in dem Spiegel an, den er aus dem Museum mitgenommen hatte. Ich wandte meinen Blick von der Linse ab, als er sich das Hemd aufknöpfte, aber dann sah ich doch wieder hin und beobachtete, wie er zur Tür ging, den Türgriff festhielt und möglichst leise den Schlüssel umdrehte. Er stellte sich wieder vor den Spiegel, drehte sich zur Seite und legte eine Hand auf den Bauch, den er einzog, dann hob er die Arme wie ein Bodybuilder und lächelte. Er zog sich ganz aus, und ich hätte weggucken sollen, aber das tat ich nicht, sondern ich sah zu, wie er ins Badewasser stieg.

Ich sah das Haar auf seiner Brust, seinen nach oben treibenden Penis und die Knie, die aus dem Wasser ragten. Er warf einen Blick über die Schulter zur Tür, als wollte er sich vergewissern, dass sie wirklich verschlossen war, dann schloss er die Augen und legte die Hand auf seinen Penis. Spätestens jetzt hätte ich wegsehen sollen, aber ich tat es nicht, ich konnte es nicht. Ich dachte an das, was Cara mir beim Obelisk im Wald erzählt hatte, nämlich dass Peter, wenn er mit ihr zusammen war, keine Erektion bekam. Er bewegte seine Hand, und ich betrachtete sein sanftes Gesicht, den leicht geöffneten Mund, die vollen Lippen. Er ließ sich Zeit, und ich sah ihm zu, sah, wie er schneller wurde und seine Stirn sich krauste, sah, dass er sich mit den Füßen gegen das Ende der Wanne stemmte. Als der Moment gekommen war, als ich sah, dass der Moment gekommen war, in der Sekunde, während ich sein Gesicht betrachtete, schoss sein Blick in die Höhe, und er sah zu dem Mittelpunkt an der Decke nach oben, sah zu mir nach oben, und ich sah zu ihm hinunter. Ich war überzeugt, er wusste intuitiv, dass ich da war, und er wollte mir sagen, dass es mit mir anders sein würde. Er liebte mich, das verstand ich, und er wusste, dass ich ihn auch liebte.

In der Nacht lag ich im Bett und stellte mir Peter, Cara und Finn im Meer vor. Ich sah, wie sie sanft mit der Strömung trieben. Die Apfelsinen, die Cara im Lebensmittelladen gekauft hatte, schwammen vorbei, die Seiten von *Woman's Way* blätterten sich langsam um, der Deckel von einer Dose Mehl ging ab, und das Foto von Peters pummeliger Frau kam heraus und versank langsam im Wasser, bis das Gesicht dunkler wurde. Und in der Mitte von allem sah ich eine Kuh, riesig und weiß, die in Zeitlupe sprang und mit den Hinterbeinen ausschlug. Ihr Maul war offen wie ein länglicher Blasebalg, und ihr Schwanz stand in die Höhe, als wäre sie nach einem Winter im Stall endlich auf die Weide gelassen worden. Ich brachte sie zum Tanzen, Peter, Cara und Finn, ich ließ sie in einer senkrechten Reihe auftreten, das Baby nahe der Oberfläche und Peter im tiefen Wasser. Finn, dessen Fußgelenk ich jetzt umfasst hielt, winkte mit seinen pummeligen Babyarmen. Ich trat gegen das Wasser, während Peter unter mir kleiner wurde und die Kuh und die Apfelsinen im Schlick verschwanden. Ich ließ das Baby los und sah, wie es über mir durch die blauen Schichten ans Licht aufstieg.

Das Wochenende verging, ohne dass wir besondere Notiz davon nahmen, dass es ein Wochenende war. Wir aßen und tranken und rauchten. Die restliche Zeit verbrachten wir damit, die Dinge im Museum zu sichten, als hätten wir sie vor zwanzig Jahren weggestellt und erinnerten uns erst jetzt, dass sie noch da waren. Ich entdeckte einen Karton mit Büttenpapier und Umschlägen, auf die das Lynton-Wappen gedruckt war – drei Apfelsinen auf einem Schild –, und ich nahm das Briefpapier mit auf mein Zimmer. Dazu ein Teeservice und eine kleine Kommode.

In einer Kiste mit der Aufschrift *Images d'Epinal* fand Cara fünfzig Blätter unversehrter Ausschneidebögen, die kein Kind je angerührt hatte. Sie schleppte die Kiste nach draußen unter den Portikus der Orangerie. Es waren die Bilder berühmter italienischer Gebäude: der Petersdom, der Schiefe Turm zu Pisa, das Kolosseum, der Palast Pitti in Florenz. Das Papier war vergilbt, und die Farben hatten mit der Zeit an Frische verloren, aber Cara schnitt die Formen aus und faltete sie und klebte sie zusammen. Ihre Arbeit war grob, die Kanten gerieten schief. Es gehörten auch mehrere zweidimensionale Personen dazu, die um die Gebäude herum aufgestellt werden konnten – ein dicklicher Priester mit erhobenem Blick und hinter dem Rücken verschränkten Händen, eine Mutter mit zwei Kindern, eine Frau im langen Kleid, alle lächelnd –, und Cara schnitt ihnen mit der sorglos geführten Schere mal den Kopf, mal die Füße ab. Aber wenigstens war sie für ein paar Tage mit dieser Aufgabe beschäftigt, und so entstand auf den Stufen der Orangerie bis zum Rasen hinunter ein Klein-Italien aus dreidimensionalen Pappgebäuden.

An einem Abend, als wir mehr Wein als gewöhnlich getrunken hatten, hielten wir es plötzlich für eine gute Idee, den ausgestopften Grizzlybären ins Haus zu bringen, aber wir kamen nur bis zur Bibliothek. Dort tanzten wir mit dem Bären um die Regale und fanden das ungeheuer lustig. Am nächsten Morgen sah ich ihn bäuchlings auf den herausgerissenen Seiten eines Buches liegen, beide Arme waren abgerissen. Es war eine Entheiligung, zu der ich uns eigentlich nicht imstande gesehen hätte, und bei dem grotesken Anblick des seiner Gliedmaßen beraubten Bären stiegen mir die Tränen in die Augen. Ich setzte mich auf die Stufen des Hauptportikus und begann einen Brief an Mr. Liebermann zu schreiben, in dem ich ihm mitteilte, dass wir in einem versteckten Zimmer Dinge gefunden hatten, die ihm gehörten. Und dann dachte ich an den Wein aus dem Keller von Lyntons, den ich getrunken hatte, und an das Essen, das ich gegessen hatte und das mit dem Geld bezahlt worden war, das Peter für die Dinge bekam, die er verkaufte. Ich dachte an das Steak im Harrow Inn, zu dem Peter mich eingeladen hatte, und daran, auf welchem Papier ich den Brief schrieb. Ich nahm das goldene Zigarettenetui aus der Tasche meines Morgenmantels und las, wie jedes Mal, wenn ich es öffnete, die Inschrift. Ich zündete mir eine Zigarette an, hielt das Streichholz an den Brief und sah zu, wie er verbrannte.

20

»Hallo?« Ich hörte jemanden vom Wendeplatz rufen, und als ich ging, um nachzusehen, war es Victor, der sein Fahrrad über den von Gras durchschossenen Kies schob. »So viele Schlaglöcher, und die ganze Zeit bergauf.« Er schwitzte, und ich sah seine gerötete Haut unter dem Beffchen.

»Hallo«, sagte ich, überrascht, ihn zu sehen.

»Ich dachte, ich komme auf Ihre Einladung zurück, da Sie schon eine Weile nicht mehr bei mir waren.«

»Wirklich nicht? Was für ein Tag ist heute?«

»Montag.«

»Ich habe zwei Sonntage versäumt?«

»Sie sollten sich mal mein Gottesdienstdiagramm ansehen. Ein stetiger Abwärtstrend, Woche für Woche.«

Ich hörte nicht zu. Ich überlegte, wie ich verhindern konnte, dass er mit nach oben kam, wo er die Möbel und alles andere sehen würde, was wir aus dem Museum gestohlen hatten, den verstümmelten Bären, der noch immer in der Bibliothek lag. Zum Glück hatte ich, um das arme Tier nicht sehen zu müssen, die Türen und Fensterläden auf der Seite des Portikus geschlossen. Als ich sein Lächeln nicht erwiderte, fügte Victor hinzu: »Vorausgesetzt, Ihre Einladung gilt noch?«

»Natürlich«, sagte ich und besann mich auf meine Manieren. »Ich mache uns einen Tee.«

»Auch ein Glas Wasser wäre gut.« Er fuhr mit den Fingern zwischen Hals und Beffchen, um sich zu kratzen, dann zog er die Hosenspangen ab.

Ich ging mit ihm zum Portikus. »Sie können sich hier hinsetzen und verschnaufen, und ich setze das Wasser auf.«

Als ich zurückkam, wechselten wir die eine oder andere höfliche Bemerkung über das gute Wetter und den schönen Ausblick, und er machte mir ein Kompliment zu meinem Morgenmantel. Ich goss uns Tee ein, Victor stürzte das Wasser hinunter, dann sagte er: »Ist Ihre Freundin heute zu Hause, oder deren Mann?«

»Nein, ich glaube, sie sind in die Stadt gefahren. Zumindest ist das Auto nicht da.«

Victor leerte sein Glas. »Ich habe hier etwas für Sie.« Er nahm einen Umschlag aus seiner Jackentasche. »Ich bin gebeten worden, bei der Durchsicht der Sachen von Dorothea Lynton zu helfen. Sie erinnern sich, die Frau, die wir letzten Monat begraben haben? Die wohltätigen Frauen konnten sich nicht einigen, was weiterverwertet und was weggeworfen werden sollte. Man hat mich gebeten zu schlichten. Und da habe ich das hier gefunden.«

Ich nahm den Umschlag aus gelblichem Papier und drückte auf die kleine Ausbuchtung. Der Brief war an Dorothea Lynton in einem Haus in der Stadt adressiert und geöffnet worden. In dem Umschlag war ein gefaltetes Blatt, und ganz unten lagen mehrere winzige blau-weiße Splitter, jeder kleiner als der Nagel meines kleinen Fingers. Ich faltete das Blatt auf. In Schrägschrift stand dort: *Entschuldigung*. Weiter nichts.

Ich nahm einige der Splitter heraus und betrachtete sie in meiner Hand. »Was ist das?«

»Können Sie es nicht erraten?« Er nahm einen aus meiner Hand. »Ich habe auch eine Weile gebraucht, das gebe ich zu.«

»Ich habe keine Ahnung.«

»Pfauenaugen.«

»Von der Tapete!«

»Offenbar hat derjenige, der sie ausgeschnitten hat, Gewissensbisse bekommen und wollte sie zurückgeben. Ich dachte, wir könnten sie wieder einsetzen. Und für den Fall, dass Sie keinen Klebstoff haben …« Aus seiner anderen Tasche zog er ein kleines Fläschchen mit einem roten Gummistöpsel.

»Sie haben an alles gedacht«, sagte ich.

Ich ging mit ihm durch die Haupteingangstür. Ich hoffte auf dieselbe Reaktion von ihm, die Peter sich von mir gewünscht hatte, als er mir das Haus gezeigt hatte. Victor hob den Blick.

»Können Sie das erkennen?«, sagte ich. »Eine Seite der Galerie ist echt.«

»Ich glaube, da gab es eine Geschichte. Jemand ist gestürzt. Eine von den Geschichten meines Onkels.« Er schüttelte den Kopf in dem Versuch, die Erinnerung zu wecken. »Ein Hund, oder ein Kind. Deshalb haben sie das zugenagelt.«

Wir gingen weiter in den Blauen Salon. Die Fensterläden waren jetzt immer offen, die Türen nach draußen ebenfalls. Victor war überwältigt von der Schönheit des Raumes, so wie ich damals. Er stand mit dem Rücken zum Spiegel, und ich holte die Trittleiter von der Orangerie, wo Cara sie abgestellt hatte.

Ich nahm den Kleber, Victor hielt den Umschlag mit den Augen, und zusammen gingen wir von einem Vogel zum nächsten.

»Gibt es ein Wort für das Einsetzen eines Auges?«, fragte ich. »Das Gegenteil von Enucleatio?«

»Soweit ich weiß, nicht. Das Einsetzen eines Auges wäre schwierig. Ich glaube nicht, dass es jemals gemacht worden ist, oder wenigstens nicht erfolgreich. Der optische Nerv gehört zum zentralen Nervensystem.«

»Sagten Sie nicht, im Krieg seien Sie Arzt gewesen?«

»Nein, nein. So weit bin ich nicht gekommen. Ich war Medizinstudent.«

»Wo haben Sie studiert – in London?« Meine Finger waren voller Kleber: Ich war nie sehr gut im Basteln gewesen.

»Ja, London.« Er hielt inne, auf dem Zeigefinger hatte er ein Pfauenauge. »Aber nur wenige Semester. Ich habe keinen Abschluss gemacht.«

»Ach, wirklich?«, sagte ich, ohne auf seinen Ton zu achten. »Sind Sie eingezogen worden? Ich dachte, Mediziner wären vom Militärdienst befreit gewesen?«

»Um ehrlich zu sein, ich habe aufgehört – bin ausgestiegen, das ist wohl der Ausdruck, den man heute benutzt. Ein Aussteiger.« Das sagte er mit solchem Selbsthass, dass ich mit dem Kleben aufhörte und ihn ansah.

»Ich war ein Hochstapler. Ein Trauerspiel. Völlig nutzlos.«

»Oh, das glaube ich nicht. Nein. Sie waren sicher nicht … nutzlos.«

Er rutschte mit dem Rücken an der Wand nach unten und setzte sich auf den staubigen Fußboden, und ich setzte mich neben ihn. »Gleich nachdem ich mit der Ausbildung angefangen hatte, wusste ich, dass ich mich nicht zum Mediziner eignete, aber die Vorstellung, im Krieg zu kämpfen, war noch schrecklicher.«

Ich knibbelte den Kleber von meinen Fingern und merkte, dass er erzählen wollte. Victor erzählte anders als Cara. Er sprach zögernd, verhaspelte sich mit den Wörtern, erzählte aber weiter, als würde er die Geschichte zum ersten Mal erzählen und könnte nun nicht mehr aufhören.

»Ich stand auf dem U-Bahnsteig der Central Line, in der Station Bank, als eine Bombe die Schalterhalle traf, aber das habe ich natürlich erst später erfahren. Ich erinnere mich an eine Frau mit einem Koffer, die auf die Bahn wartete. Wahrscheinlich habe ich sie sehr intensiv angesehen und mich gefragt, wohin sie wollte – hoffentlich aus London raus. Wir lächelten uns zu, nur für einen winzigen Moment, manchmal entsteht eine Verbindung mit Fremden, ein Augenblick, und die Scheinwerfer des einfahrenden Zuges beschienen ihr Gesicht und ihr Lächeln. Und dann kam der Einschlag – der Luftstoß, der durch die Tunnel raste, hat uns alle in die Höhe geschleudert und an die Wände geworfen. Die Lichter gingen aus, und wahrscheinlich war ich eine Minute oder so ohnmächtig, aber ich war unverletzt. Ich fand meine Taschenlampe und schaltete sie an. Auf den Bahnsteigen und bei den Rolltreppen hatten Menschen geschlafen. Von den Wänden waren die meisten Kacheln abgefallen, doch seltsamerweise war der Bahnsteig kaum beschädigt. Aber die Menschen um mich herum, die waren verletzt, das konnte ich sehen und hören, ich hörte ihr Jammern und Weinen. Ich leuchtete mit der Taschenlampe auf die Gleise, der Zug war auf halbem Weg entlang des Bahnsteigs stehen geblieben, und die Frau lag unter dem Zug. Ich sah ihren Koffer, und … ja. Ein Luftschutzhelfer schaltete ebenfalls seine Taschenlampe an und rief nach einem Arzt oder einer Krankenschwester, er rief immer wieder und versuchte gleichzeitig sein Möglichstes, um den Menschen zu helfen. Und ich … ich schaltete meine Taschenlampe aus und hockte mich an die Wand und sagte nichts.«

Ich streckte meine Hand zu Victor aus, berührte ihn aber nicht.

»Heute noch quält mich die Frage, ob es möglich gewesen wäre, wenn ich es geschafft hätte, wenn ich die Kraft gehabt hätte, etwas zu sagen, mehr Menschen zu retten.«

»Nicht viele, klingt zumindest nicht so.«

»Aber ein Leben mehr, das wäre es doch wert gewesen. Oder nicht?«

Ich sah ihn an, er erwiderte den Blick, und ich verstand, dass er die Wahrheit hören wollte. »Ja«, sagte ich.

Eine Weile lang schwiegen wir und sahen durch die offenen Türen auf die Wolkenschatten, die über den Garten zogen.

»Danke«, sagte er.

Ich hielt ihm mein Zigarettenetui hin, und wir zündeten uns beide eine an. »Danach sind Sie Pastor geworden?«, fragte ich.

Er stieß den Rauch aus. »Nach dem Krieg. Zur Strafe, könnte man sagen. Ich bin allerdings nicht sicher, ob es gewirkt hat.«

»Wissen Sie, was Sie jetzt tun wollen?«

Victor hatte die Zigarette im Mund, er kniff die Augen gegen den Rauch zusammen und schüttelte den Kopf. Er nahm mir das Zigarettenetui aus der Hand und las die Gravur. »Ein Geschenk von einem Verehrer?« Er klang traurig, stieß mir aber scherzhaft in die Seite und gab mir das Etui zurück.

Ich steckte es in meine Tasche und sagte scheu: »Könnte man vielleicht so sagen.«

Victor und ich standen in der Halle. Wir hatten uns verabschiedet, ich hatte versprochen, wieder zur Kirche zu gehen, wusste aber, dass ich das nicht einhalten würde, und er sagte, er würde mich wieder besuchen. Ich hielt ihm die Eingangstür auf. Er warf einen Blick auf das *Trompe l'œil.*

»Gerade ist mir die Geschichte wieder eingefallen«, sagte er. Er schüttelte heftig den Kopf, als bedauerte er, das gesagt zu haben. »Danke für den Tee. Ein schöner Nachmittag.«

»Jetzt müssen Sie sie mir erzählen.« Ich schob die Tür wieder halb zu, ging zurück in den Saal und sah zur Decke.

»Nein, vergessen Sie's.« Sein Gesicht sah leer aus, und ich nahm an, dass er sich mir zuliebe zurückhielt, weil er glaubte, die Geschichte sei ungeeignet für mich.

»Erzählen Sie. Ich möchte es hören.«

Er sah wieder zur Decke empor und wandte mir den Rücken zu. »Es war ein junger Mann«, sagte er. »Ein Einzelkind. Vielleicht war er Dorotheas Neffe – Charlie? Charles? Ich weiß es nicht mehr. Er ist gesprungen. Er war gerade aus dem Krieg zurück – dem Ersten Weltkrieg –, und die Familie war einfach froh, ihn wiederzuhaben, nachdem Tausende nicht zurückgekommen waren. Er war erst ein, zwei Wochen wieder da. Er ist auf das Geländer geklettert und gesprungen.« Victors Stimme zitterte.

Wir schwiegen und starrten nach oben, und in dem Moment hörten wir ein Auto, das schnell die Einfahrt hinaufkam und vor der Tür hielt. Der Motor wurde abgeschaltet, und als die Autotüren geöffnet wurden, hörten wir, wie Peter und Cara sich anschrien. Victor und ich wechselten einen Blick und sahen dann wieder voneinander weg.

»Und der Schreibtisch!«, sagte Cara. Sie standen unmittelbar vor der Tür. »Ich dachte, du würdest ihn mit nach London nehmen.«

»Das war nur ein Gedanke«, sagte Peter, er sprach mit seiner beschwichtigenden Stimme. »So kann sie noch eine Weile daran schreiben.«

»Und das Zigarettenetui? Das willst du ihr wahrscheinlich nach einer Woche auch wieder wegnehmen, oder?«

Ich wandte Victor den Rücken zu und sah zu dem *Trompe l'œil* hinauf, mein Gesicht glühte.

»Meine Güte, Cara«, sagte Peter. »Das war ein Geschenk. Was stört dich daran?«

»Oh, Franny«, sagte Cara mit tiefer Stimme. »Das ist nur ein kleiner Scherz, ich dachte, er würde dir gefallen.«

Victor und ich in der Halle vermieden es, uns anzusehen. »Oh, Peter«, fuhr Cara fort, und sie ahmte mit hauchiger Stimme meine nach. »Das ist wunderschön. Oh, Peter, danke.«

Ich war zutiefst beschämt und überlegte, ob ich Victor aus dem Blauen Salon über den Portikus nach draußen bringen konnte, aber da ging schon die Haustür auf, und Cara und Peter sahen uns im Salon. Peter schoss die Röte ins Gesicht, aber Caras Augen funkelten, als wären wir selbst schuld daran, dass wir sie gehört hatten.

»Wir haben nicht von *dir* gesprochen, Frances«, sagte sie. »So interessant bist du gar nicht.«

Einen winzigen Augenblick lang sprach niemand, dann begannen Victor und ich gleichzeitig.

»Miss Jellico hat mir die Pfauen im Blauen Salon gezeigt.«

»Pfarrer Wylde ist zum Tee hergekommen.«

»Cara«, sagte Victor und tat damit der Höflichkeit genüge, dann nickte er Peter zu und ging zur Tür.

»Franny –«, begann Peter und streckte die Hand aus, aber ich ging mit Victor hinaus bis zum Tor oben an der Allee, wo er sein Fahrrad gelassen hatte.

»Es tut mir leid, dass Sie das hören mussten«, sagte ich, als er die Fahrradspangen wieder über die Knöchel schob.

»Und dass *Sie* das hören mussten, hat Ihnen das nicht auch leidgetan?« Er klang wütend.

Plötzlich wollte ich die beiden vor Victor verteidigen, obwohl ich wusste, dass es verletzend von Cara gewesen war, mich nachzuahmen und diese bissigen Worte zu sprechen. »Das war nur Spaß. Cara treibt gern ihre Scherze, Peter auch. Sie machen sich gern lustig.«

»Peter, der Ihnen das Zigarettenetui geschenkt hat?«

Ich mochte den moralisierenden Ton nicht, den ich in Victors Worten zu hören glaubte. Ein Mann, der in seinem Leben Fehler gemacht hatte und jetzt darüber nachdachte, sein Priesteramt aufzugeben.

»Ein Geschenk, das hat er gesagt.«

»Ich glaube, Lyntons ist kein guter Ort für Sie, Miss Jellico.« Diesmal wählte er seine Worte mit größerer Sorgfalt.

»Es ist gut hier«, sagte ich, begriff aber, dass er Cara und Peter meinte, nicht Lyntons.

»Wirklich?«

»Cara hat es nicht so gemeint. Manchmal ist sie eifersüchtig. Es ist wie in der Schule.«

»Hat sie Grund, eifersüchtig zu sein?«

»Nein, natürlich nicht.« Ich wusste, dass mein Gesicht rot anlief.

»Die beiden sind verheiratet.« Es war nicht klar, ob er das als Frage oder als Feststellung meinte.

»Na ja …«, sagte ich.

»Ich finde, Sie sollten sich nicht in etwas hineinziehen lassen, aus dem Sie sich nicht wieder befreien können.« Er stieg aufs Fahrrad. Offensichtlich wollte er, dass ich ihn fragte, was dieses »etwas« war, aber ich war entschlossen, die Frage nicht zu stellen.

»Die beiden sind meine Freunde«, sagte ich.

Victor zog die Augenbrauen hoch. »Danke noch einmal für den Tee«, sagte er und trat in die Pedale. Ich sah ihm nach, wie er um die Schlaglöcher herumfuhr und kleiner wurde, je weiter er sich auf der Allee entfernte.

Als ich wieder ins Haus kam, saßen Cara und Peter mit düsteren Mienen auf der Treppe und warteten auf mich. Cara sprang auf, als sie mich kommen sah.

»Entschuldige bitte«, sagte sie. »Das war ein dummer Streit mit Peter. Ich war sauer auf ihn, nicht auf dich.« Sie wollte meine Hände nehmen, aber ich verschränkte meine Arme vor der Brust. Ich sah Peter an, er nickte. »Natürlich sollst du einen Schreibtisch haben.« Sie sprach schnell. Hinter ihnen auf dem Podest, wo die Treppe eine Biegung machte, stand der kleine französische Damenschreibtisch, den sie in ihrem Zimmer gehabt hatten. »Peter bringt ihn zu dir nach oben, nicht, Peter?« Er stand auf und wartete, dass ich ihm Anweisungen gab, und Cara stupste ihn mit der Hüfte. »Es ist ein sehr hübscher Schreibtisch. Du hast ihn verdient. Bitte, Fran, sag, dass du mir verzeihst.« Sie zupfte an meinen Handgelenken, bis ich sie lockerte, und legte ihre Arme um mich. »Sonst kann ich mir selbst nicht mehr in die Augen sehen«, sagte sie.

Sie klang so aufrichtig. Über ihre Schulter hinweg und durch ihr Haar hindurch lächelte Peter mir schief zu. Meine Augen glitten über ihn hinweg, in der Erinnerung an das, was ich am Abend zuvor durch den Spion gesehen hatte, und ich legte meine Arme um Caras Schultern und erwiderte ihre Umarmung. Sie lachte erleichtert auf.

Ich ging hinter Peter zu meinem Zimmer hinauf; er trug den Schreibtisch und stellte ihn vors Fenster.

»Es tut mir leid, das vorhin«, sagte er. »Cara hat es nicht so gemeint.«

»Ist schon gut«, sagte ich. »Ich weiß, dass sie es nicht leicht hatte.«

»Den Stuhl bringe ich später.« Er wandte sich zum Gehen um.

»Sie hat mir das von Finn erzählt«, sagte ich, und Peter blieb stehen. »Dass er gestorben ist.«

»Das hat sie dir erzählt?« Er hatte sich nicht wieder zu mir umgedreht.

»Es tut mir leid. Und auch, dass ich es anfangs missverstanden hatte. Ich dachte, ihr hättet ihn zur Adoption freigegeben. Es muss schrecklich für euch gewesen sein, als er ertrunken ist.« Ich wollte, dass er sich mir öffnete.

»Ja, na ja«, sagte er. »Ich hole noch einen Stuhl.«

Nachdem wir gegessen hatten – und weniger Wein getrunken hatten als sonst – und nachdem ich nach oben gegangen war, sah ich mir den Schreibtisch näher an, zog die Schubladen auf und untersuchte die Beine, und erst da bemerkte ich, dass es gar nicht der Schreibtisch war, den sie in ihrem Zimmer gehabt hatten – und der nicht mehr hinter der Tür stand –, sondern ein zweiter, offenbar gab es ein Paar. Dieser hatte Wurmfraß, die Beine waren voller Löcher, an der Rückseite war ein langer Kratzer, und die Ledereinlage war beschädigt. Sie hatten genau gewusst, dass ich nie etwas sagen würde, falls ich den Betrug entdeckte.

Ich zog mir das Nachthemd an und wusch mir das Gesicht, und dann bemerkte ich wieder den Geruch, der bei meiner Ankunft in meinem Badezimmer gehangen hatte und wegen dem ich den Teppich rausgerissen hatte: Urin, alte Essensgerüche, und diesmal auch etwas Süßes, ein Parfum, das versprüht worden war, um den Modergeruch zu überdecken. Mit der Hand tastete ich am Hals nach dem Medaillon, dann erinnerte ich mich daran, dass ich es im Wald verloren hatte. Auf Händen und Knien kroch ich schnüffelnd im Badezimmer herum und kam mir dabei höchst albern vor. Am stärksten war der Geruch um die Badewannenverkleidung herum. Vielleicht hatte sich ein

Tier – ein Eichhörnchen, eine Ratte – dahinter verkrochen und war verendet. Vor meinen Augen sah ich wieder den toten Fuchs, die aufgeschlitzte Kehle wie ein zweites Maul unter dem eigentlichen.

Die Badewannenverkleidung wurde mit drei Schrauben am oberen Rand und dreien am unteren gehalten. Ich holte ein Messer aus dem Schlafzimmer – es hatte einen Griff mit dem Wappen von Lyntons –, steckte die Klinge in den Schraubenschlitz und versuchte es zu drehen. Das Messer rutschte aus dem Schlitz, glitt mir aus der Hand und fiel gegen die Verkleidung. Hinter der Verkleidung hörte ich einen unterdrückten Schrei, keine Tierstimme, sondern einen menschlichen Laut. Ich schob mich rückwärts über den Fußboden unter das Waschbecken, ich wollte nichts hören, lauschte aber angespannt. Als kein weiteres Geräusch kam, streckte ich mich aus und packte das Messer, das ich mit zittriger Hand hielt, als könnte es mich vor dem bewahren, was unter der Badewanne war. *Die Rohrleitungen*, murmelte ich vor mich hin, *Wasser im Abfluss. Das Geräusch ein Zufall.*

Ich streckte die Hand mit dem Messer aus und pochte zweimal mit der Klinge an die Verkleidung. Klopfklopf. Das Klopfzeichen wurde von unterhalb der Badewanne erwidert, wie von jemandem, der geschwächt war und vor Anstrengung stöhnte.

Da rannte ich aus dem Badezimmer, schlug die Tür hinter mir zu, zog meine Decke vom Bett und rannte die Wendeltreppe hinunter ins Erdgeschoss. Ich ging in den Blauen Salon, wo ich den Umschlag mit den restlichen Pfauenaugen – die wir auch mithilfe der Trittleiter nicht hatten einsetzen können – neben dem Spiegel liegen sah. Ich schloss alle Fenster und Fensterläden und kauerte mich in eine Ecke mit dem Rücken zur Wand und den Augen zur Tür.

Ich versuchte wach zu bleiben und lauschte auf jedes

Knarren und Stöhnen des Hauses, aber nach einer Weile sank mein Kopf auf die Knie. Am Morgen kroch das Licht durch die Ritzen der Fensterläden, und das Haus atmete. Was immer in der Nacht im Haus gewesen war, jetzt war es verschwunden.

Ich ging barfuß zur Brücke, und als ich näher kam, hob ein Greifvogel vom Geländer ab, kreiste über mir und zeigte sein braunes Gefieder mit den gestrichelten Linien am Schwanz und an den Flügeln. Der Vogel flog zum Seeufer hinunter, und ich sah das Weiß der Schwanzfedern aufblitzen und nahm an, dass es eine Wiesenweihe war. Ich beugte mich über das Geländer, da, wo der Vogel gesessen hatte, und dachte daran, dass Peter mir hatte weismachen wollen, es sei eine palladianische Brücke, und wie ich ihm das unbedingt hatte glauben wollen. Nachdem die aufsteigende Sonne mir den Rücken gewärmt hatte, ritzte ich mit dem Messer, das ich zu diesem Zweck eingesteckt hatte, meinen Namen in den Stein: *Franny*. Danach warf ich es in den See.

Obwohl es noch früh war, sah ich, als ich zum Haus kam, dass Peter auf den Stufen des Portikus saß und Cara an eine Säule gelehnt stand. Sie strafften sich, als sie mich zwischen den Rhododendronbüschen kommen sahen; es sah so aus, als hätten sie wieder Streit gehabt.

»Frances«, rief Cara. »Was machst du so früh draußen?« Sie setzte die Tasse ab, als wollte sie mich umarmen.

»Und auch noch im Nachthemd«, sagte Peter, als ich bei den Stufen ankam. Er nahm die Tasse in die Hand.

Offenbar war ich blass und wirkte verstört. »Was ist denn?«, fragte Cara.

»Gestern Abend war jemand ...«, begann ich. »... in meinem Badezimmer.«

Sie kam eine Stufe herunter. »Bist du verletzt? Was ist passiert?«

»Wie damals, als du dachtest, dass jemand am Fenster war?« Peter klang, als würde er mir nicht glauben.

Ich zog mir die Decke fester um die Schultern. »Jemand war unter der Badewanne.«

»Was?«, sagte Cara, und Peter sah zu ihr hinüber.

»Ich habe jemanden gehört«, sagte ich. »Ein Stöhnen hinter der Verkleidung.«

»Stöhnen?«

»Das sind die Rohre, die klopfen. Sie klopfen ständig«, sagte Peter.

»Ein Weinen«, sagte ich.

»Du weißt, dass es nicht die Rohrleitungen waren«, sagte Cara zu Peter.

»Erzähl keinen Unsinn.«

»Ich erzähle keinen Unsinn«, sagte Cara. »Unsinn ist es zu glauben, dass nur das wirklich ist, was wir sehen. Du willst für alles einen Beweis.«

»Das stimmt.« Seine Stimme wurde lauter. »Ich glaube nicht an Gespenster oder Teufel oder die jungfräuliche Geburt.«

»Und woran glaubst du? An nichts. Du bist ein Mensch ohne Seele.« Cara presste die Lippen zusammen und sah über die Wiesen, und Peter kam die Stufen hinunter zu mir und legte den Arm um mich.

»Du bist übermüdet – völlig erschöpft, könnte ich mir denken.«

Ich hätte mich gern an ihn gelehnt und Cara mit ihrem missmutigen Gesicht vergessen.

»Aber ich habe es gehört«, sagte ich.

»Da hast du es«, sagte Cara und drehte sich gegen ihren Willen um.

»Ich bin mir sicher, es war das Wasser in den Rohrleitungen«, sagte Peter wieder.

»Hinter der Verkleidung ist etwas.«

»Aber als du mich darum gebeten hast nachzusehen, war nichts in dem Zimmer neben deinem. Das stimmt doch, oder?« Er hielt mich fester im Arm, als wollte er ein Kind beschwichtigen.

»Unter der Badewanne hat etwas gestöhnt.«

»Na gut. Vielleicht ist ein Tier da hineingeraten. Ich kann ja mit nach oben kommen und die Verkleidung abmachen. Was brauche ich dazu – einen Schraubenzieher?«

»Ich habe das schon versucht.«

»Du wirst nichts finden«, sagte Cara verstimmt. »So funktioniert das nicht.« Sie nahm ihre Tasse aus seiner Hand.

»Schadet ja nichts nachzusehen«, sagte er mit ruhiger Stimme, obwohl sein Körper angespannt war.

Cara rief laut etwas auf Italienisch, jedes Wort ein Stachel.

»Das stimmt nicht«, sagte er zu ihr, aber er gab mich aus seinen Armen frei. Ich wusste nicht, worüber sie gestritten hatten, ob wieder über das Zigarettenetui oder über den Schreibtisch.

Cara gestikulierte und rief mit lauter Stimme, und der Kaffeerest aus ihrer Tasse klatschte auf die Steinstufen, die sich dunkel verfärbten. Wir sahen ihrem Ausbruch zu, dann nahm Peter seine Brieftasche aus der Hosentasche, und ich sah, dass sie voller Geldscheine war. Er zählte vier Ein-Pfund-Noten ab und hielt sie ihr hin, sodass sie die Stufen hinunterkommen musste. Sie riss ihm die Scheine aus der Hand und zog davon. Ich wollte mit Peter allein sein, aber ich wollte auch, dass Cara blieb und mir bestätigte, dass ich nicht verrückt wurde. Womöglich erkannte Peter, dass etwas mich bekümmerte, denn er sagte: »Mach dir keine Sorgen. Sie fährt zum Einkaufen in die Stadt. Wenn sie zurückkommt, hat sie sich bestimmt beruhigt.«

»Glaubst du, es ist in Ordnung, wenn sie allein geht?«

»Ehrlich gesagt ist es mir egal.«

Ich nahm mein Zigarettenetui heraus, und Peter zündete zwei Zigaretten an.

21

In den letzten zwanzig Jahren habe ich gelernt, Menschen und ihre Geschichten mit mehr Skepsis zu betrachten. Eine nützliche Fähigkeit für jemanden, der eingesperrt ist. »Ich habe es nicht getan«, habe ich hier drinnen oft gehört. Als ich jünger war, habe ich allen Menschen geglaubt. »Du bist so naiv, dir kann man alles erzählen, du glaubst jedem«, sagte Mutter oft zu mir. »So wie dein Vater.« Die Worte sollten mir wehtun, sie sollten eine Kränkung sein, aber sie weckten in mir lediglich die Erinnerung an einen Sommer, als ich acht oder neun war, ein Sommer, in dem wir noch in dem Haus in der Lansdowne Road in Notting Hill wohnten. Sicherlich war auch meine Mutter in der Nähe, aber daran habe ich keine Erinnerung; ich erinnere mich nur daran, dass mein Vater und ich in dem Garten waren, der allen Hausbesitzern in der Straße gemeinsam gehörte. Ich hatte mein Puppenteeservice nach draußen gebracht und die kleinen Teller und Tassen und Untertassen gedeckt, und wir – mein Vater, die Puppen und ich – machten ein Picknick. Er aß gerade ein Stück imaginärer Torte, als wir einen Mann sagen hörten: »Was machen Sie da? Hallo, was machen Sie da?«, immer wieder.

Erst dachten wir, jemand erlaubte sich einen Scherz mit uns, jemand, der sich im Gebüsch am Rande des Gartens versteckt hatte. Dann hörten wir eine Frau lachen und mit hauchiger Stimme sagen: »Mein Gott, mein Gott!« Meine Vater trieb mich an, die Sachen schnell zusammenzupacken, er beantwortete meine Fragen nicht und murmelte, dass er die Polizei holen werde, doch dann entdeckte er auf einem Baum einen schwarzen Vogel mit gelbem Schnabel und weißen Flecken in den Augenwinkeln. Es war ein Hirtenmaina, und nach einer Weile gelang es uns, den Vogel in einem Karton einzufangen und der alten Frau, die in der Nähe lebte, zurückzubringen. Sie gab mir eine halbe Krone und meinem Vater ein Glas Sherry.

Die Tiraden meiner Mutter zogen sich endlos hin: »Niemand sagt, was er wirklich denkt. Du musst lernen, zwischen den Zeilen zu lesen, sonst halten die Leute dich für einen Schafskopf. Bist du ein Schafskopf, Frances?« Aber die Welt ist schöner, wenn man daran glaubt, dass die Menschen die Wahrheit sagen. Dann gibt es keine Intrigen, keine versteckten Motive, niemanden, der lügt, um sich dramatisch aufzuspielen.

Ich verstand das alles nicht, wenigstens damals nicht. Erst vor Gericht begriff ich, was Cara gemeint hatte und dass ich durch Lügen das bekommen würde, was ich wollte, selbst wenn das, was ich wollte, nicht das war, was alle erwarteten. Von den Perückenmännern lernte ich, dass die Justiz nicht an der Wahrheit interessiert ist, sondern dass es ihr darum geht, wer die überzeugendste Geschichte erzählen kann. Es ist ein Spiel, das man schnell lernen muss, wenn man gewinnen möchte – auch wenn es für die anderen aussehen mag, als hätte man verloren.

»Können Sie dem Gericht sagen, was das hier ist?«, fragte einer der Perückenmänner. Ein Gerichtsdiener gab mir das Zigarettenetui, und ich drehte und wendete es in meinen Händen, so wie die Bibliothekarin das Bibliotheksbuch behandelt hatte. So vertraut, ein Liebesobjekt. Am liebsten hätte ich es in meine Tasche gesteckt, aber alle im Gerichtssaal guckten zu.

Später, als ich beim Gefängnisdirektor ein förmliches Gesuch einreichte, mit dem ich um die Rückgabe des Etuis bat, und dem Gesuch stattgegeben wurde, weinte ich. Ich hatte nicht damit gerechnet, es wiederzubekommen.

Peter hatte recht: Unter der Badewanne war nichts. Keine Spuren im Staub, keine toten Tiere; sogar der Geruch war verschwunden. Ich kam mir töricht vor, trotzdem wollte ich nicht allein in meinem Dachzimmer bleiben. Ich ging mit Peter nach unten. Er wollte ins Museum, um sich ein paar Leinwandrollen anzusehen, die er gefunden hatte. Ich sagte, ich würde einen Spaziergang machen, ging aber stattdessen in das Zimmer der beiden und suchte nach etwas zu essen. Ich fand einen Brotkanten und einen Rest Butter. Ich fühlte mich an das einfache Essen erinnert, das ich bei meiner Ankunft allein im Dachgeschoss gegessen hatte. Die Butter hatte schon einen leichten Stich, aber ich war hungrig und aß schnell alles auf, bevor Cara oder Peter wiederkamen. Als Cara mich das erste Mal eingeladen hatte, mit ihnen zu essen, war ich dankbar gewesen, aber als ich jetzt Reste aus ihrer Küche stibitzte, empfand ich es auch als eine Art Kontrolle: Cara konnte großzügig sein, wenn es ihr passte, und nicht, wenn es ihr nicht passte.

Ich legte »Bookends« auf den Plattenspieler. Wenn wir zusammensaßen, spielten wir alle drei Alben immer wieder, und alles, was wir taten – essen, reden, lachen –, geschah vor dem Hintergrund der Musik, bis sich die Texte in meine Träume eingeschlichen hatten und ich die Melodien beim Aufwachen summte. Es war seltsam, die Musik in dem Zimmer zu hören, ohne dass Cara oder Peter dabei waren; ich empfand ein Gefühl von Scham, das noch stärker war als in den Momenten, wenn ich sie durch den Spion in ihrem

Badezimmer beobachtete. Ich setzte mich auf die Chaiselongue, dann legte ich mich hin.

Ich wurde von Caras Schritten geweckt, als sie vom Einkaufen zurückkam. Sie legte die Nadel wieder auf den Anfang der Platte, und ich blieb liegen und sah zu, wie sie sich zu der Musik bewegte, während sie die Einkäufe auspackte und das Lied über »Mrs. Wagner's Pies« mitsang. Sie fragte mich nicht, ob Peter etwas unter der Badewanne gefunden hatte. Sie hatte einen ganzen Lachs gekauft, zwei Pfund winziger Kartoffeln, eine Tüte Zucker und ein halbes Dutzend Eier. Sie hielt jedes Paket hoch und zeigte mir ihre Einkäufe. Sie war wieder glücklich und fing an, eine Mayonnaise zu machen, die viel besser schmecken werde, sagte sie, als fertige Salatcreme.

Ich fand, ich hätte aufstehen und unter einem Vorwand verschwinden sollen, aber ich blieb liegen, weil ich Caras glückliche Stimmung nicht verderben wollte. Dabei ärgerte ich mich über mich selbst. Ich wollte nicht jedes Wort abwägen müssen, so wie am Anfang, als ich nach Lyntons gekommen war und nicht wusste, wie ich aufgenommen würde. Vor ein paar Wochen hatte ich die kleine Stimme der Unsicherheit vertrieben, und jetzt wollte ich nicht, dass sie sich wieder auf meine Schulter setzte.

»Kann ich dir Geld für die Einkäufe geben?«, fragte ich.

Sie sah mich an, während sie weiter mit dem Schneebesen rührte und Öl in die Schüssel gab, und mir war klar, dass sie dachte, diese Frage hätte ich schon vor Wochen stellen sollen. »Nicht nötig«, sagte sie, nachdem sie die Antwort zu lange hinausgezögert hatte. »Peter bezahlt. Ich dachte, wir könnten wieder mal ein Picknick auf dem Dach machen.«

Ich schob mich zentimeterweise aus dem Dachzimmerfenster und setzte einen Fuß auf die bleierne Regenrinne, die voller modriger Blätter und Zweige war. Zehn Meter unter mir küssten sich die Steinfrau und Cupido auf dem Springbrunnen. Ich reichte Peter den Picknickkorb und die Decken nach oben und vermied es, nach unten zu gucken. Hinter ihm kletterte Cara über das Dach.

»Ich weiß nicht, ob ich das kann«, sagte ich. Ich machte die Augen zu, damit der Schwindel im Kopf aufhörte. Ich trug den Morgenmantel.

»Komm«, sagte Peter. Als ich die Augen aufmachte, beugte er sich über das Dach und hielt mir den Arm hin. Ich streckte meinen Arm nach oben und legte meine Hand in seine. »Ich halte dich«, sagte er.

Die Dachstruktur erweckte den Anschein, dass die Räume des Hauses nach außen umgestülpt worden waren, sodass Pfade zwischen den mit Ziegeln gedeckten Bereichen entstanden, und dazwischen ragten Dutzende von Schornsteinen vom Bleidach auf. Wir gingen zu der gläsernen Kuppel, die von hier wie eine Gewächshausglocke aussah, und blickten durch die gesprungenen Glasscheiben in das große Treppenhaus hinunter. Die Luft war still, die Wolken über den Hügeln hatten die Form von Blumenkohlköpfen mit einer dunkelvioletten Unterseite. Die Wärme des Daches stieg durch die Sohlen meiner Schuhe. Aus dieser Höhe konnte ich bis zur anderen Seite der Brücke, zum Turm des Mausoleums und zur Spitze des Obelisken sehen.

Wir wählten einen Platz hinter einem breiten Schornsteinaufsatz, und Peter öffnete eine Flasche Champagner. Ich breitete die Wolldecken und die Tischdecke aus. Cara nahm drei blau-goldene Teller aus dem Korb und drei Servietten. Wir deckten unser Picknick mit dem Lachs und den kleinen Kartoffeln und der Schüssel mit der Mayonnaise.

Cara hatte zwei Papierschirme mitgebracht, und wir spannten sie auf und setzten uns in unseren feinen Kleidern im Schneidersitz darunter.

Wir aßen und tranken, und Peter machte eine neue Flasche auf. Cara und ich klemmten die Sonnenschirme fest und legten uns darunter, damit unsere Gesichter im Schatten waren. Peter las. Cara fing an, das Lied zu summen, das wir auf dem Plattenspieler gehört hatten, Peter stimmte ein.

»Gib mir mal die Zigaretten«, sagte Cara, und sie lachten beide. Ich wusste, dass sie den Text falsch sangen, sagte aber nichts. Wie immer war mein Zigarettenetui in der Tasche meines Morgenmantels, aber ich wollte nicht, dass Cara wieder an das Etui dachte. Peter zündete drei seiner Zigaretten an, und lange Zeit schwiegen wir, rauchten und dösten. Alles war still und träge.

Ich war fast eingeschlafen, da sagte Cara: »Ich war heute Morgen bei der Post, um zu sehen, ob etwas für uns gekommen ist.«

Nach ein paar Augenblicken, als wäre es zu anstrengend, ein Gespräch zu führen, sagte Peter: »Und, war etwas da?«

Cara rollte sich auf die Seite und stützte den Kopf in eine Hand. »Ja«, sagte sie, »ein Brief von Pater Creagh, der aus Schottland nachgesandt worden ist. Er schreibt, dass Dermod gestorben ist.«

Peter sah von seinem Buch auf. »Dermod? Oh, Cara. Das tut mir leid.«

»Oh, nein«, sagte ich und richtete mich auf.

»Das kann ich nicht glauben«, sagte Peter. »Warum hast du uns das nicht eher erzählt? Den ganzen Nachmittag haben wir rumgesessen, gegessen und getrunken, und Dermod ist tot.«

»Er ist ja nicht heute gestorben«, sagte Cara.

»Sicher, das stimmt«, sagte Peter. »Was hat Pater Creagh denn geschrieben? Wie ist es passiert?«

Ich warf Peter einen Blick zu und hätte beinah meine Hand ausgestreckt, damit er nicht weitersprach. Ich hielt es nicht für ratsam, vor Cara vom Sterben zu sprechen.

»Mir fällt es nicht schwer, darüber zu sprechen, Frances«, sagte Cara. »Er ist ertrunken.«

Wir schwiegen alle drei und dachten, so vermutete ich, über die schreckliche Koinzidenz nach, dass sowohl Finn als auch Dermod im Wasser zu Tode gekommen waren.

»Er war Angeln gegangen«, sagte Cara. »Sie haben bei Ebbe das Boot gefunden. Sie glauben, dass er mit dem Kopf irgendwo aufgeschlagen ist.« Ihre Stimme schien weicher, ihr irischer Akzent wurde deutlicher.

»Der Arme«, sagte Peter.

»Fährst du zur Beerdigung nach Hause?«, fragte ich.

»Nach Hause? Nach Irland? Irland ist nicht mein Zuhause. Außerdem war die Beerdigung heute. Der Brief hat eine Woche auf der Post gelegen.«

»Dieser Postbote«, sagte Peter. »Warum kann er nicht mit dem Fahrrad zu uns rauskommen?«

»Es ist zu weit«, sagte ich.

»Cara schafft es doch auch mit dem Fahrrad ins Dorf und zurück.«

»Es sind fünf Meilen, und er ist ein alter Mann. Ich finde, wir sollten nicht erwarten, dass er den langen Weg hierher macht.«

»Himmel«, sagte Cara und richtete sich auf. »Der Postbote ist mir scheißegal, ja?«

Peter und ich wechselten einen Blick. »Trink noch einen Schluck«, sagte er – unsere Antwort in jeder Lage. Er leerte den Rest der zweiten Flasche in ihr Glas und öffnete eine dritte. Cara hatte glücklich gewirkt, als sie das Picknick vorbereitete, und dabei hatte sie die ganze Zeit gewusst, dass Dermod tot war. Das war schwer zu verstehen.

»Pater Creagh hat dir geschrieben?«, sagte Peter. »Nicht deine Mutter?«

»Kein Wort von Isabel.« Sie trank ihr Glas leer und hielt es zum Nachfüllen hin. Sie wirkte distanziert, losgelöst, was auch mit dem Champagner zu tun haben mochte, alles schien distanziert und losgelöst. Ich wollte einfach nur schlafen.

»Vermisst du deine Mutter, Fran?« Cara zündete sich eine neue Zigarette an, und der Rauch quoll aus ihren Nasenlöchern. Das einzige Geräusch war das Knacken des Dachs, das sich in der Nachmittagssonne dehnte. Selbst die Vögel waren still.

»Ich vermisse die Mutter, die ich als Kind hatte«, sagte ich. »Aber wenn du die Mutter meinst, mit der ich in den Jahren danach gelebt habe, dann nein.« Ich überraschte mich selbst mit der Antwort und fragte mich, ob ich später als Strafe für dieses Eingeständnis wieder eine tote Amsel finden oder neue Geräusche unter der Badewanne hören würde, oder ob ich den Geruch des Schlafzimmers riechen müsste, das Mutter und ich uns geteilt hatten. »Es ist gut, dass sie tot ist.«

Nachdem sie gestorben war, hatte Mutter noch eine Woche im Bett gelegen. Ich schlief nicht mehr neben ihr, sondern saß jede Nacht in dem Sessel im Erkerfenster und hatte mir eine Decke übergelegt. Es heißt, wenn jemand stirbt, verlässt der Mensch – seine Seele – den Körper, und es bleibt nur die leere Hülle zurück. Aber bei Mutter, fand ich, war es anders. Sie war immer noch in ihrem Körper, sie bestimmte immer noch alles. Ihr Körper wurde steif, aber sie sagte mir immer noch, was ich tun sollte. Obwohl sich ihre Augäpfel schwarz färbten, beobachteten sie mich. Am Sonntagabend legte ich die Geschirrtücher auf die Fensterbank in der Küche, stellte das Geschirr vom Deckel der Badewanne auf den Fußboden und ließ Wasser in die Wanne, aber ihr Körper war schwerer, als ich erwartet hatte, buchstäblich ein totes Gewicht. Deshalb brachte ich eine Schüssel mit warmem Wasser ins Schlafzimmer und legte die Waschlappen auf einem Handtuch aus und wusch die dunklen Flecken, die auf ihrer Haut entstanden waren. Ich war besorgt, dass ich die bunten Waschlappen für die falschen Körperteile benutzte. Wie in den letzten zehn Jahren auch kämmte ich ihr die Haare und schnitt ihr die Fußnägel – wobei ich, wie sie mich anwies, der Rundung der Zehen folgte – und wickelte die Zehennägel in ein Stück Zeitungspapier, bevor ich sie im Kamin verbrannte. Ich hatte diese Aufgaben so lange verrichtet, ich konnte damit nicht aufhören. Und dann warf ich die Waschlappen in das abkühlende Badewasser, ging nach unten und fragte Mrs. Lee, ob ich ihr Telefon benutzen dürfte. Sie berechnete mir vier Pence, obwohl wir beide wussten, dass das zu viel war, und blieb in der Küchentür mit Mehl auf der Schürze stehen und belauschte ungeniert das Gespräch.

»Meine Mutter ist tot«, sagte ich zu dem Arzt. Mrs. Lee verschränkte die Arme.

»Sind Sie sicher, dass Ihre Mutter verstorben ist?«, fragte er, als wäre es eine Gewohnheit von mir, ihn anzurufen und derartige Behauptungen zu machen. Ich lachte. Ich hatte keinen Zweifel, dass sie tot war, so wie die Fliegen sie angingen, obwohl ich die Fenster geschlossen gehalten hatte, und bei dem Geruch, gegen den auch die intensive Benutzung der Waschlappen nichts mehr ausrichten konnte. Der Arzt kam, warf einen Blick auf sie und rief den Bestatter an. Er sagte, ich hätte eher anrufen sollen, aber in seiner Stimme schwang Mitleid, ihm muss klar gewesen sein, dass ich ab jetzt allein war. Er verschrieb mir Schlaftabletten, die ich aber nicht nahm: Ich hatte keine Mühe zu schlafen.

Peter sagte auf dem Dach: »Manchmal ist es das Beste. Wenn jemand lange krank war oder sehr gelitten hat.«

»Ich glaube, Fran meinte etwas anderes«, sagte Cara und starrte mich an, bis ich das Gefühl hatte, ihre Augen hätten mich durchstochen: eintausend kleine Einstiche, durch die das Licht einfiel und alles in Helligkeit tauchte.

»Sie war ans Bett gefesselt«, sagte ich und riss meinen Blick von Caras Augen los. »Sie hatte das Haus seit zehn Jahren nicht verlassen.«

»Hast du sie allein gepflegt?«, fragte Cara wie nebenbei. Sie streckte ihre Hände aus und sah sie prüfend an, als begutachtete sie ihren Nagellack. Auf einem Fingerknöchel war ein kleiner schwarzer Strich. Sie zeigte ihn mir. »Gewittertierchen«, sagte sie. Das winzige Insekt rollte seinen Schwanz ein, so wie ein Skorpion, und war im nächsten Moment verschwunden. Das Licht hatte sich merkwürdig verändert, es war gelb, wie die Folie, die in Schaufenster gehängt wird, um die Ware vor der Sonne zu schützen.

»Ja«, sagte ich. »Ich habe alles allein gemacht. Ich habe gekocht, sie zur Toilette begleitet, sie gewaschen.« Ich trank einen großen Schluck Champagner und war kurz davor, ihnen zu erzählen, wie es wirklich war, in diesem klaustrophobischen Zimmer in Dollis Hill.

»Hatte sie keine Freunde oder Verwandte?«, fragte Peter.

»Ein paar Freunde, ja, aber es gab niemanden, der einspringen wollte. Ich war mit meiner Mutter allein.« Ich legte mich auf die Decke, und eine lange Zeit schwiegen wir. Ich schloss die Augen. Aber ich hatte sie geliebt. Das hatte ich nicht gesagt: Ich hatte sie geliebt.

Caras Stimme weckte mich, und diesmal sang sie nicht zu Simon and Garfunkel, sondern rief laut: »Ich werde dich niemals verlassen, weißt du noch? Das haben wir einander versprochen.«

»Aber das war vor Jahren«, sagte Peter mit seiner ruhigen Stimme.

»Na und? Heißt das, es zählt nicht mehr?« Caras Stimme war immer noch laut.

»Nein, natürlich zählt es, natürlich. Aber wir sind ja auch zusammen, hier, oder?«

Sie erhob sich schwankend und stieß die halb volle Champagnerflasche mit dem Fuß um. Mein Hirn war umnebelt, und während der Champagner über die Tischdecke und die Reste vom Lachs schäumte, versuchte ich mich zusammenzureißen. »Verdammt«, sagte Peter. »Weißt du überhaupt, was eine Flasche davon kostet?« Er packte sie, während ich versuchte, den Lachs beiseitezulegen und den Champagner wegzutupfen, obwohl meine Hände nicht richtig mit meinem Verstand verbunden waren.

»Cara!«, hörte ich eine kleine Stimme aus großer Entfernung rufen. »Cara! Nein!«

Peter und ich waren beide auf Händen und Knien mit dem Aufräumen beschäftigt, jetzt hörten wir damit auf und wandten uns um. Cara stand an der Dachkante und wankte, ihre Zehen ragten über den Rand hinaus. Wieder war die Stimme zu hören, und ich beeilte mich hochzukommen, trat dabei auf einen der Papierschirme, rutschte auf dem Lachs und der Mayonnaise aus, machte einen Satz vorwärts und griff, gleichzeitig mit Peter, nach Cara.

Tief unten am Gatter sprang ein Mann vom Fahrrad, ließ es fallen und rannte zum Haus. Ich brauchte einen Moment, bis ich Victor erkannte, mit losem Haar und in Jeans und T-Shirt.

An dem Tag standen wir alle an der Kante, am Rande des Abbruchs, und blickten ins Nichts. Etwas in uns wollte erleben, wie es wäre, diesen Sprung zu machen, einfach, um es herauszufinden, nichts schien leichter als der Schritt nach vorn, aber wir alle wussten: Waren wir erst gesprungen, gab es kein Zurück.

Ich hatte mir vorgestellt, ich würde das Leben in seiner ganzen Fülle auskosten wollen. Ich hatte mir vorgestellt, dass es mir gefallen würde, zwanglos und ungezügelt zu leben, aber ich lernte, was für ein Schrecken es ist, in den Abgrund zu blicken.

Cara stürzte nicht. Wir packten sie, Peter und ich, und zogen sie von der Kante zurück. Alle drei fielen wir rückwärts in einem Knäuel von Armen und Beinen auf den Boden. Caras Kleid war gerissen, an Peters Hals war eine rote Strieme, ich hatte Schürfstellen an den Händen. Ich erinnere mich nicht, wie wir durch das Dachfenster wieder ins Haus geklettert sind, aber so muss es gewesen sein – die Reste des Picknicks zusammen mit dem blau-goldenen Geschirr ließen wir auf dem Dach stehen.

Victor, der zu höflich war, um ohne Aufforderung weiter ins Haus hineinzukommen, stand in der Eingangshalle. »Wie geht es Ihnen?«, sagte er zu Cara. »Ich hatte Angst, Sie würden …« Er suchte Bestätigung von Peter. »… stürzen«, sagte er dann.

»Es geht ihr gut«, sagte Peter mit frostiger Stimme zu Victor.

»Was haben Sie da oben gemacht?«, fragte Victor. »Es sah gefährlich aus.«

»Wir haben ein Picknick gemacht.« Ich trat vor, das verantwortungsbewusste Mädchen, das vor dem Schuldirektor die Wahrheit bekennt. Am Tag zuvor hatte ich mich über das geärgert, was Victor gesagt hatte, und ich begriff nicht, warum er jetzt schon wieder da war.

»Es ist doch ein feiner Tag für ein Picknick, oder?«, sagte Cara lächelnd. Sie nestelte an den Ohrringen, die Peter ihr geschenkt hatte, und plötzlich hatte ich die absurde Befürchtung, Victor würde sie fragen, woher sie die Ohrringe hatte und wie Peter sich solchen Schmuck leisten konnte.

Peter hatte ein schmiedeeisernes Tischchen mit drei Stühlen auf den Portikus gestellt, und da fiel mir auf, dass die Möbel auf einem Foto in dem Buch abgebildet waren, das ich aus der Bibliothek gestohlen hatte. Peter ging in den Keller, um als vierte Sitzgelegenheit eine der alten Kisten zu holen, und Cara wollte Tee machen. Das Licht war immer noch schwefelgelb, als stünde das Ende aller Zeiten unmittelbar bevor.

Als Victor und ich allein waren, senkte er den Kopf, seine Jesushaarpracht fiel ihm ins Gesicht, und er flüsterte: »Sie haben ihr das nicht erzählt, oder? Das von dem jungen Mann?« Ich sah ihn mit gerunzelter Stirn an. »Von dem jungen Mann, der von der Galerie in der Eingangshalle gesprungen ist«, sagte er.

»Natürlich nicht.«

»Ich dachte plötzlich, das wäre der Grund, warum Cara springen wollte.«

»Sie wollte nicht springen«, sagte ich. »Sie und Peter hatten gestritten. Sie wollte Luft schnappen. Es war sehr schwül da oben auf dem Dach.«

In diesem Moment brachte Peter die Kiste, und Cara tauchte ebenfalls wieder auf und wollte von Victor wissen, ob er Milch und Zucker nahm; sie entschuldigte sich, dass sie keine Kekse hatte, sie sagte, hätte sie gewusst, dass er kommen würde, hätte sie ein paar Orangenmadeleines mit

Schokoladenüberzug gemacht, sie hätte von dem Bitterorangenbaum drei Apfelsinen gepflückt. Sie beschrieb genau, wie sie die Eier geschlagen hätte, wenn sie sie nicht alle für die Mayonnaise benutzt hätte, und wie sie das Mehl, wenn sie eine neue Packung gekauft hätte, untergerührt und zusammen mit dem Saft der drei Apfelsinen daraus einen flüssigen Teig gemacht hätte, den man, das sei ganz wichtig, ein bis zwei Stunden in den Kühlschrank stellen musste, bevor man ihn in die Förmchen gab. Sie entschuldigte sich, dass sie keine Bitterschokolade hatte, die sie hätte schmelzen können, um die Küchlein damit zu überziehen. Ich brachte es nicht über mich, ihr zu sagen, dass die Apfelsinen innerlich wahrscheinlich vertrocknet und zu nichts gut seien.

Victor saß am Tisch und sah aus, als bedauerte er schon jetzt, dass er gekommen war. Ohne rechte Überzeugung redeten wir über das warme Wetter und spekulierten darüber, ob es ein Gewitter geben würde. Peter hatte die Arme verschränkt, verstimmt, so vermutete ich, weil die Religion sich an seinem Tisch niedergelassen hatte. Cara kam abermals heraus und sagte, es täte ihr leid, aber wir hätten keine Milch, würde der Pfarrer stattdessen eine Scheibe Zitrone nehmen? Als sie gegangen war, schlug Victor sich mit der Hand an den Kopf. »Meine Güte! Ich habe völlig vergessen, warum ich gekommen bin.«

»Nicht wegen der Pfauenaugen?«, fragte Peter. Ich war erstaunt, dass er unsere Arbeit im Blauen Salon bemerkt hatte.

Victor stand auf und zog einen Umschlag aus der Tasche seiner Jeans. »Ein Telegramm! Ich war zufällig in der Post, als es kam. Es entstand ein Disput darüber, wer den ganzen Weg herkommen würde, um es zu überbringen, der Botenjunge oder der Postbote, und da habe ich mich angeboten.

Ich hatte nichts dagegen, noch einmal mit dem Fahrrad rauszufahren und Sie zu besuchen, Miss Jellico.« Er wollte mich im Auge behalten, das wusste ich, aber ich war ihm nicht dankbar. Auf mich brauchte niemand aufzupassen.

Bevor er das Telegramm übergeben konnte, kam Cara mit einem Silbertablett, auf dessen Rand das Lynton-Wappen eingraviert war, das von der Teekanne nur zur Hälfte überdeckt wurde. »Wir haben auch keine Zitronen, ich hoffe, es macht Ihnen nichts aus. Ich hatte vergessen, dass ich sie für die Mayonnaise benutzt habe, und die ist auf dem Dach mit dem restlichen Lachs und den Kartoffeln, aber ich könnte mir denken, dass Sie in Ihrem Tee keine Mayonnaise haben wollen.« Sie war die Einzige, die lachte.

»Es ist sehr gut so, vielen Dank.« Victor schob den Umschlag auf dem Tisch zwischen Peter und mich, und während mich der Gedanken stutzig machte, dass ein Telegramm an uns beide adressiert war, nahm Peter den Umschlag und öffnete ihn.

Mit einem Mal sah er krank aus, sein Gesicht wurde aschfahl. »Herr im Himmel«, sagte er.

»Oh je«, sagte Victor. »Schlechte Nachrichten?«

»Was ist?«, sagte ich. »Was gibt es?«

Cara beachtete Peter und das Telegramm nicht und schenkte Tee in die Tassen. Sie lächelte, aber ihre Hände zitterten.

»Es ist von Liebermann. Er ist auf dem Weg hierher.«

»Hierher? Aus Amerika?«, sagte ich, ohne etwas zu begreifen. Peter starrte auf die Teekanne. Ich nahm ihm das Telegramm aus der Hand und las es. »Welcher Tag ist heute?«

»Dienstag«, sagte Victor.

»Nein, das Datum.«

»Der sechsundzwanzigste.«

»August?«

»Ja, August. Ist das schwierig?« Victor sah uns der Reihe nach an.

»Er will morgen früh hier sein.«

Peter starrte weiter auf die Teekanne und sagte nichts.

»Sind Sie mit den Berichten noch nicht fertig?«, fragte Victor. »Er gibt Ihnen bestimmt ein bisschen länger Zeit.«

Ich dachte an die Möbel oben im Haus – den Schreibtisch, die Betten und die Spiegel, die Gläser und das Besteck, den Esstisch aus Mahagoni und den Teppich und die Chaiselongue – ganz abgesehen von dem fehlenden Reynolds und der ägyptischen Katze, die ich seit dem Tag, als wir das Museum das erste Mal betreten hatten, nicht gesehen hatte. Mir fiel ein, dass wir seit mindestens einer Woche nicht abgewaschen hatten, und dass die leeren Wein- und Champagnerflaschen, die wir anfangs zur Erinnerung aufgehoben hatten, jetzt in einer Reihe entlang der Wände in Caras und Peters Wohnzimmer standen. Ich dachte an die Kleider aus dem Museum, die italienischen Ausschneidebögen, an den Bären. Es war unmöglich, bis morgen früh alles zurückzustellen und aufzuräumen. Würde Mr. Liebermann begreifen, was hier geschehen war? Ich dachte an meine paar Zeichnungen, meine groben Messungen von der Brücke und den Follys, meine Aquarelle von der Orangerie, die wenigen Notizen, die ich für meinen Bericht gemacht hatte.

Niemand sprach, Cara lächelte. Victor stand auf und sagte: »Vielen Dank für den Tee. Ich sollte mich auf den Weg machen.«

Cara und Peter blickten nicht auf und gaben auch kein Anzeichen, dass sie ihn verstanden hatten.

»Ich begleite Sie zum Tor«, sagte ich.

Beim Tor schob Victor sich die Hosenspangen über, ohne mich anzusehen.

»Vielen Dank, dass Sie uns das Telegramm gebracht haben«, sagte ich.

»Das war nur ein Vorwand.« Victor nahm das Fahrrad. Es war ein schweres altes Fahrrad mit einer kleinen Satteltasche unter dem Sitz, ein Damenfahrrad mit Kettenschutz und ohne Querstange. Es war sauber und rostfrei, und ich sah ihn vor mir, wie er sich am Samstagmorgen mit dem umgedrehten Fahrrad in der Sakristei beschäftigte. »Eigentlich bin ich gekommen, um Ihnen zu sagen, dass ich mein Amt aufgeben werde.«

Ich schämte mich, weil ich nicht freundlicher zu ihm gewesen war und ihm nicht zugehört hatte. Ich wusste nicht, ob es zu spät war, mein Versäumnis wiedergutzumachen. »Oh, Victor. Das tut mir leid. Ich könnte später zu Ihnen kommen … oder morgen … oder wenn Mr. Liebermann wieder abgefahren ist.«

»Wann immer Sie Zeit haben.«

Er schob das Fahrrad auf den Kies und zur Allee. »Victor«, sagte ich und streckte meine Hand aus, aber er war zu weit von mir entfernt. Er stand gegrätscht über dem Fahrrad und war im Begriff loszufahren, da drehte er sich noch einmal um.

»Ich habe es gestern schon gesagt: Ich glaube, dies ist kein guter Ort für Sie. Ich bin der Meinung, dass Sie abreisen sollten. Gehen Sie wieder nach London, oder woandershin.«

Meine Abwehrhaltung vertrieb jedes Gefühl von Empathie und Schuld. »Ich weiß nicht, woher Sie das Recht nehmen, so etwas zu sagen.« Ich hätte weitergesprochen, wenn mir die Wörter schneller eingefallen wären, aber Victor sprach zuerst wieder.

»Ich dachte, Sie und ich wären Freunde, Miss Jellico, deswegen. Und Freunde achten aufeinander.« Er stieg aufs

Fahrrad, und ich sah ihm nach, wie er um die Schlaglöcher herumfuhr und immer wieder in die Pedale trat, damit das Fahrrad vorankam.

22

Als ich wieder auf den Portikus trat, war Cara nicht zu sehen, und das Teegeschirr stand auf dem Tisch. Peter verschwand gerade zwischen den Rhododendronbüschen. Ich rief seinen Namen, er wartete auf mich, und zusammen duckten wir uns unter den vergilbenden Blättern hindurch. Wir ließen Cara allein zurück, aber das erwähnten wir nicht.

Nichts rührte sich, die Luft war drückend. Mir wäre ein Gewitter jetzt sehr recht gewesen.

»Vielleicht reicht die Zeit, um alles wieder an Ort und Stelle zu bringen«, sagte ich, obwohl ich wusste, dass es aussichtslos war. »Oder wir entschuldigen uns. Wir können ja sagen, dass wir die Sachen eine Weile benutzt haben. Dass wir sie geborgt haben.«

»Und die Berichte, die längst fertig sein müssten?«, sagte Peter. Er fuhr sich mit der Hand durch die Haare. »Und die Sachen, die ich verkauft habe?« Es war das erste Mal, dass er es offen zugab. »Aber das ist es nicht allein. Selbst das, was ich mit den Verkäufen eingenommen habe, deckt nicht die Schulden, in denen ich stecke. Zwei Frauen sind einfach sehr teuer.« Ich sagte nicht, dass er mit Cara nicht verheiratet war. Es spielte keine Rolle.

Wir gingen am See entlang und überquerten die Brücke. Aber auch da blieben wir nicht stehen, sondern liefen hintereinander auf dem Trampelpfad am Ufer, den wir im Verlauf der Wochen dort geschaffen hatten.

»Cara ist nach oben gegangen, sie will die Apfelsinen, die sie gepflückt hat, pressen«, sagte Peter. »Davon abgesehen haben wir nichts zu essen im Haus, bis sie wieder einkaufen geht.«

»Wenn sie es schafft, Saft aus diesen Orangen zu quetschen, dann sollte sie viel Zucker dazutun«, sagte ich und fragte mich, was es zum Abendessen geben würde. Ich hatte Hunger.

»Ich muss mit ihr nach London fahren und sie zu einem Arzt bringen«, sagte Peter.

»Wegen Dermod?«

»Wegen allem.«

»Was für ein schrecklicher Schicksalsschlag, dass es einen zweiten Unfall mit einem Schiff gegeben hat.«

»Was?«, sagte Peter.

»Sie hat mir erzählt, was passiert ist. Dass das Schiff gesunken ist und ihr alles verloren habt und Finn ertrunken ist. Es muss für euch schrecklich gewesen sein. Ich muss dauernd an die Rufe der Kühe denken – wie weinende Kinder.«

»Was? Warte mal.« Er blieb stehen und drehte sich um. »Sie hat erzählt, wir wären auf einem Schiff gewesen, und es ist gesunken?«

»Ja. Sie hat gesagt, ihr wart auf dem Weg nach Schottland, obwohl sie offenbar dachte, ihr würdet nach Italien fahren.«

»Nein, Franny. Nein. Da war kein Schiff. Wir haben ein Flugzeug genommen, und wir sind wirklich nach Italien geflogen.«

»Nach Italien«, sagte ich.

»Nach Italien«, sagte er fest.

»Das verstehe ich nicht. Was war mit den Kühen?«, fragte ich. Ich begriff diese zweite Version nicht.

»Die wie weinende Kinder klangen?«

»Ja! Sie sagte, sie hätte noch jahrelang davon geträumt.«

»Das ist die Geschichte ihrer Mutter«, sagte Peter. »Als das Haus in Irland abgebrannt ist – Killaspy –, hat sie die Pferde in den Ställen gehört. Sie sollte am Ende der Auffahrt warten, bis das Feuer gelöscht war. Aber sie hat die Pferde gehört. Sie haben wie kleine Kinder geklungen. Jahre später noch hat das Weinen sie geweckt, und sie musste zum Fenster gehen und gucken, ob es brennt. Das hat sie mir selbst erzählt.«

»Es gab kein Schiff? Ihr seid nicht nach Schottland gefahren?«

»Später. Das mit Schottland war später.«

»Das verstehe ich nicht.«

Peter blickte über den See und ging weiter.

»Warum hat sie mir solche Lügengeschichten erzählt?«

»Weil … weil sie dich durchschaut hat, Fran. Sie weiß, dass du alles glaubst, alles schluckst. Sie kann gut Geschichten erzählen, sie braucht nur ein Publikum. Wenn sie die Geschichte gut erzählt, dann glaubst du, sie wäre eine andere als diejenige, die sie in ihrem Kopf ist. Wer möchte nicht seine Vergangenheit umschreiben, wenn er damit auch seine Zukunft ändern kann?« Der Pfad wurde breiter, und wir gingen nebeneinander. Er sah mich beim Sprechen nicht an. Ich nahm an, er müsste sich das, was dann geschah, noch einmal vergegenwärtigen. »Wir hatten genug Geld gespart, ich habe Flüge nach Rom gebucht – für uns drei: für mich, Cara und Finn.« Er ging schnell, und ich machte kleine Trippelschritte, um mitzukommen. »Finn war drei Monate alt. Ich habe uns ein Zimmer in einem Hotel gebucht, und Cara war so aufgeregt und begeistert, dass sie endlich in Italien war. Wir sind ausgegangen und haben gefeiert und was getrunken, dann sind wir essen gegangen.

Sie wollte alles sehen, alles probieren. Und Finn war wie sie, er hat alles mit großen Augen angeguckt. Es war schon spät, als wir zum Hotel zurückkamen. Das fand sie auch herrlich – ich glaube, sie war noch nie in einem Hotel gewesen. Es war schön, sie endlich einmal glücklich zu sehen, aber ich war müde, und wir haben gestritten. Worüber, weiß ich nicht mehr. Sie ließ sich ein Bad ein, und ich war es leid und bin in eine Bar gegangen. In dem Haus, das wir in Irland gemietet hatten, gab es keine richtige Badewanne, nur eine Zinkwanne vor dem Kamin. Und als ich zurückkam, lag sie schlafend in der Badewanne. Sie hatte das Baby in den Armen und war eingeschlafen, und Finn war ins Wasser geglitten und ertrunken.«

»Oh, Peter.« Ich blieb stehen, aber er eilte weiter. Er nahm einen Stock und schlug auf die Rohrkolben am Ufer, und die männlichen Blütenköpfe beugten sich und wogten hin und her und verstreuten Wolken gelber Pollen in den stillen Nachmittag.

»Sie redet vom Himmel und von der Hölle und will wissen, wo Finn jetzt ist. Das ist alles Unsinn. Der Junge ist tot.« Er sprach mit Tränen in der Stimme, dann fing er sich wieder. »Und sie hört nicht auf, von der jungfräulichen Geburt zu reden.«

Als ich ihn eingeholt hatte, fragte ich: »Bist du dir sicher, dass es keine war?«

Er sah mich an, als ob ich verrückt wäre. Aber zum ersten Mal inmitten all der Lügen und Halbwahrheiten wollte ich mir eine eigene Meinung bilden und nicht in die eine oder andere Richtung geführt werden. Dass Finn keinen Vater hatte, die unsinnigste Geschichte von allen, schien ein glänzendes Körnchen Wahrheit zu enthalten, ein Leuchten, das, würde es nur genügend poliert, alles andere überstrahlen würde.

»Sie häuft einfach die Schuldgefühle auf sich und sehnt sich nach einer Strafe, die so extrem ist, dass alles davon ausgelöscht wird und sie sich endlich besser fühlt«, sagte Peter. »Aber es wird nie ausgelöscht sein, und das begreift sie nicht. Und ich, ich will ihr einfach helfen, damit zurechtzukommen, aber das ist anstrengend, so verdammt anstrengend. Ich müsste jetzt bei ihr im Haus sein, auf sie achten, aufpassen, dass ihr nichts passiert.«

Ich schlug nicht vor, dass wir umkehrten.

Wir hatten die Stelle erreicht, wo der See schmal zulief und das Wehr ihn querte. Hier war das Wasser zum Teil umgeleitet und in die Grotte geführt worden, wo es in der künstlichen Höhle einen Teich bildete. Es gab eine umlaufende steinerne Bank, auf der man stehen oder, wenn man mutig genug war, sitzen und die Beine im Wasser baumeln lassen konnte. Bei Sonnenschein und um die richtige Tageszeit tanzten die Reflektionen vom Wasser über die Wände, so wie die Sonnenstrahlen von dem Glas reflektiert wurden, das Peter in ihrem Schlafzimmer aufgehängt hatte, und das Licht flimmerte über die Feuersteine und Perlmuttstücke, die in den Mörtel der Grotte eingesetzt worden waren.

An manchen Tagen hatte ich mir vorgestellt, dass wir hier sitzen und die Beine im Wasser baumeln lassen und unsere Finger sich berühren würden. Es war ein romantischer Ort, dazu geeignet, dass ich Peter meine Liebe gestand und ihm versicherte, ich könnte ihn glücklich machen, und er konnte mir seine Liebe gestehen. Ich dachte oft darüber nach, dass Peter gesagt hatte, er habe Mallory nicht verletzen wollen, als er sich in Cara verliebte, und ich nahm an, auch mein Vater hatte Mutter nicht verletzen wollen, als er sich in ihre Schwester verliebte. Meine eigenen Gefühle zu rechtfertigen, war leicht.

In Wirklichkeit war die Grotte kühl, wir standen mit hochgezogenen Schultern und nach vorn gereckten Köpfen am Rand, weil die Decke niedrig war, und als wir ins Wasser des Teiches blickten, war es dunkel.

»Und was ist mit dem Pelzmantel von George Harrison?«, fragte ich.

»Was?«

»Nichts. Nicht so wichtig.« Es war mir peinlich, es erwähnt zu haben. Es war ein banales Detail neben dem Verlust eines Kindes.

»George Harrison?«

»Cara hat mir erzählt, sie hätte ihn in Irland kennengelernt, bevor ihr euch getroffen habt. Sie hat gesagt, sie hätte seinen Pelzmantel in eurem Schlafzimmer im Haus.«

»Wie soll das gehen? Ein Pelzmantel, der übrig bleibt, nachdem wir auf dem eingebildeten Schiff alles verloren haben, einschließlich unseres Sohnes?«

Darauf hatte ich keine Antwort. Ich überlegte, was das für ein Mensch war, der solche Dinge erfand. Ich stellte mir Cara in ihrem Wohnzimmer vor, wie sie mit einem stumpfen Küchenmesser, das aus einem Kasten im Museum stammte, durch die Bitterorangen säbelte, die sie gepflückt hatte. Peter hatte versprochen, die Messer zu schärfen, war aber bisher nicht dazu gekommen, und jedes Mal, wenn Cara ein Essen zubereitete, beklagte sie, dass Peter die Gartengeräte geschärft habe, aber kein Küchenmesser schärfen konnte, und Peter versprach, es demnächst zu tun. Ich sah sie vor mir, wie sie die beiden Apfelsinenhälften auf der Jadeglaspresse ausdrückte und vielleicht ein, zwei Tropfen Saft gewann.

Peter und ich kletterten auf das Grottendach, wo der Grasbewuchs von Kaninchen kurz gefressen war. Das Dach war leicht eingesackt und hatte eine flache Kuhle von der

Länge zweier nebeneinanderliegender Menschen. Wir setzten uns hinein, um uns war die Luft still, nur das Rauschen des Wassers, das aus dem See über das Wehr floss, war zu hören. Peter stützte sich auf die Ellbogen und schloss die Augen, und ich sah ihn an, so schön und so erschöpft, er hatte eine andere verdient als Cara.

Ich wollte ihn glücklich machen. Ich wollte ihm sagen, dass ich ihn liebte, und ich war überzeugt, dass er mein Gefühl erwiderte, aber in meinen Fantasien war ich nicht weiter als bis zu dem Kuss gekommen, der auf unser beider Erklärungen folgen würde. Was käme danach? Würde er es Cara sofort erzählen? Wohin würden wir gehen, er und ich?

Auf dem Dach der Grotte wandte ich mich ihm zu und war mir des Pochens meines Herzens in jeder Faser meines Körpers bewusst. Er setzte sich auf, stützte die Ellbogen auf die Knie und legte sein Kinn in die Hände. Ich kniete mich neben ihn, versuchte die Worte zu sagen, aber sie kamen nicht heraus. Stattdessen zog ich den Bindegürtel meines Kleids – meines Morgenmantels – auf und ließ ihn mir von den Schultern gleiten.

»Franny …«, sagte er, ohne sich zu rühren.

Die Luft strich über meine Haut.

»Franny …«, sagte er wieder und wich ein wenig zurück, als wollte er mich ansehen. Ich erinnere mich, dass ich lächelte.

»Fran«, sagte er, und ich wartete, dass er mich in die Arme nahm. Er setzte sich richtig auf, näherte sich mir aber nicht, und ich nahm seine Hand und legte sie auf meine Brust. Ich hielt sein Handgelenk und spürte, wie kühl seine Haut im Vergleich zu meiner war, und ich führte seine Hand zu meiner Brustwarze, worauf seine Finger sich spreizten und nach hinten bogen, als wichen sie furchtsam zurück. »Oh nein«, sagte er. »Nein.« Er entfernte sich von mir, setzte sich auf die Knie und entzog mir sein Handgelenk. »Bitte, Frances. Es tut mir leid. Ich glaube, du hast etwas missverstanden.« Er nahm meinen Morgenmantel, der sich um meine Hüften und Oberschenkel bauschte, legte ihn mir über die Schultern und zog ihn höher, als er wieder abglitt. »Es tut mir so leid«, sagte er wieder. Er musste die schreckliche Enttäuschung in meinem Gesicht gesehen haben, die herausstürzenden Tränen, denn er sagte: »Aber wir können doch Freunde bleiben. Wir werden immer beste Freunde sein. Franny?« Und dann zog er mich – in einer Geste des Mitleids, vermutete ich, oder damit er nicht länger mein Gesicht ansehen musste – zu sich in die Arme und hielt mich, und ich spürte die Festigkeit seines Körpers an meinem weichen.

Ich wollte ihm sagen, dass es mit mir anders sein würde und dass wir beide das wussten, aber in dem Moment spannte er die Muskeln an und stieß mich von sich. Ich drehte mich in die Richtung seines Blicks und sah Cara, die uns vom Anleger am See aus beobachtete.

»Was sagt die Bibel über Impotenz?«, frage ich Victor, den falschen Pfarrer. »Sexuelle Störung?«

Er wird rot und kratzt sich durchs Hemd am Ellbogen.

»Ich frage das für einen Freund«, sage ich und lächle, und zum ersten Mal legt er den Kopf in den Nacken und lacht. Sein Lachen überrascht mich: Es ist ein tiefes, volles Lachen und erfüllt mich mit einem glücklichen Gefühl.

Ich würde ihn gern nach dem Bombeneinschlag im U-Bahnhof fragen – was er mir erzählt hat, geht mir oft durch den Kopf –, aber vielleicht ist das Vergessen eine Voraussetzung für seine Zufriedenheit.

»Ich habe gelesen«, sage ich, »dass die Wissenschaft eine Pille entwickeln will, mit der man die Erinnerung an ein böses Ereignis dämpfen kann, wenn man das Mittel bis zu sechs Stunden danach einnimmt. Die Erinnerung an den Unfall oder die Katastrophe ist dann weniger schmerzlich, vielleicht so, als würde man die Erinnerung eines anderen erleben oder einen Film sehen. Würden Sie eine solche Pille nehmen, Victor? Hätten Sie eine genommen, als Sie nach dem Bombeneinschlag aus dem U-Bahnhof gekommen sind?«

Er streicht mir übers Haar und antwortet nicht, oder vielleicht habe ich nicht gesprochen. Vielleicht glaubt er, dass Schmerz und Freude uns gleichermaßen zu den Menschen machen, die wir sind.

Ich blieb auf der Grotte sitzen, der Morgenmantel fiel mir wieder von den Schultern, während Peter, ohne sich umzusehen oder ein weiteres Wort zu sagen, über die Staumauer ging und Cara zwischen den Bäumen verschwand. Ich vermutete, dass sie sich bei den Rhododendronbüschen treffen und zusammen zum Haus gehen würden. Ich wusste nicht, was Cara gesehen hatte.

Ich wollte nicht gleich zum Haus zurück und ging stattdessen zum Mausoleum, wo ich bei den beiden steinernen Ehefrauen verweilen wollte. Aber da war es düster, die Blumen auf den steinernen Brustkörben der Frauen waren trocken und farblos, und aus den Ecken stieg der Geruch von Urin. Letztlich war es der Hunger, der mich zum Haus trieb, und ich hoffte, dort etwas zu essen zu finden. Das Gewitter, das sich angekündigt hatte, war weitergezogen, und die Sonne stand tief über den Hügeln und wurde in orangefarbenen und roten Streifen in die Breite gezogen. Die Kühe waren von der Weide verschwunden, aber ihr süßlicher, gärender Geruch hing noch unter der Zeder. Es wäre besser gewesen, ich hätte einen anderen Weg genommen, zum

Vordereingang oder zum Portikus, denn so konnte ich dem Drang nicht widerstehen, zu Caras und Peters Zimmern nach oben zu gucken. Schon jetzt kam es mir vor, als würde etwas zu Ende gehen. Viele der Fenster im Haus waren geschlossen, die sinkende Sonne traf auf das unebene Glas, und es sah aus, als würde hinter jeder Scheibe ein Feuer lodern, von dem das Haus unbemerkt aufgezehrt wurde. Nur die Fenster in Caras und Peters Wohnzimmer standen offen, und ich sah, wie Peter sich auf die Fensterbank stützte und nach draußen guckte. In der Hand hielt er ein Wasserglas. Ich hörte die Musik vom Plattenspieler, es war dieselbe, die wir die ganze Zeit spielten – »Bookends« von Simon and Garfunkel. Ich blieb bei der Zeder stehen, und im fahlen Nachmittagslicht vermischte sich meine Gestalt vermutlich mit dem Baum, aber ich glaubte zu erkennen, dass Peter mich sah und das Glas hob, als würde er mir zutrinken, vielleicht als Geste der Verzeihung oder der Entschuldigung. Ich hob meine Hand zum Gruß, hoffnungsvoll, obwohl ich wusste, dass es nicht mehr wie vorher sein würde, nie wieder so sein konnte.

Wenn ich gleich zu ihnen gegangen wäre, hätte es dann ein anderes Ende gegeben? Aber ich schämte mich zu sehr, die Kränkung der Zurückweisung war so frisch, und ich wusste nicht, was Peter Cara erzählt hatte. Er hatte ihr vielleicht gesagt, dass ich mir den Morgenmantel ausgezogen und seine Hand auf mich gelegt hatte, und vielleicht hatten sie darüber gelacht. Erst dann fiel mir ein, dass Cara einmal gesagt hatte, so interessant sei ich nicht, und es lohne sich nicht, über mich zu sprechen. Ich betrat das Haus durch die Seitentür und ging auf der Wendeltreppe nach oben ins Dachgeschoss.

In den Zimmern unter mir war es still. Ich beugte mich aus dem Fenster und sah nach unten, aber da war nichts.

Als ich im Badezimmer meine Waschsachen zusammenpackte, hörte ich das Wasser in den Rohrleitungen und das Plätschern in der Badewanne unten. Ich streifte den Morgenmantel ab und zog wieder Mutters Unterwäsche an, darüber meinen Rock und meine Bluse. Sie saßen knapper als je zuvor. Meine Sachen passten noch in meine beiden Koffer, sie zusammenzusuchen dauerte nicht lange; lediglich das Zigarettenetui und Caras Brief waren Dinge, die ich vorher nicht im Gepäck hatte. Ich setzte mich aufs Bett und überlegte, ob ich einfach gehen oder mich verabschieden sollte. Wenn einer von ihnen in der Badewanne war, müsste ich noch eine Weile warten. Vom Bett aus sah ich, wie die Schatten im Garten länger wurden.

Mit einem Mal überkam mich ein Gefühl der Eile, der dringende Wunsch, Lyntons so schnell wie möglich zu verlassen. Ich sah auf die Uhr – wenn ich mich beeilte, konnte ich den Bus schaffen, der von der Hauptstraße zum Bahnhof fuhr. Oder ich musste für ein Taxi bezahlen und im Harrow Inn übernachten. Ich hatte keinen festen Plan und wusste nicht, wohin ich wollte, nur, dass ich nach London fahren wollte.

Ich nahm meine Handtasche und legte mir den Regenmantel über den Arm, hob die beiden Koffer an und ging die Wendeltreppe hinunter. Ich hätte bis ganz nach unten gehen und das Haus durch die Haupttür verlassen können, dann um den Springbrunnen herum zur Allee. Aber bei dem kleinen Verbindungsflur zögerte ich, ging eine Stufe nach unten, dann wieder nach oben, stieß die mit grünem Filz beschlagene Tür auf und kam so in Caras und Peters Flur. Vor ihren Zimmern stellte ich die Koffer ab und faltete meinen Regenmantel so darüber, dass er nicht den Boden berührte. Ich presste mein Ohr an die Tür, hörte aber nichts.

Ich klopfte an, leise, zaghaft, und hoffte, sie wären nicht da, und ich könnte ihnen einen Zettel hinlegen und gehen. Niemand antwortete, ich hörte keine Geräusche. Ich drehte den Griff und betrat das Zimmer. Die Töpfe und Schüsseln, die Cara für den Lachs und die Kartoffeln benutzt hatte, standen noch auf dem Tisch, in einem Brotkorb lag der trockene Kanten eines Brötchens. Eins der Weingläser, die wir benutzt hatten, war umgekippt, die Flüssigkeit rann über das Mahagoniholz. Auf dem Plattenspieler drehte sich die Schallplatte, und aus dem Lautsprecher kam ein ständiges Knistern. Cara hatte wirklich die Bitterorangen ausgepresst: Vier sauber durchschnittene und leer gepresste Hälften lagen auf einem Holzbrett. Eine dritte Apfelsine lag noch in der Schale aus durchbrochenem Porzellan, die blau und golden war, passend zum Essservice.

»Hallo?«, rief ich. »Cara? Peter?« Die Tür zu ihrem Schlafzimmer war zu, es war zu still, zu unbelebt. Ich stand mitten im Zimmer und lauschte, dann kramte ich in meiner Handtasche nach einem Stift und einem Zettel. Ich hörte ein Geräusch aus dem Badezimmer, das Platschen von Wasser in der Badewanne. »Peter?«, rief ich wieder, und Cara kam ins Wohnzimmer. Sie ließ die Badezimmertür angelehnt. Ihr Abendkleid – sie hatte sich das Seidenkleid mit den dünnen Schulterriemen und den Federn angezogen – war am Bauch dunkler, als hätte sie etwas darüber verschüttet.

»Cara«, sagte ich. »Ich wusste nicht, dass du da bist.« Ich zog meine Hand aus der Handtasche und ging auf sie zu. Ihre Arme waren nass, von ihren Händen tropfte Wasser auf den Fußboden, bildete eine Pfütze und durchnässte den Kleidersaum. Sie sah mich an. »Ist Peter da?«, fragte ich. »Ich wollte … mich verabschieden.« Ich hatte nicht den Mut zu fragen, was sie vom Anleger aus gesehen hatte. Sie starrte mich weiter an. Und obwohl Peter möglicherweise nackt in der Wanne lag, veranlasste mich etwas, um sie herumzugehen und ins Badezimmer zu gucken. Plötzlich schüttelte Cara ihren tranceähnlichen Zustand ab, griff in einer Bewegung nach dem Schlüssel auf der Innenseite der Tür, zog die Tür zu und schloss sie ab. Doch zuvor hatte ich etwas gesehen, jemanden in der Wanne, unter Wasser, blondes Haar, das im Wasser trieb. »Ist das Peter in der Badewanne?«

Sie machte einen Schritt nach vorn, stolperte über ihr Kleid, fing sich, bevor sie fiel, ließ aber den Schlüssel los. Wir stürzten uns beide darauf, rangelten auf dem Fußboden miteinander und stießen mit den Köpfen zusammen. Ich hatte den Schlüssel schon in den Fingern, als Cara ihn packte, und während ich noch am Boden war und wieder das Kneifen von Mutters Unterwäsche spürte, stand sie auf und warf den Schlüssel aus dem Fenster. »Nein!«, rief ich, aber bevor ich es zur Fensterbank schaffte, war der Schlüssel verschwunden – er war nicht auf die Terrasse gefallen, sie hatte ihn mit solcher Wucht geworfen, dass er in der Buchsbaumhecke gelandet sein musste.

»Du kannst da nicht rein«, sagte Cara und stellte sich vor die Badezimmertür. »Das hier hat nichts mit dir zu tun, Frances.«

»Was hast du gemacht?«, schrie ich, schob sie zur Seite und rüttelte an der Türklinke, und ich rief Peters Namen durch die Tür. »Lass mich rein!« Es kam keine Antwort. »Was hast du gemacht?«, fragte ich wieder. »Peter ist da drin, oder?«

Ich hämmerte mit den Fäusten an die Tür, während sie unbeteiligt danebenstand und zusah. »Gibt es einen zweiten Schlüssel?«, fragte ich, obwohl ich wusste, dass es nur den einen gab. Ich sah wieder aus dem Fenster, als hätte der

Schlüssel plötzlich dort liegen können. Wieder schlug ich mit den Fäusten an die Tür, sah Cara an und warf mich dann mit meinem vollen Gewicht dagegen. Aber wie alle Türen in Lyntons war sie aus solidem Holz gemacht. Ich tat mir bloß die Schulter weh, die Tür blieb zu.

Cara saß jetzt in ihrer üblichen Position auf der Fensterbank, hatte die Füße an den Rahmen gestemmt und sah aus dem Fenster. »Rühr dich nicht vom Fleck«, sagte ich, und sie wandte den Kopf zu mir um, sagte aber nichts. Vom Wohnzimmer rannte ich durch den Flur, an meinen Koffern vorbei, und über die Wendeltreppe zum Keller hinunter. Ich drückte auf den Lichtschalter, worauf in dem langen Flur eine hängende Glühbirne nach der anderen aufleuchtete. Ich blieb stehen, versuchte wieder zu Atem zu kommen und zwang meine Schritte vorwärts zum Zimmer des Butlers, wo Peter seine Werkzeuge hatte. Der Vorschlaghammer stand neben der Truhe. Er war schwerer, als ich erwartet hatte, und ich musste ihn mit beiden Armen vor der Brust tragen. Ich spürte ein Ziehen in den Schultermuskeln, bevor ich bis zur Treppe gekommen war.

Als ich wieder ins Wohnzimmer kam, stand Cara vor dem Fenster und hatte einen Fuß auf die Fensterbank gesetzt, als wollte sie sich die Fußnägel lackieren. Sie zuckte zusammen, vielleicht hatte sie erwartet, dass ich länger wegbleiben, vielleicht sogar, dass ich die Polizei holen würde. Ich zog den Vorschlaghammer hinter mir her und hinterließ eine Spur im Teppich, und als sie das sah, stellte sie sich wieder vor die Badezimmertür.

»Mach Platz«, sagte ich, als ich vor ihr stand.

»Du kannst da nicht rein«, sagte sie. »Geh einfach nach Hause, Frances.« Ich wusste nicht, was sie damit meinte: nach Hause.

Ich stieß sie weg und wollte gleichzeitig den Hammer

schwingen, aber wir verfingen uns beide in ihrem grünen Kleid, und als ich den Hammer zu mir ziehen wollte, hatte auch sie den Griff umfasst. »Lass mich da rein!«, schrie ich sie an. »Hat das mit eurem dummen Abkommen zu tun? Was hast du gemacht? Was hast du gemacht!«

»Nein! Lass los«, schrie sie. Sie zog mit Macht an dem schweren Ende des Hammers. Sie war stärker, als ich vermutet hatte, und der Stiel glitt mir aus der Hand. Beinahe wäre sie von dem Gewicht des Hammers mitgezogen worden, durch das offene Fenster hinter sich, aber im letzten Moment machte sie eine Drehung, und der Hammer fiel aus dem Fenster. Wir hörten, wie er unten aufschlug, und ich rief ihren Namen oder ein anderes Wort. Sie hing halb aus dem Fenster, nach hinten gebeugt, nur ihre Beine waren noch im Zimmer. Allein ihre Finger, die sich seitlich an den Rahmen klammerten, und mein Fuß, der ihr grünes Kleid am Boden festhielt, verhinderten, dass sie stürzte. Die orangefarbene Sonne umgab ihr schönes Gesicht und ihr Haar mit einem herrlichen Heiligenschein, von dem goldene Strahlen ausgingen, und einen Augenblick lang erinnerte ich mich an Victors Predigt über das Thema von Licht und Verklärung. Für den Bruchteil einer Sekunde trafen sich unsere Blicke, und ich sah, dass sie ruhig war, aller Zorn und alles Leid waren aus ihr gewichen. Dann ließ sie die Finger los, das Kleid zerriss unter meinen Füßen, sie fiel rückwärts aus dem Fenster, und nichts konnte sie halten. Ich hörte den schweren Aufprall, das Krachen ihres Schädels, und einen Schrei, der nur das Ausströmen von Atemluft war. Ich warf die Hände vors Gesicht und blieb auf der Stelle stehen, ich weiß nicht, wie lange, bis ich den Mut hatte, hinauszugucken.

Die Stille im Haus war vollkommen. Zum ersten Mal war ich allein. Ich wusste, was ich sehen würde, trotzdem ging ich nach oben in mein Badezimmer, hob die Bodendiele hoch und blickte zum letzten Mal durch den Spion, auf Peter hinunter. Meine Liebe. Das Badewasser war rosa, auf dem Boden lag mein Botanikmesser, aber ich wusste, dass er sich das nicht selbst angetan hatte. Es gab keinen Grund zur Eile mehr. Ich sah ihn an, wie er auf dem Rücken lag, die Arme seitlich ausgestreckt. Seine Augen waren offen, und der Blick schien auf einen Punkt jenseits des Spions an der Decke gerichtet zu sein, schien über die Dächer von Lyntons hinauszugehen, in den abendlichen Himmel hinein. Er lag regungslos, als wäre auch er eine Grabfigur, geschnitzt, auf seinem eigenen Grab liegend, sein Körper aus Alabaster. Ich flehte ihn an aufzustehen, sich mit den Händen vom Rand abzustützen, sich aus der Wanne zu erheben, damit das Wasser an ihm herunterrinnen konnte. Ich lag neben der herausgenommen Diele und weinte.

Nach einer Weile ging ich auf die Terrasse hinaus, nicht, um mich zu vergewissern, dass Cara tot war – das hatte ich in dem Moment gewusst, als ich sie vom Fenster aus gesehen hatte –, sondern um den Vorschlaghammer zu holen. Meine Muskeln zitterten, mein Körper bebte, aber ich zerrte den Hammer unter Caras Kopf hervor. Im Licht, das aus den Fenstern kam, sah ich, dass an der rechteckigen Kante des Hammerkopfes Haare und Hautteilchen klebten, aber nachdem ich den Hammer unter den Rhododendronbüschen über den Boden gezerrt hatte, waren sie verschwunden. Der Stiel jedoch war blutverschmiert.

Der Hammer holperte hinter mir die Stufen hinunter, an seiner Klinge sammelte sich Gras, als ich an den Hühnerställen vorbeikam, und am See schürfte er eine frische Spur in die Erde. Bei der Brücke hob ich mit beiden Händen das Ende des Stiels und schlug auf die Steine ein. Ich weiß nicht, welchen Schaden ich anrichtete, nicht so viel, dass die Konstruktion in den See fiel, wie ich es wollte. Als ich keine Kraft mehr hatte, den Hammer noch ein einziges Mal zu heben, ließ ich ihn liegen und ging zurück zum Haus, von dort zur Auffahrt und entlang der Allee zur Kirche. Erinnern kann ich mich nicht, aber man sagte mir, dass Victor mich dort gefunden habe, im Vestibül, mit Blut an den Händen.

23

Mein Vater kam zur Gerichtsverhandlung und saß mit den Reportern und anderen Gaffern auf der Publikumsgalerie. Ich musste zweimal hinsehen, um ihn zu erkennen, ein alter Mann und mir immer noch ein Fremder. Luther Jellico. Ich hatte ihn seit fast dreißig Jahren nicht gesehen, aber oft an ihn gedacht. Als ich noch jung und voller Hoffnung war, malte ich mir aus, dass er in die Dollis-Hill-Wohnung kommen und alles verstehen würde, ohne dass ich etwas sagte. Er würde mich zu sich in sein großes Haus in Notting Hill nehmen – obwohl ich wusste, dass es in Wirklichkeit verkauft worden war –, und meine Tante wäre von der Bildfläche verschwunden. Später suchte ich nach ihm in den Antiquitätenläden und Bibliotheken und legte mir zurecht, was ich zu ihm sagen wollte.

Zwar lastete die Schuld an der Trennung meiner Eltern schwer auf mir, aber in meinen Augen war meine Tante die eigentliche Böse. Sie hatte darauf bestanden, dass ich mich zwischen dem Fuchspelz und der Wahrheit entschied. Von ihr hatte ich gelernt, wie auch von Mutter, dass die Wahrheit nicht immer der richtige Weg ist. Als nach ein paar Jahren in der Wohnung in Dollis Hill keine Weihnachtskarten und keine Geburtstagsgeschenke mehr ankamen, gab ich meiner Tante die Schuld daran, dass mein Vater mich verlassen hatte. Die böse Stiefmutter, die ich nie zu Gesicht bekam. Und nachdem sie gestorben war, wartete ich darauf – obwohl ich inzwischen erwachsen war –, dass mein Vater zu

Mutter und mir zurückkommen würde. Ich wartete, aber er schrieb nicht, er rief auch nicht bei Mrs. Lee unten an oder klingelte an der Tür. Ich sah ihn erst an dem Tag der Gerichtsverhandlung wieder.

Sein Haar und sein Schnurrbart waren jetzt weiß, sein Hals faltig, aber ein Blick reichte, und all meine Gefühle, meine Liebe und mein Zorn, fluteten in mich zurück. Ich konnte meinen Blick nicht von ihm abwenden. Während ich mich auf das, was die Perückenmänner sagten, hätte konzentrieren sollen, um sicherzugehen, dass ich meine Geschichte richtig darstellte, starrte ich zur Galerie hoch, doch er wandte den Blick ab. *Du bist gekommen!,* wollte ich rufen. *Zu spät! Zu spät!* Ich wartete ungeduldig auf das Ende des ersten Gerichtstages, damit mir jemand seine Nachricht übergeben konnte oder seinen Antrag, mich besuchen zu dürfen. Ich konzentrierte mich auf die Kraft, die ich brauchen würde, um seine Notiz zu zerreißen oder sein Gesuch abzulehnen. Ein Muskel, den ich trainierte, während der Tag sich in die Länge zog. Ich bat den Polizisten, der mich in den Pausen in meine Zelle brachte, noch einmal nachzusehen, aber da war kein Brief für mich, kein Antrag.

Mein Vater kam jeden Tag, er saß immer auf demselben Platz, die Augen gesenkt oder geschlossen. Vielleicht lastete auch auf ihm eine Schuld für das, was aus mir geworden war. Oder vielleicht war er wie alle anderen, so wie ich selbst schließlich auch, ein Voyeur.

»Sind das Ihre Schlaftabletten, Miss Jellico? Benzodiazepine, auch als Valium bekannt? Die Ihnen von Dr. Hunter in der Praxis in Dollis Hill im Juni 1969 verschrieben wurden?«, fragte der Perückenmann.

»Falls ich nicht schlafen konnte, nach dem Tod meiner Mutter.«

Die Augen meines Vaters hoben sich. Ich hingegen war

nicht überrascht, dass der Perückenmann mich nach dem Valium fragte. Die Anklage hatte vor Beginn des Prozesses alle relevanten Beweisstücke angeben müssen. Ich war auch ohne die Tabletten in der Lage gewesen, mein Grauen und Entsetzen über Caras Tat zu bewältigen.

»Und Sie haben die Tabletten mit nach Lyntons genommen?«

Wann hatte ich das Fläschchen mit den Tabletten und dem Wattestöpsel das letzte Mal gesehen? Als ich in Dollis Hill meine Waschsachen endgültig zusammenpackte? Ich konnte mich nicht erinnern, die Tabletten aus der Waschtasche genommen zu haben, als ich nach meiner Ankunft in Lyntons Zahnpasta und Talkumpuder auspackte.

»Wahrscheinlich.«

»Wahrscheinlich? Ja oder nein?«

»Ich weiß es nicht mehr.«

»Haben Sie Benzodiazepine genommen, als Sie in Lyntons waren?«

»Nein.«

»Wo haben Sie die Tabletten aufbewahrt, als Sie in dem Dachzimmer wohnten?«

»Ich weiß es nicht. Ich kann mich nicht erinnern, dass ich sie dabeihatte.«

»Können Sie erklären, wieso die Tabletten in Miss Calaces und Mr. Robertsons Küchenbereich gefunden wurden?«

»Nein.«

»Und können Sie erklären, wieso Spuren von Benzodiazepine und Orangensaft in einem Glas in dem Küchenbereich der beiden gefunden wurden?«

»Nein.« Mir fiel das Gesicht an meinem Dachzimmerfenster ein, als ich aus London kam, und Cara, die Geschichtenerzählerin, die leugnete, dass sie oben in meinen Zimmern gewesen war.

»Und außerdem in Peter Robertsons Magen?«

»Nein.« Ich spürte einen Schmerz unter meinem Brustbein und ein Stechen auf meinem Nasenrücken bei dem Gedanken an Peters Leiche, die zuerst in der Badewanne gelegen hatte und danach in der Pathologie aufgeschlitzt worden war.

Am siebten – und letzten – Tag der Verhandlung kam mein Vater zu spät, und auf der Galerie entstand eine Unruhe, bis Platz für ihn geschaffen war. Ich hatte es aufgegeben, ihn allein mit meiner Willenskraft dazu bringen zu wollen, dass er mich ansah. Ich fragte mich, ob er auf eine Versöhnung vor dem Gerichtsgebäude hoffte. Mein Plan sah nicht vor, für nicht schuldig befunden zu werden.

In der Zelle unter dem Gerichtssaal hatte ich versucht, einen angemessenen Gesichtsausdruck zu finden, aber es gab keinen Spiegel. Ich entschied mich für ein süffisantes Lächeln während der Zusammenfassung der Anklage. Wie sah jemand aus, der schuldig war?

Der Perückenmann war gut, er erinnerte die Jury daran, dass ich zugegeben hatte, in Peter verliebt zu sein, und dass ich von ihm zurückgewiesen worden sei, dass er mir Geschenke gemacht und mich auf die falsche Fährte gelockt hätte, dass ich die mir verschriebenen Medikamente benutzt hätte, um ihn zu sedieren, dass mir das Messer gehörte, mit dem er getötet worden war. Das war in den Gesprächen mit meinem Anwalt vor dem Prozess vielleicht die einzige Überraschung gewesen. Nämlich dass das, was Cara über den See hinweg gesehen hatte – was zwischen mir und Peter vorging –, nicht, wie ich angenommen hatte, den Ausschlag gegeben hatte, sondern dass sie ihre Tat in den Tagen davor geplant und vorbereitet haben musste. In gewisser Weise kam der Perückenmann der Sache ziemlich nahe. Er behauptete, ich hätte versucht, meinen Doppelmord wie einen

Doppelselbstmord hinzustellen. Wenn ich Peter nicht haben konnte, dann sollte niemand ihn haben. Er sagte, ich hätte Peter mit Valium betäubt und seine Pulsadern mit meinem Botanikmesser aufgeschlitzt – dem einzigen scharfen Messer im Haus. Nach einem Gerangel mit Cara, bei dem sie mir den Schlüssel zum Badezimmer habe abnehmen wollen, hätte ich sie aus dem Fenster gestoßen, dann sei ich mit dem Vorschlaghammer nach unten gegangen, um mein Werk zu vollenden.

Nie war ich so nervös gewesen wie in dem Moment, als die Jury wieder in den Gerichtssaal kam.

»Befinden Sie die Angeklagte des Mordes an Peter Robertson für schuldig oder nicht schuldig?«

Mir gefiel es, dass Peter zuerst drankam.

»Schuldig.«

Ein Aufstöhnen von meinem Vater.

»Befinden Sie die Angeklagte des Mordes an Cara Calace für schuldig oder nicht schuldig?«

»Schuldig.«

Ein Ausruf – »Nein!« – von der Galerie, ich blickte unwillkürlich nach oben und sah, wie meinem Vater die Tränen über die Wangen liefen.

Ich lächelte, als das Urteil verkündet wurde, nicht, weil mein Vater da war, das war reiner Zufall, sondern weil ich hoffte, dass ich deshalb ein höheres Strafmaß bekommen würde. Ein Leben für ein Leben. Buße, ich wollte Buße tun. Ich hätte gern gewusst, ob mein Vater sich an die Regeln erinnerte, die er mir beigebracht hatte, bevor er uns verließ: Jede Missetat verlangt eine Strafe. Als ich das Urteil hörte, wusste ich, dass ich die Kraft haben würde, alle Forderungen nach einer Wiederaufnahme der Verhandlung abzulehnen und etwaige Bitten meines Vaters, mich im Gefängnis zu besuchen, auszuschlagen.

Vor fünf Jahren erhielt ich den Brief eines Anwalts mit der Mitteilung, dass mein Vater gestorben sei und mir alles hinterlassen habe: sein Haus in London, seinen gesamten Besitz, eine ziemlich große Summe auf dem Bankkonto. Womöglich hoffte er, es könnte mir nach meiner Entlassung nützlich sein, aber genau weiß ich es nicht; er hat keine weiteren Anweisungen beigelegt, auch keinen Brief. Ich habe mein Erbe einem kleinen wohltätigen Verein vermacht, der historische Brücken restauriert. Und jetzt liege ich hier und denke über Väter nach: über meinen eigenen und Caras und natürlich über Finns. Wer sein biologischer Vater war, oder ob er einen hatte oder nicht, ist nicht mehr von Belang. Peter war ihm in seinem kurzen Leben Vater genug. Kinder brauchen ein liebevolles vertrautes Gesicht, etwas Beständiges.

Vielleicht bin ich ein Kind, ein Gewohnheitstier, das die immer gleichen Abläufe mag. Wie ich mich auch entscheide, die Auswirkungen sind immer dieselben. Es gibt kein *Was wenn?* Im Gefängnis wird das Mittagessen um zwölf Uhr ausgegeben. Bevor ich in die Abteilung für Sterbende verlegt wurde, stand ich hinter Ali Shaw und vor Joan Robyns in der Schlange. Der Kartoffelbrei wurde mit einem Eisportionierer in die Kuhle links oben auf das Tablett mit den verschiedenen Vertiefungen gefüllt, weiße Bohnen in Tomatensoße in die mittlere, zwei rosa Würstchen unten rechts. Kein Ketchup, nein danke. Ich war immer höflich. Senf hätte ich genommen, um den Geschmack zu überdecken, aber Senf erlauben sie hier nicht, Pfeffer auch nicht. Vor fünf Jahren kam eine Initiative für Gefangenenrechte zu dem Schluss, dass es erniedrigend sei, Insassen ihr Essen direkt auf dem Tablett zu servieren, und dass wir Plastikteller bekommen sollten. Ich zerbrach zwei Stühle, schlug Joan die Nase blutig und verweigerte drei Tage lang die Nahrung. Nachdem ich mich selbst ins Gefängnis gebracht hatte, war ich wie ausgewechselt.

In dieses Gefängnis ist viel investiert worden, es ist nicht wie andere Gefängnisse, von denen die Frauen, die verlegt wurden, berichten: Ratten, Drogen, Schlägereien. Die ganze Sache außer Kontrolle. Nein, das würde mir nicht gefallen. Ich will wissen, woran ich bin. Nachdem ich wieder angefangen hatte zu essen, wurde ich jeden Monat einmal zu einer Psychotherapeutin geschickt. Ich erzählte ihr, dass ich einmal auf einer Brücke über einem See gestanden und darüber nachgedacht hätte, dass ich, wenn ich erst einmal tot war, schnell vergessen werden würde. Mir lag nicht daran, bekannt zu sein, aber ich hatte keine Wahl – es war die Folge der Gerichtsentscheidung. Die Psychotherapeutin fragte nach Mutter und nach meinem Vater. Ich erzählte, dass ich ein glückliches Kind gewesen sei, ich erzählte ihr von Mutters Krankheit und von meinen Aufgaben: wann ich sie fütterte, wann ich ihr mit der Bettpfanne half, wann ich ihren Intimbereich mit den verschiedenen Waschlappen wusch. Während der ersten neununddreißig Jahre meines Lebens wusste ich immer, was als Nächstes passieren würde. Nach einem Jahr gab es kein Geld mehr für die Psychiaterin, aber in meinen zwölf Sitzungen mit ihr habe ich nie alles erzählt. Ich habe nie die ganze Geschichte erzählt.

»Was hätten Sie denn erzählen können, Miss Jellico?« Victor beugt sich vor. Heute erinnert mich sein Atem an den Nachmittag, als Cara und ich im Küchengarten Beeren pflückten. Sie zupfte ein Minzeblatt ab, riss es entzwei und steckte sich die eine Hälfte in den Mund, dann hielt sie mir mit einem Lächeln die andere Hälfte hin. Es roch nach Sommer. Ich machte den Mund auf, und sie legte die Blatthälfte hinein. Das Blatt war rau und pelzig, es war zäh und schmeckte unter der Schärfe nach Erde. Als sie sich umdrehte, spuckte ich das zerkaute Blatt ins Brombeergestrüpp.

»Sie wären ein wunderbarer Arzt gewesen«, sage ich zu Victor und hoffe, dass ich es laut gesagt hatte.

»Miss Jellico?«

Ich mag die festen Abläufe. Im Sommer damals waren wir außer Kontrolle geraten, wir alle. Ich sehnte mich danach, wieder an einem Ort zu sein, wo ich wusste, was als Nächstes geschehen würde. Einen Rhythmus, das ist es, was ich brauche. Mutter sagte immer, ich habe schon als Kind Ordnung gemocht und gern gewusst, was als Nächstes geschah. Deswegen war ich glücklich, als sie »schuldig« sagten. Und wegen der Strafe, natürlich. Ich hatte es verdient, eingesperrt zu werden: für das, was ich getan hatte, war eine Zahlung fällig.

»Miss Jellico?«, flüstert Victor. »Was haben Sie getan? Früher waren wir Freunde, erinnern Sie sich?«

Heute verstehe ich, dass Victor mich geliebt hat, aber es ist zu spät. Es ist für alles zu spät.

»Wenn Sie nichts sagen«, sagt er als Nächstes, »bleibt die Entscheidung des Gerichts ein Fehlurteil, und das wäre falsch. Sie wissen, dass es falsch wäre.«

Ich drücke seine Hand. Eine Hand in meiner. Ist das alles, was wir brauchen?

»Nicht mehr lange, Mrs. Jelli-co«, sagt die Schwester.

Um vier brachte ich auf einem Holztablett den Tee. Die Porzellankanne war gewärmt, die gekauften Garibaldi-Plätzchen waren auf einem Teller arrangiert, daneben zwei Servietten in silbernen Serviettenringen. *Gutes Essen soll man gesittet essen.* Ich stellte das Tablett auf die Bettdecke und holte das zusätzliche Kissen aus dem Schrank, wo es seinen Platz hatte. Ich stopfte es Mutter in den Rücken und half ihr, sich aufzusetzen. Wir tranken unseren Tee, sie aß einen

Keks. »Keinen Hunger, Frances? Das ist dir gar nicht ähnlich.« »Heute nicht, Mutter.« Ich erzählte ihr, was vor dem Fenster auf der Straße vor sich ging. Wer vorbeigekommen war, wer nicht.

Wenn wir mit dem Tee fertig waren, bot sie mir mit zittriger Hand den Teller mit den Keksen an. »Du hast zugenommen«, sagte sie. »Am Hals und um die Taille. Du solltest mehr auf dich achten.« Und dabei hielt sie den Keksteller ausgestreckt, wie eine Falle, einen Köder, mit dem sie mich fangen und zu sich heranholen wollte. Sie zwickte mich durch meine Strickjacke und Bluse, kniff mir in die Taille, wo niemand die violetten Flecken sehen würde. Ihre Hände hatten immer noch Kraft. Mutter nahm ihr Buch, und ich ging in die Küche, um abzuwaschen. Ich aß die vier Kekse sowie die restlichen in der Packung, und dabei weinte ich über dem Spülbecken. *Sie ist eine alte, kranke Frau,* sagte ich mir, *und ich habe sie lieb.*

Ich versuche eine Melodie zu summen, das Lied von Mrs. Wagners Pies. Wie geht das noch?

»Ich glaube, sie singt.«

»Schsch, Mrs. Jellico. Es ist alles in Ordnung. Wenn Sie gehen möchten – wann immer Sie so weit sind.«

Um fünf Uhr ging ich wieder zu ihr ins Zimmer. Ich legte ein Lesezeichen in ihr Buch, klappte es zu und legte es auf den Nachttisch. Sie schlummerte. Ich schaltete die Nachttischlampe an, ging zum Fenster und sah hinaus. Auf der Straße war niemand. Ich zog die Vorhänge zu. Mutter seufzte. Es gab eine bestimmte Reihenfolge, wir mochten die gleiche Abfolge. Ich ging zur anderen Seite des Bettes, hob ihre Schultern an und nahm das zusätzliche Kissen hinter ihrem Kopf heraus. Ich legte es nicht in den Schrank, wo es seinen Platz hatte. Wenigstens nicht gleich. Sie wehrte sich und stöhnte: Sie war stärker, als ich vermutet hatte.

Danach sah sie aus, als schliefe sie. So friedlich. »Es tut mir leid, Mutter«, sagte ich.

Unter der Türritze meines Krankenhauszimmers im Gefängnis tritt Wasser ein. Es steigt um die Beine von Victors Stuhl und erreicht den Saum der Bettdecke. In einer Ecke muht die weiße Kuh. Kühe habe ich nie gemocht. Die Amsel sitzt auf der Vorhangstange, der Vogeldreck beschmutzt die Fensterscheibe. Sie beobachtet den Fuchs, der auf mein Bett springt und auf meinen bedeckten Füßen im Kreis läuft. Der Hase hingegen sitzt still auf meiner Brust. Jetzt kommt das Wasser in Strömen zum Fenster hinein, bis wir alle von den Wellen überspült sind. Ich liege im Bett und sehe, wie der Hase, der Vogel, der Fuchs und die Kuh in meinem Krankenzimmer im Gefängnis, wo keins von ihnen seinen Platz hat, schwimmend ihre Kreise ziehen.

24

Victor sitzt auf dem untersten Absatz des Grabsteins, auf dem er ein bisschen nach links gerückt ist, damit neben ihm ein Platz frei bleibt, und beobachtet Christopher King, den Friedhofsgärtner, bei der Arbeit. Es ist ein junger Mann, erstaunlich jung, denkt Victor, für einen Friedhofsgärtner. Die Sonne steht hoch, und der Friedhof ist noch mehr verwildert als damals, als Victor das letzte Mal hier war, vor zwanzig Jahren. Das Innere der Kirche hatte Erinnerungen in ihm geweckt, an das Gefühl der Unzulänglichkeit und Unentschiedenheit. Nach seiner Ankunft war er in die Sakristei gegangen – der Pfarrer hatte gesagt, sie sei unverschlossen und Victor könne sich alles nehmen, was er brauche. Er hatte vor den Bibeln und dem Gebetbuch gestanden, hatte den alten Geruch von Bienenwachs, verstaubten Roben und welkenden Blumen eingeatmet, dann hatte er ein Glas mit Wasser gefüllt und war nach draußen ans Tageslicht gegangen.

Christopher legt die Planken um die Grube herum und bedeckt sie mit Streifen von Kunstrasen, die niemanden täuschen werden, aber er ist der Meinung, so sieht ein Grab sauber und ordentlich aus. Die Grube hat er gestern schon ausgehoben, und normalerweise kommt er nur wieder, um sie mit Erde aufzufüllen, sobald der Sarg hineingelassen worden ist und alle gegangen sind. Doch diesmal ist er gebeten worden, während der ganzen dummen Zeremonie zu bleiben. Na gut, er wird dafür bezahlt.

»Mr. King?«, sagt eine Stimme, und Christopher springt auf. Hinter ihm steht ein alter Mann und streckt ihm die Hand hin. Christopher wischt sich die Hände an der Arbeitshose ab und schüttelt die ihm gereichte Hand. »Victor Wylde«, sagt der Mann, der gerötete, schuppige Haut hat. »Ich war früher Pfarrer hier, genauer gesagt, ich war Pfarrer, früher. Ich hoffe, Sie sind einverstanden, zur Zeremonie zu bleiben – eine seltsame Bitte, ich weiß. Es ist mit dem Pfarrer abgesprochen.« Christopher nickt, allerdings hat er noch nie von einer Beerdigung gehört, die von einem Nicht-Geistlichen vorgenommen wird.

Sie stehen nebeneinander und blicken in das leere Grab, dann sagt der Mann: »Sie hat sich gewünscht, dass sie durch das alte Tor zum Friedhof gebracht wird, von der Allee«, und als Christopher dem Mann einen Blick zuwirft, sieht er Tränen in dessen Augen und wendet verlegen den Blick ab.

Nach einer Weile sagt Christopher, weil er sich erinnert: »Die Eiben und Linden wurden ein paar Jahre, nachdem das Haus gesprengt wurde, gefällt.«

»Gesprengt?«, fragt Victor, obwohl er das weiß, er hat es von jemandem gehört oder in der Lokalzeitung davon gelesen, bevor er aus der Gegend wegzog. Er zieht ein Taschentuch aus der Hosentasche und putzt sich die Nase. Er wird in Anwesenheit des Friedhofgärtners nicht weinen. Er würde gern einen Schluck Wasser trinken, sieht aber, dass das Glas auf dem Grab steht, wo er es abgestellt hat.

»Lyntons war ohnehin eine Ruine, und danach, Sie wissen schon, wollte niemand das Haus mehr haben«, sagt Christopher.

»Ja, sicher«, sagt Victor, bevor Christopher noch etwas sagen kann. Sie stehen schweigend nebeneinander. Victor überlegt, dass das Ausheben von Gräbern eine gute Arbeit ist: frische Luft, körperliche Betätigung, kaum Menschen, mit denen man sprechen muss.

»Die Sargträger werden bald hier sein«, sagt Christopher. »Muss mich noch umziehen.« Er geht auf dem Pfad zum Friedhofstor, vor dem sein Lieferwagen steht.

Während Christopher aus seiner Arbeitskleidung steigt und sich seinen Hochzeitsanzug anzieht – er hat nur diesen einen –, denkt er daran, wie er als Junge mit den Savidge-Zwillingen über den Drahtzaun geklettert ist und bei der Sprengung von Lyntons zugesehen hat.

Die Zwillinge kannten das Haus und den Park, in dem es stand. Im Sommer zeigten die Jungen ihm, wie man von den Pfeilern einer alten Steinbrücke, von der sonst nichts übrig geblieben war, einen Kopfsprung in den See machen konnte. Zu dritt hatten sie in einem Zimmer, das eine Vogeltapete hatte, ein kleines Feuer angezündet und Seiten aus Büchern darin verbrannt, die sie im Zimmer nebenan gefunden hatten.

Ein paar Wochen später streunte Christopher immer noch mit den Zwillingen umher, und die drei versteckten sich hinter der alten Zeder auf der Wiese. Vier oder fünf Explosionen waren zu hören, wie Schüsse aus einem Luftgewehr, die von den Hügeln widerhallten, und das Haus flog in die Luft, Steine und Mörtel wurden hochgeschleudert, und eine Rauchsäule, doppelt so hoch wie das Haus, stieg auf. Er und seine Freunde juchzten und jubelten, als der Boden bebte, doch dann kam eine Staubwolke, aus der es Steinbrocken und Holzstückchen und Mörtel regnete, und breitete sich in ihre Richtung aus. Selbst die Zwillinge bekamen Angst und rannten zum Zaun zurück, aber die Wolke war schon über ihnen, bevor sie drüberklettern konnten.

Sie kauerten sich hin und hielten sich die Hände zum Schutz über die Köpfe. Als der Staub sich gelegt hatte, waren ihre Kleidung und ihre nackte Haut grau bestäubt, während ihre Zähne und Augen glänzten. Lachend gingen sie nach Hause und stießen sich gegenseitig in die Rippen und prahlten damit, wer was gesehen hatte.

Der Schotter wurde für die Fundamente einer Siedlung benutzt, die in der Nähe entstand.

Victor sieht Christopher beim Tor eine Zigarette rauchen, sein Anzug aus glänzendem Stoff ist zu knapp für ihn. Als der Wagen des Bestattungsunternehmers eintrifft, wirft Christopher die Zigarette auf den Boden und tritt sie aus. Victor wartet auf dem Pfad, sein Blick wandert zur Kirche, über die Gräber, nur nicht zum Sarg. Das Gefühl, dass alles zu spät ist, sinnlos und vergebens, droht ihn zu überwältigen. Er geht zum Grabrand und wartet, und er sagt sich, dass es nicht Frances ist, die in der Kiste liegt, Frances, die Frau, die er geliebt hat und die ihn vielleicht geliebt hätte, wenn die Dinge anders gewesen wären. Frances gibt es nicht mehr.

Nachdem der Sarg in die Grube hinabgelassen worden ist und die Sargträger gegangen sind, steht Victor wieder neben dem Friedhofsgärtner und versucht sich an die Worte zu erinnern, die er zu sagen vorgehabt hatte. Sie fallen ihm nicht mehr ein.

Christopher senkt den Kopf und legt die Hände zusammen, wie er es bei Trauergästen gesehen hat, und wartet darauf, dass Victor spricht. Während er wartet, denkt er daran, wie er am Tag, nachdem das Haus gesprengt worden war, auf das Gelände von Lyntons zurückging. Er war auf einen Schutthaufen geklettert und hatte mit einem Stock darin gestochert, er wollte etwas finden, etwas Interessantes, das er mit nach Hause nehmen konnte. Er hob ein glattes flaches Objekt auf, leckte die Oberfläche sauber und rieb an seinem Ärmel den Staub von dem Ding. Es war ein Stück Porzellan, der Rand eines Tellers mit einem blau-goldenen Rand und einem Emblem aus drei runden Dingen – es konnten Apfelsinen sein. Er dachte, dass es vielleicht wertvoll sei. Seit Jahren liegt es in seinem Schlafzimmer auf einem Bord.

Christopher wird sich bewusst, dass Victor seit einer Weile spricht und etwas über eine querköpfige Alte sagt, und dass jemand recht behalten hätte, als er sagte, dies sei ein himmlischer Ort, um dort begraben zu sein, aber er hat nicht zugehört. Als Victor aufhört zu sprechen, ist das Schweigen unbehaglich, und Christopher zupft an dem Revers seines Jacketts, geht zu seinem Lieferwagen und zieht sich seine Arbeitskleidung wieder an.

Victor geht zurück zu dem Grab, wo er sein Wasser abgestellt hat; es ist jetzt warm, und er trinkt es. Er setzt sich wieder auf den Absatz und sieht dem Friedhofsgärtner dabei zu, wie er die Erde, Schaufel für Schaufel, in die Grube füllt.

Danksagungen

Es gilt, vielen Menschen Dank zu sagen: India Fuller Ayling, Henry Ayling und Tim Chapman für ihre Geduld, Unterstützung und Zeit. Louise Taylor, auch sie eine frühe Leserin von *Bittere Orangen*. Allen ehemaligen und derzeitigen Taverners, besonders Judy Heneghan, Amanda Oosthuizen, Sarah Wells, Isabel Rogers, Rebecca Lyon, Richard Stillman und Paul Davies. Allen Prime Writers für ihre moralische Unterstützung. Allen Friday-Fictioneer-Autoren in der ganzen Welt. Allen bei Fig Tree und Penguin UK, insbesondere Juliet Annan, Assallah Tahir und Poppy North. Allen bei Tin House, besonders Masie Cochran, Nanci McCloskey, Diane Chonette, Sabrina Wise, Anne Horowitz, Allison Dubinsky und Priscilla Wu. Dem Lutyen & Rubinstein-Team, besonders Jane Finigan, Sarah Lutyens und Juliet Mahony. Dem reizenden David Forrer. Und der erstaunlichen Caroline Pretty. Meiner Familie – Ursula Pitcher, Stephen Fuller und Heidi Fuller. Und für die Hilfe bei der Recherche für *Bittere Orangen*: Malcolm Gibney, Patricia Oliver, English Heritage, The Grange Estate (besonders Richard Loader), David Brock, Tim Knox, Christian House und John Harris (mit seinem Buch *No Voice from the Hall*). Und schließlich Leonard Cohen für die Begleitmusik beim Schreiben.